D1920582

Sophie Herbst

Wenn heute unser Morgen wäre

Roman

dragonfly

1. Auflage 2025
Originalausgabe
© 2025 Dragonfly in der
Verlagsgruppe HarperCollins Deutschland GmbH
Valentinskamp 24 · 20354 Hamburg
info@harpercollins.de
Alle Rechte vorbehalten
Gesetzt aus der Adobe Garamond
von GGP Media GmbH, Pößneck
Druck und Bindung von CPI books GmbH, Leck
Printed in Germany · ISBN 978-3-7488-0299-0

www.dragonfly-verlag.de
Facebook: facebook.de/dragonflyverlag
Instagram: @dragonflyverlag

Jegliche nicht autorisierte Verwendung dieser Publikation zum Training generativer Technologien der künstlichen Intelligenz (KI) ist ausdrücklich verboten. Die Rechte der Urheberinnen und des Verlags bleiben davon unberührt.

Druckprodukt mit finanziellem
Klimabeitrag
ClimatePartner.com/15109-2009-1001

MIX
Papier
FSC FSC® C083411

PLAYLIST

Bitter Sweet Symphony (Live at Maida Vale)
– London Grammar
take a moment to breathe – normal the kid
Two Lungs – Mogli
Letting Go for a Little While – Ryan McMullan
I Hate It Here – Taylor Swift
give me hell – Sam Nelson Harris, X Ambassadors, Madi Diaz
Lost – Luz, Mahogany | Dermot Kennedy
Inside of Love – Nada Surf
Anchor – Novo Amor
Rhyme or Reason – Chaislyn
Beauty In The Hurting – Jared Benjamin
Living and Existing – CJ Starnes
Salvation – Gabrielle Aplin
The Art Of Getting By – Laura Zocca
The Camera Turns – Born Without Bones
Healing Hurts – BLÜ EYES
The Black and White – The Band CAMINO
State Lines – Novo Amor
Shallows – Daughter
Repeat Until Death – Novo Amor
Robin – Taylor Swift
The Waves – David Hodges
Medicine – Daughter
Wait – M83
Grow As We Go – Finding Us, Chad Graham | Ben Platt

After The Storm – Mumford & Sons
Don't give up on me – Andy Grammer
All I've ever known – Hadestown
(Original Broadway Cast Recording)
Take on the world – You Me At Six
Wild Heart – Bleachers
Call The Nightingale – Vian Izak, Juniper Vale
Loml – Taylor Swift
To Build A Home – The Cinematic Orchestra, Patrick Watson
Carry You – Novo Amor
The Manuscript – Taylor Swift

Diese Playlist ist auf Spotify unter dem Titel »WhuMw« zu finden oder direkt über diesen Code.

KAPITEL 1

Bitter Sweet Symphony

CALLUM

Manchmal ist es schwer zu sagen, ob man gerade am Anfang oder am Ende von etwas steht.

Ich presse die Zähne aufeinander, bis sie knirschen. Nervosität frisst sich durch meine Eingeweide. Mit einem flauen Gefühl im Magen spähe ich zu meinem Schreibtisch hinüber, wo sich der Lernstapel der letzten Tage auftürmt. Wenn ich heute Nachmittag beginne, ihn abzuarbeiten, wird mein Kopf wieder klarer werden.

Tief einatmend streiche ich mir die Haare zurück. Sie sind genauso dunkelblond wie die meiner Mutter, als ich sie das letzte Mal gesehen habe. An dem Tag, an dem sie beschloss, Dad und mich zu verlassen. Lange habe ich versucht, ihr mit dem Verständnis zu begegnen, das Dad nie für sie hatte. Bis ich begriffen habe, dass sie auch mich zurückgelassen hat und nie wiederkehren wird.

Es war ein grauer, regnerischer Morgen. Bis heute erinnere ich mich an den Duft von nassem Laub, der durchs Fenster hereindrang, an den der heißen Schokolade, die sie in einer großen Tasse vor mir auf den Tisch gestellt hat … und an die Regentropfen auf den Fenstern. Meine Mutter fand, im Gegensatz zu meinem Vater, immer die richtigen Worte. An diesem Tag jedoch ging sie, gehüllt in Schweigen. Ohne einen Abschied.

Ich erschaudere. *Shit. Nicht daran denken. Nicht heute. Durchatmen.*

Entschlossen straffe ich die Schultern, schüttele den Callum ab, den ich lange hinter mir gelassen habe, wickele die Krawatte enger um meinen Hals und prüfe meine Schuluniform im Spiegel. Dabei ziehe ich wie zur Übung die Mundwinkel nach oben, bis sie wie eingemeißelt in meinem Gesicht wirken.

Ich seufze tief. Ich mag keine Veränderungen und noch weniger Überraschungen. Wenn es nach mir ginge, könnte dieses Trimester wie alle anderen davor verlaufen. Doch leider fragt mich niemand nach meiner Meinung. Alle Zehntklässler an der St. Doyle sind verpflichtet, am *Grow Together*-Projekt teilzunehmen. Als ließen sich *soziale Hürden* allein dadurch überwinden, dass sie uns, die sich das Schulgeld an der Privatschule leisten können, und die Stipendiaten neun Wochen lang in Zweierteams zusammenbringen. Ich habe keine Ahnung, welches Projekt und welchen Partner ich bekomme, und das macht mich nervös. Außerdem habe ich Besseres mit meiner Zeit zu tun.

Noch ein letzter Blick in den Spiegel. Die Krawatte passt makellos zu der Schuluniform, bestehend aus Anzughose, weißem Hemd und einem Jackett in milk-tea-brown. In dem Outfit könnte ich auch in Dads Kanzlei aufschlagen und sofort mit der Arbeit beginnen. Unglücklicherweise stecke ich noch anderthalb Jahre an der St. Doyle fest.

Ich greife nach der Aktentasche, die unter meinem Schreibtisch in der Ecke steht, hänge sie mir über die Schulter und verlasse mein Zimmer. Schon auf der obersten Treppenstufe höre ich Dad aus dem Wohnzimmer. Wahrscheinlich telefoniert er mit seinem neuen Klienten. In den letzten Wochen hat er – in den paar Minuten, die wir uns gesehen haben – von kaum etwas anderem gesprochen als von diesem Fall, der die Kanzlei wieder mal ins Rampenlicht katapultieren wird.

»Morgen«, sage ich, lasse die Aktentasche zu Boden sinken und begrüße meinen Vater mit einem knappen Nicken. Er sitzt mir gegenüber, am anderen Ende des weißen Hochglanztisches, auf dem, abgesehen von unseren Tellern und Tassen, nichts steht.

»Gut geschlafen?«, fragt Dad, nachdem er sein Telefonat beendet hat. Seine Hände streichen erst über seinen Armani-Anzug, dann über den perfekt gestutzten Dreitagebart. Ohne zu mir aufzusehen, zieht er das iPad neben seinem Teller zu sich heran und tippt darauf herum. Keine Sekunde später ist er, wie ich annehme, wieder in die Fallakte vertieft. So ist er, ein Macher. Nachdem meine Mutter uns verlassen hat, war er da. Er hat sich um seine Karriere gekümmert und gleichzeitig in meine Zukunft investiert. Er hat mir gezeigt, dass sich Verluste leichter verkraften lassen, wenn man ein Ziel verfolgt. Sicherheit gewinnt.

»Die Nacht war okay«, lüge ich und schlinge ein paar Happen Toast und Bohnen runter, bevor ich den Stuhl zurückrücke.

»Wo willst du hin?« Endlich blickt Dad auf. »Du hast deinen Tee nicht angerührt.«

Normalerweise ist das unser Ritual, wenn Dad ausnahmsweise zum Frühstück zu Hause ist. Wir trinken Tee und reden über seine aktuellen Fälle. Nur heute nicht.

»Keine Zeit«, sage ich und deute zur Uhr. »Das Schulprojekt. Du weißt schon.« Genervt schnalze ich mit der Zunge. Auf Dads Stirn erscheint die kritische Falte, die bedeutet, dass er längst vergessen hat, worum es geht.

»Das Projekt, Dad«, betone ich und imitiere eine Kotzgeste.

»Oh.« Weitere Falten graben sich in Dads Haut, rund um den Mund und die Augen. »Sie halten tatsächlich daran fest, ja?«

»Jap«, sage ich knapp und greife mir meine Tasche. »Zehnjähriges Jubiläum. *Grow Together.*«

»Man sollte meinen, dass eine der renommiertesten Privatschulen bei der Ausbildung ihrer Schüler andere Prioritäten setzt …« Dad schüttelt den Kopf. »Das nächste Jahr ist euer letztes. Aber ich gehe davon aus, dass du trotzdem dein Bestes geben wirst. Und vielleicht wirst du ja dem Rechtsprojekt zugeteilt.« Dads Mundwinkel offenbaren den Ansatz eines zufriedenen Lächelns. »Das würde sich gut in deinem Lebenslauf machen.«

»Absolut«, erwidere ich wie eine Schallplatte, die seit Monaten das gleiche Lied abspult.

Dad widmet sich wieder dem Tablet. »Sieh einfach zu, dass du am Ende des Trimesters einen einwandfreien Schnitt vorweisen kannst. Dann stehen dir alle Türen offen.« Sein Handy klingelt wieder, weshalb ich beschließe, dass es Zeit ist, aufzubrechen.

Im Flur – der genauso makellos weiß und mit Hochglanz-Möbeln bestückt ist wie der Rest unseres Hauses – schlüpfe ich in meine Jacke und Schuhe. »Bis dann, Dad«, rufe ich ins Wohnzimmer. »Drück mir die Daumen, dass ich diesen verfluchten Tag überlebe.«

Mein Vater reagiert nicht.

Ich trete nach draußen auf die Veranda. Kalter Oktoberwind peitscht mir ins Gesicht. Die kühle Brise sorgt dafür, dass mein Kopf klarer wird und die dunklen Gedanken sich in Luft auflösen.

Selbst für Brighton-Verhältnisse ist der Herbst in diesem Jahr klirrend kalt und nass. Während ich die Marmortreppe runter- und durch den Vorgarten laufe, begleiten mich die weißen Atemwolken vorm Gesicht und ich beruhige meine Gedanken. Dieses

Schulprojekt ist bloß ein kleines Kapitel in meinem Leben, einem großen Buch mit einer hoffentlich langen Geschichte.

Später wird es nicht mal mehr eine Erwähnung wert sein.

♪♪♪

Vor dem Schultor der St. Doyle versammeln sich bereits ein paar Mitschüler, die Platz machen, sobald ich an ihnen vorbeischlendere. Manchmal ist es anstrengend, einen Staranwalt als Vater zu haben, der ständig omnipräsent in den Medien ist. Hier vertritt er einen berühmten britischen Schauspieler bei einem Scheidungsskandal, da einen Fußballer, der sich einen Fehltritt erlaubt hat. Und auf magische Weise schafft Dad es immer, das bestmögliche Ergebnis rauszuholen. Für seine Klienten – und für sich. Während Dad den Ruhm genießt, engen mich die Blicke meiner Schulkameraden eher ein. Ich fühle mich wie auf dem Präsentierteller.

Ohne auf die anderen zu achten, winke ich ein paar Jungs aus dem Fußballteam zu, die ich später beim Training sehen werde. Mich verbindet sonst nicht viel mit ihnen, bis auf die Tatsache, dass unsere Eltern das Schulgeld aus eigener Tasche zahlen, im Gegensatz zu den Stipendiaten.

Einige von ihnen lachen ausgelassen. Ich frage mich, wie es ist, zur Schule gehen zu können, ohne diesen Druck hinter der Stirn und im Hals zu spüren. Wie es sein muss, ohne das Ziehen im Magen das Schulgelände zu betreten.

»Erde an Callum?« Will hat sich in mein Sichtfeld geschoben und schnippt mit seinen Fingern vor meinem Gesicht herum, sodass ich zusammenzucke. Ich war so in Gedanken vertieft, dass ich seine Ankunft nicht bemerkt habe. »Träumst du etwa schon von den nächsten neun Wochen?«

»Too soon. Too soon«, brumme ich angesichts seines Jokes, und mein bester Freund klopft mir grinsend auf den Rücken.

Voller Herzlichkeit, während ich die Geste steif zur Begrüßung erwidere.

»Hey, stell dir vor, wir werden zusammengesteckt. Dann hättest du mich die ganzen nächsten neun Wochen auch nach der Schule an der Backe. Das wäre doch was, oder? Vor allem, weil ich mittlerweile fast betteln muss, damit wir eine Runde *Fortnite* zocken.« Will malt einen unsichtbaren Heiligenschein über seinen Kopf, zieht einen Schmollmund und klimpert übertrieben mit den Wimpern. Ich boxe ihm gegen die Schulter und er taumelt zurück, den Mund zu einem noch breiteren Lachen verzogen. Das ist Wills Superkraft. Er kann selbst eine unerträgliche Situation erträglicher machen.

»Was ist eigentlich mit nächster Woche?« Mein bester Freund setzt sich in Bewegung, und ich folge ihm durch den weiten Vorgarten.

»Keine Zeit«, antworte ich und wage es nicht, Will direkt anzusehen. Stattdessen fixiere ich das Schulgebäude, als wäre es das Interessanteste auf der Welt. Mein Lebensmittelpunkt.

»Ernsthaft? Mann …« Wills Schultern sinken ein Stück herab. »Ich dachte, du könntest endlich mal meine Meisterwerke bestaunen. Außerdem sind die Jungs aus der Street-Art-Gang echt cool. Du würdest sie mögen.« Seit ein paar Monaten ist er Teil einer offiziellen Street-Art-Gruppe, die die Wände der Stadt mit Graffiti verschönern darf. Da Will schon jetzt zeichnen kann wie ein junger Gott, ist das genau sein Ding. Bisher habe ich allerdings keine freie Minute gefunden, um mir seine Malereien anzusehen.

»Ich muss mich auf die Schule konzentrieren. Sorry, Pal«, sage ich. »Das Projekt kommt jetzt noch dazu …«

»Kapiert. Du musst auf deine große Karriere als Anwalt hinarbeiten. Und wer weiß, wo wir eingeteilt werden.« Wills Mundwinkel zucken, doch das Lächeln reicht nicht bis zu seinen Augen. Auch daran habe ich mich gewöhnt. Will ist der Einzige, der mich wie ein Bruder kennt, er liest mich wie kein anderer.

Unsere Eltern haben sich kennengelernt, als wir in die Grundschule kamen. Ich war eher ein Eigenbrötler, habe lieber zu Hause neben Mum am Klavier gesessen und sie angehimmelt, während sie spielte, mir vorgesungen und Akkorde beigebracht hat.

Unser Garten war mein Abenteuerspielplatz. Ich hatte kein Interesse daran, mit den Nachbarskindern zu spielen. Aber mit Will Freundschaft zu schließen, war leicht. Er hatte am ersten Tag Pokémonkarten zum Tauschen mit – meine lagen ganz unten im Rucksack, weil ich nicht sofort wie ein Nerd rüberkommen wollte. Es hat mich beeindruckt, wie selbstverständlich Will mit einem Grinsen seine Karten präsentiert hat, obwohl die anderen nichts damit anfangen konnten. In der Pause habe ich meinen Mut zusammengenommen und meine Karten mit ihm getauscht.

Seitdem sind wir nahezu unzertrennlich gewesen. Mal gab es gemütliche Abende bei uns, mal bei Wills Eltern. Seit Mum abgehauen ist, hat Dad aber auch zu Wills Familie so gut wie keinen Kontakt mehr. Wenn sie sich sehen, dann nur auf irgendwelchen Schulveranstaltungen.

Wills Enttäuschung ist aus seinem Schweigen rauszuhören und versetzt mir einen Stich, aber so ist es nun mal. Ich muss mich auf das Wichtige konzentrieren.

»Oh, sie haben die Herbstdeko angebracht«, sagt Will plötzlich, und ich hebe den Kopf. An der Schulfassade hängen Efeu-Ranken und Herbstblätter-Vorhänge, vor dem Eingang stehen Kürbisse, teilweise übereinandergestapelt.

Die St. Doyle sieht genauso aus wie Bilder bei Pinterest, wenn man ›private Highschool‹ und ›England‹ ins Suchfeld eingibt. Ein altes Gebäude aus dem 18. Jahrhundert, viktorianischer Stil, viel Grünfläche, Hecken und Sportfelder drumherum. Auf dem gesamten Campus kann man das Brechen der Wellen unten am Strand hören. Obwohl sich die St. Doyle Hunderte Meter vom Strand entfernt befindet, in der Nähe des Queens Park. Ein netter Bonus.

Wir treten durch die breite Flügeltür, die in die Eingangshalle der Schule führt. Der Boden ist marmoriert, die Wände sind aus Gestein und Putz. Überall finden sich die cremefarbenen und braunen Töne der Uniformen und des Wappens wieder. Wir laufen in den ersten Stock, und meine Laune sinkt.

Aber ich brauche diese verfluchte Note, die einen Großteil des Trimesters ausmachen wird. Ich lehne mich neben der Saaltür gegen die Wand und begutachte finster den Boden, während Will uns jeweils einen Becher Cappuccino aus dem Getränkeautomaten holt.

»Hauptsache, nicht das Sozialprojekt«, murmle ich wie zum Gebet, und Will wirft mir einen Seitenblick zu, bevor er mir den heißen Becher überreicht.

»Schade. Ein bisschen soziale Kompetenz würde dir guttun.«

»Sehr witzig«, entgegne ich.

Will grinst übers ganze Gesicht. Er hat Glück, dass ich ihm nichts übel nehmen kann. »Bereit?«, fragt er, und ich nehme einen Schluck von dem Cappuccino, der so bitter schmeckt wie dieser Morgen.

»Auf ins Verderben.«

Wir betreten den Saal, und ich lasse den Blick schweifen. Die meisten Zehntklässler haben sich bereits im Raum verteilt. Ein paar sitzen auf den Stühlen, andere auf den Tischkanten, um sich besser unterhalten zu können. Wir setzen uns in die letzte Reihe. Der Saal ist viel zu groß für die knapp dreißig Leute meines Jahrgangs, die dieses Jahr am Projekt teilnehmen müssen.

Lustlos lasse ich den Blick schweifen und entdecke Taylor, Daniel und Anthony, die ebenfalls in der Schul-Fußballmannschaft spielen. Sie grüßen mich mit einem angedeuteten High Five und einem genervten Laut, den ich erwidere. Ansonsten sind da noch ein paar Mitschüler aus meinen Mathematik-, Wirtschafts- und Sozialkundekursen, mit denen ich im letzten Trimester vielleicht zehn Worte gewechselt habe. Timothy, der hundertprozentig – wie jedes Mal – wegen seines kranken Dads Mitleidspunkte bekommen wird. Ich wette, Timothy wird genau in dem Projekt oder Fach landen, in dem er sowieso brillant ist. Und dann ist da der dunkelhaarige, schlaksige Kerl mit der viel zu großen Brille, der unserem Mathelehrer, Mr. Hopper, bei der letzten Weihnachtsfeier auf die Schuhe gekotzt hat. Er war mindestens zwölf Wochen lang *das* Thema in der Schule, trotzdem will mir sein Name nicht einfallen. Mr. Hopper verzieht seitdem jedes Mal auf dem Gang die Mundwinkel, sobald er dem Kerl begegnet.

Neben dem kotzenden Typen sitzt die Rothaarige mit den Sommersprossen, die jeden in Grund und Boden redet, der sich über ihren Kumpel lustig macht. Und neben ihr, direkt am Fenster, in der zweiten Reihe, sitzt Grace McIntyre. Der wahr gewordene Albtraum meiner Schulzeit. Sie und ich haben jahrelang einen Konkurrenzkampf im Musikkurs ausgefochten, der vor drei Jahren bei der Weihnachtsaufführung in einem Desaster gipfelte. Seitdem verbindet uns nichts mehr, außer unsere intensive Abneigung gegeneinander.

Einen Augenblick lang fixiere ich das Whiteboard, bis mein Blick wieder zu Grace huscht. Warum habe ich sie so lange nicht gesehen? Das letzte Mal muss eine Ewigkeit her sein. Nicht, dass ich es darauf anlegen würde. Wenn es nach mir ginge, würden Grace McIntyre und ich auf verschiedenen Planeten leben.

Doch sie ist hier, im selben Raum, atmet dieselbe Luft wie ich.

Sie hat eine Kurzhaarfrisur. Ganz im Gegensatz zu früher, als sie ihre langen, braunen Haare immer offen oder geflochten getragen hat. Die neue Frisur betont ihr markantes Gesicht. Die hohe Stirn, die vollen Wangen, die Sommersprossen. Die lächerlich großen hellgrünen Augen, die niemand übersehen kann, weil sie an die weite Landschaft der Cotswolds erinnern, die in warme Sonnenstrahlen getaucht wird. Sie lacht, und ich verkrampfe mich. Es klingt wie damals, wenn sie den Musikraum betreten und *jeden* auf diese Weise begrüßt hat. Glücklich. Die Verkörperung puren Lebens. Voller disneymäßiger Ich-möchte-diese-Welt-umarmen-Mentalität.

»Hast du dir eigentlich das Video angesehen, das ich dir geschickt habe?«, unterbricht Wills Stimme meine Gedanken.

»Welches Video?«

»Auf TikTok von so tollen Sängern.« Will sieht mich lächelnd an. »Alter, die Stimmen sind so krass. Du musst dir den Song anhören.«

»Lass mal. Ich habe keine Lust auf Jammersongs.«

Wills Miene wird ausdruckslos. »Also ich erinnere mich an Zeiten, da hast du selbst Jammersongs gesungen.«

Der Stachel, der seine Worte begleitet, bohrt sich direkt in mein Herz. Doch der Schmerz hält nur kurz an. So kurz, dass er kaum der Rede wert ist. »Ist Vergangenheit«, sage ich, ehe Will sich entschuldigen kann und den Moment dadurch schlimmer macht.

»Offensichtlich.« Der Blick, den Will mir zuwirft, bedarf keiner weiteren Worte. Er dreht sich nach vorn, exakt in der Sekunde, in der Mrs. Murray, unsere Lehrerin, bepackt mit einem Ordner den Saal betritt, den sie vor sich auf dem Rednerpult ablegt.

Sie strahlt uns der Reihe nach an. Ihre Begeisterung ist unübersehbar.

»Herzlich willkommen«, sagt Mrs. Murray feierlich und präsentiert mit ausgestreckten Armen den Schriftzug in Druckbuchstaben auf dem Whiteboard. *Grow Together. 2025.*

»Zusammen wachsen. Das Motto unseres Projektes seit 2015. Und in diesem Jahr, beim zehnjährigen Jubiläum, haben Sie die Ehre, ein Teil davon zu sein.«

Mrs. Murray beginnt eine ausschweifende Rede darüber, wie Rektor Harrison und sie das Projekt ins Leben gerufen haben. Jeder an der St. Doyle kennt die Geschichte auswendig. Sie fanden, die Distanz zwischen den Schülern ohne Stipendium, aus finanziell ›sorglosem‹ Umfeld, und den Stipendiaten sei zu groß. Um Mobbing und Ausgrenzung vorzubeugen, wurde beschlossen, dass die Zehntklässler – in Zweierteams – wochenlang zusammenarbeiten und eine Präsentation vorbereiten müssen. Dabei gibt es verschiedene Bereiche, denen man zugeteilt werden kann. Die Sozialprojekte, Wissenschaftsprojekte, das Literatur-Projekt, Theater-Projekt, IT-Projekt, Social-Media-Projekt, Medien-Projekt und einige mehr.

Ich schalte ab. Draußen fallen die ersten Tropfen vom Himmel, es donnert. Keine Minute später trommelt der Regen wie laute Faustschläge gegen die Fenster.

Mrs. Murray macht eine ausladende Geste. »Es ist unerlässlich für das Projekt, dass Sie sich aufeinander einlassen. Nur so können wir Grenzen und Vorurteile überwinden und das Beste auseinander rausholen. Sie werden in dieser Zeit viel voneinander lernen. Wenn Sie es zulassen, kann die Zusammenarbeit Ihren Horizont erweitern.«

Ich verdrehe innerlich die Augen. So eine Horizonterweiterung hat noch niemandem einen Job oder ein gutes Auskommen beschert.

»So, kommen wir nun zum spannenden Teil, auf den Sie sicher

gewartet haben: die Aufteilung in Ihre Kurse und die Auflösung, mit wem Sie zusammenarbeiten werden.« Mrs. Murray klatscht wieder in die Hände, Will rutscht nervös auf dem Stuhl hin und her. Vorn in der zweiten Reihe beugt sich die Rothaarige zu Grace rüber und flüstert ihr etwas ins Ohr.

Mrs. Murray setzt ihre Lesebrille auf und hebt mit einer schwungvollen Geste die Namensliste vor ihre Nase, so, als würde sie den nächsten Präsidenten der Vereinigten Staaten verkünden. »Eric Winthers und Delia Moore. Wissenschaftsprojekt.«

Mr. Ich-kotze-auf-der-Weihnachtsfeier-der-Highschool dreht sich seiner neuen Partnerin zu, die ihm verhalten zunickt.

Name für Name wird verlesen. Will wird mit Grace' rothaariger Freundin fürs soziale Projekt zusammengesteckt. Er bleibt ganz entspannt. Sie müssen mit einem chronisch kranken Kind ihre Präsentation erarbeiten. Will kann gut mit Kindern umgehen, er hat drei jüngere Geschwister, die ihn vergöttern, und es passt zu seinem Ziel, Arzt zu werden. Mein bester Freund grinst mich über beide Ohren an und zwinkert mir zu.

Nur noch sechs Namen sind übrig. Als Mrs. Murray das Rechtswissenschaftsprojekt an Timothy aus meinem Rechtskurs vergibt, der am Fenster eingeschlafen ist und bei der Erwähnung seines Namens hochschreckt, bin ich sicher, dass sie mir *wirklich* eins auswischen will, weil ich ihren geliebten Musikkurs verlassen habe.

»Miss Grace McIntyre«, verliest Mrs. Murray und wirft ihrer Lieblingsschülerin einen warmen Blick zu, »wird der Musikaufgabe zugeteilt.«

»Surprise«, murmle ich und ernte einen Rippenstoß von Will. Klar. Miss future Taylor Swift darf in den nächsten neun Wochen einen eigenen Song schreiben und komponieren, die ganze Welt lieben und bei der Aufführung glänzen.

»Zusammen mit ihrem Teampartner, Mr. Callum Hayward.«

Stille. Ich glaube, meine Seele hat für einen Wimpernschlag meinen Körper verlassen.

Das Musikprojekt … mit Grace …

»Sorry, aber … was?«, frage ich, in der Annahme, mich verhört zu haben. Meine Stimme klingt nicht wie meine Stimme. Zu belegt, wackelig, wie von Schleifpapier angeraut.

»Sie haben mich richtig verstanden, Mr. Hayward.« Mrs. Murrays Euphorie macht die Sache noch schlimmer. »Sie und Miss McIntyre werden für die nächsten neun Wochen ein Team bilden. Ich erwarte Großes von Ihnen beiden.« Sie sagt es fröhlich. Dann fährt sie einfach fort. So, als hätte sie meinen Traum von einer Bestnote nicht gerade mit einem einzelnen Wort zum Platzen gebracht.

Instinktiv wende ich den Kopf der zweiten Reihe zu.

Grace' Körperhaltung hat sich verändert. Ihre Schultern hängen nicht mehr entspannt hinab. Sie hat sich umgedreht, ihre Augen scannen in Rekordgeschwindigkeit die Reihen, bis sie an mir hängen bleiben. Unsere Blicke kreuzen sich.

Ich erkenne erst Überraschung in ihrem Gesicht, gepaart mit Skepsis und gefolgt von einer Emotion, die ich nicht deuten kann.

Langsam begreife ich, dass ich mich in den nächsten Wochen meiner größten Angstgegnerin stellen muss: der Musik. Zu allem Überfluss muss ich das ausgerechnet mit der einen Person tun, die Musik quasi atmet.

Um Grace und mich herum tobt ein Gewitter, und wir befinden uns im Auge des Sturms. Schweigend. Einander fixierend. In Gedanken versunken. Auf den ersten Schritt des anderen wartend.

Das hier ist meine persönliche Horrorvorstellung.

Und sie ist soeben real geworden.

KAPITEL 2

take a moment to breathe

GRACE

Fünf. Vier. Drei. Zwei. Eins.

Die für mich magischen Worte, um alle Worst-Case-Szenarien aus meinem Kopf zu vertreiben. Um die Bilder der Katastrophe zersplittern zu lassen.

Ich schließe die Augen, ignoriere das penetrante Ticken der Uhr an der Wand im beinahe leeren Hörsaal und atme tief ein und aus. In den Bauch. Als ich die Lider wieder öffne, konzentriere ich mich auf fünf Dinge, die ich sehen kann. Die leeren Stühle. Die Bänke. Die Fenster. Regentropfen auf der Scheibe. Meine zwei besten Freunde, direkt hinter mir.

Ich höre Vals Stimme, die flüstert: »Panikattacke?«, woraufhin ich nicke. Ich spüre den Kloß in meinem Hals, die Implosion in der Nähe meines Herzens, die sich weiter und weiter wie eine Blase auszuweiten scheint und meine Atemwege blockiert. Die Hitze. Kochende, schwallende Hitze, überall. In meinem Gesicht, meinem Brustkorb. So unerträglich, dass ich glaube, innerlich zu verbrennen. Mein Puls rast, das Rauschen in meinen Ohren wird lauter und lauter. Ich bekomme nicht genug Sauerstoff in die Lunge gepresst.

Dann der Gedanke: *Ich werde sterben*. In der Schule, am ersten

Projekttag, auf den ich mich so gefreut hatte. Was für ein Ende. *Komm schon, Grace,* ermahne ich mich. *Du wirst nicht sterben. Konzentrier dich. Vier Dinge. Vier Dinge, die du fühlen kannst.*

Den Stoff meines Blazers, weich, nachgiebig. Das Holz unter mir, das gegen meine Oberschenkel drückt. Das Kunstlederarmband meiner Smartwatch am Handgelenk. Mein Smartphone in der Hosentasche.

Drei Dinge, die ich hören kann. Meinen rasenden Herzschlag, der in meinen Ohren verhallt. Darüber das Meeresrauschen, das durch das angekippte Fenster hereindringt. Wild, frei, konstant, beruhigend.

Seine schneidende, abfällige Stimme, die das übertönt, was mich entspannen soll.

Seit einer Minute redet Callum auf Mrs. Murray ein, die wie ein Fels in der Brandung dasteht und eine Ruhe ausstrahlt, die für mich unbegreiflich ist. Callum gibt sich betont höflich, doch es ist unübersehbar, wie sehr er sich beherrschen muss, seine Flüche zu unterdrücken.

»Mr. Hayward.« Ich bewundere Mrs. Murray für ihr erbauliches Lächeln, das von nichts zum Einsturz, nicht mal zum Wackeln gebracht werden kann. »Ich habe Sie viele Jahre lang unterrichtet und glaube an Ihre Fähigkeit und Ihr musikalisches Talent. Das müsste Sie eigentlich freuen. Sie waren immer ein engagierter und ehrgeiziger Schüler.«

Das bringt Callum kurzzeitig aus dem Konzept. Seine Kiefermuskeln treten hervor, er stößt einen langen Atemzug aus. Ich verharre still, gegen mein Pult gelehnt. Mit Callum Hayward die nächsten neun Wochen verbringen zu müssen, ist definitiv nicht der Traum, den ich mir für dieses Trimester ausgemalt habe.

Ich glaube, dass Mrs. Murray uns etwas *Gutes* mit dieser Paarung tun will. Mir. Wahrscheinlich denkt sie, dass die Wogen zwischen Callum und mir nach so langer Zeit geglättet sind. Wir reif genug sind, um mit diesem Kapitel der Schulaufführung abzuschließen. Damals in ihrem Musikunterricht haben wir, trotz der kindlichen Rivalität, gut miteinander harmoniert – er an der Gitarre, ich an der Violine.

Ich hole zittrig Luft und spüre sogleich Vals Hand auf meinem Unterarm. Eine beiläufige Berührung. So beiläufig, dass niemand außer mir sie wahrnimmt. Voller Liebe, Sicherheit und Verständnis, die meinen galoppierenden Herzschlag entschleunigt. Meine beste Freundin schaut mich mit großen Augen an. Warm. Diese Wärme ist mein Anker. Sie sagt: *Es ist okay, Grace. Es ist okay.* Wie jedes Mal, wenn ich glaube, dass ich auf offenem Meer verloren bin, gefangen in dem Sturm, den meine eigenen Gedanken herbeiführen, wartet sie mit mir, bis er vorbei ist. Erics rundliches Gesicht taucht neben Vals auf, er zwinkert mir aufmunternd zu, und ich bekomme langsam wieder Luft.

Der Saal hat sich längst geleert, nur meine Freunde sind geblieben. Und Callums Kumpel, der ein paar Meter abseits steht und die Lage ähnlich hilflos wie wir beobachtet. Dabei linst er in regelmäßigen Abständen zu Val, seiner Projektpartnerin, unsicher, ob er sie ansprechen soll.

»Hast du gar nichts dazu zu sagen?« Callum hat sich zu mir umgedreht. Die Härte in seiner Stimme schlägt mir wie eine Eiswand entgegen. Eine dunkelblonde Strähne ist ihm in die Stirn gefallen. Wäre das arrogante und wütende Funkeln in seinen blauen Augen nicht, die wie der Ozean während eines Tornados wüten, würde er fast attraktiv wirken.

Fast.

Val baut sich schon wie eine Festung vor mir auf, um mich vor Angriffen durch Callums Worte zu schützen – doch ich halte sie mit einer Berührung zurück.

»Mrs. Murray«, beginne ich diplomatisch, trete vor und bringe mein tapferstes Lächeln zustande, wobei ich an Callum vorbei zu der Lehrerin sehe, die in den letzten Jahren zu einer meiner wenigen Vertrauenspersonen an der Privatschule geworden ist. »Gibt es wirklich gar keine andere Lösung? Callum ist schon seit zweieinhalb Jahren nicht mehr im Musikkurs. Wir haben seitdem nicht mehr zusammen gespielt.«

»Geschweige denn miteinander geredet.«

Ich ignoriere Callums Einwurf, schaue bloß Mrs. Murray an. Für einen Moment bringt mein verzweifelter Unterton sie aus der Balance. Das erkenne ich an der tiefen Falte zwischen ihren Augenbrauen, die nach einem Augenblick, den sie mich mustert, wieder verschwindet und von Weichheit abgelöst wird.

»Dann ist das doch ein guter Zeitpunkt, Ihre gemeinsame Liebe zur Musik wieder aufblühen zu lassen«, sagt sie sanft. »Außerdem sind Sie beide in den letzten drei Jahren erwachsener geworden. Ich denke, wir können wiederholte Eskapaden wie die bei der letzten Aufführung ausschließen?«

Ich nicke, wie ferngesteuert, und werde rot vor Scham. Callum öffnet den Mund, schließt ihn aber wieder. Er bemüht sich genauso wie ich, in die entgegengesetzte Richtung zu blicken. Als wären wir zwei Blumen und jeweils der Schatten füreinander. Das Licht, das wir brauchen, ist genau dort, wo der andere nicht ist.

»Schön.« Mrs. Murray lässt ihren Hefter in der Aktentasche verschwinden, die sie sogleich mit einem beschwingten Griff schließt. »Dass Sie ausgestiegen sind, ändert nichts daran, dass Sie jahrelang ein wichtiger Bestandteil des Kurses waren, Mr. Hayward. Sie haben Ihr Talent mehr als einmal unter Beweis gestellt. Ich bin gespannt, wie Sie sich weiterentwickelt haben und was Sie beide *gemeinsam* auf die Beine stellen werden.

Diese Einteilung ist ein großer Vertrauensbeweis.« Mrs. Murray sieht zwischen mir und Callum hin und her. Ihr Gesichtsausdruck bestätigt mich in der Annahme, dass sie die Entscheidung nicht leichtfertig getroffen, sondern lange darüber nachgedacht hat. »Sie beide sind beeindruckende Musiker. Wenn Sie Ihre Begabungen vereinen und sich aufeinander und auf Ihre Kreativität einlassen, wird sicher ein wunderbares Lied entstehen.«

Callum hebt die Hand. »Mrs. Murray, ich …«

»Mr. Hayward.« Es ist das erste Mal seit Jahren, dass ich einen strengen Unterton aus Mrs. Murrays Stimme heraushöre. »Meine Auswahl ist nicht als Strafe gedacht, sondern als Chance.«

Callum schweigt. Ich ebenfalls.

Mrs. Murray zwinkert uns ein letztes Mal aufmunternd zu. »Lassen Sie sich auf das Experiment ein, lernen Sie voneinander. Die neun Wochen werden schneller vorbeigehen, als Ihnen lieb ist, glauben Sie mir. So, und nun wünsche ich Ihnen viel Spaß bei Ihrer ersten Besprechung.«

Damit verlässt sie den Saal.

Ich tausche mich wortlos mit Val aus, deren Augen sich die ganze Zeit in Callums Rücken bohren. Sie schüttelt kaum merklich den Kopf vor Empörung. Callum steht regungslos mit grimmigem Ausdruck da, wo Mrs. Murray ihn zurückgelassen hat. Vor dem Pult. Ich empfinde einen Anflug von Mitleid wegen der dunklen Schatten unter seinen Augen, die pure Verzweiflung ausdrücken.

Callum Hayward ist der Inbegriff von Privilegien, von Status, Beliebtheit, Unantastbarkeit. Er lässt all meine Alarmglocken schrillen.

Reiß dich zusammen, Grace, predige ich stumm. Ich darf mir das nicht kaputt machen lassen. Nicht von ihm. Auf gar keinen Fall.

»Tja«, sage ich und gebe mir Mühe, sorglos und versöhnlich zu klingen. »Das lief anders als gedacht.«

Callum wirbelt zu mir herum. In seiner Miene steht nichts als Empörung geschrieben. Ich räuspere mich. Versuch Nummer zwei. »Wir müssen wohl das Beste draus machen.«

Keine Reaktion. Kurz befürchte ich, Callum ist für immer in Schockstarre verfallen. Bis er sich mit den Händen durch die Haare fährt und mich ausdruckslos anlächelt. »Das Beste. Ja.«

Seine Stimme trieft vor Zynismus.

Hilflos linse ich zu Callums Freund hinüber. Der versteht den Wink mit dem Zaunpfahl – oder eher dem ganzen Zaun –, tritt zu seinem besten Freund heran, legt einen Arm um seine Schultern und raunt ihm etwas zu.

Ich nutze die Gelegenheit, um meine Freunde ein Stück beiseitezuziehen, bis wir außer Hörweite sind. Ich schaffe es kaum mehr, gegen den Kloß in meiner Kehle anzuschlucken. Ein verräterisches Brennen breitet sich in meinen Augen aus.

»Oh, Süße.« Val streicht über meinen Arm. Dankbar für ihr Verständnis drücke ich ihre Finger. Keine Tränen. Nicht hier. Nicht vor *ihm*. Er würde es sofort als Schwäche auffassen. Das Letzte, was ich mir erlauben kann, ist, Callum Hayward einen wunden Punkt zu bieten.

»Ein ziemliches Ding«, sagt Eric in seiner gewohnt diplomatischen Art und rückt seine Brille zurecht, wie immer, wenn er nervös ist.

»Ziemliches Ding? Ernsthaft, Eric?« Val deutet auf Callum, der mit seinem Kumpel diskutiert und die Zähne so fest aufeinanderpresst, dass ich das Knirschen bis hierhin höre. »Beschissen ist das für Gracie. Mehr als das. Es ist eine verfluchte Tragödie.« Val zieht den selbst gebackenen Cookie aus der Tasche, den ich ihr heute Morgen mitgebracht habe. Mit einem leidigen Schluchzen schiebt sie ihn sich zwischen die Zähne. »Iff fange fon an, den Streff mit Schokolafe zu kompenfieren.«

»Ach, Quatsch. Und wennschon: Gracie macht aus jeder Tragödie ein Happy End, stimmt's?« Erics ruhige Art sorgt dafür, dass mein Herz sich zusammenzieht. Der Satz hat einen bitteren Nachgeschmack. »By the way: Du kompensierst Stress immer mit Grace' Keksen«, sagt er an Val gerichtet.

»Hast du die mal probiert?« Val hält ihm den angebissenen Keks vor die Lippen. Eric schiebt ihre Hand von sich weg und Val verputzt schulterzuckend den Rest. »Da öffnen sich die Himmelspforten.«

»Zurück zum Thema.« Eric streckt sich und legt seinen Ellenbogen auf Vals Schulter ab. Er schaut mich einfühlsam an und nickt zu Callum hinüber. »Gracies ›Problem‹.«

»Ihr habt ja gehört, was Mrs. Murray gesagt hat.« Ich lege so viel Zuversicht in den Satz, bis ich sie mir selbst abkaufe. »Es ist eine Chance.«

»Worauf? Einen Herzinfarkt?«, erwidert Val trocken.

Wir lachen, und die Anspannung in mir löst sich.

Callums Kumpel läuft an uns vorbei, nickt erst mir, dann Eric zu und gibt Val zu verstehen, dass er später noch mal auf sie zukommt. Ich nehme an, dass er, wie Mrs. Murray, bei Callum auf Granit gebissen hat. Der dunkelhaarige Kerl verschwindet im Flur, und ich drehe mich seufzend meinen Freunden zu. »Tja, dann«, sage ich, deute auf Callum hinter mir und lasse zu, dass Val mich stürmisch umarmt.

Sofort spüre ich die Tränen aufsteigen. Bevor wir beide heulend im Hörsaal stehen, lassen wir uns los und bringen Abstand zwischen uns. Eric tippt mich mit der Fußspitze an und stupst gegen meine Nase. Ein letztes Zeichen der Aufmunterung. »Bis später, Gracie.«

»Bis später«, sage ich, begleite meine Freunde bis zur Tür, winke und warte, bis sie aus meinem Blickfeld verschwunden sind. Dann verharre ich einen Augenblick lang auf der Schwelle, zähle im Kopf bis fünf, um mich zu wappnen. Bete, dass ich nicht in Tränen ausbrechen werde, obwohl mir danach zumute ist.

Ich schnappe mir einen Stuhl und lasse mich darauf nieder. Unvoreingenommen. Wer weiß, wie sich Callum in den letzten zweieinhalb Jahren verändert hat. Vielleicht sieht er die Dinge anders als damals. In zwei oder drei Jahren kann viel passieren. Niemand weiß das besser als ich. Ich muss, ich *will* ihm eine Chance geben. Jeder verdient es, zu zeigen, ob und wie er sich weiterentwickelt hat. Das Hier und Jetzt zählt. Also warte ich.

Callum lehnt mir gegenüber an einem anderen Tisch, beäugt mich von Kopf bis Fuß.

Die Stille zwischen uns legt sich wie ein schweres Gewicht auf mein eh schon lädiertes Herz.

»Tja«, beginne ich und gebe mein Bestes, um nicht vor lauter Unsicherheit aufzuseufzen. »Dann machen wir uns mal einen Plan, was?«

Callum verdreht die Augen. Am liebsten würde ich ihn anschreien. Ihm sagen, wie wichtig dieses Projekt für mich ist. Wie lange ich mich darauf gefreut habe, weil Mrs. Murray mir zwischen den Zeilen gesteckt hat, dass ich mir keine Gedanken machen muss, woanders zu landen.

Warum kriegt er es nicht hin, ein paar Minuten nett zu mir zu sein?

Ich schüttle den Frust ab und lächle mein glaubwürdigstes Tausend-Volt-Lächeln. Dabei öffne ich die Notiz-App auf meinem Smartphone. »Ich würde sagen, dass wir uns mindestens zweimal pro Woche zum Schreiben und Komponieren treffen sollten. Was meinst du? Neun Wochen gehen schnell vorbei.«

Nicht schnell genug.

Callum muss den Satz nicht aussprechen, ich lese ihn an seiner abwehrenden Körperhaltung ab. Gott, ich hasse es, wie verwundbar ich mich in seiner Gegenwart fühle.

»Ich könnte checken, wann der Probenraum frei ist, und ihn für uns buchen?«, fahre ich fort und konzentriere mich auf das Display meines Handys, um Callum nicht direkt ansehen zu müssen.

»Klar, check doch am besten gleich, ob er jeden Tag frei ist. Weil ich in meiner Freizeit verdammt noch mal nichts Besseres zu tun habe, als diesen Scheißsong mit dir zu schreiben.«

Es fällt mir schwer, geduldig zu bleiben, wenn Callum Hayward den Arsch spielt. *Durchatmen, Grace. Innere Mitte finden.* »Tut mir leid, dir das sagen zu müssen, aber irgendwie müssen wir das hinkriegen. Die Note macht vierzig Prozent des Trimesters aus.«

Callum seufzt resigniert. Er scheint endlich zur Vernunft zu kommen.

»Also? Zweimal die Woche? Dreimal?«

»Bis zu dreimal sind okay«, brummt Callum, wobei er es vermeidet, mich anzusehen. Er fokussiert sich auf seine Hände und Unterarme, die viel muskulöser und sehniger sind als noch vor zwei Jahren.

Bevor er es sich anders überlegen kann, schiebe ich ihm mein Handy entgegen, damit er seine Nummer eintippen kann. Es ist unübersehbar, dass er genauso wenig Lust wie ich auf gemeinsame WhatsApp-Gespräche hat. In Gedanken setze ich mir bereits eine Callums-Nummer-löschen-Notiz für den Tag nach der Abschlusspräsentation. »Wir können uns ja auch spontan absprechen.«

»Klar.« Seine Stimme trieft vor Sarkasmus.

»Okay«, fahre ich unbeirrt fort und mache mir Notizen. »Ideen fürs Genre?«

»Singer-Songwriter wäre wohl das Beste.«

Wow. Er kann ja richtig umgänglich sein. »Ist notiert«, verkünde ich und blicke auf, direkt in Callums versteinerte Miene. Er beäugt mich skeptisch.

»Was?«, frage ich.

»Du siehst anders aus mit den kurzen Haaren.«

Ich schlucke, wende mich meinem Handy zu. Callum mustert mich weiter, als wäre ich ein Rätsel, das er lösen muss.

»Danke, ich fühle mich wohl damit«, sage ich, wohl wissend, dass Callum es nicht als Kompliment gemeint hat. Immerhin versteht er, dass das Thema damit beendet ist.

»Du freust dich richtig auf dieses Projekt, oder?« Es ist eine Feststellung, keine Frage.

»Klar«, entgegne ich.

»Immer noch so Musik-fanatisch?«

»Jap.«

»Mrs. Murrays Kurs ist noch dein Lieblingskurs?«

»Natürlich.«

»Du weißt aber schon, dass die Chancen, mit Musik eine Karriere aufzubauen, gegen null gehen? Es ist einfach sinnlos, damit seine Zeit zu verschwenden. Schade um dein Stipendium.«

»Wow. Du bist immer noch ein richtiger Sonnenschein, was? So charmant«, kann ich mir nicht verkneifen zu antworten.

Seltsamerweise zuckt daraufhin einer von Callums Mundwinkeln. Dieser Schlagabtausch erinnert mich beinahe an früher. Wir waren offiziell nie Freunde, aber auch keine Feinde bis aufs Blut. Wir waren kindliche Konkurrenten, die sich gegenseitig herausgefordert und die Rivalität manchmal auf die Spitze getrieben haben. Und dennoch hatten wir einen gewissen

Respekt voreinander. Davor, wie sehr wir die Musik geliebt haben, wie viel sie uns bedeutet hat. Klar, ich war ab und zu genervt von ihm, wie er von mir … aber ich würde behaupten, da war eine gewisse Sympathie zwischen uns. Eine, mit der man einander anerkennt, obwohl man aus unterschiedlichen Welten kommt.

Zumindest bis zum Vorfall beim Konzert …

»Klar«, sagt Callum im gleichen Tonfall wie ich.

Nachdem er den Musikkurs verlassen hatte, habe ich mich oft gefragt, warum Callum die Musik aufgegeben hat. Für mich ist das unvorstellbar. Musik ist wie Atmen. Freiheit. Gefühle. Leben. Überleben. Therapie. Fühlen. Ohne Musik – kein Leben. Oder zumindest keine Lebendigkeit.

»Weißt du, warum ich jetzt hier sitze?«, fragt Callum aus dem Nichts.

»Weil Mrs. Murray uns eingeteilt hat?«, erinnere ich ihn.

»Weil ich die beschissene Note brauche.«

Kurz spiele ich mit dem Gedanken, mich Callum anzuvertrauen. Ihm zu sagen, warum ich diese Note auch so sehr brauche, dass uns das verbindet. Callum und ich werden die nächsten Wochen miteinander verbringen, einen Song schreiben, gemeinsam singen, komponieren. Das ist etwas sehr Intimes. Wenn ich ihm nicht die Wahrheit sage, könnte das zu Komplikationen führen. Ich öffne gerade den Mund, da kommt Callum mir zuvor.

»Aber offensichtlich wird mir die gute Note ja nicht so gegönnt wie anderen.«

»Was?« Ich beiße mir auf die Wange, zögere, unsicher, worauf Callum anspielt.

»Timothy und das Rechtsprojekt? Komm schon, jeder weiß, dass das eine Mitleidsgeste war.«

»Was meinst du?«, frage ich heiser, wobei mir Hitze ins Gesicht schießt. Ich ahne, warum Callum das gesagt hat, hoffe aber, eines Besseren belehrt zu werden. *Bitte tu das nicht.*

»Er will unbedingt Anwalt werden. Seine Familie hat kaum Geld. Sein Dad liegt im Sterben.« Callum redet darüber, als würde es um eine Einkaufsliste gehen, nicht um einen Menschen. Er verschränkt die Arme vor dem Brustkorb und lehnt sich nach hinten, streckt die Beine unter dem Tisch aus, sodass sie meine fast berühren. »Mitleidspunkte. Schätze, die Diagnose seines Dads bringt ihm einige Vorteile.«

Von einer Sekunde auf die andere wird mir kalt. Mein gesamter Körper ist gelähmt, inklusive meiner Zunge. Wut steigt in mir auf.

»Du findest, es bringt Tim *Vorteile,* dass sein Dad stirbt?« Ich kann den Satz kaum aussprechen. Callum hebt nur die Schultern.

Und ich warte. Auf eine Einsicht. Eine Entschuldigung. Eine winzige Regung, aus der ich lesen kann, wie unwohl er sich mit seiner eigenen Bemerkung fühlt. Doch da ist nichts. Außer dem dumpfen Ziehen in meinem Magen, das mich daran erinnert, dass Callum Hayward ein Arschloch ist.

Ich nehme mir selbst das stumme Versprechen ab, niemals mit Callum über irgendetwas zu reden, das mich beschäftigt, und erhebe mich.

»Was ist jetzt los?«, fragt Callum und liest die Antwort sogleich aus meinem verkniffenen Gesicht. »Oh, komm schon, Grace. Ernsthaft? Deshalb packst du deine Sachen?«

»Genau«, entgegne ich, schlüpfe in meine Jacke und merke erst beim Zuziehen des Reißverschlusses, wie sehr meine Hände vor Wut zittern. »Und weißt du was? Timothy wäre ein tausendmal besserer Anwalt als du. Warum? Weil er im Gegensatz zu dir einen Funken Empathie besitzt.« Ich hole rasselnd Luft. An einem Wutanfall wegen Callum Hayward zu sterben, steht nicht auf meiner To-do-Liste für dieses Jahr.

Callum fasst sich an die Brust, als hätte ihn soeben ein Pfeil ins Herz getroffen. Dann verzieht er den Mund zu einem abschätzigen Grinsen. »Ich schätze, die drei Male pro Woche für unser kleines Projekt werden doch nicht mehr stattfinden wie geplant?«

»Fick dich, Callum.«

Die Worte sind raus, ehe ich über sie nachdenken, geschweige denn sie bereuen kann. Auf dem Absatz mache ich kehrt, begleitet von dem Rauschen und dem Verhallen meines rasenden Pulses in meinen Ohren.

Ohne einen Blick zurückzuwerfen, lasse ich Callum Hayward, den Hörsaal, die St. Doyle und das große *Grow Together*-Schild am Eingang der Highschool hinter mir.

KAPITEL 3

Two Lungs

GRACE

»Wow.« Mum sinkt gegen das große Kissen, das sie zwischen Sofalehne und ihrem Rücken platziert hat, und pustet ihren Pony zurück. »Callum Hayward. Kannst du das glauben, David?« Sie nippt geräuschvoll an ihrer heißen Schokolade und legt ihre Beine auf Dads Schoß.

Mein Vater schüttelt den Kopf und beginnt sogleich, Mums Füße zu massieren. Bloß eine von vielen kleinen Liebeserklärungen, die sich meine Eltern jeden Tag geben.

Seufzend reiße ich mich von meinem Handy los und blicke die beiden an. Dads Haare sind genauso dunkel und kurz wie meine, im Gegensatz zu Mums dunkelblonden. Mit der freien Hand streicht er sich über seinen Dreitagebart, der mehr einem Zehntagebart ähnelt. »Ich glaube, damit hat keiner von uns gerechnet, Darling.«

»Yup. Und ich hab's total verkackt.« Seufzend kuschele ich mich an Mum, schlinge die Finger enger um die Kürbistasse, aus der süßlicher Duft in meine Nase dringt, und nippe ebenfalls an der heißen Schokolade. Niemand macht sie so wie Mum. Sobald sie mir angesehen hat, dass ich einen schlechten Tag hatte, ist sie in die Küche gestürzt und hat unsere Tassen mit einer Extra-Portion Marshmallows, Streuseln und Schokosoße zubereitet.

Jetzt liegen wir, eingekuschelt in Wollsocken und Decken, zu dritt auf dem Sofa, zwischen den vielen Lichterketten, Herbstgestecken und Fotos an den Wänden, die unser Haus für mich erst zu einem Zuhause machen, und starren gedankenverloren zum Fernseher rüber.

Gerade läuft eine Episode *Heartstopper* – meine liebste Safe-space-cozy-Serie, die Mum und Dad endlich auch schauen, weil ich jeden Tag davon schwärme. Dass beide es kaum schaffen, eine Folge ohne Tränen zu überstehen, zeigt mir wieder, von wem ich die Sensibilität und Emotionalität geerbt habe. Nicht, dass das etwas Schlechtes wäre. Denke ich.

»Du hast es nicht verkackt, Liebling. Es ist eben aus dir rausgebrochen. Dass es dir leidtut und ihm offenbar nicht, sagt doch alles, was du wissen musst.« Dad greift zur Fernbedienung und pausiert die Szene, in der Charlie sich ähnlich fühlt wie ich vorhin in Callums Nähe. Unverstanden. Wertlos. Hilflos.

»Danke«, murmle ich. Vielleicht haben Mum und Dad recht. Vielleicht war es nötig, Callum meine Grenze aufzuzeigen. Aber so? Das kenne ich nicht von mir. Meine Wangen glühen immer noch vor Scham.

»Was wirst du jetzt machen, Liebling?« Dad deutet auf den weißen Flügel, der schräg hinter unserer Fernsehecke steht. Vor ein paar Jahren hat er ihn seinem besten Freund abgekauft, und es ist die bei Weitem beste Entscheidung seit Langem gewesen. Das Klavier hat Gebrauchsspuren wie ein ausgelesenes, altes Buch, das man Jahre mit sich herumgetragen hat, um wieder und wieder zu der Geschichte zurückzukehren. Wahrscheinlich liebe ich den Flügel deshalb so sehr. Weil er Ecken und Kanten hat, die man auf Anhieb sieht.

»Ich muss es durchziehen«, sage ich, während sich die Euphorie, die ich für das Musikprojekt empfunden habe, in Luft auflöst.

»Willst du nicht noch mal mit Mrs. Murray reden?«

Ich erwidere Mums Blick mit einem tapferen Lächeln, das mir nicht so gelingt wie beabsichtigt. »Nein. Sie wird sich was bei ihrer Entscheidung gedacht haben. Es ist … egal. Ich mache, was ich eh machen wollte. Ich werde mein Bestes geben, ob Callum mitmacht oder nicht. Ich will mir das nicht kaputt machen lassen.«

»Das klingt nach meinem Mädchen.« Dad streicht mir über den Hinterkopf. Ich spüre das Ungesagte, das zwischen seinen und meinen Zeilen steht und das wir trotzdem hören. Wie eine Leerzeile beim Schreiben, die blinkt und blinkt … und blinkt.

Manchmal ist es hart, dass meine Eltern auch meine besten Freunde sind. Neben der Liebe, dem Vertrauen und der Dankbarkeit, die ich empfinde, ist da auch dreifacher Schmerz, sobald jemand von uns leidet. Menschen, die sagen, dass Leid sich teilt, sobald man liebt, haben keine Ahnung. Es teilt sich nicht. Es *verteilt* sich nur anders. Nämlich auf noch mehr Personen, die alle gleichermaßen Schmerz ertragen.

»Ich geh dann mal hoch«, verkünde ich und erhebe mich von unserem Big Sofa. Mum spürt, dass ich für mich sein muss. Das sagt mir ihr Händedruck. Und doch fällt ihr das Loslassen schwer.

»Willst du nicht lieber hierbleiben?« In Mums Augen erscheint das sorgenvolle Funkeln, das mir jedes Mal ein schlechtes Gewissen bereitet.

»Nein.« *Ich brauche kurz Ruhe. Zeit für mich,* ergänze ich gedanklich. Mum lässt meine Hand widerwillig los und schmiegt sich enger an Dad, der seine Arme fest um ihren Oberkörper schließt.

»Wir sind hier, wenn du uns brauchst.«

»Ich weiß. Das wird schon.« Schweren Herzens mache ich kehrt. Ich spüre Mums und Dads besorgte Blicke noch, als ich schon die ersten Stufen genommen habe und aus ihrem Sichtfeld verschwunden bin.

Erst als meine Zimmertür hinter mir zufällt, erlaube ich es mir, loszulassen und durchzuatmen. Mein Zimmer ist mein Rückzugsort. Ich liebe alles daran.

Den Lichtervorhang vor meiner alten Ukulele. Die aufgeklebten Sterne über meinem Bett, die im Dunkeln leuchten. Den weißen Vintage-Schreibtisch mit den vielen Fächern, den wir gebraucht im Secondhandshop ergattern konnten. Die bis oben hin gefüllten Bücherregale, die den meisten Platz im Raum einnehmen. Die Film- und Serienplakate hinter der Tür, die kleinen Motivationssprüche, die ich bei Pinterest gefunden, ausgedruckt, zugeschnitten und an die Wand über meinem Schreibtisch geklebt habe. Die Lichterkette mit den Polaroid-Foto-Clips, die viel zu kurz für alle Bilder ist, die ich gern aufgehängt hätte. Den Fernseher, der früher im Wohnzimmer stand.

Und den großen Rahmen, der das Erste ist, was man sieht, sobald man den Raum betritt. Eine Minute lang starre ich ihn wie hypnotisiert an. Val, Eric und Lou haben ihn mir nach unserem *Eras Tour*-Konzert gebastelt. Lou gehört seit drei Jahren zu unserer Clique, geht aber leider nicht auf die St. Doyle. Sie und ich sind Schwestern im Geiste, und als ich sie Val und Eric vorgestellt habe, war unsere Gruppe komplett. Ich habe ihn noch am selben Tag an die Wand neben meinem Bett gehängt und ihn stundenlang angesehen. Lou und ich haben die gleichen kurzen Haare und beide grüne Augen, weshalb uns einige andere Swifties für Schwestern gehalten haben.

Das Konzert war magisch. Wir haben an diesem Tag unsere Freundschaft gefeiert, das Leben, unseren Zusammenhalt und aus voller Kraft mit siebzigtausend anderen Menschen die Bridge von *All Too Well* gesungen.

Ich strecke die Hand aus und streiche über den selbst gebastelten Rahmen, während ich den wohlbekannten Kloß im Hals spüre. Meine Hand zittert. In der Stille meines Zimmers wird mir bewusst, wie viel heute zerplatzt ist. Ich hatte so große Hoffnungen an das Projekt gehängt. Wie soll ich unter diesen Umständen mein Bestes geben? Wie soll ich *ich* sein in der Gegenwart von jemandem, der alles verabscheut, was authentisch und nicht perfekt ist? Meine uneingeschränkte Freude ist dahin.

Schlagartig spüre ich die bekannte Hitze in mir aufsteigen. Die Enge in der Kehle. Übelkeit. Angst.

Panik.

Vorhin im Hörsaal konnte ich sie noch unterdrücken, doch jetzt komme ich kaum gegen sie an.

Das Projekt war meine Chance, meine Gefühle und Gedanken der letzten Monate in Takte, in Noten, in Lyrics zu verpacken und sie auf meine Weise teilen zu können. Über das zu singen, was ich an jedem Tag runterschlucke und so tief vergrabe, dass man nicht einmal mehr Unebenheiten an der Oberfläche erkennen kann. Außerdem brauche ich die Note, dringender, als mir lieb ist. Der Gedanke sorgt dafür, dass mir noch übler wird.

Ich stütze mich an der Wand ab. Schweiß breitet sich in meinen Handflächen und in meinem Nacken aus. Mein Bein wippt nervös auf und ab. Ich schließe die Augen und versuche mich auf einen Punkt zu fokussieren, bis mich ein vertrautes Klingeln aus der Konzentration reißt. Zitternd ziehe ich mein Handy aus der Jeanstasche und werfe einen Blick aufs Display.

Val: Ich fasse es immer noch nicht, dass
Mrs. Murray dir den Kotzbrocken antut.

Die Panik baut sich in mir auf wie ein Tsunami, der unaufhaltsam direkt auf mich zurollt. Es kommt nicht genug Sauerstoff in meine Lungen. Ich werde ersticken. Oder an dem Infarkt sterben, den Val prophezeit hat. *Scheiße.*

Ich muss raus. Runter ans Meer, sofort. Die Gedanken fortspülen lassen. In Windeseile schnappe ich mir meinen Rucksack, Handy und eine Wasserflasche, die auf dem Nachtschrank steht. Als ich auf der Treppe nach unten mehrere Stufen auf einmal nehme und mit einem Hechtsprung im Flur ankomme, springen Mum und Dad vom Sofa.

»Was ist los?« Mums Blick wandert zu meinem Rucksack und meinen wohl rot gefärbten Wangen. »Wo willst du hin?«

»Ich muss raus«, bringe ich hervor, bemüht um Kontrolle. »Will zum Wasser laufen, ein bisschen spazieren gehen.«

»Allein?«

Ich schlüpfe in meine Schuhe, ohne aufzublicken. »Ja, Mum. Allein.«

»Aber du gehst nicht schwimmen, oder? Es ist viel zu kalt zum Schwimmen.«

»Ich komme klar. Vielleicht halte ich nur die Füße rein.«

»Aber …«

»Mum.« Ich wirbele zu ihr herum. Meine Augen brennen. »Ich will nur *ein einziges Mal* allein sein. Für *mich.* Ich gehe *nur* zum Strand.« Es ist nicht fair, dass ich sie anschreie.

Aber was ist schon fair?

Mum presst die Lippen zusammen, sodass sie einen schmalen Strich bilden. Dad steht hinter ihr und sagt nichts. In seinen Augen schimmert es verdächtig. Ich halte seinen Anblick nicht aus. Jedes Mal tue ich ihnen weh. Ich tue allen weh.

»Ich bin in einer Stunde zurück«, sage ich, wickele den kuscheligen Schal um meinen Hals, der meine bebende Unterlippe verdeckt, und schultere den Rucksack. Dann verharre ich kurz auf der Schwelle. »Hab euch lieb«, füge ich hinzu. Denn egal, wie aufgebracht ich bin, egal, wie dringend ich flüchten will – in unserem Haus gibt es eine ungeschriebene Regel, die niemand bricht: Wir gehen niemals wütend auseinander.

Mums und Dads Antwort höre ich nicht mehr.

Die Haustür fällt mit einem dumpfen Laut hinter mir ins Schloss. Mit einem Mal kann ich es kaum erwarten, das Haus hinter mir zu lassen. Ich wische mir übers Gesicht, atme die herbstliche Meeresbrise ein und setze einen Fuß vor den anderen. So, als müsste ich mich erst wieder an den festen Boden unter mir gewöhnen.

KAPITEL 4

Letting Go for a Little While

GRACE

Die Schaumkronen der Wellen brechen vor mir am Strand und tragen das Salz zu mir. Ich lasse meine Kopfhörer in der Umhängetasche verschwinden. *The Anonymus Ones* aus *Dear Evan Hansen* läuft seit heute Morgen on repeat. Die zweite Strophe bricht und heilt jedes Mal etwas in mir. Genauso wie eben, auf dem Weg durch Brightons Straßen und Gassen.

Direkt an der Promenade vorm Brighton Palace Pier biege ich nach rechts ab. Hier habe ich den Großteil meiner Kindheit verbracht. An diesem Strandabschnitt, von wo aus man in einiger Entfernung das i360, den *Brighton Donut,* sehen kann. An diesem Strand habe ich als Kind Sandburgen gebaut, stundenlang gelesen, Volleyball gespielt, gelacht und begonnen, das Meer zu lieben wie einen Freund.

Die salzige Meeresbrise beschert mir eine Gänsehaut. Der Blick über den Ozean, die schier unendliche Weite, sorgt dafür, dass mein rasender Herzschlag sich beruhigt.

Das Rauschen des Meeres synchronisiert sich mit meinem Herzschlag – und ich denke an nichts.

In meiner Nähe spielen Kinder am Strand zwischen ihren Eltern. Ihr Lachen tönt bis zu mir und bringt mich dazu, mitzulächeln. Ich vermisse diese Unbeschwertheit. Mein Vertrauen ins Universum ist seit drei Jahren zerstört, und ich werde es nie zurückbekommen. Das zu akzeptieren, war ein harter Prozess.

»Du bist verrückt, wenn du bei der Arschkälte schwimmen gehen willst.«

Ruckartig wende ich mich nach links.

Meine beste Freundin steht mit vor der Brust verschränkten Armen, eingewickelt in ihren Herbstmantel, ein paar Schritte neben mir. Unter ihrer Wollmütze quellen ihre roten Haare hervor. Der strenge Ausdruck in ihren Augen spricht Bände.

Unterbrochen wird die Anspannung nur von Eric, der schnaufend hinter ihr auftaucht, die Hände in die Hüfte gestemmt. »Holy moly«, stößt er atemlos hervor, baut sich vor mir auf und legt mir die Hände auf die Schultern. »Weißt du, Gracie, Val wird zu einer verdammten Olympiasprinterin, wenn es um dich geht. Und dich aus dem Meer zu fischen, stand eigentlich nicht auf meiner To-do-Liste für heute.« Er bemerkt meinen verstörten Gesichtsausdruck und hält inne. »Was? Too soon?«

Ich nicke mechanisch. Die unausgesprochene Frage steht mitten auf meiner Stirn geschrieben. Doch je länger ich meine Freunde anstarre, desto klarer formt sich die Antwort in meinem Hirn. »Mum«, bringe ich hervor.

Val schweigt, die Arme weiter vor der Brust verschränkt, und funkelt mich an, ohne zu blinzeln. Eric grinst schief, und ich stöhne auf. »Lasst mich raten: Sie hat euch direkt angerufen, sobald ich aus der Tür raus war?«

»Wahrscheinlich noch bevor die Tür ganz zugefallen war«, entgegnet Val trocken. »Ernsthaft, Süße, es ist kein Wunder, dass sie sich Sorgen macht. Warum musst du ausgerechnet heute auf die Idee kommen, schwimmen zu gehen? Es sind gefühlt zehn Grad.«

»Weil ich das nach diesem Tag brauche.«

Das beschwichtigt meine Freunde.

»Okay, nur fürs Protokoll: Du hast also nicht vor, dich wegen Kotzbrocken in den Fluten zu ertränken?« Wie Eric sich lehrerhaft vorbeugt, um jeden Zentimeter meines Gesichts zu mustern, auf der Suche nach dem Anflug einer Lüge, bringt mich zum Lachen.

»Natürlich nicht«, sage ich und schiebe ihn sacht weg. »Diese Genugtuung gönne ich *Kotzbrocken* nicht.«

»Hast du Lou schon geschrieben?«, fragt Val.

»Nein.« Ich vergrabe meine Hände tiefer in meinen Jackentaschen. Lou ist die Einzige, der ich noch nichts von dem Drama erzählt habe. Bestimmt wartet sie seit Stunden auf ein Update von mir, schließlich ist es eine Art Ritual geworden, dass ich Lou direkt nach dem Unterricht schreibe. Ich wette, sie ahnt längst, dass etwas los ist, denn ich bin nur still, wenn es mir schlecht geht. Wenn ich den Schmerz mit mir ausmachen muss, *mich* meinen Freunden nicht antun will.

»Ich schreibe ihr nachher«, sage ich, und Val öffnet den Mund, um mir eine Standpauke zu halten, dass ich jederzeit eine Panikattacke bekommen könnte und das Wasser viel zu kalt ist, verstummt jedoch, als Eric sie mit dem Ellenbogen anstößt.

Mit einem stummen Dank auf den Lippen kehre ich meinen Freunden den Rücken zu. Der unbarmherzige Meereswind sticht wie Nadeln auf meiner Haut, und irgendwie befeuert mich dieser Schmerz.

Ohne weiter Zeit zu verlieren, entledige ich mich meiner Jacke, des Schals und meiner Schuhe.

»O Gott, ich kann nicht hinsehen«, sagt Val und dreht mir schwungvoll den Rücken zu. Eine Sekunde später wirbelt sie wieder herum. »Vergiss es, ich muss hingucken. Falls du doch einen Kälteschock kriegst und wir dich retten müssen.«

Drei Atemzüge dauert es, bis ich in Unterwäsche dastehe. Selig lächelnd vergrabe ich die Zehen im Sand.

»Bitte stirb nicht«, ist das Letzte, was Val in ihrer gewohnt sarkastisch-liebevollen Art sagt, bevor ich losstapfe, mit einem befreiten Lachen auf den Lippen.

Niemals einfach so in kaltes Wasser rennen. Das ist das Erste, was mein Grandpa mir beigebracht hat. Langsam herantasten, dem Herzen Zeit geben. Plötzliche Kälte ist ein Schock für den Kreislauf, man muss ihn daran gewöhnen. Als Grandpa mich das erste Mal mit zum Neujahrsschwimmen genommen hat, lagen ein Jahr Training und Gewöhnung hinter mir. Die Liebe zum Wasser habe ich definitiv von ihm geerbt.

Bei der ersten Berührung meiner Füße mit dem Ozean ziehe ich scharf die Luft ein. Meine Waden werden sofort steif von der Kälte. Mit langsamen Handbewegungen mache ich meinen Oberkörper nass, während ich weiter vorwärts ins Meer laufe. Als ich langsam in die Knie gehe und das raue Meer mich umschließt, bilde ich mir ein, dass mein Herz für einen Augenblick aussetzt.

Es fühlt sich an, als würde ein Hagelsturm auf mich niederprasseln. Mein Körper wird taub. Zur selben Zeit bin ich merkwürdig gelöst, angetrieben von purer Lebensfreude, von der Liebe zum Wasser, der Schwerelosigkeit, die mich endlich und unendlich auf einmal fühlen lässt.

Die Wellen gleiten an mir vorbei, durchtrennt von meinen fließenden Bewegungen. Val und Eric winken mir zu, und ich lasse mich auf dem Rücken treiben, vergesse die Welt um mich herum, bin *da,* ganz bei mir. Für diese fünf Minuten spielen weder Zukunftsängste noch Callum Hayward eine Rolle. In meinem Bauch formt sich ein Glücksgefühl, das sich nach kaum einer Minute in einem lauten Jauchzen löst.

Ein paar Minuten später wate ich aus dem Meer in die Arme meiner Freunde, die mich sofort in ein Handtuch einwickeln, das ich vergessen habe und sie eingepackt haben, und fasse einen Entschluss.

»Ich muss ihm schreiben.«

»Wem? Kotzbrocken?«, fragt Val, während sie mich energisch trocken rubbelt.

»Ja«, sage ich. »Ich werde mich entschuldigen.«

Meine beste Freundin hält inne. »Bitte? Süße, haben wir uns nicht vorgenommen, uns nicht mehr für Dinge zu entschuldigen, die …«

»Scheuklappenblick«, werfe ich zähneklappernd ein.

»Was?«, fragt nun Eric perplex.

»Ich brauche einen Scheuklappenblick für die Stunden mit Callum.« Sofort mache ich die dazu passende Geste vor den Augen. »Aufs Ziel fokussieren. Damit das klappt, muss ich mich erst entschuldigen. Dafür, dass ich ihm das F-Wort an den Kopf geworfen habe.« Val schmunzelt, weil ich das Wort nicht noch einmal aussprechen kann. »Das Projekt ist mir wichtig.« Meine Freunde seufzen.

»Das wissen wir doch, Gracie.« Eric piekt mich liebevoll-neckend in die Wange, nachdem ich wieder in meine Klamotten geschlüpft bin. Wir sehen uns der Reihe nach an und müssen lachen. In diesem Moment, in dem wir frierend am Strand stehen, existiert etwas zwischen uns, das weiter reicht als die Zeit. Weiter als das Meer, unbeugsam, unveränderlich.

Ich nutze die Gelegenheit und ziehe mein Handy hervor – und schreibe Callum.

KAPITEL 5

I Hate It Here

CALLUM

Drei Uhr am Nachmittag, und ich sitze im Probenraum des Musikkurses. Ich hatte nicht damit gerechnet, ihn noch mal zu betreten. Und dann auch noch auf Grace McIntyre hier zu warten.

Zugegeben, ihre einsichtige Nachricht hat mich überrascht. Stundenlang habe ich überlegt, was ich Grace antworten soll, am Ende habe ich zugestimmt, mich direkt im Probenraum mit ihr zu treffen. Ob ich will oder nicht, ich muss dieses Projekt über mich ergehen lassen.

Ich strecke die Beine aus, die vom ersten Training der Saison brennen und zwicken. In meiner Nase kribbelt es. Der Raum riecht wie früher. Nach dem Holz der Instrumente, dem Leder des abgesessenen Sessels in der Ecke, in dem meistens Mrs. Murray Platz genommen hat, um uns zu beobachten oder Anweisungen zu geben. Und nach Staub. Und Sehnsucht. Und Freude. Und Schmerz. Tiefem, verzehrendem Ich-kann-nie-wieder-atmen-Trauerschmerz. *Shit.*

Mein Blick schweift zu den Instrumenten, die in der Ecke gegenüber von mir stehen. Kein guter Ansatz, um mein beschissenes, aufgewühltes Herz zu beruhigen. Zu viele Erinnerungen. Zu viele gemischte Gefühle. Zu viel Vergangenheit. Zu viel *ich.*

»Du bist ja schon da.«

Ich drehe mich der Flügeltür und Grace' Stimme zu. Sie trägt einen Taylor-Swift-Hoodie und eine Jeans. Ihr Schal verdeckt den unteren Teil ihres Gesichts, doch ich erkenne an ihren Augen, dass sie strahlt. Diesen Augen, denen man jedes Gefühl sofort ansieht.

»Bin ich wohl«, gebe ich zurück.

Grace zieht sich einen Stuhl von der Seite heran und lässt sich mir gegenüber nieder. Den Rucksack stellt sie zwischen ihren Beinen ab. »Und ich dachte schon, ich müsste dich mit irgendwas bestechen, damit du überhaupt in die Nähe des Probenraums kommst.«

Ich lehne mich nach hinten und hebe meine rechte Augenbraue. »Womit würdest du mich denn bestechen wollen?«

Grace läuft rot an. Wenn sie gekonnt hätte, hätte sie sich wohl wie früher unter ihren langen Haaren verborgen. »Na ja, ich kann ziemlich gute Scones backen«, sagt sie kleinlaut.

»Du backst?«

Grace zuckt mit den Schultern. »Gelegentlich.« Sie legt den Schal ab, der so weich aussieht wie die Strickjacken, die meine Mum früher getragen hat, fährt sich mit der Hand durch ihre kurzen Haare und zieht ein zerfleddertes Notizbuch aus ihrem Rucksack. »Es gibt einiges, das du nicht über mich weißt.«

Ich verdrehe die Augen. »Ich weiß, dass du eine heillose Träumerin bist, die ihre Zeit lieber mit Musik vergeudet, als ihr Stipendium als Chance für eine richtige Karriere zu nutzen. Das genügt wohl für die nächsten neun Wochen.«

Grace öffnet den Mund, um ihn sogleich wieder zu schließen. Ich kann buchstäblich mitansehen, wie ihr Blut zu kochen beginnt. Gleich wirft sie mir vor, ein privilegiertes, egoistisches und arrogantes Arschloch zu sein. Und ich bereite mich in aller Seelenruhe auf meinen Konter vor.

»Vielleicht bin ich lieber *glücklich* als *richtig.*«

Okay, das kam unerwartet. Es klingt weder angriffslustig noch genervt. Eher … ehrlich.

»Lass uns anfangen«, sagt Grace. Ihre Finger umklammern das Notizbuch, das aussieht, als würde es bloß noch durch guten Willen zusammengehalten werden. Sie schaut mich an, aber ich habe das Gefühl, dass sie durch mich hindurchsieht.

»Von mir aus.« In Zeitlupe setze ich mich auf, wobei ich darauf achte, möglichst gelangweilt auszusehen. Sie darf auf keinen Fall merken, was dieser Ort in mir auslöst.

»Ich habe gestern ein bisschen gebrainstormt, ein paar erste Akkorde aufgeschrieben und einen Anfang für die Melodie. Ist es okay, wenn ich sie dir vorspiele?« Grace schüttelt die Ärmel ihres Hoodies aus, der mindestens eine Nummer zu groß ist. »Es war nur eine erste Idee, du kannst am Ende also Ja oder Nein dazu sagen.«

Alles in mir schreit *Nein.* Die Vorstellung, ein Instrument in meiner Nähe live zu hören, befeuert meinen Fluchtinstinkt. Zumal Grace es spielen wird. Musik hat keinen Platz mehr in meinem Leben. Ich *will* sie nicht mehr in meinem Leben. Andererseits bin ich seit zweieinhalb Jahren, seit ich den Musikkurs verlassen habe, geheilt von allem, was mit Musik zu tun hat, was soll also passieren? Ich bin immun.

Also zucke ich nur mit den Schultern, um ihr zu verstehen zu geben, dass es mir gleich ist.

Grace steht auf. »Was hältst du vom Aufbau: Strophe, Refrain, Strophe, Refrain, Bridge, Refrain?«, fragt sie mich und steuert auf die Violine zu.

»Ist in Ordnung für mich«, sage ich teilnahmslos.

»Super.« Grace greift nach der Violine und stoppt. Für einen Augenblick dehnt die Stille sich zwischen uns aus wie ein Ballon, der kurz vor dem Platzen ist. Die Luft knistert geladen, bis Grace sich zu mir umsieht.

»Weißt du«, sagt sie zögernd, »ich brauche diese gute Note wirklich dringend.«

Überrascht von der Verletzlichkeit in ihrer Stimme, falle ich beinahe aus meiner Rolle. »Okay?« Unbehaglich rutsche ich auf dem Stuhl nach vorn. »Tja, ich auch«, räume ich ein. »Sonst wird es mit der Bestenliste dieses Trimesters nichts.«

»Ah.« Ihre Gesichtszüge verhärten sich. »Bei dir geht es also um den perfekten Schnitt.«

»So sieht's aus.«

»Tja«, sagt Grace wie ich zuvor, umschließt das Griffbrett der Violine und legt ihr Kinn auf dem Kinnhalter des Instruments ab. »Bei mir geht's ums Überleben.«

Ich runzle die Stirn, betrachte Grace' Profil, das so filigran ist wie ihre Finger, die sich um das Instrument schmiegen. »Bisschen melodramatisch, oder?«

Grace antwortet nicht. Stattdessen umschließt sie die Violine fester, richtet ihren Kopf aus, bis er korrekt anliegt. Dann beginnt sie zu spielen – und die Welt um mich verschwimmt. Als wäre ich von einer Sekunde auf die andere durch ein Wurmzeitloch katapultiert worden.

Es ist wie früher. Wie Magie. Grace' Töne tanzen durch die Luft, kriechen über und unter meine Haut. Es klingt, als würde Grace mit der Geige eine Geschichte erzählen, das Instrument zum Sprechen bringen. Ich habe nicht gewusst, dass Schmerz so schön klingen kann. Grace' Musik kommt mir so nahe, wie ich seit Jahren niemanden an mich herangelassen habe.

Grace sieht anders aus, wenn sie spielt. Reifer, gelöster, selig – und gleichzeitig seltsam traurig und verletzlich.

Ich erinnere mich an das Gefühl beim Spielen, daran, wie es war, die Gitarre zu halten oder die Tasten des Klaviers zu berühren und mit meinen Fingern Töne lebendig werden zu lassen. Es ist wie Nacktsein, sich entblößen. Grace tut das gerade vor mir, und ich muss ihren Mut bewundern. Den Kopf zur Seite gelehnt, die Augen geschlossen, *fühlend,* sich mit den Tönen vor- und zurückbewegend … Sie ist umwerfend schön, das muss ich zugeben. So schön, dass meine Hände schwitzig werden und mein Herz schneller zu schlagen beginnt.

Einen Moment bin ich woanders und gleichzeitig ganz bei mir. Für einen Augenblick spüre ich *mich.* Für einen Augenblick *vergesse* ich mich. Für einen Augenblick verliere ich die Kontrolle.

Bis Grace die Augen wieder öffnet und die Violine sinken lässt. »Und, was meinst du?«, fragt sie mich, als sie sich wieder auf den Stuhl vor mir setzt.

»Äh«, sage ich und bemerke, dass ich ein Stück in mich zusammengesackt bin. Ein Fehler, den ich sogleich korrigiere. Mit einem tiefen Räuspern glätte ich mein Hemd. »Ja, nicht übel.«

»Aus deinem Mund nehme ich das mal als Kompliment.« Grace atmet schwerer, so sehr hat sie sich in das Spielen vertieft. »Also halten wir die Akkorde fest?«

»Können wir.«

Grace blickt mich abwartend an. Zwischen Verunsicherung und Neugierde.

»Was?«, hake ich leicht genervt nach.

»Na ja«, beginnt sie, ein zartes Grinsen auf den Lippen, »eigentlich warte ich darauf, dass du zur Gitarre greifst, eine flammende Rede darüber hältst, warum meine Idee bescheuert ist, und mir zeigst, wie es besser geht. So wie früher.«

Mein Brustkorb hebt sich bis zum Anschlag, bis keine Luft mehr in meine Lunge passt. Ich will es nicht ansprechen, aber mir bleibt keine andere Wahl. »Ich spiele nicht mehr«, sage ich beim Ausatmen.

Grace legt den Kopf schief. Unsicher, ob ich einen Scherz gemacht habe. Ihre rot geschminkten Lippen schürzen sich. »Was?«

»Ich spiele nicht mehr«, wiederhole ich fester. »Gar nicht mehr, seit zwei Jahren oder so. Kurz nachdem ich aus dem Kurs raus bin.« Dass ich nicht mal mehr Musik *höre,* muss ich Grace kaum auf die Nase binden.

Ich rechne mit einer flammenden Rede voller Entsetzen, wie ich die Musik aufgeben konnte, stattdessen kommt bloß ein: »Wie schaffst du das?«

»Was?«, frage ich.

»Nicht zu spielen.«

Ich mache eine beiläufige Geste. »Tja, ich tue es einfach nicht. War eine Angewohnheit. Gewohnheiten kann man ändern.«

»So einfach ist das nicht, und das weißt du.«

Und wie ich es weiß. Leider wird man überall auf diesem Planeten mit Musik bombardiert. Ihr zu entkommen, ist nahezu unmöglich.

»Wenn meine Gefühle sich aufstauen, *muss* ich Musik machen. Spielen oder singen. Sonst ertrinke ich darin«, sagt Grace. »Ich bin … rastlos.«

Rastlos.

Ich ignoriere den Knoten in meiner Kehle, tue unbeteiligt. »Ist bei mir anders.«

»Ich hab's mir aber fast gedacht«, meint Grace nach ein paar Sekunden der Stille.

»Ach ja, Sherlock?«

»Du starrst die Instrumente an, als würden sie gleich deine Seele auffressen. Dazu deine Reaktion nach der Einteilung …«

Sie hebt die Hände, wie um sagen zu wollen: Es war offensichtlich.

»Vielleicht tun sie das ja auch«, erwidere ich spitz. Automatisch sehe ich zur Gitarre rüber, und mein Herz verkrampft sich. *Verflucht.*

»Weißt du«, sagt Grace, »je mehr du vor deiner Angst davonläufst, desto schneller holt sie dich ein. Bis du merkst, dass du eigentlich direkt auf sie zuläufst.« Das sitzt.

»Wow, wie pseudotiefgründig«, brumme ich, während ich mir eingestehe, dass es keinen Sinn hat, das Unvermeidliche weiter aufzuschieben. Wir müssen einen Song erarbeiten. Mit einem kehligen Seufzer stehe ich auf und entledige mich meiner Anzugjacke. »Tja, dann wollen wir mal.« Im Laufen krempele ich die Hemdärmel hoch und spanne die Arme an, sodass meine Sehnen und Muskeln zum Vorschein kommen. Unbeeindruckt folgt Grace jedem meiner Schritte mit den Augen und nippt an ihrer Wasserflasche, ohne zu blinzeln. Je ruhiger sie wird, umso aufgewühlter und wütender werde ich.

Und dass die Gitarre mich anzieht wie ein Magnet, macht es auch nicht gerade besser. Seit zwei Jahren verstaubt meine eigene Gitarre in der hintersten Ecke meines Zimmers. Aber ein paar Minuten klimpern werden mich nicht umbringen, sage ich mir.

Ausdruckslos hänge ich mir die Gitarre um, stimme die Saiten, positioniere die Finger für die Akkorde und greife nach dem Plektrum auf dem Ablagetisch. Direkt verspiele ich mich.

Grace tut, als wäre nichts geschehen, nickt mir ermutigend zu, und ich versuche es erneut. Die Saiten der Gitarre vibrieren. Die Vibration geht durch meinen ganzen Körper, sorgt dafür, dass sich meine Härchen im Nacken aufstellen.

Der Anfang ist holprig. Meine linke Hand ist die einschneidenden Saiten nicht mehr gewohnt.

Der nächste Akkordwechsel ist zu schnell für meine eingerosteten Finger. Ich verziehe das Gesicht, versuche es noch mal. Grace lächelt mir unbeirrt zu. Meine Muskeln verkrampfen, meine Finger rutschen vom Griffbrett. Mit einem lauten Fluch reiße ich mir den Gurt vom Oberkörper und befördere die Gitarre unsanft zwischen die anderen Instrumente.

»Scheiße«, stoße ich aus. »Das ist alles scheiße.«

»Hey«, sagt sie, und die Einfühlsamkeit, die das Wort begleitet, feuert mich noch mehr an. Das Letzte, was ich will, ist Mitleid von Grace McIntyre. »Das wird schon. Du hast lange nicht gespielt. Gib dir Zeit, das kriegen wir wieder hin.«

»Es gibt kein *Wir*«, keife ich und fahre zu ihr herum. »Denkst du, dass ich aus dem Musikkurs ausgestiegen bin, um jetzt für das Projekt mit *dir* zusammen hier eingesperrt zu sein?«

»Du bist nicht eingesperrt.«

»Es ist eine verfluchte Strafe.«

»Nein, es ist ein Geschenk.« Grace tritt näher an mich heran. Sofort mache ich einen Schritt zurück.

»Rede dir das bloß ein«, brumme ich und gehe auf meinen Stuhl zu, über dem meine Sachen hängen. »Wenn es das für dich einfacher macht.«

»Nichts an einer Zusammenarbeit mit dir ist *einfach,* Callum. Ich habe gerade versucht, dir Mut zu machen, und du gehst direkt in die Luft. Ich glaube, du willst gar nicht hören, was ich sage.«

»Korrekt.« Ich stehe hinter meinem Stuhl, die Fäuste auf der Lehne abgestützt, und atme stockend. »Mrs. Murray hat mir eins reingewürgt und fertig.«

Grace sieht mich ein paar Sekunden lang an. Ihr Ausdruck hat sich verändert. Sie hat die Augenbrauen zusammengekniffen, wodurch sich eine tiefe Falte über ihrer Nasenwurzel bildet. Da ist sie, die temperamentvolle Grace, die ich von früher kenne, die immer dann zum Vorschein kam, wenn ich eine Grenze überschritten habe.

»Bullshit. Mrs. Murray hat es gemacht, um uns eine Chance auf eine gute Note zu geben mit dem, was wir lie… geliebt haben.« Sie macht eine bedeutungsschwangere Pause. »Wir kriegen das hin.«

»Wie?«, fahre ich sie an. »Willst du die letzten zwei Jahre rückgängig machen? Ich kann nicht mehr spielen, siehst du doch. Ich hasse Musik.«

»Du hasst nicht die Musik, du hasst dich selbst«, platzt es aus Grace heraus. Ihre Hände sind immer noch vor dem Brustkorb verschränkt, ihre Unterlippe bebt. »Das sieht jeder, der dich länger als eine Minute anschaut«, fügt sie leise hinzu. Ich hole tief Luft und lasse ihre Worte sacken. Sie tun weh. Auch, weil ausgerechnet Grace sie mir entgegengeschleudert hat.

»Tut … tut mir leid.« Scham lässt ihre Wangen erröten, sie schafft es kaum mehr, mir in die Augen zu sehen. »Das war … das wollte ich nicht.« Sie lässt die Arme sinken. »Und wenn du die Musik aufgegeben hast, ist das natürlich auch deine Sache. Das Projekt dauert nur neun Wochen. Danach kannst du die Musik weiter … hassen. Wir können das schaffen.«

»Kannst du bitte einmal mit dieser pseudo-positiven Alles-wird-gut-Kacke aufhören?« Ich spucke Grace die Frage förmlich entgegen. »Manchmal ist das Leben einfach Mist.«

»Niemand hat was anderes behauptet. Es geht nur darum, das Beste aus dem Misthaufen zu machen.«

Wir funkeln uns an.

»Das funktioniert so nicht«, sagt Grace nach ein paar Sekunden anhaltenden Schweigens. Ihr Handy vibriert, sie ignoriert es. »Wir können uns nicht ständig an die Gurgel gehen.«

»Was schlägst du vor?«

Grace deutet auf meinen Stuhl, und ich setze mich wortlos hin.

»Was magst du?«, fragt Grace mich unvermittelt.

»Hm?«, frage ich, in der Annahme, mich verhört zu haben.

»Was du gern magst«, wiederholt Grace.

Komischerweise muss ich nicht eine Sekunde über die Antwort nachdenken. »London.«

»Wirklich?«

»Ja, ich bin gern dort. Es ist …«

»Besonders?«, fragt Grace, und ich stimme ihr zu.

»Ja, in London fühlt man sich auf eine andere Art wohl. Da ist diese … Vielfalt. An jeder Straßenecke hört man eine andere Sprache. Es ist, als würde man gleichzeitig in hundert verschiedenen Städten stehen.«

Grace' Augen beginnen zu leuchten. »O ja, das liebe ich auch. London klingt im Grunde wie ein Orchester. Das Chaos, die hupenden Taxis, die Sprachen … und alles vermischt sich zu einer Melodie, die funktioniert.« Grace schaut verträumt zur Decke hinauf. »Sorry, ich als Tochter eines ehemaligen Dirigenten musste das sagen.«

Ich hebe die Augenbrauen, ringe mir ein Schmunzeln ab. Dass Grace' Dad ihr die Liebe zur Musik weitervererbt hat, hatte ich fast vergessen. »Keine Sorge, ich versteh's. London ist so laut und bunt und gleichzeitig so … anonym. Ich mag es, dass, egal, wie du aussiehst, niemand dich verurteilt. Und niemand erwartet etwas von dir.« Ich unterbreche mich, aus Angst, zu viel gesagt zu haben. Doch Grace hört mir aufmerksam zu, statt mich für bescheuert zu halten, und lächelt.

»Ja, man kann einfach in der Menge untertauchen.«

Ich nicke und erwidere ihr Lächeln, wobei mein Bauch zu

kribbeln beginnt. Für einen Moment vergesse ich, mit wem ich hier sitze und warum.

»London hat einen eigenen Rhythmus. Und jeder tanzt zu einer eigenen Melodie«, sagt Grace verträumt.

»Schön ausgedrückt.« Wow, wann habe ich Grace McIntyre das letzte Mal zugestimmt oder ihr ein Kompliment gemacht? Falls es überhaupt jemals passiert ist.

»Erinnerst du dich an das erste Mal, das du dort warst?«, fragt Grace.

Ich grübele. »Erste Klasse vielleicht. Es war ein Ausflug mit meinen Eltern zum Picadilly Circus, Dads erste Kanzlei war in der Nähe. Wir haben uns das Büro angesehen.« *Mit Mum,* denke ich. Wie die Familie, die wir nie waren. Die Kälte zwischen meinen Eltern war der Kontrast zu dem, was ich in der Stadt empfunden habe. Damals habe ich mit offenen Augen geträumt. Heute schaffe ich das nicht mal mit geschlossenen.

»Meine Mum hatte früher einen kleinen Theaterladen in Covent Garden. Da war ich immer so gern.«

»Ah, stimmt.« Ich erinnere mich, dass Grace seit der Unterstufe in Musicals vernarrt ist. Eine Liebe, die ihr dank ihrer Mum in die Wiege gelegt wurde. »Wir waren meistens wegen Dad da. Ich mag den Picadilly. Und den Battersea Park. Und natürlich das London Eye.«

»Beim Picadilly und bei Battersea gehe ich mit«, sagt Grace. »Was das London Eye betrifft, kann ich, ähm, nicht mitreden.«

»Warte. Willst du mir sagen, dass du noch nie mit dem London Eye gefahren bist?«

Wieder läuft Grace rot an. »Höhenangst«, murmelt sie, und ich muss lachen.

»Sorry«, sage ich und hebe die Hände. »Aber die Ironie ist zu komisch.«

»Klär mich auf«, erwidert Grace. Mehr belustigt als wütend.

»Miss Jeder-Tag-ist-ein-Wunder-und-ich-stelle-mich-jeder-Challenge war schon – wie oft? – in London, ohne mit der Sehenswürdigkeit schlechthin zu fahren?«

Grace reckt das Kinn vor. »Soll das eine Provokation sein?«

»Jap.«

»Wer hätte das gedacht?«

»Tja, ich würde ja sagen, du könntest mit dem Brighton Wheel anfangen, aber das gibt es nicht mehr«, stichele ich und zeichne mit dem Finger Umrisse des Riesenrads in die Luft.

»Wie schade«, flötet Grace.

»Dafür haben wir jetzt *Brighton's Giant Donut.*« Wie erwartet tritt Grace' Kehlkopf beim Schlucken hervor. »Das British Airways i360«, fahre ich fort. »Keine wackelnden Gondeln, aus denen du rausplumpsen könntest. Keine Enge. Stattdessen: eine Kapsel mit 360-Grad-Rundumblick. Die hundertdreißig Meter sind doch sicher ein Klacks für dich. Ich meine, allein die Aussicht.« Verträumt ziehe ich einen Halbkreis um uns, als würden wir bereits auf der Plattform stehen und die Weite bewundern.

»Hundertachtunddreißig Meter«, flüstert Grace. Sie ist blass um die Nase geworden. »Wenn du schon mit deinem Halbwissen angeben willst.«

Ich fasse mir an die Brust, als hätte mich ein Pfeil direkt ins Herz getroffen, und grinse breit. »Im Gegensatz zum London Eye ist der *Donut* Komfort pur.«

»Weißt du was?« Grace drückt die Wirbelsäule durch und schnalzt mit der Zunge. Ihre Augen werden schmal. »Vielleicht fahre ich damit. Wenn du dich bei unserem nächsten Treffen nicht wie ein Volltrottel benimmst.«

»Soll das ein Deal sein?«

»Meinetwegen.« Grace rutscht nach vorn und streckt mir die Hand entgegen. Das leuchtende Grün ihrer Augen wird durch das Licht im Probenraum betont, sodass ich kaum woanders hinschauen kann. »Wenn du es schaffst, nächste Woche keinen Wutanfall zu kriegen, und wir es hinkriegen, die Akkorde für die Strophen und den Refrain zu schreiben …«

»Was, *nur?*«, frage ich.

Grace fährt unbeirrt fort. »Dann fahre ich danach mit dem *Donut.*«

»Deal«, sage ich und schlage ein, weil ich einfach nicht anders kann, als sie herauszufordern. Die Berührung mit Grace' Haut schickt warme Ströme durch meine Adern, die ich bis in die Zehenspitzen spüre. Wie eine Naturgewalt, die nach und nach an Intensität gewinnt. Bevor ich davon überrollt werde, räuspere ich mich und lasse Grace' Hand los. »Ich hoffe, du traust dich. Es wäre schon unfair, wenn ich alles in unser Projekt stecke und du, na ja … versagst.«

Grace rollt mit den Augen. Sie beginnt, ihre Sachen in den Rucksack zu stopfen, blickt zur Uhr und wickelt sich ihren Schal um den Hals. »Ich muss los. Wir sehen uns übermorgen?«

»Wie gehabt.« Ich strecke die Arme nach oben aus und grinse. »Ich freu mich auf unsere nächste Session, Miss McIntyre«, säusele ich.

»Du mich auch, Callum«, sagt Grace. Zum Abschied schenkt sie mir einen Luftkuss mit Mittelfinger.

Lachend nehme ich ihn entgegen, sinke auf meinen Stuhl und starre auf das große Herz aus Musiknoten auf der Schreibtafel neben der Tür, obwohl ich vor meinem inneren Auge noch immer Grace' Grübchen sehen kann. Da ist dieses warme Gefühl in meiner Brust. Ich rede mir ein, dass es nichts bedeutet. Doch so ganz will es mir nicht gelingen.

KAPITEL 6

give me hell

GRACE

Callum schnalzt mit der Zunge. Er sitzt mit der Gitarre auf dem Schoß unter einem Poster von unserer Schulband und klopft gegen die Gitarrendecke. Dann streichen seine langen Finger über die Saiten, zupfen daran.

Ich presse die Lippen aufeinander und sende Stoßgebete Richtung Zimmerdecke.

Manchmal verfluche ich meine eigene Sturheit.

Sie hat mich dazu gebracht, mich auf eine dämliche Aktion wie eine Fahrt mit *Brightons Donut* einzulassen. Es macht mich wahnsinnig, wie viel Mühe Callum sich plötzlich in unserer Probe gibt. Dabei sollte ich mich eigentlich freuen. Doch er tut es nicht, weil er ach so viel Freude an unserem Projekt hat. Er tut es, um mich zu provozieren. Damit ich später scheitere.

Ich habe sofort gewusst, dass ich mich nicht auf seine Herausforderung hätte einlassen sollen. Was mir Val, Eric und Lou in unserem Videocall direkt nach der Stunde nur bestätigt haben. Val hat mir ellenlange besorgte Vorträge gehalten, dass ich sowieso schon mit Angst zu kämpfen habe. Eric hat die Sache runtergespielt, damit ich nicht völlig durchdrehe. Lou hat still vor sich hin gelächelt. Ich wusste, dass sie mich versteht. Anders versteht. Sie war richtig stolz auf mich.

Zwei Tage lang habe ich mich nachts von einer Seite auf die andere gewälzt, verfolgt von der großen gläsernen Kapsel, die sich stetig höher bewegt. Um mich herum Weite. Nichts als Weite.

Mit geschlossenen Augen kralle ich die Fingernägel in den Stoff meiner Strickjacke. *Atmen. Ein. Aus. Ein. Aus.* Dabei lehne ich mich zu sehr auf eine der Klaviertasten, und der verrutschte Ton hallt durch den Raum.

»Ein bisschen Konzentration wäre schön«, kommt es von Callum ein paar Meter vor mir. »Immerhin wollen wir doch mit unserem zauberhaften Projekt vorankommen.« Er schenkt mir ein extrabreites Grinsen.

Ich werde ihn erwürgen.

»Also, *Projektpartnerin*«, neckt Callum und legt die Hand betont langsam an den Gitarrengriff. »Was hältst du davon?« Callum schlägt den e-Moll-Akkord an, gefolgt von a-Moll und D-Dur. Ich hocke im Schneidersitz auf dem breiten Sitzhocker vor dem Klavier und seufze. Am Anfang der Probe war es unübersehbar, dass Callum sich zum Spielen überwinden musste. Seine Hand ist zittriger über die Saiten geglitten, seine Finger haben ein paar Akkorde falsch gegriffen. Doch nach ein paar Minuten war kaum mehr etwas davon zu merken. Callum hat sich an die Strumming Patterns erinnert und gespielt, als hätte er nie aufgehört.

Ich bin mir nicht sicher, ob das Kribbeln, das ich spüre, wenn ich ihn spielen sehe, trügerisch ist, ein Überbleibsel meiner Erinnerungen. Denn obwohl wir im Musikkurs Rivalen waren, haben wir uns auf eine Art geschätzt, die für die meisten wahrscheinlich nicht nachvollziehbar wäre.

Der Callum, der hier vor mir sitzt, hatte die Musik eigentlich aufgegeben. Und nun flackert ab und zu etwas in seinen blauen

Augen auf, zwischen Wehmut, Schmerz und Sehnsucht. Man hört seinem Spiel an, dass die Musik durch seine Adern fließt, er sie atmet, sie braucht. Aber das Flackern verschwindet so schnell wieder, dass ich keine Hoffnung darauf habe, dass dieser Zustand, in dem er sich gerade befindet, für die nächsten Proben anhält.

»Erde an Grace?«, fragt Callum, wedelt vor meinem Gesicht herum und zwingt mich in die Gegenwart zurück.

»Mhm«, gebe ich von mir. »Ja, das ist es fast.« Ich schließe die Augen und stimme eine Akkordreihenfolge aus e-Moll, F-Dur, G-Dur, a-Moll und C-Dur an. Dabei nuschele ich vor mich hin, im Rhythmus des Songs, kämpfe gegen das Stechen in meinen Schläfen an, das mit jeder Minute zunimmt.

»Was war das gerade?«, fragt Callum.

Ich halte inne, denke nach, spule zurück, durch den Hirnnebel, bis ich an den Worten hängen bleibe, die Callum meinen könnte. *»As you may know, bravery needs time to grow?«*

Callum spielt die Akkorde an der Gitarre, im abgesprochenen Rhythmus, und summt die Textzeile vor sich hin. »Gefällt mir.«

»D-danke.«

»Mut – gutes Stichwort.« Das spitzbübische Grinsen ist zurück. Gepaart mit den hohen, scharfkantigen Wangenknochen, der dunkelblonden Strähne, die ihm beim Vorbeugen in die Stirn gefallen ist, und der makellos sitzenden Uniform sieht Callum wie ein typischer Pinterest-Bookboyfriend aus. Und seine Stimme klingt zu allem Überfluss wie die eines jüngeren Benedict Cumberbatchs. Der einzige Unterschied ist, dass Callum, meiner Erfahrung nach, lieber der Bad Boy als der Good Guy ist. Und ich habe keine Lust, meine Zeit mit einem Bad Boy zu verschwenden.

»Ich würde sagen, ich habe meinen Teil der Abmachung erfüllt«, sagt Callum nach ein paar Minuten. Ich schiebe die Unterlippe vor und hoffe, dass die unsichtbaren Blitze, die ich verschieße, bei

Callum ankommen. Er schmunzelt. »Nachdem ich mich so für die Sache aufgeopfert habe, Grace McIntyre, bleibt nur eine Frage.«

»Und die wäre?« Ich erhebe mich, Callum stellt die Gitarre ab. Dabei spannt sein Hemd um die Arme, als wäre es zu klein für ihn. Er macht einen Schlenker in meine Richtung und lehnt sich in Zeitlupe über das Klavier. Sein wildes blondes Haar, das er so gern mit Gel bändigt, kitzelt mein Kinn, so nah ist er mir. Seine Lippen öffnen sich einen Spalt breit, ehe er mit verheißungsvoll tiefer, knisternder Stimme raunt: »Bist du bereit für einen Ausflug zur höchsten beweglichen Aussichtsplattform der Welt?«

»Danke, dass du das noch mal so betont hast.«

»Gern geschehen.« Callum stößt sich vom Piano ab und wirft einen Blick auf sein Handy. »Perfektes Timing. Wir kommen am Strand an, bevor es dunkel wird.« Ich ziehe kritisch die Augenbrauen hoch. »Sieh mich nicht so an, natürlich komme ich mit, Grace. Immerhin muss ich sichergehen, dass du dich an unsere Abmachung hältst.«

»Grandios«, sage ich. Meine Wangen schmerzen vom künstlichen Lächeln. »Du solltest dringend ein paar Wie-werde-ich-kein-Arschloch-Kurse besuchen«, murmle ich, ziehe meinen mit Bandstickern beklebten Rucksack, der schon einiges mit mir erlebt hat, heran und hebe den Zeigefinger wie bei einem Geistesblitz. »Ach ja, richtig: zu spät.«

»Aua. Der tat weh.« Callum fasst sich an den Brustkorb, bevor er lässig die Faust in die Hüfte stemmt. »Aber ich verzeihe dir. Aus dir spricht nur die Angst.«

Er streckt mir die Hand entgegen. Ich stehe auf und mache dabei einen extragroßen Bogen um ihn. In meinem Gehirn spulen sich sämtliche Worst-Case-Szenarien in Lichtgeschwindigkeit ab. Das schlimmste von allen: Callum gegenüber Schwäche zeigen und ihm eine Angriffsfläche bieten.

Callum bekommt von meinem inneren Kampf nichts mit, und ich schinde Zeit, indem ich mich gemächlich anziehe. Trotzdem bin ich zwei Minuten später bereit zum Aufbruch. Callum steht schon an den Türrahmen gelehnt da. Bestens gelaunt.

Ich schiebe mich an ihm vorbei und ziehe auf dem Flur direkt das Tempo an. Mit seinen langen, durchtrainierten Beinen holt Callum mich mühelos ein.

»Der perfekte Tag, um mit dem *Donut* zu fahren«, flötet Callum, als wir das Schulgebäude verlassen. Er betrachtet den wolkenlosen Himmel über uns. »Mann, für die Aussicht gleich würden andere sterben.«

Ich fokussiere mich auf den Steinweg, der durch den Schulgarten bis zum Tor führt, umschlinge die Riemen meines Rucksacks fester. Wenn Callum weiter meine Fantasie befeuert, besteht die Möglichkeit, dass ich ihm doch noch auf die Schuhe kotze. »Und du hast wirklich nichts zu tun? Lernen für deine Lieblingsfächer oder so?«, hake ich hoffnungsvoll nach.

»Wie der Zufall es will: nein. Heute ist mein freier Nachmittag, nur für dich«, säuselt er.

Ich stöhne auf, atme durch, schließe einen Moment meine Augen und zähle von drei runter. Während Callum und ich schweigend nebeneinanderher durch die Straßen Brightons Richtung King's Road laufen, frage ich mich, warum ich mir das antue.

Dabei kenne ich die Antwort.

Weil ich nicht vor meiner Angst weglaufen will.

♪♪♪

»O Gott.« Ich lege den Kopf in den Nacken.

Das British Airways i360, der futuristische Aussichtsturm, der sich genau an der Strandpromenade befindet, ragt aus der historisch-traditionellen Landschaft heraus wie … ein Turm eben. Die Stahlkonstruktion ist der vollendete Kontrast zu den urigen Cafés und Restaurants an der Promenade, von denen aus man freie Sicht aufs Meer hat. Der Regency Square, einer meiner liebsten Orte in Brighton, mit seinen prächtigen Gebäuden aus dem 19. Jahrhundert und der *grünen Lunge* in der Mitte befindet sich direkt dahinter. Vom Park aus habe ich schon oft auf das Wasser, die Überreste des West Piers und das i360 geblickt. Und mit Val, Eric und Lou über die Leute gesprochen, die mutig – oder waghalsig – genug waren, dort hinaufzufahren. Etwas, das wir uns nie getraut hätten.

»Nur um das festzuhalten«, sage ich und schlucke trocken, während ich auf die gläserne, gigantisch große Kapsel starre, »Höhenangst ist eine anerkannte Phobie.«

»Klar.«

»Und es wäre völlig okay, wenn ich *Nein* dazu sage. Man sollte viel öfter zu Dingen *Nein* sagen können, ohne dass gleich die Welt untergeht.«

»Ich zwinge dich zu nichts.« Callum klingt im Gegensatz zu mir tiefenentspannt. Er steht neben mir und hat die Hände in den Jackentaschen vergraben. Ihm scheint der Anblick des Turms nichts auszumachen, eher steht ihm unverhohlene Schadenfreude ins Gesicht geschrieben. Seine Nase ist von der Kälte rot. Sein Aftershave riecht herb, ein wenig wie Holz und Orangen am Weihnachtsabend, wenn der Kamin knistert und … Stopp. Ich sollte Callum Hayward wirklich nicht mit Weihnachten in Verbindung bringen. Oder etwas anderem, das mich an Wärme und Geborgenheit erinnert.

Mein Atem tritt als kleine Wolke aus, die sich auflöst wie die Worte, die ich mich nicht traue auszusprechen. »Ich weiß«, sage ich, mit Fokus auf das Rauschen des Meeres. »Ich will es.«

Hundertachtunddreißig Meter, hallt es in meinem Kopf wider. *Hundertachtunddreißig Meter.*

Callum deutet zum Beach Building hinüber, wo sich das Ticketcenter und ein paar Souvenirshops befinden.

»Ich hole uns Tickets.«

Überrascht sehe ich Callum an. »Du fährst mit?«

»Wie ich sagte: Jemand muss sichergehen, dass du einsteigst.« Er kratzt sich unter dem Kinn. »Außerdem wäre es kontraproduktiv, wenn du mir da oben zusammenklappst.«

»Stimmt, wer sollte dann das Projekt mit dir beenden? Das liebst du doch so.«

Callum verdreht nur die Augen.

»Und ich dachte schon, du willst dich an meinem Leid ergötzen.«

»Was, ich?« Schockiert fasst Callum sich ans Herz. »Was für eine gemeine Unterstellung.«

Ich streiche mir eine Strähne hinters Ohr. »Kannst du mir was versprechen?« Ich gebe Callum keine Zeit, um zu antworten. »Bitte fang mich auf, bevor ich zu Boden krache, wenn es dazu kommt. Deal?«

Schlagartig wird Callum ernst. »Natürlich.«

Ich lächele ihn an, Callum erwidert es. Seltsamerweise erreicht es diesmal seine Augen. Bis er es bemerkt und mit dem Daumen nach hinten zeigt. »Ich bin dann mal weg. Nicht weglaufen.« Er macht kehrt und stellt sich in die Schlange vor dem Beach Building.

Sie ist bei Weitem nicht so lang wie im Sommer, trotzdem wird mir unwohl beim Gedanken daran, dass so viele Leute meinen schwächsten Moment miterleben könnten. Ich lege den Kopf in den Nacken.

Mir kommt es wie eine Ewigkeit vor, die ich dastehe und hinaufsehe, zum nahezu wolkenfreien blauen Himmel, vor dem die

Spitze des Turms wie ein stillgelegter Schornstein wirkt. Zwischen Faszination und Bauchkrämpfen ziehe ich das Smartphone aus der Tasche und schicke Bilder per WhatsApp an Lou, Eric und Val.

Lous Antwort kommt sofort.

Lou: Was für ein Abenteuer ;). Slay, girl. Denke an dich. Genieß die Aussicht für mich mit.

Grace: Das werde ich.

Das verspreche ich ihr – und mir.

Lou: Und widersteh bitte dem Drang, Du-weißt-schon-wen durchs Glas zu schubsen.

Grace: Thanos?

Lou: Der wäre wohl die angenehmere Begleitung für dich. So im Vergleich.

Unwillkürlich muss ich grinsen. Recht hat Lou.

Nachdem ich ihr vom ersten Projekttag und der Zuteilung berichtet hatte, hat sie mich den ganzen Tag mit Nachrichten bombardiert.

»Bereit, deinen Einsatz einzulösen?« Callum erscheint neben mir, mit den zwei Tickets wedelnd.

Ich lasse mein Handy in der Jackentasche verschwinden und schnappe ihm ein Ticket aus der Hand. »Jap.«

Der Einlass geht schnell. Ehe ich mich versehe, habe ich einen Schritt in die gläserne Kapsel gesetzt und strecke mich schon nach einer der Metallstangen am äußersten Rand aus, die als Brüstung direkt vor den Glasscheiben dienen. *Heilige Sch… Atmen.*

Das Innere der Kapsel lässt meine schlimmsten Befürchtungen

wahr werden. Überall Glas. Überall freie Sicht hinaus. Abgesehen vom Boden. Zum Glück. Ein paar wenige Sitzflächen sind in der Kapsel verteilt.

»Du willst stehen bleiben?«, fragt Callum.

»Klar«, sage ich mit gerecktem Kinn, obwohl ich am liebsten direkt zu den Sitzplätzen gestürmt wäre. Doch meine Beine sind wie festgefroren. Ich bin vor Angst gelähmt. Meine Hände verkrampfen sich um die Metallstange wie um ein Rettungsseil, dabei sind wir noch nicht mal losgefahren.

»Gut. Dann bleiben wir stehen.« Callum lehnt sich mit dem Rücken gegen die Metallstange, zieht sich die Mütze vom Kopf und lässt sie in seiner Jackentasche verschwinden. Seine sonst zur Seite oder nach hinten gegelten Haare stehen in alle Himmelsrichtungen ab. »Was?«, fragt er, weil er meinen Blick bemerkt, und ich beiße mir auf die Lippe.

»Nichts«, sage ich. »Steht dir, du wirkst fast menschlich damit.«

Callum schnaubt und richtet seine Haare, bis sie perfekt liegen. Ehe ich noch mal nachsetzen kann, geht ein Ruckeln durch die Kapsel und mir durch Mark und Bein. Die Kapsel setzt sich in Bewegung, nach oben. Meter für Meter entfernen wir uns vom Strand. Meter für Meter verlasse ich den Boden. Richtung Himmel.

»Gratulation«, sagt Callum. »Wetteinsatz erfüllt.« Er blickt zu mir und stockt. »Geht's?«, fragt er mit gedämpfter Stimme.

Ich kann mich nicht bewegen. Meine Hände schwitzen. Meine Kehle ist zugeschnürt. Ich kriege keine Luft. Alles um mich dreht sich. Ich kann nicht loslassen. Wenn ich loslasse, sterbe ich.

»Du musst in die Ferne gucken«, raunt Callum. Er klingt anders als sonst, wie ein anderer Mensch. Ernst. Besorgt. Um mich. Sprachunfähig schüttle ich den Kopf. Umgeben von nichts als Glas auf dieser Höhe hilft es nicht. Nichts hilft.

»Willst du dich hinsetzen?«

Ich schaffe es zu nicken. Meine Sicht verschwimmt, weil ich die Tränen kaum zurückhalten kann.

»Ist okay, ich halte dich. Komm.« Callum streckt mir die Hände hin. Meine Augen huschen zwischen ihm und den Sitzen hin und her, die viel zu weit weg erscheinen, während wir höher und höher fahren. »Ich halte dich, Grace, es ist okay«, wiederholt Callum leise.

Es ist okay. Endlich gebe ich nach, lasse zu, dass meine Hand sich um seinen Arm schließt und seine Hand sich auf meinen Rücken legt. Der Stoff meiner Jacke ist dick, dennoch bilde ich mir ein, die Berührung auch auf der Haut zu spüren.

Callum begleitet mich zu einem der freien Sitze, und ich lasse mich mit weichen Knien daraufsinken. Callum bleibt vor dem freien Platz neben mir stehen, blickt auf mich herab, unsicher, was er tun soll. Dann setzt er sich, verschränkt die Hände im Schoß und wartet. Augenblicklich schließe ich die Lider, sperre die Umgebung aus, das Vibrieren der Kapsel.

Um mich herum ertönen Schritte. Langsam. Mal in die eine, dann in die andere Richtung. Leise Gespräche, Lachen. Staunen.

Und ich bin allein, mitten im Sturm.

»Wie lange dauert eine Fahrt rauf?«

»Was?«, flüstere ich zurück. Callums Jacke knistert, als er sich mir zuwendet.

»Denk ja nicht, ich hätte nicht gemerkt, dass du einen komischen Zahlentick hast, Grace McIntyre.«

Am liebsten hätte ich verzweifelt aufgelacht. Weil Callum das aufgefallen ist und weil er so ahnungslos ist. »Fünf Minuten«, antworte ich trotzdem. »Fünf Minuten rauf, fünf runter. Oben bleiben wir ungefähr zehn bis fünfzehn Minuten.«

»Also nicht mal ganz eine halbe Stunde.«

Ich nicke.

»Eine halbe Stunde. Was verdammt noch mal ist schon eine halbe Stunde in deinem Leben?«

Ich öffne die Augen. Eine Sekunde lang könnte ich schwören, dass Callum lächelt. »Dreißig Minuten, Grace«, wiederholt er und macht eine wegwerfende Handbewegung.

»Sag mir, dass ich hier oben nicht sterben werde«, bitte ich Callum heiser.

»Du wirst hier oben nicht sterben«, sagt Callum. Seine Stimme ist voller Ehrlichkeit und Weichheit.

Ich nicke wieder, warte, bis die Panikattacke verebbt, ich bloß noch die Nachwirkungen spüre, die Erschöpfung, das Kribbeln, die Taubheit, die Schuldgefühle wegen des Schwächezeigens, des Nicht-normal-Verhaltens. Dann bin ich bereit, aufzublicken. Wir sitzen auf der Meerseite. Da ich nicht mehr direkt nach unten, sondern in die Ferne sehen kann, beruhigt sich mein rasendes Herz allmählich. Es ist immer noch zu hoch, *viel zu hoch,* doch mit jeder verstreichenden Sekunde schaffe ich es leichter, die Augen offen zu halten.

Der Panoramablick auf das Meer ist wunderschön. Ich glaube, sogar die Isle of Wight am Horizont erkennen zu können, so klar ist die Sicht. Ehrfurcht flutet mein Herz. Ehrfurcht und tiefe Liebe zu all der verborgenen Schönheit, die mich umgibt. »An Tagen wie heute kann man bis zu zweiundvierzig Kilometer weit sehen«, sage ich. Callum hebt die Augenbrauen. »Hab ich bei Wikipedia gelesen«, füge ich kleinlaut hinzu.

Callum schüttelt lachend den Kopf. »Du bist die Einzige, die ich kenne, die mit überflüssigen Fakten um sich wirft, während sie vor Angst halb stirbt.«

Ich murmle etwas Undeutliches vor mich hin. Endlich hält die Kapsel. Wir sind ganz oben angekommen.

»Fünfzehn Minuten«, sagt Callum und stupst mich leicht an. »Willst du sitzen bleiben und von hier die Aussicht genießen oder aufstehen?«

»Aufstehen«, antworte ich. Langsam, aber sicher kehrt mein Selbstvertrauen zurück.

Callum beobachtet mich aufmerksam beim Aufstehen, als würde er sich dafür wappnen, mich aufzufangen. Ich halte ihm zugute, dass er es mich allein versuchen lässt. Mum hätte mich die ganze Zeit über festgehalten. Krampfhaft. Mit Adleraugen. Deshalb habe ich ihr auch nichts von dem Ausflug erzählt.

Langsam gehe ich vorwärts, auf die Glasscheiben zu. »Huh«, mache ich beim Ausatmen und halte mich an der Stange fest. Callum stellt sich neben mich, seine Jacke streift meine. »Ganz nett, oder?«, fragt er grinsend, wohl wissend, was für eine Untertreibung es ist. Schritt für Schritt gehe ich an den Fenstern entlang, die Metallstange umklammernd.

Die Weite des Meeres, der Brighton Palace Pier in der Ferne, der Pavillon, der Regency Square, die Promenade, die Menschen auf der Promenade und die vielen alten Häuser machen etwas mit mir. Die Dächer meiner Heimatstadt klein wie Spielzeugklötze unter mir und den großen Ozean auf der anderen Seite zu sehen, verändert meine Perspektive.

Die Stille, die zwischen Callum und mir herrscht, ist zum ersten Mal nicht angespannt, sondern … friedvoll. Ich wische mir eine Träne aus dem Augenwinkel. Bevor ich in meinen Taschen wühlen kann, wird ein Taschentuch direkt vor meine Nase gehalten. Mit leicht vorwurfsvollem Blick zur Seite greife ich danach.

»Ich wusste, dass du weinen wirst.« Callum hebt die Schultern. »Komm schon, manche Dinge ändern sich nie. Du hast schon Tränen in den Augen, wenn du die ersten Töne von *Bitter Sweet Symphony* hörst. Also jedes Mal, wenn dein Handy klingelt.«

»Hey, das ist einer der besten Songs der Welt, vor allem in der London-Grammar-Version. Und ich bin eben nah am Wasser gebaut«, verteidige ich mich schniefend. »Es gibt Schlimmeres. Wie ein Jack-Frost-Stoneface zu sein.«

Callum grinst, weil die Stichelei ihre Wirkung verfehlt. »Jack Frost ist ziemlich heiß, hab ich gehört.«

»Auch wieder wahr. Dann hinkt der Vergleich.«

Callums cartoonreifer böser Blick sorgt dafür, dass meine Angst für eine Millisekunde verfliegt, ich sogar glucksen muss. Gleich darauf kriecht sie mir wieder den Nacken rauf, und ich schlucke nervös. »Meine Therapeutin sagt, dass Weinen heilend ist«, sage ich. »Reden führt zu Weinen«, zähle ich auf. »Auch Schweigen. Die gute Art. Und Musik auch. Die Welt ist voll von Dingen, die einen berühren. Kein Wunder, dass ich ständig am Heulen bin.«

»Du hast eine Therapeutin?« Callums Augen werden groß.

Mist. Ich erinnere mich wieder daran, warum ich in seiner Gegenwart nicht einfach drauflosreden sollte. Stichwort *Timothys Dad.* Er versteht es nicht, würde es nie verstehen. Das hier ist bloß eine Momentaufnahme zwischen Callum und mir. Er ist immer noch er. Ich bin ich. Wir sind gezwungen, dieses Projekt zusammen zu machen. Aber wir haben eine Deadline, ein Verfallsdatum. Deshalb ignoriere ich seine rhetorische Frage und hole das Handy raus, um Fotos zu machen, die ich später Val, Eric und Lou zeigen kann.

Die Sonne geht langsam auf der Meerseite unter. Der Himmel färbt sich in dunkles Orange-Rot. Die Strahlen treffen auf die Wasseroberfläche und überziehen sie mit einem Schimmer. Begeistertes und berührtes Raunen geht durch die Kapsel, als alle sich nach und nach der Meerseite zuwenden. Vor uns gehen Tag und Nacht ineinander über, und hinter uns erstrahlt die Stadt weiter hell.

Ein Marmeladenglas-Moment.

»Chapeau für deinen Mut«, raunt Callum neben mir.

»Danke für die Challenge – und deinen Versuch, mich zu beruhigen«, sage ich, und er wendet sich mir neugierig zu.

»Warum hast du das gemacht? Ich meine … abgesehen von deinem Stolz.«

In Gedanken versunken lasse ich die Aussicht auf mich wirken. Die letzten Sonnenstrahlen des Tages kitzeln mein Gesicht, und ich nehme mir Zeit zum Antworten. »Ich will einfach Momente schaffen, an die ich mich gern erinnere. Ich will im Heute leben. Auch wenn es manchmal schwerfällt, sich zu überwinden.« Für eine Sekunde traue ich mich, ganz nach unten zum Strand zu sehen, wo ich die kleine Grace vor meinem inneren Auge lachend zum Wasser rennen sehe. Dann hebe ich wieder den Kopf, ehe der Schwindel zu heftig wird. »Ich glaube, es ist okay, Angst zu haben. Ich will nur nicht … Ich versuche, stärker als sie zu sein. Es gelingt mir nicht immer, und das ist auch in Ordnung. Aber wenn es klappt, dann ist das, was rauskommt, in der Regel den Stress vorher oder dabei wert. Es ist eine schöne Erinnerung.« Verschmitzt wende ich mich Callum zu. »Du bist jetzt ein Teil davon.«

»Ein Teil deiner positiven Erinnerung? Wow. Nachdem wir Mrs. Murrays Aufführung gesprengt haben, hat damit wohl niemand mehr gerechnet.«

Wir lachen beide.

»Ey, es war nicht geplant, dass wir beide uns minutenlang ein Duell auf der Bühne liefern, bis meine Saite mir um die Ohren fliegt.«

»Du hast halt nicht aufgehört zu spielen.«

»Du hast bei meinem Solo einfach eingesetzt!«, erinnere ich ihn. »Ich habe meinen Part gespielt, bei der *großen Weihnachts-*

aufführung vorm Direktor, dem Stadtrat und unserem *Bürgermeister,* und du hast plötzlich losgelegt an deiner Gitarre. Ohne Vorwarnung. Obwohl du gar nicht dran warst.«

Ertappt beißt er sich auf die Unterlippe. Wenn er betreten dreinschaut, sieht Callum anders aus. Nahbar. Offener. *Süß.* »Fair enough.«

Wir grinsen uns an, bis ich mich wieder dem Sonnenuntergang widme. »Zum Glück sind wir heute erwachsener«, sage ich.

»Genau. Wir würden nie wieder so etwas Dummes tun, wie uns gegenseitig herauszufordern.«

»Niemals.«

Unser Lachen ist so laut, dass andere Besucher zu uns herübersehen. Ich presse verlegen die Lippen aufeinander, wobei ich mein Kichern kaum unterdrücken kann. Callums stürmischblaue Augen sehen mich an. Lange. Zu lange. Ich spüre sie auf meinem Gesicht, als wären sie seine Hände.

Plötzlich verändert sich seine Miene. Seine Züge glätten sich, werden unnahbar, und er tritt einen Schritt zurück, bringt Abstand zwischen uns. Ich frage nicht nach, lasse ihm seinen Raum und genieße – immer noch mit Puddingbeinen – die Aussicht und die Erkenntnis, dass ich *stärker als meine Angst* war, bis die Kapsel sich wieder nach unten bewegt. In den nächsten fünf Minuten sagen wir beide kein Wort.

Ich bin nicht sicher, wie Callum unser Schweigen deutet. Doch als wir unten angekommen sind, steht er um Worte verlegen vor mir, was noch ungewohnter ist als das gemeinsame Lachen oben auf dem Turm.

»Wir sehen uns im Probenraum?«, fragt er und wartet meine Antwort nicht ab, sondern macht auf dem Absatz kehrt und läuft Richtung Stadt davon. Ich bleibe vor dem *Donut* zurück und frage mich, ob ich etwas Falsches gesagt oder gemacht habe. Mit einer Mischung aus Dankbarkeit, Euphorie und Sorge sehe ich Callum hinterher, bis er zwischen den Häusern verschwunden ist.

Dann ziehe ich mein Handy hervor und rufe meine Freunde per Videochat an. Ich muss über das reden, was gerade passiert ist. Und herausfinden, warum ich mich ausgerechnet in Callum Haywards Nähe geborgen gefühlt habe.

KAPITEL 7

Lost

CALLUM

»Okay, wie findest du das?« Grace stimmt einen möglichen Akkordwechsel in der Bridge an.

»Hm«, sage ich geistesabwesend. Grace spielt mehrere Akkorde hintereinander, summt vor sich hin, ändert ihre Notizen. Seit der ersten Stunde hat sich das Notizbuch bis zur Mitte gefüllt. Zudem beschreibt Grace zusätzlich gefühlt Hunderte einzelne Blätter, die am Ende zwischen die Seiten gequetscht werden, sodass der Deckel sich kaum mehr schließt.

Zwei Stunden lang lausche ich nun schon Grace' Ideen, ihrem Violine- und Klavierspiel, verschiedenen Akkorden, Melodieansätzen. Das einzige Geräusch, das sonst noch zu hören ist, ist der Nieselregen, der gegen das einzige Fenster prasselt. Zwischen unserem Ausflug zum *Brighton Donut* liegt ein Wochenende, das ich zu Hause wie ferngesteuert verbracht habe. Dad war in der Kanzlei, um sich auf seinen neuen Fall vorzubereiten, Will war mit seiner Street-Art-Gruppe unterwegs. Also habe ich gelernt, oder es zumindest versucht. Seit ich mit Grace auf dem i360 war, verspüre ich ein komisches Kribbeln in meiner Magengegend und in meiner Brust. Es verschwindet nicht, egal, wie sehr ich mich auf den Unterricht konzentriere oder mich auf dem Sportplatz verausgabe.

Außerdem ertappe ich mich dabei, wie ich Dinge an Grace wahrnehme, die mir zuvor nie aufgefallen sind. Wie sie über ihre Fingernägel streicht, wenn sie nervös ist. Wie sie mit der Zungenspitze über ihre obere Zahnreihe fährt, wenn sie grübelt. Wie sie beim Schreiben der Lyrics auf ihrer Unterlippe kaut. Wie ihre Augen zu leuchten beginnen, wenn sie spielt, und sie ihre Mundwinkel nicht mehr unter Kontrolle hat, weil es sie so glücklich macht. Wie sie manchmal einfach so vor sich hin kichert, wenn sie in Gedanken versunken ist. Wie sie ständig an ihrem Oberteil zupft, wenn sie die Sitzposition wechselt, als wollte sie sich dadurch Sicherheit verschaffen.

Keine Ahnung, wann ich angefangen habe, diese Details zu sehen. Doch jetzt kann ich sie nicht mehr ungesehen machen.

Ich kann nicht verhindern, dass ich in die Vergangenheit abschweife, was ich mir verboten habe. Melancholie ist laut Dad etwas für Menschen, die keine Vision für die Zukunft haben. Die Vergangenheit ist passiert, wichtig ist das Morgen. Ich *bin* Morgen.

Doch seit zwei Tagen ist etwas anders. Grace hat gemeint, ich bin nun Teil einer *schönen* Erinnerung. Das hat lange in mir nachgehallt. So viele Fragen fliegen in meinem Kopf umher, es fällt mir schwer, sie zu sortieren. Warum fühle ich mich so in ihrer Nähe? Seit wann? Und: Grace hat eine Therapeutin? Hat es mit ihrer Angst zu tun? Warum hat sie das mit mir geteilt? Wir sind keine Freunde. Nicht mal *Freinde*. Und warum habe ich mich mit ihr auf dem Turm für eine kurze Zeit wieder wie mein altes Ich gefühlt? Warum hatte ich diesen Anflug von *Wärme* in mir? Von … Vertrautheit, Sicherheit. Normalerweise sortiere ich meine Gefühle, wie ich meine nächsten Tage strukturiere. Alles, was mich nicht voranbringt, landet im imaginären Papierkorb.

Der Ausflug mit Grace jedoch nicht.

»Erde an Callum?« Obwohl Grace ein paar Meter entfernt am Klavier sitzt, schnippt sie mit ihren Fingern herum, die auf Höhe meines Gesichts sind.

»Hm?«, frage ich erneut.

»Du bist gar nicht bei der Sache. Alles okay?« Ein prüfender Blick.

»Klar.«

Grace lässt die Arme auf die Tasten sinken und zieht die Stirn kraus. Sie hat dunkle Ringe unter den Augen, ich schätze, sie hat die ganze Nacht an unserem Song gearbeitet. »Wenn du reden willst …«

»Will ich nicht, weil alles gut ist.«

Wir tragen ein stummes Wortgefecht aus, taxieren uns, bis mein breites Lächeln die Diskussion beendet.

»Na schön, wollen wir gleich mal die erste Strophe mit der Melodie und dem Text probieren?«

»Von mir aus.« Eine Weile spielt Grace noch die Akkorde und singt leise Sätze vor sich hin, ändert Worte, denen ich ab und an zustimme. Gegen andere Passagen wehre ich mich, mache gelangweilt Gegenvorschläge, von denen sie ein paar notiert, sichtlich dankbar dafür, dass ich mich überhaupt beteilige. Ich werde die Nacht von all den Worten träumen, so viele Male habe ich sie hintereinander gehört.

»Wie machen wir es eigentlich bei der Aufführung? Ich kann die Violine stehen lassen und mich ans Klavier setzen, und du spielst und singst an der Gitarre. Das ist besser, oder?«

Ich nicke und rücke den Stuhl dicht an Grace' Klavierhocker heran. Sie hat sich in Position gebracht, platziert die filigranen Finger auf den Tasten. Ihr kurzes Haar duftet vertraut. Wie ein Hauch von Regen, salziges Meer, nasses Holz, Blätter und Zimt und Äpfel aus der Backstube. Einfach wie Grace. Bestimmt hat sie gestern Abend oder heute früh vor der ersten Stunde wieder zu Hause gebacken.

»Du musst dort einsetzen«, sagt sie sanft und deutet auf die vollgekritzelten Blätter, wo unter den Akkorden der Text steht.

»Weiß ich«, sage ich energischer als beabsichtigt. Im nächsten Moment setze ich mich aufrecht hin, lege die Hand auf mein Zwerchfell, räuspere mich, summe mit einem »Mhmhm« die C-Dur-Tonleiter auf und ab. Meine Stimme ist Singen nicht mehr gewohnt.

»Was sagst du zu den Lyrics?«, hakt Grace nach. »Ich hänge irgendwie noch in *every sidewalk holds a memory.*« Sie schürzt die geschwungenen Lippen, die wie üblich rot geschminkt sind und von denen ich nur schwer den Blick abwenden kann.

Ich denke ein paar Sekunden nach, gebe mich gleichgültig. »Carries«, schlage ich tonlos vor. »Versuch *carries* a memory.« Zum Ausdruck meiner Begeisterung hänge ich ein Gähnen an. Grace lässt sich nicht beirren, und ihre Miene erhellt sich. »*Carries*. Brillant. Können loslegen.«

Seufzend hole ich tief Luft, spanne mein Zwerchfell an. Grace beginnt die ersten Akkorde am Klavier, und ich werde wieder durch ein Wurmzeitloch transportiert. Grace' Klangfarbe ist wie die angenehme Stille, die bei einschleichender Nacht, wenn die Welt sich schlafen legt, über einen hereinbricht. Wie das Flüstern von Blättern im Herbstwind. Wie das Streichen von Fingerspitzen über die Haut. Für einen Augenblick habe ich Angst, einzusetzen, weil ich den Klang nicht zerstören will. Doch wir prallen nicht aufeinander, wie wir es immer tun – auf unerklärliche Weise verweben sich unsere Stimmen miteinander. Wie Fäden in einem Band. Ihre Sanftmut passt zu meiner Rauheit. Während wir singen, gerät alles in den Hintergrund. Meine Gedanken an Vergangenheit, Zukunft, meine Noten, Dad.

»I'm chasing echoes of who I used to be
Every sidewalk carries a memory,
My heart was like a reckless crown,
You lit it up to burn it down.
Hung up my hopes on paper-thin chords
watched as they shattered in empty words.«

Erst beim Singen verstehe ich die Worte, die Grace geschrieben hat. Als würde sie *wissen,* was ich fühle. Als würden wir gleich empfinden. Und ich lasse los. Lasse alles fließen, was ich sonst tief vergrabe. Die Überforderung, die Angst, nie genug zu sein, nie *richtig genug* zu sein. Eine Enttäuschung zu sein. Nicht stark genug. Nicht stolz genug. Nicht liebenswürdig genug. Nicht ehrgeizig genug. Nicht fokussiert genug. Nicht reich genug. Nicht sexy genug.

Nachdem der letzte Ton verklungen ist, bin ich wie im Schockzustand. Merkwürdig leer und voll gleichzeitig.

Für einen kurzen Moment habe ich mich wie früher gefühlt. Ich *bin* noch da. Und das jagt mir die womöglich größte Angst ein. Es könnte gefährden, was ich mir in den letzten Jahren aufgebaut habe, worauf ich hingearbeitet habe, jeden Tag. Denn ich will auf keinen Fall enden wie *sie.* Wie Mum.

Grace und ich schweigen. Benommen von dem, was gerade passiert ist. Unsere Blicke verweben sich miteinander, der Raum verschwimmt. Bis ich mit einem Satz aufspringe und in die Hände klatsche. »Ganz okay fürs Erste«, sage ich, versuche unbeteiligt zu klingen und stelle erleichtert fest, dass die Zeit für die Probe vorbei ist.

»Ja«, sagt Grace. Sie sitzt unbeweglich am Klavier, die Zähne aufeinandergepresst. »Ganz okay.«

»Sag ich doch.« Ich grinse herausfordernd. »Wenn man bedenkt, dass früher alle deine Songs nach *High School Musical* und *Camp Rock* geklungen haben …«

Sie steht langsam auf, sammelt ihre Blätter zusammen und stapft auf mich zu, bis sie direkt vor mir hält. Ihre grünen Augen bohren sich in meine.

»Das Arschloch-Sein steht dir nicht, Callum.«

Ich lache trocken auf und schnappe mir meine Jacke und die Ledertasche. »Es ist fast süß, wenn du dich vor mir aufplusterst, weißt du.«

»Wag es nicht, mich *süß* zu nennen«, faucht Grace. Sie schüttelt den Kopf, winkt ab, als hätte es eh keinen Sinn, und greift nach ihren Sachen. Sie versucht auf dem Weg nach draußen, mit mir Schritt zu halten, wobei sie fast rennen muss. Vor dem Schultor halte ich inne.

Grace haut mir gegen den Arm. Nein, sie *knufft* mich in den Arm. Warum kann sie auf niemanden wirklich sauer sein? Grauenvolle Eigenschaft. Atemlos und ungläubig lachend richtet Grace ihre Mütze und deutet die Park Road runter, Richtung Queens Park. »Ich werde noch kurz warten. Du kannst ruhig los. Wir sehen uns ja übermorgen?«

»Zu meinem Leidwesen«, erwidere ich nicht annähernd so gequält wie beabsichtigt. Grace macht es mir schwerer und schwerer, Distanz zu wahren. Sie kommt mir zu nah. Auf nichtkörperliche Weise.

»Hey, Buddy.«

Selten war ich dankbarer für Wills Timing. Mein bester Freund ist hinter uns aufgetaucht. Ich begrüße ihn mit Handschlag und Auf-den-Rücken-Klopfen und halte ein bisschen länger als sonst in der Umarmung inne. Ich bin so seltsam durch den Wind. Aber was auch immer mir den Kloß in den Hals getrieben hat, es muss was mit dem Stress zu tun haben. Nicht mit Grace. Oder unserem Gesang. Dem Song. Auf keinen Fall. Ich löse mich von Will und will gerade fragen, warum er aus dem Schulgebäude und nicht aus der Stadt kommt – Will hat um diese Zeit längst Schluss –, als ich die Person hinter ihm entdecke.

Grace' rothaarige Freundin. Sie springt Grace halb in die Arme, sodass sie fast umfällt. Beide Mädchen halten sich erst und springen dann auf und ab. Ich könnte meinen Hintern drauf verwetten, dass sie sich gestern erst gesehen haben, trotzdem feiern sie ihr Wiedersehen, als wären sie ewig getrennt gewesen.

Da wird mir erst klar, dass ich völlig vergessen habe, dass Will heute auch an seinem Projekt gearbeitet hat. Dass er die letzten Tage mit Grace' Freundin verbracht hat und ich ihn nicht einmal danach gefragt habe, wie es bei ihm läuft, weil ich mal wieder zu sehr mit mir selbst beschäftigt war. *Scheiße.*

Betreten suche ich nach den richtigen Worten und finde sie nicht. Grace und ihre Freundin haben sich mittlerweile losgelassen, und die Rothaarige durchbohrt mich mit Blicken.

»Gracie und ich machen uns dann mal auf den Weg«, sagt sie, und ihre Zahnlücke zwischen den Vorderzähnen kommt zum Vorschein. »Wir wollen noch zum Pier. Treffen mit Eric und Lou.«

Sie betont es, als wüsste Will, wovon sie redet. Ich rate, dass mit Eric der kotzende Typ von der Weihnachtsfeier gemeint ist. Wer Lou sein soll – keinen Schimmer. Im Gegensatz zu mir weiß mein bester Freund genau Bescheid.

»Stimmt. Hattest du erwähnt.« Will streicht sich die schwarzen Haare nach hinten. Er schaut zwischen uns hin und her. Plötzlich hellt sich seine Miene auf. Ich ahne, was kommt.

»Hey, wollen wir vielleicht zusammen Richtung Pier laufen?«, schlägt Will vor. »Nur wenn das für euch passt, Val.«

Val. Valerie? Seit wann nennt Will sie bei ihrem *Spitznamen?* Meine Vorstellung davon, den Nachmittag mit Will kickend am

Strand zu verbringen, um Stress abzubauen, löst sich vor mir in Luft auf.

Stattdessen wird eine Gruppenaktivität daraus.

Yay.

Grace blickt mich über die Schulter ihrer Freundin ebenso wenig begeistert an wie ich sie, aber als Valerie sich mit einem Leuchten in den Augen zu ihr umdreht, nickt sie. »Von mir aus«, sagt Grace.

Valerie hakt sich bei Grace unter, Will schließt zu ihnen auf und fängt direkt ein Gespräch mit Valerie an. Ich laufe neben ihm, außen, genau wie Grace auf der anderen Seite. Mich zu Hause überflüssig zu fühlen, bin ich gewohnt, in diesem Augenblick jedoch komme ich mir neben Will und Valerie wie das fünfte Rad am Wagen vor.

Und obwohl Grace genau auf der anderen Seite geht, erscheint es mir auf dem ganzen Weg so, als könnte sie meine Gedanken hören.

KAPITEL 8

Inside of Love

CALLUM

»Gib's zu, dir gehören die Automaten doch insgeheim.« Will steht neben Grace an einer der Claw Machines und begutachtet voller Spannung das bereits vierte Plüschtier, das an dem Greifer hängt. Wie gebannt starren auch Eric und Valerie durch die Plexiglasscheiben, wobei Erics stolzes Grinsen verrät, dass ihm Grace' Powermove bekannt ist.

Gekonnt bewegt sie den Joystick, kurz darauf landet *Olaf* aus *Frozen* mit einem *Plopp* im Ausgabefach. Begleitet vom begeisterten Quietschen Valeries, die ihn sofort an sich presst, nachdem Grace ihn hervorgezogen und ihr überreicht hat. Überschwänglich drückt sie Grace einen Kuss auf die Wange. »Danke, danke, danke. Aaaah, ich habe einen Olaf!« Sie hüpft aufgeregt im Kreis, wobei ihre roten Locken, die unter der Mütze hervorquellen, auf und ab wippen. Will stimmt in das Jubeln ein und gibt Grace ein anerkennendes High Five. Eric haut ihm auf die Schulter, als würden sie sich länger als die Stunde kennen, die wir am Brighton Pier abhängen.

Die Stimmung ist ausgelassen, behaglich. Entspannt. Das Gegenteil von dem, wie ich mich sonst fühle. Es erinnert mich an die Nachmittage, die Wills Eltern, er und ich früher bei uns verbracht haben, mit Kakao und irgendwelchen Disney-Filmen. Grace' Freude verströmen exakt diese Atmosphäre voller Sorglosigkeit. Und so war Will vom ersten Game an in die Gruppe aufgenommen. Ich verspüre einen Stich. Mein bester Freund ist wie ein Puzzle-Teil, das sich problemlos in jedes Bild einfügen kann.

Ich hingegen ecke überall an. Er ist ein Menschen-Magnet, ich stoße alles und jeden ab.

»Ich mag sie«, verkündet Will, während Valerie und Eric sich jeweils eine Plüschversion von Baby Yoda, ein Faultier, Winnie Pooh und Dumbo unter die Arme klemmen. Sie nehmen Grace in die Mitte, die ein glückliches Geräusch ausstößt. Mein Herz macht einen Satz.

»Du magst jeden«, erinnere ich Will, weil es wirklich keine Neuigkeit ist, dass er das Freund-aller-Menschen-Gen seiner Mutter – einer stadtbekannten Künstlerin – geerbt hat.

»True. Aber weißt du was?« Will lehnt sich gegen den Greifautomaten hinter uns und nickt zu der Dreiergruppe rüber, wo Grace mit dem Rücken zu mir steht. »Ich glaube, du magst sie auch.«

»Pff«, mache ich und rücke barsch Jacke und Mütze zurecht. »Klar. Deshalb haben wir uns im Musikkurs fast die Köpfe abgerissen.«

»Ihr wart Kinder«, sagt Will. »Sie tut dir ganz gut. Oder das Projekt. Je nachdem.« Er grinst herausfordernd.

»Ich hätte dir das mit dem *Donut* nicht erzählen sollen.«

»Hast du aber.« Will ist der Einzige, der es schafft, ernst und unbekümmert zugleich zu wirken. »Das ist der Punkt. Weißt du, wie lange du das nicht mehr gemacht hast? Mit mir zu *reden?*«

Seine Worte entfalten ihre Wirkung, je länger die Pause zwischen uns andauert. Mein schlechtes Gewissen kehrt mit einem Schlag zurück. Ich kann mich an das letzte Mal Zocken kaum erinnern. Nach der Fahrt mit dem 1360 musste ich aber mit jemandem sprechen. Über Grace und ihre Panikattacke. Seit den Minuten dort oben fühle ich mich zerrissen. Ich habe eine Riesenangst davor, mich wieder in die Musik zu verlieben, ihr zu verfallen. Die Gesangssession heute hat es bloß schlimmer gemacht. Das ist etwas, das ich nicht mal Will erzählen kann.

»Verstehe schon«, sage ich. »Trotzdem ziehe ich die Sache bloß wegen der Note durch. Wir müssen einen guten Auftritt hinlegen. Danach ist alles wie vorher. Sie macht ihr Ding, ich meines.«

Will tätschelt nur meinen Arm und sagt nichts weiter.

Die laut lachende und scherzende Gruppe aus Valarie, Eric und Grace setzt sich in Bewegung, Will schließt zu ihnen auf, ich hänge mich hinten dran.

»Chapeau«, beginne ich ein Gespräch mit Grace, um nicht komplett außen vor zu sein. Die anderen entscheiden sich für eine Runde Arcade-Spiele. »Plüschtiere aus Greifautomaten zu retten, ist also deine geheime Superkraft.«

»Möglich«, sagt Grace schmunzelnd. Ihre Wangen sind rot von der Herbstkälte draußen. Sie hat ihre Mütze vom Kopf gezogen und in die Jackentasche gestopft. Ihre kurzen Haare stehen wild von ihrem Kopf ab. »Und bevor du fragst: Ja, es gibt noch mehr.«

»Darauf wette ich.«

Wir mustern uns aus dem Augenwinkel, blicken wieder nach vorn, wo Val, Eric und Will darüber debattieren, wer nun zuerst gegen wen im Dance Battle bei *Dance Dance Revolution* antreten darf. Da sie zu keiner Einigung kommen, fechten sie es mit einer Runde Schnick-schnack-schnuck aus. Am Ende reißt Valerie, die Olaf und Winnie Pooh zwischen den Beinen abgestellt hat, die Arme hoch und macht einen Faustcheck mit Will, wobei die zwei sich ein wenig zu lange in die Augen sehen. Eric akzeptiert seine neue Rolle als Fan am Rande. »Denkst du, sie sind dabei, sich zu verknallen?«, frage ich an Grace gewandt.

»Wäre es so schlimm?«

Wenn jemand es verdient hat, sein Glück zu finden, dann mein bester Kumpel. Grace beobachtet von der Seitenlinie, wie unsere Freunde flirten, und verkneift sich sichtlich ein Lächeln. Abermals fühle ich jeden Zentimeter, der uns trennt.

Valerie kommt mit wippenden Locken zu uns rüber und drückt Grace und mir jeweils ein Plüschtier in die Hand. »Hier, halt mal kurz«, sagt sie, ohne meine Antwort abzuwarten. Dann läuft sie zu Will und Eric zurück, um sich auf das Dance Battle vorzubereiten.

»Tja«, sagt Grace und stupst ihren Olaf gegen meinen Winnie Pooh, auf dessen rotem Shirt *Today's my favorite day* geschrieben steht. »Ich würde dir ja mein Beileid aussprechen, aber eigentlich tut's mir nicht leid, dass du ausnahmsweise mal Spaß hast.«

»Was soll das bitte heißen?« Ich rümpfe die Nase, wobei meine Mundwinkel ein Eigenleben entwickeln. »Ich *habe* Spaß.«

»Ja, ständig.«

»Ist so.«

»Klar, du bist eine Spaßkanone.«

»Nur weil ich nicht dauernd wie ein Honigkuchenpferd durch die Gegend renne, sondern auch an meine Zukunft denke …«

»Genau das ist es, Callum«, sagt Grace, plötzlich ernst geworden. »Du denkst so viel an die Zukunft, dass du das Heute vergisst.«

»Was interessiert mich das Heute?«, blaffe ich. Mein Puls rast. Die Enge in meinem Brustkorb ist zurück. Winnie Pooh in meinem Arm fühlt sich schwerer und schwerer an. »Ich reiße mir den Arsch auf, um der Beste zu sein. Um einen Studienplatz zu kriegen.« *Und Dad glücklich zu machen,* ergänze ich in Gedanken. Im meiner Wut sprudeln die Worte nur so aus mir heraus. »Was ist so schlimm daran, ehrgeizig zu sein oder einen fucking Plan für die nächsten Jahre zu haben, hm?«

»Ehrgeizig zu sein, ist gar nichts Schlimmes. Das bin ich auch. Oder Pläne zu haben, sich auf etwas zu freuen. Es ist nur ...« Grace presst die Lippen aufeinander. »Was, wenn dir das Leben passiert?«

»Wie meinst du das?«

»Was, wenn etwas geschieht, das deine Pläne bis zur Rente durcheinanderbringt, Callum? Was, wenn das Fundament, auf dem du all das Tolle baust, einstürzt? Was machst du mit den Trümmern?« Ihre Lippen beben beim nächsten Atemzug. »Du planst und planst und planst und rennst und rennst – ohne durchzuatmen. Bleib doch mal stehen.«

Bleib doch mal stehen. Ich schlucke hart. Die Finger um Winnie Pooh verkrampft. »Ich hab echt keinen Bock auf das Pseudo-Psycho-Gelaber«, sage ich. Ohne auf die anderen zu achten, lasse ich Grace stehen und verlasse den Pavillon.

Der Nieselregen hat aufgehört, die graue, dichte Wolkenschicht ist geblieben. Mit Rauschen in den Ohren schreite ich über den Steg bis zur Brüstung, wo ich den Reißverschluss meiner Jacke bis nach ganz oben ziehe und auf den Strand und die Stadt blicke.

»Kann ich mich dazustellen oder besteht die Gefahr, dass wir es schlimmer machen, als es eh schon ist?« Grace steht ein paar Meter hinter mir, den Schneemann aus *Frozen* umklammert. Sie wartet auf meine Entscheidung. Ich zucke mit dem Kopf, um ihr zu bedeuten, dass sie herkommen kann. Erleichtert nähert sie sich, stellt Olaf zwischen ihren Schuhen ab und lehnt sich neben mir über die Brüstung. Einige Sekunden lässt sie sich die Meeresbrise um die Nase und durch die Haare wehen.

»Sorry für eben«, sagt sie. Ihre roten Lippen bilden einen schmalen Strich. »Sag mir ruhig, wenn es dir zu viel wird oder ich dir zu viel werde. Das ist okay. Ich bin nicht beleidigt oder so. Manchmal bin ich … verkorkst.« Sie schaut auf die Lichter der Stadt, die in der einsetzenden Dämmerung wie ein eigenes Meer wirken.

»Bist du nicht«, sage ich. »Das Leben ist verkorkst. Es *macht* einen verkorkst.«

»So romantisch und hoffnungsvoll«, erwidert Grace, was uns beiden ein Schmunzeln entlockt. Dann wird Grace ernst. »Ich will, dass das funktioniert, Callum. Wir müssen …«

»… den Song auf die Reihe kriegen«, beende ich.

»Eigentlich wollte ich sagen, dass wir mal eine Runde *Fortnite* zocken sollten, um unseren Teamgeist zu schärfen, aber …« Sie zuckt die Schultern. »Song geht auch.«

Ich schunkele kopfschüttelnd gegen sie. »Du bist ein echter Nerd, weißt du das?«

»Ach, du hast wohl noch nie stundenlang mit Will gezockt? Mr. Nerdig?«

Ich schweige, Grace grinst. »Tut mir leid, dass ich dir den Zahn ziehen muss, aber das ist keine Beleidigung. Eher ein Kompliment.«

Ich seufze auf. Dieses Mädchen treibt mich in den Wahnsinn. »Tut mir auch leid«, sage ich und meine das, was eben im Pavillon passiert ist.

»Ich wollte keine Grenze überschreiten.«

»Hast du nicht.«

»Also no hard feelings?«

Ich stimme zu, und sie pustet erleichtert aus. »Dein Weg ist dein Weg, du musst ihn gehen. Wir müssen nicht in allem einer Meinung sein.«

»Und gleich sagst du mir, dass die Hauptsache ist, dass ich glücklich bin.«

»Genau.« Sie lächelt. »Bist du es?«

Ich schnaube verächtlich. »Weiß das überhaupt jemand? Ich meine, woran merkt man das? Ich bin fucking sechzehn, ich hatte noch keine Zeit, darüber nachzudenken, was mich glücklich macht. Es wird nur erwartet, dass ich gute Noten habe und den Abschluss schaffe. Wer ich bin, finde ich danach raus.«

»Wer erwartet es?«, hakt Grace sanft nach.

Mein Vater, denke ich, sage aber nichts.

Hinter uns schallt lautes Lachen aus dem Pavillon. Grace schließt die Augen. »Ich glaube, niemand kann dauerhaft glücklich sein, aber ... vielleicht zufrieden? Dankbar?« Das Meeresrauschen und die gedämpften Gespräche aus dem Pavillon sind für einen Augenblick die einzigen Geräusche, die uns umgeben. »Das spüre ich, wenn ich was für mich tue, das ich mag. Wie mit meinen Freunden abzuhängen. Oder am Klavier zu sitzen, Violine zu spielen. Auf der Dachterrasse bei uns die Aussicht zu genießen.«

»Ihr habt eine Dachterrasse?«

Grace nickt, die Lider weiterhin geschlossen. »Ja, sie ist wunderschön. Man kann bis zum Steg und aufs Meer schauen.«

Ich sehe sie an. Ihr Profil vor dem Hintergrund des Stegs, den Lichtern an der Promenade und dem tosenden, dunklen Meer. Ihr Gesicht ist ruhig und weich. Ich wünsche mir, dass ich Grace sagen könnte, wie scheiße alles ist, dass ich nicht weiß, ob es mich glücklich macht, Jura zu studieren, weil ich nur daran denke, dass es das Richtige ist. Wie schwer es ist, meinen Ansprüchen gerecht zu werden. Wie hart das ist. Wie gut sie es hat. Weil für sie nichts *zu* schwer zu sein scheint.

»Grace!«

Grace öffnet die Augen und wirbelt herum. »Lou!«, ruft sie, schnappt sich meinen Winnie Pooh und rennt der Person entgegen, die sich aus dem Schatten der Laterne schält. Grace gibt ihr den Pooh und umarmt sie. Sie raunen sich Worte ins Ohr, lachen, schunkeln in ihrer Umarmung hin und her. Sie drücken sich so fest, dass man glauben könnte, sie wollten sich dadurch zusammensetzen.

Ich schaue weg. Als hätte ich eine Szene beobachtet, die nicht für meine Augen bestimmt war.

Erst als die zwei auf mich zukommen, drehe ich mich wieder um. »Hi, ich bin Lou«, sagt das Mädchen neben Grace. Sie tritt unter den Lichtkegel der Laterne an der Brüstung, und das erste Mal erkenne ich sie ganz. Sie hat ein rundliches Gesicht, das merkwürdig bleich und aufgequollen wirkt, mit einer Stupsnase, die von der Kälte rot ist. Braune Rehaugen, mit dunklen, tiefen Schatten und … keine Haare. Ihr Kopf ist kahl.

»Gut, bringen wir die erste unangenehme Stille mal hinter uns«, sagt Lou. »Ja, ich habe keine Haare. Ja, ich habe Krebs. Ja, ich werde wahrscheinlich daran sterben. Nein, ich habe nicht vor, mein restliches Leben damit zu verbringen, mich für etwas zu schämen, für das ich nichts kann. Ja, es ist scheiße, aber ich habe trotzdem kein schweres oder beschissenes Leben. Kurz – maybe. Scheiße? Auf keinen Fall. Und ja, ich bin für alle Fragen offen.« Lous Glatze glänzt im Licht der Laterne, sie lächelt mich an. Ganz unbekümmert. Als hätte sie mir gerade nicht gesagt, dass sie Krebs hat. Als wäre sie nicht todkrank.

Endlich begreife ich es. Ich sehe von Lou zu Grace, die noch immer ihre Hand hält. Ohne ein Wort zu sagen. Lange. Womöglich zu lange. Sie weicht meinem Blick aus, aber ich habe längst verstanden. Alles. Warum Grace Angst hat. Warum sie so besessen davon ist, diesen Song zu schreiben. Warum sie nur an das Heute denkt und ihr das Morgen scheißegal ist. Warum sie die Definition von Lebendigkeit ist.

Ihre Freundin stirbt.

»Freut mich, dich kennenzulernen, Lou«, sage ich und suche nach etwas, das nicht komplett bescheuert klingt. »Und danke für die Einleitung. Ist notiert.«

»Gern geschehen.« Lou deutet eine Verbeugung an. Grace flüstert Lou was ins Ohr, dann lassen sie einander los.

»Tja, ich schätze, wir sehen uns gleich drinnen, Callum?« Lou umklammert ihren Winnie Pooh, zeigt mit der freien Hand hinter sich auf den Pavillon, wo Valerie, Will und Eric sich immer noch das Dance Battle liefern.

»Wir sehen uns drinnen«, bestätige ich und tippe mir an die Stirn. Lou erwidert den Gruß, streicht Grace zur Ermutigung über den Oberarm und macht sich davon. Erst als sie aus unserem Blickfeld verschwunden ist, stellt Grace sich wieder zu mir an die Brüstung.

Mir fällt auf, dass ihr Unterkiefer vibriert. In ihren Augen schimmert es verdächtig. Das Beben in ihren Schultern wird stärker und stärker. Schließlich kann sie die Tränen nicht mehr zurückhalten. Sie strömen ihre Wangen hinunter, und Grace schluchzt so laut und herzzerreißend, dass ich wie von selbst nähertrete und kurz über ihren Rücken streiche. Ein Mal. Um zu zeigen, dass ich warte, bis sie bereit ist. Es dauert ein paar Minuten, dann wischt Grace sich übers Gesicht.

»Lou hat Krebs«, sage ich zögerlich, wie um sicherzugehen, dass ich richtig verstanden habe.

»Ja.«

»Du hast deine Haare abgeschnitten, um für sie da zu sein«, rate ich.

Grace wird bleich. »Diese Krankheit ist ein Gefängnis, man kann von außen nichts tun. Als Freund bist du machtlos, du kannst … nur da sein.« Schmerz durchzuckt ihr Gesicht, ihr ganzer Körper steht unter Anspannung. Ich verharre, bis sie wieder gefasster wirkt, ehe ich fortfahre.

»Und du weigerst dich, über die Zukunft nachzudenken, weil sie vielleicht kein Teil mehr davon ist.«

»Sehr einfühlsam, Hayward. Wie eine Motorsäge.« Damit entlockt Grace uns beiden ein Lächeln. »Aber ja, du hast recht«, fährt sie fort und wischt mit dem Handrücken die letzten Tränen fort. »Ich lebe lieber im Jetzt. Mit Lou.« Ihr Mund öffnet sich, doch kein weiterer Ton kommt heraus. Sie braucht zwei Anläufe, um weiterzusprechen. »Sie hat akute lymphoblastische Leukämie.«

Die kalte Herbstluft zerrt an meiner Mütze, kriecht unbarmherzig unter meine Jacke und über meine Haut, während ich hilflos Kreise auf die Brüstung male. »Sorry, ich habe keine Ahnung davon.«

»Nicht schlimm.« Grace macht einen Schritt zurück, lehnt sich dann mit dem Rücken gegen die Brüstung und lässt den Pavillon auf sich wirken. »Sie steckt aktuell im sechsten Monat ihrer Chemotherapie. Infusionen«, sagt Grace. »Mal im Krankenhaus, mal zu Hause. Je nachdem, wie es aussieht.«

»Das bedeutet?«, hake ich nach, während ich mich wie ein ungebildeter Trottel fühle.

»Das bedeutet, dass sie Lou vor drei Jahren gesagt haben, dass sie noch vier Monate hat. ALL nimmt in der Regel einen schnellen Verlauf, aber … Lou ist nicht die Regel.« Grace' Atemwolke löst sich zwischen uns in der Luft auf. »Jetzt ist auch ihre Leber befallen.«

»Also …«

»Es gibt keine Heilung mehr. Oder sagen wir … es ist unwahrscheinlich. Die Chemo wirkt nicht mehr so wie früher.« Grace' Augen füllen sich erneut mit Tränen. »Sie versucht einfach, klarzukommen. Den Rest ihres Lebens schmerzfrei zu gestalten. Deshalb genießen wir jeden Moment zusammen, den Lou Kraft hat. Sie weiß nicht, ob es ein Morgen gibt.«

»Geht das nicht jedem so?«, frage ich und gebe mir Mühe, nüchtern zu klingen. Mir ist durchaus bewusst, dass es aus meinem Mund wie Hohn klingt, immerhin bin ich derjenige, der zehn Jahre in die Zukunft plant.

»Schon«, sagt Grace, beißt sich auf die Unterlippe. »Niemand weiß, was morgen ist. Aber wenn du so eine Diagnose hast … dann hörst du das Ticken im Hintergrund lauter. Es ist immer da. Bei jedem Schritt.« Ihr Brustkorb hebt und senkt sich langsam. »So beschreibt Lou es zumindest immer.«

»Verstehe. Das ist … scheiße.« Eine Welle der Scham überrollt mich. Denn mir ist etwas eingefallen. »Was ich über Timothy und seinen Dad gesagt habe, an dem Tag, als wir beim Projekt eingeteilt wurden …« Das Rauschen in meinen Ohren übertönt meinen Herzschlag. »Deshalb bist du rausgerannt.«

Grace zuckt bei der Erinnerung zusammen. »Es war hart, Callum.« Zum ersten Mal, seit Lou weg ist, sieht sie mir in die Augen. »Ich dachte nie, dass du *so* ein Arsch sein kannst. Du hast gesagt, dass es bestimmt *Vorteile* bringt, dass sein Dad stirbt. Vorteile. Sein Dad *stirbt,* Callum.« Es ist unübersehbar, dass sie mir am liebsten eine reinhauen oder mich anschreien würde. Oder beides.

»Tut mir leid.« Das ist das Einzige, was ich rausbringe. Ich denke an Lou und Grace' Tränen. Meine Sicht verschwimmt. Ich umklammere die Brüstung so fest, dass meine Knöchel weiß hervortreten. »Ich hab keinen Plan, was da in mich gefahren ist. Es war einfach abgefuckt.«

»Ja.« Grace kaut auf ihrer Unterlippe. »Weißt du, manchmal ist es besser, vorher nachzudenken, bevor man etwas zerbricht, das man nicht reparieren kann.«

»Hm. Könnte ab jetzt mein Motto werden.«

Das bringt Grace in ihrer Trauer zum Lachen. »Ich weiß deine

Entschuldigung zu schätzen.« Grace rückt ihren Schal zurecht und prüft dabei eingehend mein Gesicht. »Hinterfragst du gerade dein gesamtes Leben?«

»Ne-in«, lüge ich. War das so offensichtlich?

»Das ist normal, nachdem man so etwas gehört hat«, versichert mir Grace. Ich fühle mich elend, weil ich dachte, dass mein Leben verglichen mit ihrem *schwer* wäre. Und Lou … ihre Geschichte trifft mich, obwohl ich dachte, dass mich seit Jahren nichts mehr auf diese Weise treffen kann. Grace mustert mich erneut und errät, was ich fühle.

»Jeder hat sein Päckchen zu tragen, Callum. Für jeden fühlt es sich anders schwer oder leicht an.« Sie blickt auf den Steg. »Man kann auch direkt unter der Wasseroberfläche ertrinken, nicht erst in zehn Meter Tiefe.«

Mein Herz zieht sich zusammen. Grace trifft mich da, wo es schmerzvoll pocht. Dabei ist das Projekt in siebeneinhalb Wochen vorbei. Es sollte mich nicht kümmern.

»Und eigentlich«, übernimmt Grace wieder das Wort, wofür ich ihr zutiefst dankbar bin, »bin ich sogar ein bisschen neidisch auf dich.«

Jetzt verstehe ich gar nichts mehr. »Du – neidisch auf mich?«

Grace schüttelt die Ärmel ihrer Jacke, um sich tiefer darin zu verkriechen. »Du machst einen Schritt und denkst, nein, *gehst davon aus,* dass du automatisch festen Boden unter deinen Füßen haben wirst. Lou kann das nicht. Sie weiß nicht, ob sie landen wird. Ob da überhaupt noch was ist. Oder …« *Ob sie fällt,* beende ich den Satz in Gedanken.

»Du denkst und redest nur von der Zukunft«, sagt Grace. »Du musst dich echt ziemlich darauf freuen.«

»Kann sein«, sage ich mit weniger Begeisterung, als Grace wohl erwartet hat. »Dad hat viel Zeit in die Kanzlei gesteckt. Das Jura-

Studium ist nicht ohne, ich muss mir den Arsch aufreißen, um es zu schaffen. Sonst kann ich kein Junior-Partner werden.«

»Kapiert. Und noch hängst du hier fest.«

»Yup. Leider.«

»Du hast die Musik also sausen lassen, um dich auf deine große Karriere als Anwalt vorzubereiten? Wow. Das nenne ich erwachsen.« Wenn sie wüsste. Sie ahnt nicht im Geringsten, was die Musik mir angetan hat. Dad und mir. Warum ich sie so hasse. Und mich gleichzeitig nach ihr sehne, dem, was mir am meisten Schmerzen bereitet. Ich werde es Grace nicht sagen. Noch nicht mal sie könnte das verstehen. »So ist es halt. Nach dem Auftritt ist Musik wieder Geschichte für mich.«

»Dann kannst du dich auf deine Karriere konzentrieren.« Grace schüttelt übertrieben betroffen den Kopf. »Aber nur du weißt, was das Richtige für dich ist, Callum.«

Das Richtige. Da ist es wieder.

»Aber wenn du meine bescheidene Meinung hören willst …«

Ich stöhne genervt auf, bedeute ihr trotzdem, fortzufahren.

»Ich glaube, ab und zu muss man etwas aufgeben, was einem wichtig ist, um es zu einem anderen – späteren – Zeitpunkt wiederzufinden. An dem es eben besser passt.«

»Poetisch wie eh und je.«

»Es war nur meine Meinung«, sagt sie. »Nicht mehr.«

Unsere Freunde tauchen am Rand des Pavillons auf, Eric und Val ahmen ihre Tanzbewegungen nach. Will und Lou sind in ein Gespräch vertieft, bei dem sie wild rumgestikulieren. Lou sieht erschöpft aus, trotzdem strahlt ihre Energie gefühlt bis zu uns über den Steg.

»Wie schafft sie es, zu verdrängen, dass sie stirbt?«, frage ich leise.

»Sie verdrängt es nicht, sie akzeptiert es«, erwidert Grace nüchtern und beginnt, beim Anblick ihrer Freundin zu lächeln. »Das ist ein Unterschied.«

Etwas daran, wie sie es sagt, lässt meine Mauern bröckeln. Lou tänzelt zwischen Valerie, Eric und Will hin und her, erspäht, knuddelt ihren Winnie Pooh und lacht schallend über Wills offenbar schlechten Witz, der Valerie dazu bringt, sich den Finger in den Hals zu stecken.

»Wie macht sie das nur?«, frage ich erneut, mehr an mich selbst gewandt. Grace antwortet trotzdem.

»Sie macht weiter, Callum. Einfach weiter.«

KAPITEL 9

Anchor

GRACE

Ich hatte gedacht, dass es schwer sein würde, mich Callum anzuvertrauen. Dass er es nicht verstehen würde, lachen oder einen Spruch loslassen würde, der mich noch mehr verletzt. Stattdessen ist etwas passiert, das viel schwerer ist. Etwas, womit ich null gerechnet habe. Callum hat es verstanden. Ich konnte einen Blick hinter seine Fassade werfen, und das macht mir auf andere Weise Angst, weil die Gefahr besteht, ihn tatsächlich zu mögen.

Ein schiefer Ton erklingt, und ich stoße einen leisen Fluch aus.

»Süße«, sagt Val hinter mir auf dem Sofa und reißt mich aus meinen Gedanken. Sie trägt, wie wir alle, einen kitschigen, bequemen Schlabberpullover und Wollsocken, ihre mit einem Muster aus Herzen und Sternen. »Denkst du, es besteht die klitzekleine Möglichkeit, dass du dich heute noch von deinem Klavier losreißt?«

»Ehrlich mal«, stimmt Eric zu und zieht die Füße neben Val an, um sich in den Schneidersitz zu setzen. Sie lässt entspannt den Kopf nach hinten auf seine Schulter sinken. »Die Musiksession ist vorbei. Ab jetzt steht Chillen auf dem Plan. Du brauchst eine Pause.«

»Grace schreibt am Song. Nicht wahr?« Lou öffnet ein Augenlid, um zu mir zu linsen. Sie hat es sich auf der anderen Seite des Sofas bequem gemacht und ihre Füße hochgelegt, ein Kissen zwischen Kopf und Lehne eingeklemmt. Sie trägt zum bequemen Outfit eine Beanie-Mütze und sieht unbeschreiblich müde aus. Trotzdem lächelt sie.

Ich seufze laut auf vor Frust und lasse die Stirn auf die Tasten sinken, wodurch ein paar schiefe Laute ertönen.

Es ist der übliche letzte Samstag des Monats. Was bei uns in der Familie Karaoke- und Gamingabend bedeutet. Dieses Ritual ist uns heilig. Mit Val, Lou, Eric und manchmal auch ihren Eltern. Heute jedoch sind nur Mum und Dad dabei – und meine Freunde, die mir seit zehn Minuten dabei zusehen, wie ich zu den Akkordfolgen Sätze vor mich hin murmle, sie gedanklich streiche und etwas Neues versuche. Meine Finger krampfen längst vor Überanstrengung.

»Was ist mit diesem *ghost*-Satz von eben?«, hakt Lou nach. Ihre großen Augen blicken mich voller Zuversicht an, und mir wird warm ums Herz.

Sofort krame ich in meinem Kurzzeitgedächtnis. »*The clock keeps ticking, but I can't move* …« Kurz halte ich inne. »*I'm stuck in a dance with the ghost of you?*«

»Das. Das ist es. Das ist …« Lou sieht mich an, ein Glänzen in den Augen, und ich muss mich nicht erklären. Sie spürt es. Hört all den Schmerz, die Zweifel und die Angst aus der Zeile heraus. »Es ist wunderschön.«

»Traurig«, fügt Val hinzu. Auch ihr Kehlkopf tritt auffällig weit hervor. »Wunderschön traurig.«

»Callum meinte, er hätte gern eine Zeile mit *the clock keeps ticking, but I can't move* – wir hatten nur bisher keinen passenden Reim darauf gefunden.«

»Es ist so schön«, wiederholt Lou.

»Du wirst berühmt sein, Gracie«, sagt Eric, ebenfalls berührt. »Der Song mit Kotzbro… äh, Callum ist bloß der Anfang.«

Wir schweigen. Lou, Val und ich tauschen einen Blick. Lou hält krampfhaft ihr Lächeln aufrecht, ich umschlinge meine Finger im Schoß. Ein Anfang. Oder ein Ende. Je nachdem, wie viel Zeit uns zusammen bleibt. Um die von Traurigkeit beschwerte Stille zu durchbrechen, ziehe ich mein Handy hervor und tippe den Satz in die Notiz-App. Dabei rutsche ich auf dem Klavierhocker zurück und drehe mich meinen Freunden zu. »Es macht mich verrückt, dass wir seit Tagen in der zweiten Strophe festhängen.«

»Jetzt nicht mehr«, ergänzt Lou.

»Richtig.«

»Was habt ihr denn die ganze Woche im Probenraum gemacht?« Eric stößt ein unterdrücktes Glucksen aus, wobei er die rechte Augenbraue hebt.

»Jedenfalls nicht geschrieben.« Val greift sich grinsend eine Tüte Chips. Direkt nachdem sie sie aufgerissen hat, greift Eric hinein und schiebt sich den ersten Chip zwischen die Zähne. »Seit unserem kleinen Ausflug zum Pier ist das Eis zwischen Callum und Grace nämlich gebrochen.«

»Ist das so?« Eric mustert mich. In den letzten Tagen hatten wir kaum Zeit, miteinander zu reden. Val und Lou wissen schon viel mehr als er. Eric und Delia scheinen, im Gegensatz zu uns, wunderbar mit ihrem Wissenschaftsprojekt voranzukommen. Was kein Wunder ist, da Eric schon im vierten Jahrgang so was wie ein Wunderkind war. Ein Stipendium für die St. Doyle war etwas, womit wir alle gerechnet haben.

Ich seufze und gehe zu meinen Freunden hinüber, die sogleich Platz auf dem Sofa machen. Lou wirft die zweite Hälfte der Kuscheldecke über mich und reicht mir meine dampfende Tasse heiße Schokolade, sodass wir uns gemeinsam einkuscheln können. Eric neigt sich zu mir, um auf mein Handydisplay zu schauen, das ich ihm hinhalte. »Wow«, sagt er nach einem Augenblick, den ich die Nachrichten von oben bis unten durchgescrollt habe, die Callum und ich uns geschrieben haben, seit wir am Pier waren. »Das sind echt viele Nachrichten, Gracie.«

»Ja, schätze schon.«

Aus der Küche erklingt Geschirrklappern, gefolgt vom Lachen meiner Eltern. Sie haben darauf bestanden, allein aufzuräumen und uns ›Kids‹ Zeit allein zu gönnen.

Obwohl ich mit meinen Eltern über fast alles rede, wissen sie nichts über den Chat mit Callum. Nicht *so*. Denn Mum würde sofort etwas hineininterpretieren, das mir nicht gefällt, und meine Gedanken lesen, was mir noch weniger gefällt.

»Wie viele Audios habt ihr euch geschickt, bitte?« Eric lugt noch immer über meine Schulter. Er hat einen Milchbart von der heißen Schokolade, den er sogleich mit der Zunge ableckt, und greift nach meinem Handy.

»Hmm«, mache ich. Noch am Abend nach unserem spontanen Ausflug zum Pier haben Will und Val eine Gruppe mit uns allen erstellt.

Callums und meine Kommunikation beschränkte sich bisher auf knappe Nachrichten, wie *morgen nach der Schule im Probenraum? Eine Stunde?* Seit Montag ist es anders.

Wir haben angefangen, zu schreiben. Zu reden. In unserem eigenen Chat. Nicht übereinander oder aneinander vorbei, sondern miteinander. Er beteiligt sich sogar aktiv beim Songwriting. Im Schnelldurchlauf überfliege ich ein paar Messages.

Callum: Bist du wegen Lou so besessen von Zahlen?

> **Grace:** Ja. Ich sehe alles durch diese Brille. Die Meine-Welt-ohne-Lou-Brille, selbst, wenn ich glücklich bin. Es geht nie weg. Keine Ahnung, ob man das verstehen kann.

Callum: Ich versteh's. Mir geht's so, seit meine Mutter weg ist.

Es war das Persönlichste, was Callum mir bisher erzählt hat, und das erste und letzte Mal, dass er seine Mum erwähnt hat. Ich wusste, dass sie vor Jahren gegangen ist, mehr nicht. Aber ich kann mir vorstellen, dass in jedem Kind, das so einen Verlust erlebt, etwas für immer verloren geht, das nicht wiedergefunden werden kann. Auch nicht von der Zeit, die vergeht.

Ansonsten haben wir nicht viel über unsere Familien gesprochen. Was okay ist. Wenn man bedenkt, dass wir vor zwei Wochen kein Wort miteinander wechseln konnten, ohne aneinanderzugeraten, ist das ein Fortschritt.

Es fühlt sich nicht mehr so an, als müsste ich bei jedem Schritt in Callums Gegenwart achtgeben, worüber ich rede. Ich ersticke nicht mehr halb vor Panik, bevor ich den Probenraum betrete. Neben unserer Liebe für London haben Callum und ich festgestellt, dass wir beide White Collar, Sherlock und die Serie Lie To Me lieben, auch wenn Callum wegen des Lernpensums kein Bingewatcher ist wie ich. Seltsamerweise habe ich, wenn ich seine minutenlangen Sprachmemos gehört habe, *vergessen,* wie viel uns trennt. Es hat mir sogar gutgetan, ihn von seinen Zukunftsplänen reden zu hören.

Und doch gibt es eine Sache, die ich nicht vergessen darf.

Ich bin das Heute, er ist das Morgen. Er ist Callum Hayward, ich bin Grace McIntyre. Seine Realität ist eine andere als meine. Wir knallen immer noch aneinander, nicht mehr mit Anlauf und ohne auf den anderen zu achten. Doch es passiert. Wie Callum sagte … eine Bekanntschaft auf Zeit. Daran hat sich nichts geändert.

»Himmel, Arsch und …« Eric lässt sich nach hinten gegen die

Kissen sinken, nachdem er ein paar weitere Nachrichten überflogen hat. Ich nehme ihm das Handy wieder ab.

»Das hab ich auch gesagt«, sagt Val und greift nach der Fernbedienung auf dem Sofatisch, um alle Lichter bis auf die Lichterketten auszuschalten. Wir starren auf die Lichtkreise an der Zimmerdecke. Lou kuschelt sich an meine Seite, Val und ich lehnen uns an Eric. Unter der Decke drücke ich Lous kalte Finger. Eine Weile sagen wir nichts, schmiegen uns in die Stille, die gleichzeitig Trost und Stärke gibt. Ich wünsche mir, Momente wie diese festhalten zu können. In einem Glas, um sie immer wieder zu öffnen, wenn mir danach ist. Zu riechen, was ich gerade rieche. Den Duft von heißer Schokolade, Keksen, frisch gebackenen Scones mit Clotted Cream, Vanillekerzen.

»Heißt das, dass wir jetzt einen Callum-Hayward-Fanclub gründen müssen?«, fragt Eric ins Schweigen hinein, und Val erschaudert und macht ein Würgegeräusch. Lou kichert.

»Auf keinen Fall«, werfe ich ein. »Dass wir uns nicht mehr an die Gurgel springen, bedeutet nicht, dass wir uns *mögen*.«

»Na, ihr habt euch in den letzten drei Tagen gefühlt zweihundert Audios gesendet. Und was weiß ich wie viel geschrieben. Ich glaube, du fängst an, ihn zu mögen. Ein bisschen.« Val hält Zeigefinger und Daumen mit minimalem Abstand zueinander in die Höhe. Mein Muskel unter dem Auge beginnt zu zucken, während ich hinter mich greife. Das Kissen trifft sie mitten im Gesicht.

»Grace McIntyre!« Sie schüttelt den Kopf. »Wie soll ich mich daran gewöhnen, ihn nicht mehr mit Blicken zu Staub zu zerbröseln?«

Eric legt ihr beschwichtigend die Finger auf die Schulter. »Geht da nicht was bei dir und Willy?«, fragt er Val, und ich bin ihm dankbar, dass er von mir ablenkt.

Sie läuft dunkelrot an, was Antwort genug ist. Sie wird nie rot. Niemals. Schnell räuspert sie sich. »Wir verstehen uns, mehr nicht.«

»So, so«, zieht Eric sie auf, wobei er zu mir linst. »Sie verstehen sich.«

»Hat man gesehen«, stimmt Lou zu. »So würde ich mich auch gern mit jemandem verstehen.«

»Ja, Will mit seiner Tom-Hiddleston-Stimme.« Ich male ein Herzchen in die Luft.

»Ihr seid doof.« Val plumpst tiefer in die Kissenburg. »Aber ich hab euch echt lieb.«

»Wir dich auch.«

Schweigen.

»Oh, und Val?«, sage ich. »Du musst dich an nichts gewöhnen. Alles ist wie immer. Callum Hayward ist der zynischste, überheblichste, verwöhnteste und nervigste Junge, den ich je getroffen habe.«

Meine beste Freundin dreht kurz den Kopf zu mir. »Klar.«

Bevor sie noch was sagen kann, streckt Mum ihren dunkelblonden Schopf durch die Durchreiche ins Wohnzimmer. »Lust auf Dessert, Kinder?«

Eric springt so schnell auf, dass seine Decke runterfliegt und direkt über Val landet. »Winthers!«, faucht sie unter der Kuscheldecke, während sie den Weg in die Freiheit sucht. Als sie wieder auftaucht, stehen ihre Locken in alle Richtungen vom Kopf ab. Wie ein Rohrspatz schimpft sie vor sich hin. Eric hat sich in weiser Voraussicht schon vom Sofa entfernt. Auf dem Weg in die Küche hüpft er auf und ab und summt leise »Die Scones sind fertig, die Scones sind fertig« vor sich hin. Val verdreht die Augen, kann sich ein Grinsen jedoch nicht verkneifen. Besänftigt von der Aussicht auf selbst gebackene Scones, schlurft sie ihm hinterher. Mums und Dads Lachen schallt bis zu uns herüber.

Lou sieht beiden lächelnd hinterher, dann lässt sie sich gegen mich sinken.

»Grace?«, flüstert sie, betrachtet die Lichter über uns an der Decke, und ich drücke ihre Finger fester.

»Ja?«

»Ich hab dich lieb.«

»Ich dich auch, Lou. So doll.«

Sie drückt meine Hand. Nimmt einen tiefen Atemzug. »Und ich denke, dass du gefährdet bist.«

»Was?«

Lou richtet sich ein Stück auf, um mich anzusehen. Seit wir uns kennen, blickt sie mir direkt ins Herz. Sieht und spürt Dinge, die niemand anders entdeckt oder versteht. Weil ich sie ebenso verstehe.

»Ich glaube, dass du gefährdet bist, dich in den zynischsten, überheblichsten und nervigsten Jungen zu verlieben.«

Einige Minuten ist es still zwischen uns, und auch den Rest des Abends über weiß ich keine Antwort darauf. Lous Worte begleiten mich in dieser Nacht in den Schlaf.

Einem voller Erinnerungen, Trauer, Wut, Schmerz, Hoffnung und Hoffnungslosigkeit. Einem, in dem eine Frage wieder und wieder auftaucht: Was, wenn Lou recht hat?

KAPITEL 10

Rhyme or Reason

CALLUM

»Es ist so cool hier.« Will pustet sich eine Strähne aus der Stirn und öffnet den ersten Knopf seines Pullovers. Im *Glowballs* steht die Luft vor Hitze. Die UV-Minigolfanlage ist ein beliebter Treffpunkt in Brighton. Früher waren Will und ich fast jedes Wochenende mit seinen und meinen Eltern hier.

Will streckt sich, und ein Knacken ertönt von seinen Gelenken. Das UV-Licht lässt seine vom Shlushi verfärbten Zähne in der Dunkelheit wie Reaktoren strahlen, was mich zum Grinsen bringt.

»Oh, Val fängt an, Spaß zu haben«, sagt Will, der Valerie dabei beobachtet, wie sie Eric, der ihr einen Ratschlag geben will, sanft, aber bestimmt beiseiteschiebt. Sie stellt sich in Position, richtet den Schläger aus und – trifft den Ball so gut, dass sie die Bahn mit einem Hole-in-one gewinnt. Daraufhin post sie wie eine Olympia-Gewinnerin neben der neon-pink-blau leuchtenden Bahn. Eric tritt mit einem theatralischen Murren an den Startpunkt, um seinerseits zu punkten. Grace ist erst noch an der Reihe, Will und ich haben es hinter uns, und Lou ist als Zuschauerin dabei. Den Schläger zu halten und zu minigolfen, ist momentan zu anstrengend für sie, das hat sie mir erklärt. Sie ist froh, überhaupt heute dabei zu sein.

»Nach dem sechsten Raum und der elften Bahn kann man das nur hoffen«, scherze ich und fange mir dafür einen Faustschlag gegen den Oberarm ein.

»Danke, dass du mitgekommen bist«, sagt Will, der meinem Blick gefolgt ist. Grace lehnt neben Lou an der Wand, bei dem riesigen neon-verzierten Oktopus. Ihre braunen Haare leuchten im Neonlicht dunkelblau, wie der Ozean. Über meine Haut wandert ein Kribbeln, das sich bis zu meinem Bauch ausbreitet und dort festsetzt.

»Wie lief eure Probe?«, erkundigt sich Will.

»Semi-optimal. Grace und ich konnten uns bei einer Textzeile einfach nicht einigen.«

Seit dem Pier habe ich gedacht, dass Grace und ich uns nicht mehr die Köpfe einschlagen werden. Dass wir uns nun, da wir uns besser kennen, noch leidenschaftlichere – oder eher *anders* intensive –Wortgefechte beim Schreiben liefern, stand nicht auf meiner Liste. Diese Probe endete damit, dass Grace mich einen ignoranten Ego-Typen und ich sie eine verblendete Träumerin nannte. »Wie es aussieht, sind wir von der Ich-habe-vergessen-dass-du-existierst- über die Mienenfeld-Phase direkt zur Du-treibst-mich-in-den-Wahnsinn-Phase übergegangen.« Ich stütze mich auf meinen Schläger. »Aber den wertvollen Unterschied zwischen *no map here to guide me back* und *no road here to guide me back* würde sogar ein Kleinkind erkennen.«

»Wow.« Will hebt die Augenbrauen. »Dir scheint der Song immer wichtiger zu werden. Und höre ich da etwa heraus, dass dir die Session mit Grace *Spaß* gemacht hat?«

»Kann sein«, murmle ich vor mich hin. Auch wenn ich es nicht gern zugebe, es *hat* Spaß gemacht, mit Grace über den Text zu diskutieren.

Wir haben nach der Probe getrennte Wege nach Hause genommen, bis die WhatsApp-Nachricht von Will kam, um mich zum Minigolf einzuladen. Ich hatte gerade Zeit, mich zu Hause umzuziehen, ehe wir uns im *Glowballs* getroffen haben. Wills Idee. Damit ich nach dem *stinklangweiligen Lernwochenende* mal was anderes sehe als meine Hefter. Dabei müsste ich eigentlich jede freie Minute zum Lernen nutzen, denn diese Woche steht die Prüfung in Wirtschaft an. Es ist das erste Mal seit einer Ewigkeit, dass ich mich in einer Lernphase für Will und einen Ausflug entscheide, statt mich einzuigeln und zu pauken.

»Wir kommen nicht wirklich weiter.«

»Da kann ich dir leider nicht helfen, Mann.« Will dreht den Minigolfschläger zwischen den Fingern. »Was Musik angeht, bist du der Experte.«

»War«, korrigiere ich und lenke das Gespräch schnell in eine andere Richtung. »Wie läuft es bei euch?«, frage ich und deute hinüber zu Valerie.

»Oh, super.« Will strahlt. »Dan ist der Hammer. Am Freitag hatte er ganz von selbst die Idee, ein Porträt von uns dreien mit auf die Leinwand zu sprühen. Mitten rein ins Chaos sozusagen.« Wills Brust schwillt wie die eines stolzen großen Bruders an. Bis er stockt. »Oh, du … Dan ist …«

»Der Junge, mit dem du und Valerie arbeitet«, sage ich.

Will schaut mich prüfend an. »Ich … ja. Das hast du dir gemerkt?«

Ich versuche, seine Reaktion nicht als Beleidigung aufzufassen. »Ich hab dir eben zugehört.«

»Ja …« Will lächelt. Auf dankbare Weise. »Danke, dass du gefragt hast.«

Meine Schuhe schaben über den Boden. Mir ist bewusst, dass ich Will in den letzten Monaten nicht der gute Freund war, den er verdient hätte. Deshalb mache ich es zu meinem Ziel, wieder dazu zu werden. Für ihn, der nie den Platz an meiner Seite verlassen hat.

Auf einmal habe ich das quälende Bedürfnis, etwas wiedergutzumachen. Etwas Wichtiges. Etwas, wovor ich mich lange gedrückt habe.

»Hey, ähm …« *Komm schon. Du packst das.* »Hör zu, in den letzten Jahren …« Meine Stimme versagt.

Will sieht mich an. Dann stellt er den Schläger zwischen uns ab, um näherzutreten. »Ist okay«, sagt er, weil er Will ist und ahnt, worauf ich hinauswill. Druck entsteht hinter meinen Augen und auf meinen Stimmbändern.

Er bietet mir einen Ausweg, um es nicht aussprechen zu müssen, aber ich weiß, dass ich es sagen muss. »Du warst immer für mich da, auch wenn ich's nicht verdient hatte. Ich war … ich bin … echt kaputt, Mann.«

»Du bist nicht kaputt, du bist mein Freund. Und traurig. Traurige Menschen tun manchmal unerklärliche Dinge. Wie ständig angepisst zu sein oder ihre besten Freunde wegzustoßen.« Will rempelt mich an, ein Zeichen der Aufmunterung.

Ich beiße die Zähne zusammen, bis ein Knacken ertönt. Traurig. Ist es das, was ich seit Jahren versuche zu verdrängen? Dass ich nicht wütend, sondern *traurig* bin? Ich verschränke die Arme vor dem Brustkorb, wie um mich vor der Wahrheit zu schützen.

»Deine Mum ist abgehauen, Cal. Das hat dich gebrochen. Das hätte jeden gebrochen. Und ich kapiere, dass …«, Will neigt den Kopf Grace zu, ehe er wieder mich anschaut, »… es hart ist mit dem Musikprojekt. Aber du warst seit einer Ewigkeit nicht mehr so …« *Du selbst.*

Ich bin mir sicher, dass es das ist, was Will sagen – und was ich nicht hören will. Gefühle bringen einen nicht weiter, das hat

Vater mir beigebracht. Ich muss hart sein. Konzentriert auf mein Ziel.

»Vielleicht tut die Musik dir doch ganz gut.« Ich ahne, dass *die Musik* ein Synonym für etwas anderes ist, auf das Will anspielt. Jemanden. »Ich bin echt froh, dass wir wieder mehr unternehmen«, schließt Will seine Rede und nimmt den Schläger. »Du kannst auch jederzeit bei mir vorbeischneien, das weißt du hoffentlich. Mum und Dad fragen ständig nach dir.«

Ich nicke. Unfähig zu antworten.

»Ich bin für dich da, Mann.« Will steht vor mir, und ich bringe ein »Danke« zustande, was meine Gefühle kaum abdecken kann. Fürs Erste genügt es.

»Komm, wir müssen die letzte Bahn spielen«, sagt Will und holt mich endgültig in die Gegenwart zurück. Wie auf Kommando stoßen wir uns von der Wand ab und laufen zu den anderen, wo wir von Valeries Redeschwall und Erics Verkündung der Punkte begrüßt werden. Valerie, Will und ich liefern uns ein Kopf-an-Kopf-Rennen. Grace hat den Spaß ihres Lebens und vergisst den Wettkampf, Eric belegt den letzten Platz und wird von Lou aufgemuntert.

Während wir in den nächsten Raum laufen, der das Thema »Dinosaurier« hat, blicke ich zu Grace. Wieder und wieder, bis sie mir ein müdes Lächeln schenkt. Mehr bedarf es nicht, um uns gegenseitig um Entschuldigung zu bitten.

♪♪♪

Die Abendluft in Brighton ist frisch, die untergehende Sonne strahlt warm gegen unsere Rücken. Eine herbstliche Brise trägt den salzigen Geruch des Meeres heran, während wir vom *Glowballs* Richtung Innenstadt schlendern.

Will ist mit Lou in ein Gespräch über eine Kunstdokumentation bei Netflix vertieft, eine Gemeinsamkeit, die die zwei schnell gefunden haben. Soweit ich mitbekommen habe, zeichnet Lou auf ihrem iPad digital, um sich die Zeit im Krankenhaus zu vertreiben. Valerie schlendert neben ihnen her, lauscht fröhlich, wie Lou von irgendeinem Kunst-YouTuber schwärmt. Dabei berühren sich auffällig oft ihre und Wills Hand. Eric geht ein Stück hinter ihnen, den Bluetooth-Lautsprecher haltend, über den Grace gerade versucht, ihre Spotify-Playlist abzuspielen.

Brightons Straßen haben zu dieser Stunde einen besonderen Charme. Die Pflastersteine glänzen feucht vom Regen der letzten Tage, die Lichterketten in den Schaufenstern der Läden funkeln, passend zur Herbst- und Winterzeit, warm. Weiter hinter uns spielt ein Straßenmusiker auf seiner Gitarre.

Ich gehe langsamer als sonst, ein paar Schritte hinter der Gruppe, unsicher, ob ich wirklich dazugehöre – und ängstlich, *weil* es sein könnte, dass ich längst dazugehöre. Sogar Valerie hat mich nach dem Hole-in-one auf der letzten Bahn umarmt, bis sie gemerkt hat, was sie tut, und mir ein verlegenes High Five gegeben.

Ich habe vergessen, wie das ist. Teil von etwas zu sein, das nicht nur aus mir selbst besteht. Oder einem leeren Haus.

Vor mir gibt Grace rasselnde Atemgeräusche von sich, wird langsamer, und Eric lässt augenblicklich den Lautsprecher sinken. »Alles gut, Gracie?«

Grace fasst sich an die Rippen. »Ja, dieser Hügel ist einfach nicht gut für mich. Ich brauche wohl mehr Training«, fügt sie mit Seitenblick auf mich hinzu. »Bloß Seitenstechen, kein Drama. Keine Panikattacke.«

Eric mustert Grace und nickt, wobei er weiter aufmerksam bleibt.

»O nein, da ist es wieder«, sagt Grace und zeigt zur Seite.

Wir kommen an einem Kleidershop vorbei, in dessen Schaufenster ein langes, roséfarbenes Kleid ausgestellt ist. Grace hält so abrupt inne, dass ich fast in sie hineinlaufe. Lou und Eric werfen sich einen bedeutungsvollen Blick zu und laufen dann weiter, um zu Val und Will aufzuschließen. Am Ende bleibe nur ich bei Grace zurück.

»O Gott, es ist so wunderschön«, sagt sie und drückt ihre Nase gegen die Fensterscheibe. Ich betrachte währenddessen etwas anderes – sie. Grace' Profil wird von den letzten Sonnenstrahlen orange hervorgehoben, ein vollendeter Kontrast zu ihren grünen Augen.

»Ja, ist schön«, sage ich und erschrecke mich selbst, dass ich eigentlich nicht das Kleid meine.

»Aber leider zu teuer für mich.« Sie seufzt. »Lou, Val und ich sind vor ein paar Wochen schon mal hier langgelaufen, nachdem wir am Pier waren. Ich habe mich auf Anhieb in das Kleid verliebt. Ich meine, schau es dir an.« Sie deutet auf das Kleid. Ihr Mund nimmt einen traurigen Zug an. »Wir haben es uns drinnen angesehen, aber … ich könnte es mir nicht mal leisten, wenn ich mein Sparkonto plündere. Die Mädels mussten mich quasi aus dem Laden tragen. Mein Herz ist echt gebrochen.« Sie lächelt leicht. »Egal. Es gibt Schlimmeres. Mein gebrochenes Herz muss es irgendwie verkraften.«

Die Stimmen der anderen entfernen sich von uns, während ich dastehe und Grace ihren Moment des Schwärmens und Träumens lasse.

»Deine Eltern haben nicht viel Geld, oder?«

Grace lacht leise. »So kann man es ausdrücken.« Sie zögert. »Dad war Dirigent am *Theatre Royal Brighton*. Er hat mich früh mit ins Theater genommen, mir die Instrumente und Musicals gezeigt. Ich fand's toll.«

»Kann ich mir vorstellen.« Ich kratze mich unter dem Kinn, das allmählich stoppelig wird. »Warum *war* dein Dad Dirigent? Das ist doch so was wie eine Berufung, oder?«

»Er ist mit den Stunden runtergegangen und springt bloß noch ab und zu ein. Er ist kein musikalischer Leiter mehr, und Mum ist ganz zu Hause. Sie hat ihren Laden aufgegeben, deshalb war ich so lange nicht mehr in London.«

»Aber wieso?« Ich runzle die Stirn. »Ich meine, wenn ihr das Geld so dringend braucht …«

Zwischen uns entsteht eine Distanz, die nichts mit den paar Zentimetern zu tun hat, die zwischen unseren Körpern liegen. »Es gibt Dinge, die für sie wichtiger waren.«

Ich kapiere es nicht, und Grace scheint es zu merken, denn sie wechselt schnell das Thema. »Mir ist klar, dass du anders aufgewachsen bist. Dein Dad ist so was wie eine Berühmtheit in Brighton. Sei einfach froh, dass ihr nie Geldsorgen hattet. Das … belastet alles.« Sie zieht den Schal enger um sich, und im fahlen Licht der Laterne wirkt ihre Haut noch blasser als vorhin.

»Deshalb bist du so besessen von deinem Stipendium.«

»Was heißt besessen? Ich brauche mindestens ein B, um das Semester zu schaffen. Sonst ist die St. Doyle Geschichte für mich.«

Erstaunt starre ich sie an. Ich hatte keine Ahnung, wie ernst ihre Lage ist. Die Grace, die ich von früher kannte, hatte Bestnoten. Wie kann sie kurz davor sein, ihr Stipendium zu verlieren? Ob das an Lous Diagnose liegt? Hat der Krebs alles durcheinandergebracht?

Wir bleiben voreinander stehen. Unter meinen Schuhen knirschen Steine. Plötzlich ist es, als wäre die Laterne wie ein Spot auf der Bühne, der die Welt um uns herum ausblendet. Ich sehe nur Grace. Die grünen Augen, das zierliche, weiche Gesicht, ihre Lippen, die Lachfältchen, die Grübchen. Sie ist mir so nah. Ich bräuchte nur die Hand auszustrecken, um ihre Wange zu berühren.

»Denkst du, wir kriegen es hin, diesen verdammten Song fertigzuschreiben?«, flüstert sie. Ich denke an den *Brighton Donut* zurück und daran, wie gern ich Grace' Hand noch mal drücken würde.

»Wenn ich mein *map* behalten darf?«

»Du bist unverbesserlich.« Grace lässt ihren Blick von meinen Augen zu meinen Lippen gleiten und wieder zurück. Eine elektrisierende Anspannung liegt zwischen uns. Sie will mir etwas sagen und schafft es nicht, woraufhin sie Abstand zwischen uns bringt. Unsere Umgebung nimmt wieder schärfere Konturen an, die Magie ist durchbrochen. »Okay, meinetwegen. *Roads* würde so viel mehr Sinn ergeben, aber die Klügere gibt nach.« Sie streckt mir die Zunge raus.

»O Gott, zieh Grace bloß da weg, Callum!«, ruft Valerie uns vom oberen Straßenende zu, wo sie und die anderen angehalten haben, um auf uns zu warten. »Dieses Kleid ist ihr verfluchtes Kryptonit! Und ich wollte eigentlich zum Abendbrot zu Hause sein. Es würde Stunden dauern, Gracie aus diesem Laden zu kriegen.«

»Tja, ich sollte besser auf deine Freundin hören«, sage ich und lege Grace sacht die Hand auf den Rücken, um sie voranzuschieben. Ich ignoriere die Tatsache, dass ich gern noch länger mit ihr hier gestanden hätte. »Denn ehrlich gesagt habe ich eine Scheißangst vor ihr.«

Lachend gibt Grace nach, und wir schließen zu den anderen auf. Während Valerie und Will Grace mit Fragen zu irgendeiner Serie löchern, die sie in- und auswendig kennen muss, bedenken Lou und Eric sie mit Blicken, die mir Rätsel aufgeben. Dass Grace darunter leidet, ihre Freundin zu verlieren, ist unüberschbar. Ihre Angst ist unübersehbar. Alle haben Angst. Alle sind in Alarmbereitschaft, wegen Lou. Ist es das, was mir entgeht? Wie tief diese Angst reicht, sich gegenseitig zu verlieren?

Nachdenklich laufe ich mit den anderen mit und werde eingeschlossen von ihrem Lachen, den Scherzen, der Ausgelassenheit. Und da vergesse ich die zermarternden Gedanken.

Plötzlich fühle ich mich nicht mehr wie ein Außenseiter.

Sondern wie jemand, der zum ersten Mal seit Langem das Gefühl hat, genau dort zu sein, wo er hingehört.

KAPITEL 11

Beauty In The Hurting

GRACE

Es ist eine dieser Nächte, in der Angst die Kontrolle über meine Gedanken übernimmt, mein Herz zum Überschlagen bringt, meinen Bauch zum Krampfen und meine Seele zum Weinen.

Ich habe Angst vor dem Morgen, Angst vor dem Tod, Angst vor dem Leben. Dadurch Angst davor, dass die Angst dafür sorgt, dass ich hohen Blutdruck kriege, einen zu hohen Puls. Angst vor einem Infarkt wegen der Schmerzen in meiner Brust.

Was, wenn das die letzte Nacht meines Lebens ist? Was, wenn es Lous letzte Nacht ihres Lebens ist? Was, wenn meinen Freunden etwas zustößt? Wenn ich sie verliere? Meine Welt wäre grau. Der Schmerz unvorstellbar.

Ich habe solche Angst, dass mein Hirn mich wachhält. Die Atemübungen helfen nicht. Mehr und mehr steigere ich mich in Gedanken hinein. In das, was unausweichlich ist und gleichzeitig ungewiss. Ich spüre Hilflosigkeit. Ich weiß, dass ich nur entscheiden kann, wie ich damit umgehe, nicht, ob es mir passiert. Mein Kopf hat es längst begriffen. Mein Herz nicht. Es weigert sich.

Mit der gewohnten Enge in der Brust wälze ich mich von einer Seite auf die andere, weine, bis mein Kissen nass ist.

Der Schmerz ist so überwältigend, dass ich bebe, mich in Embryostellung zusammenrolle, weine, bis mir Speichel aus den Mundwinkeln rinnt und mein Schluchzen in Wimmern übergeht.

Nach einer Weile fällt mein Blick auf mein Handy. Es ist kurz vor null Uhr. Instinktiv greife ich nach dem Smartphone. Ich tippe. Mein Daumen schwebt über dem Papierflieger-Symbol. Lange.

Es ist spät. Ich will niemandem zur Last fallen. Ich mache meine Tiefpunkte lieber mit mir aus, weil manchmal das Einzige, was hilft, eine Umarmung von mir selbst ist. Weil es mich stärker macht, etwas allein zu schaffen. Das rede ich mir zumindest ein.

Nach Hilfe zu fragen, ist stark, nicht schwach, erinnere ich mich an den Rat meiner Therapeutin.

Ich sende die Nachricht, lege das Handy zurück auf den Nachttisch, rolle mich auf den Rücken und warte. Atme. Wische die Tränen fort, die unaufhaltsam rollen. Fokussiere mich auf die Lichter um mich herum.

Die Lichterketten an meinem Bett sind an. Wie immer. Zusammen mit den Klebesternen an der Decke wirkt es, als würde mein Bett in einem Meer aus leuchtenden Punkten schwimmen. Früher habe ich mich in der Dunkelheit wohlgefühlt, mich in sie geschmiegt. Heute macht sie mir Angst. Das Nichts macht mir Angst.

Es dauert ungefähr dreißig Minuten, bis es an der Haustür klingelt. Zum Glück sind Mum und Dad noch wach. Durch meine angelehnte Zimmertür höre ich, wie Mum vom Sofa aufspringt und in den Flur geht. Stimmen dringen zu mir hoch. Die Erwachsenen unterhalten sich. Ich bin mir sicher, dass Mum unsere Gäste hereinbittet, ihnen Tee anbietet und sie sich fest umarmen. Keine zehn Sekunden später ertönen Schritte auf der Treppe, und kurz darauf wird meine Zimmertür vorsichtig aufgestoßen.

»Oh, Grace.« Lou steht da, eine Jacke über ihren Pyjama gezogen. In der Eile hat sie sogar ihre Mütze vergessen. Wir sehen uns an und fangen beide an zu heulen. Lou ist sofort bei mir, kuschelt sich neben mir ins Bett.

Ich halte sie, sie hält mich. Wir halten uns. Heulen, bis meine Taschentuchbox fast leer ist, schweigen, betrachten die Sterne über uns. Lou kramt aus ihrer Jacke, die sie neben dem Bett abgeworfen hat, eine Packung Toffees hervor, die wir uns teilen.

Lou zu schreiben, war eine Bauchentscheidung.

Mit Val und Eric bin ich aufgewachsen. Wir kennen uns, seit wir denken können. Val als die Naturgewalt, die sie ist, und Eric als der ruhige, besonnene Typ, der jede Möglichkeit durchspielt. Die beiden wären in Windeseile hier gewesen. Wie die besten Freunde, die sie eben sind. Val hätte Tee aufgesetzt, dafür gesorgt, dass ich versorgt bin, Eric hätte unsere Lieblingsserie angemacht, einen ironischen Witz über die Situation gemacht. Dann hätten beide sich zu mir gelegt und mich abgelenkt.

Sie würden verhindern, dass ich zerbreche. Wie sie es immer tun. Es ist ihre geheime Superkraft.

Lou lässt mich zerbrechen. Und setzt mich dadurch zusammen.

»Hast du Callum schon geschrieben?«, flüstert sie irgendwann in die Stille hinein.

Ich neige den Kopf von links nach rechts, reiche ihr wortlos mein Handy, damit sie die letzten Nachrichten mit Callum lesen kann. Ich habe in den letzten Tagen alle unsere Proben abgesagt. Montag. Mittwoch. Und heute, Freitag.

Tage, die ich nicht in der Schule war und wir uns nicht über den Weg gelaufen sind.

Callums Nachrichten wurden immer länger. Meine immer kürzer. Irgendwann habe ich gar nicht mehr geantwortet, während Callum sich weiter nach mir erkundigte. Das schlechte Gewissen, das mich auffrisst, muss ich Lou nicht erklären, sie sieht es mir auf Anhieb an. Ich will Callum nicht aus dem Weg gehen und kann doch nicht anders.

»Ach, Gracie«, sagt Lou.

»Ich konnte diese Woche einfach nicht«, stoße ich heulend aus, und Lou streicht durch meine kurzen Haare. »Es wird komplizierter. Alles.«

»Schon okay, ich versteh's.«

Ich nicke.

»Tut mir leid«, sagt Lou. Ich spüre, wie schuldig sie sich fühlt. Dabei kann sie nichts dafür. Sie ist die Starke von uns beiden. Das sage ich ihr auch. Daraufhin fließen ihre Tränen noch mehr.

Wir lassen es zu. Manchmal muss man Hilfe annehmen. Manchmal muss man dem Schmerz Raum geben, weil er das größte Zeichen von Freundschaft ist. Von Liebe.

Von allem, was man nicht sieht, nur fühlt.

Und ich fühle, was Lou fühlt, während ich ihre Hand drücke und wir nach einer kleinen Unendlichkeit vor lauter Erschöpfung in den Schlaf gleiten.

KAPITEL 12

Living and Existing

GRACE

Am Samstagmorgen beschließe ich, dass es Zeit ist, mich bei Callum zu entschuldigen. Die Müdigkeit, die ich empfinde, ist kaum zu beschreiben, vor allem nach der letzten Nacht. Doch wir müssen vorankommen. Weitermachen, wie Lou.

Mum und Dad haben noch lange mit Lous Mum, Lily, zusammengesessen, bis sie sich spät in der Nacht verabschiedet hat. Sie ist eine herzensgute Frau voller Entschlossenheit und Wärme. Eine, die ihre Tochter an erste Stelle setzt. Eine, die weitermacht, selbst wenn der Mann sich kurz nach der Krebsdiagnose der Tochter scheiden lässt und mit einer neuen Frau durchbrennt.

Lou, Mum, Dad und ich haben zusammen gefrühstückt, über Dinge geredet, die uns nicht noch trauriger machen, und ich habe Lou zum Abschied fest gedrückt. Dann haben Mum, Dad und ich Netflix angemacht und zusammen geschwiegen. Ich bin dankbar dafür, so ruhige, besonnene Eltern zu haben, die mir keinen Druck machen und nicht sagen, dass ich mich zusammenreißen muss. Sie sind da und verstehen mich.

Nach zwei Episoden *Heartstopper* ziehe ich mich ins Bad zurück, um Callum eine Sprachnachricht zu schicken. »Hey, tut mir leid, dass ich mich erst jetzt melde. Die Woche war … schwierig.« Ich drücke kurz den Pausebutton, zähle bis zehn. »Auch wenn heute Samstag ist: Hättest du Zeit zum Proben? Ich könnte Mrs. Murray schreiben und den Schlüssel für den Raum bei Mr. Davies abholen. Er wohnt ja direkt hinter der Schule, also …« *Super, Grace. Nur weiter so.* »Ähm, ja, melde dich einfach, wenn du willst. Ich hab das Wochenende Zeit. Und … noch mal: Tut mir leid.« Ich beende die Audio und verlasse das Badezimmer.

Mist, Mist, Mist.

Zwei Minuten vergehen. Fünf. Zehn.

Ich habe mich mittlerweile wieder aufs Sofa gelegt und beobachte mit dem Handy im Schoß meine Eltern, die nun in der Küche, beim Abwasch, miteinander tanzen. Meine Eltern sind früher oft tanzen gegangen, oft nach Dads Vorstellungen am Theater. In den letzten drei Jahren ist es weniger geworden. Deshalb freue ich mich über diese Lichtblicke.

Mein Smartphone vibriert, und ich zucke zusammen. Meine Anxiety kickt so heftig, dass ich drei Anläufe brauche, bis ich die Nachricht öffne.

Callum: Ich erledige das mit Mrs. Murray und dem Hausmeister. Wenn ich den Schlüssel holen kann, mache ich mich direkt auf den Weg. Bis gleich im Probenraum? Denke, so vierzig Minuten.

Callum hat ein breit lächelndes Emoji drangehängt. Er benutzt nie Emojis. Erleichtert atme ich auf und mache mich auf den Weg in mein Zimmer.

Dort angekommen reiße ich mit einem Kloß im Hals den Kleiderschrank auf. Ich entscheide mich für einen dunkelblauen Hoodie, Jeans und weiße Sneakers. Vor dem Spiegel verharre ich einen Augenblick. Meine kurzen Haare stehen wild in alle Richtungen ab. Meine Augenringe lassen sich nicht verstecken. Die

Rastlosigkeit meiner Gedanken steht mir deutlich ins Gesicht geschrieben.

Der Druck, dieses Projekt gut abzuliefern. Die Schuldgefühle, diese Woche die Proben abgesagt zu haben, obwohl sie so wichtig sind. Weil ich ohne das Stipendium verloren bin. Und noch etwas anderes. Das, was Lou über Callum und mich gesagt hat.

Ich greife nach meiner Schminktasche, in dem Moment vibriert mein Handy erneut, und mein Magen sinkt.

Callum: Probenraum ist heute besetzt für den Kinderchor. Keine Ahnung, warum sie das ausgerechnet samstags machen müssen.

Callum tippt. Und tippt. Die drei Punkte blinken auf und verschwinden wieder.

Callum: Können wir bei dir proben? Ist kurzfristig, aber du hast ein Klavier, oder?

Ich lasse das Handy sinken, blicke mich um, sehe all die Bilder um mich herum, meine Tagebücher der letzten Jahre. Dieses Haus ist mein Safespace. Mein Rückzugsort, mein Schutzwall. Ich kann Callum nicht hineinlassen. Meine Hände werden schwitzig, meine Herzfrequenz steigt an.

Grace: Könnten wir auch bei dir üben? Gitarre reicht sicher für heute.

Mir fällt ein, dass Callum jegliche Musik aus seinem Leben gestrichen hat – also sicher auch seine eigene Gitarre. Ich frage nach.

Callum: Keine Sorge. Sie lebt, aber sie ist … etwas staubig. Die Zeit, die du brauchst, um herzukommen, werde ich brauchen, um sie zu stimmen.

Das entlockt mir ein Lächeln. Ich kann mir vorstellen, *wie* untertrieben *etwas staubig* tatsächlich ist. Nachdem Callum mir noch seine Adresse geschickt hat, stecke ich das Smartphone in die Jeanstasche und blicke erneut in den Spiegel. Meine Panik ist glücklicherweise ein wenig abgeebbt.

»Wir schaffen das«, sage ich, sehe mir fest in die Augen. Dann stopfe ich mein Notizbuch in den Rucksack, werfe ihn mir über die Schulter, drehe mich um und gehe.

In meiner angeschlagenen Rüstung.

Zu Callum Hayward nach Hause.

♪♪♪

Ich stehe vor dem Grundstück der Haywards. Es ist größer als die anderen in der Straße. Hinter dem schmiedeeisernen Tor liegt ein Vorgarten. Von dort aus führt eine kleine Treppe hoch zur beeindruckend breiten Haustür. Das Gebäude ist eine Mischung aus viktorianischem Herrenhaus und einer kleinen Villa. Die Fassade ist weiß, das Dach grau wie das Tor, weshalb es aus der Umgebung heraussticht.

Auf Anhieb ist für jeden, der vorbeigeht, klar, dass die Bewohner reich sind. Ehrfurcht senkt sich über mich. Callum hat mich wohl entdeckt, wie ich unschlüssig vorm Tor stehe, denn ein Surren erklingt, und ich trete hinein, ohne die Klingel betätigt zu haben.

Callum öffnet schwungvoll die Tür und lehnt sich mit verschränkten Armen in den Rahmen.

»Meine Mum würde euren Garten lieben«, sage ich zur Begrüßung.

Seine Haare fallen ihm teilweise in die Stirn, sind verwuschelt statt nach hinten gegelt. Er trägt einen schwarzen Pullover und wirkt entspannter als in der Schule. »Er ist echt schön«, füge ich hinzu.

»Ach ja?«, kommentiert Callum in gewohnt trockenem Ton. Er rührt sich keinen Zentimeter, schaut über mich hinweg in den gepflegten Garten, als würde er ihn das erste Mal sehen. »Kann sein.«

Ich nestele an meinen Jackenknöpfen. Aus meinem Mund dringt nur Stammeln. »Also … sorry noch mal. Es war blöd, dass ich abgesagt und mich nicht mehr gemeldet habe. Wir haben bloß ein paar Wochen für den Song, das ist mir bewusst. Mir ging's nicht gut, und ich …«

Callum hebt seine Hand, und ich verstumme. »Kein Weltuntergang, Grace.« Er streicht seine Haare nach hinten. »Ich hab mir nur …«

Sorgen gemacht? Ist es das, was er mir sagen will? Dass *er* sich um *mich* gesorgt hat? Und *kein Weltuntergang?* Callum braucht die Note genauso wie ich. Wenn auch aus anderen Gründen.

»… Gedanken gemacht«, beendet Callum seinen Satz.

»Um den Song«, rate ich, und als er zögernd nickt, spüre ich, wie mein Herz schwer wird. *Komm schon, Grace, was hast du erwartet? Dass Callum Hayward die letzten Tage ununterbrochen an dich gedacht hat? Pff.* Innerlich schüttle ich den Kopf über mich selbst, wobei ich das trügerische Gefühl nicht loswerde, dass ich mir das tatsächlich gewünscht habe.

»Ich auch. Und ich schwöre, ich werde mich ins Zeug legen, um die Proben aufzuholen.«

»Hast du ja offenbar schon«, sagt Callum. »Du siehst aus, als hättest du die ganze Nacht durchgeschrieben.«

Ich berichtige ihn nicht und spiele mit. »Oh, du meinst an der Idee, die du abgeschmettert hast?«, frage ich mit Engelszunge. Callums Mundwinkel heben sich.

»*Map* statt *road,* schon vergessen? Gute Idee gegen schlechte Idee.«

»Charmant wie eh und je«, säusele ich und laufe an Callum vorbei, der mit übertrieben einladender Geste zur Seite getreten ist.

Das Haus ist von innen so, wie ich es mir vorgestellt habe. Modern, weiß und grau. Jede Ecke ist nahezu steril. Im Wohnzimmer stehen drei Sofas in U-Form vor einem Kamin, über dem der Flatscreen angebracht ist.

Mir fällt auf, dass es keine Fotos im Haus gibt, keine warmen Lichter, kaum Deko, wenige Bücher. Die Wände sind kahl, fast so, als würden Callum und sein Dad erst seit Kurzem hier wohnen.

»Es ist … hübsch«, sage ich und merke sogleich, dass ich nicht überzeugt klinge.

»Nein. Es ist ein verfluchtes Museum.« Callum hebt die Schultern. »Dad ist kaum zu Hause. Viel zu tun und so.«

»Verstehe.« Ich laufe auf meinen Kuschelsocken über die Fliesen, die anscheinend durch eine Fußbodenheizung warmgehalten werden.

»Genau deshalb können wir auch ungestört proben.« Callum überspielt seinen letzten Satz, indem er nach oben deutet. Ich bin unsicher, ob es ihm wirklich nichts ausmacht, allein in dem großen Haus zu sein. Ich an seiner Stelle würde mich verloren fühlen. Geduldig lässt Callum mich die Treppe voran hochgehen, und ich spüre währenddessen seine Augen, die sich in meinen Rücken bohren. Seltsamerweise entspanne ich mich mit jeder Stufe mehr, in dem Wissen, dass er hinter mir ist. Nach den stundenlangen Gesprächen, nach dem, was wir miteinander geteilt haben, ist Callums Nähe fast … tröstlich für mich. Gleichzeitig macht sie mir Angst.

Vor Callums Zimmer, als er direkt neben mir steht und sich vorlehnt, um die Tür zu öffnen, sein Pullover über meinen Hoodie streicht, wir uns den gleichen Atemzug teilen, verstehe ich, was sich geändert hat. Ich habe keine Angst mehr, etwas falsch zu machen. Ich habe Angst, etwas richtig zu machen.

»Willkommen in meinem Reich.« Callum stößt die Tür auf, und ich trete zügig ein, um seinem süßlich-vertrauten Geruch zu entkommen, der in mir mehr auslöst, als gut für mich ist. Callums Zimmer erinnert mich an ein Hotelzimmer. Da sind nur ein großes Bett, zwei Kleiderschränke, ein Spiegel, ein Schreibtisch vor dem Fenster mit Bürostuhl, ein Sessel in der Ecke. Ein paar Schulbücher und Hefte liegen neben einem MacBook auf dem Schreibtisch. Das war's.

Nichts in dem Raum erzählt, wer Callum ist.

»Oh, du hast die Gitarre wiederbelebt?« Ich streiche über das dunkelblaue, fast schwarze Instrument. Callums Konzertgitarre hatte es mir schon immer angetan. Es ist lange her, seit ich sie das letzte Mal gesehen habe.

»Aye. Mission completed. Hab zum Glück auch nur fünfzig Staubtücher gebraucht.«

»Nur fünfzig, wow.«

Callums Grübchen verursacht ein Kribbeln in meinem Bauch, weshalb ich mich hastig aufs warme Parkett setze und den Rucksack neben mir abstelle. Callum nimmt direkt vor mir Platz.

»Also, ich sag's nur ungern«, verkünde ich, in meinem Notizbuch blätternd. »Aber wir haben bisher nur die erste Strophe und einen Teil der zweiten. *The clock keeps ticking, but I can't move, I'm stuck in a dance with the ghost of you. No map here …*«, ich linse kurz zu Callum, der selbstzufrieden die Lider niederschlägt, »*… to guide me back …*« Ich breche ab und lasse die Hand mit dem Stift, den ich hervorgezogen habe, auf die Seiten sinken.

»*'cause I'm stuck in the idea of what we had*«, platzt es aus Callum heraus. Ich blinzle ihn ebenso überrascht an wie er mich.

»Sehr gut«, sage ich stockend. »Aber dann haben wir zwei Mal *stuck.*«

»Richtig.« Callum lehnt sich gegen sein Bett, schaut grübelnd an die Decke und streckt die Beine aus, die nun direkt neben mir liegen. Seine Jeans streift meine, und ein Schauer kriecht meine Wirbelsäule entlang.

»Was ist mit: *'cause I'm lost in the idea of what we had?*«, schlage ich vor, um mich von Callums Beinen neben mir abzulenken.

»Gefällt mir.«

»Echt? Dir gefällt auf Anhieb was, das ich vorschlage? Wo ist der Haken? Gibt's hier versteckte Kameras? Ihr habt doch bestimmt so einen Überwachungsraum, wo ständig jemand sitzt, der jeden Winkel des Hauses im Blick behält. Werde ich gleich rausgeworfen?«

Callum lacht. »Klar, wir sind Fort Knox.« Eine seiner Augenbrauen schießt in die Höhe. »Manchmal gibt es keinen Haken, Grace.«

Ich will gerade erwidern, dass es bei ihm *immer* einen Haken gibt, da fällt mein Blick auf Callums Bettgestell, in das etwas eingeritzt wurde. »Hoffnung ist der erste Schritt auf dem Weg zur Enttäuschung«, lese ich laut vor. »Oh, wow … das ist düster.«

»Aber die Wahrheit«, erwidert Callum, bevor er einen gequälten Laut von sich gibt. »Zumindest hab ich damals so gedacht. Kurz nachdem Dad mich aus dem Kurs genommen hat.«

»Du bist gar nicht freiwillig gegangen?« Diese Info ist die Überraschung des Jahrzehnts für mich.

»Doch, schon. Es … es ist kompliziert.« Callum richtet sich auf, zieht die Beine wieder an. Ich klappe das Notizbuch zu und lege den Stift darauf ab.

»Wenn du reden willst, höre ich zu«, sage ich und meine es ernst. »Wenn nicht, ist es auch okay.«

Callum gibt ein Stöhnen von sich, und ich gebe ihm Zeit, bis er so weit ist. »Meine Mum ist Musikerin.« Callums Lächeln ist bitter, und er sieht mich an, als müsste ich das schon wissen. »Sie hat eigene Songs geschrieben und das Klavier geliebt. Sie war echt begabt. Sally Hayland?«, fragt er.

Ich bekomme große Augen. Meine Erinnerungen an Callums Mum sind schemenhaft, versteckt, wie hinter Nebel. Aber wie konnte ich nur vergessen, dass Sally Hayland Callums *Mum* war? Verflucht. »Oh, richtig. Sally Hayland war deine Mum.«

Callum nickt.

»Mann, sie war hier ziemlich bekannt. Eine tolle Singer-Songwriterin. Dad hat öfter von ihr gesprochen, sie hat sogar mal im *Theatre Royal Brighton* gespielt.«

»Ja, ist eine Ewigkeit her. Ich war acht oder so.«

»Warum hat sie eigentlich nicht euren, sondern ihren Nachnamen benutzt?«, frage ich nachdenklich.

»Hayland – eine Mischung aus Hayward«, Callum deutet auf sich, »und Holland, ihrem Mädchennamen.«

»Ah, verstehe.« Jetzt verstehe ich es. Sie hat ihm die Musik nahegebracht. Und als sie verschwand … hat sie die Musik mitgenommen. »Warum ist sie gegangen?«, frage ich und hoffe, dass ich damit nicht zu weit gehe.

»Die Musik war alles für sie. Im wahrsten Sinne.« Erneut ein bitteres Lächeln, diesmal schmerzvoller. »Sie hat ihr mehr bedeutet als ihr Kind oder ihre Ehe.«

»Scheiße.« Ich habe keine Ahnung, was ich sagen soll. »Tut mir leid, Callum.«

Er zuckt mit den Achseln. »Dad fand es nicht gut, dass sie so besessen davon war, berühmt zu werden. Sie hatten mich, die Kanzlei war neu, er war viel beschäftigt. Er fand nicht … na ja, dass ihr ›Lebensentwurf‹ noch zu unserem Leben passte.« Aus

Callums Worten lässt sich nicht heraushören, ob er mehr Verständnis für seine Mutter oder seinen Vater hat.

»Hatte er denn keine Hoffnung, dass sie zusammen eine Lösung finden können?«, hake ich nach.

Callum tippt gegen das Holzgestell, genau dort, wo er den Spruch hineingeritzt hat. Seine Antwort.

»Verstehe«, sage ich wieder knapp und bedeute Callum, weiterzureden.

»Sie ist gegangen, um ihre große Karriere zu verfolgen. Ich nehme an, ein Kind stand ihr dabei im Weg.« Jetzt versucht Callum sich gar nicht erst an einem Lächeln. Stattdessen schaut er aus dem wandhohen Fenster nach draußen. »Sie hat sich wohl die Frage gestellt, ohne wen sie dennoch weiteratmen kann. Ohne die Musik oder uns. Mich.« Er lässt die Hände von oben in den Schoß fallen. »Sie hat sich für mich entschieden. That's it.«

»Scheiße, Callum«, sage ich noch mal. Er nickt.

»Danach, na ja. Musik hat mich immer an sie erinnert. Ich konnte trotzdem – oder gerade deswegen – nie ohne sie. Ich habe mich Mum dadurch …«

»Nahe gefühlt«, schließe ich, damit er es nicht über die Lippen bringen muss.

»Ja. Fuck, ich habe sie echt geliebt … die Musik.«

»Ja.« Vor meinem inneren Auge erscheint der junge Callum, in viel zu weiten T-Shirts, mit wuscheligen Haaren, dem es zwar Spaß gemacht hat, sich mit mir einen Konkurrenzkampf zu liefern, der aber ebenso engagiert und leidenschaftlich im Kurs bei der Sache war. Wir hatten Spaß dabei, uns herauszufordern, es war nie böswillig.

»Ich hab danach noch ein paar Jahre weitergespielt, weil ich dachte … dass ich nicht wie sie bin. Dass ich meinen Weg mit der Musik finden kann. Dann kam unsere Weihnachtsaufführung und bämm.« Callum simuliert eine Explosion.

Ich kann mich noch gut daran erinnern, dass unsere Eltern nach dem Auftritt mit Mrs. Murray geredet haben. Callums Vater hat ihm eine Strafpredigt gehalten, weil er mein Solo unterbrochen hat und mir zu allem Überfluss die teure Violinensaite um die Ohren geflogen ist. Es war keine tiefe Schnittwunde, eher ein blutiger Kratzer auf meiner Wange, der nicht mal genäht werden musste. Doch Callum hatte eine Grenze überschritten, von der ich nichts wusste.

»Für Dad war es *das* Zeichen, dass ich wie Mum werde. Dass ich andere wegen der Musik verletze.« Callum beißt die Zähne fest zusammen, sodass sein Kiefer mahlt.

»Du hast mich nicht verletzt, Callum«, werfe ich ein, doch er geht nicht auf meine Worte ein.

»Musik hat meiner Familie nur Schlechtes gebracht. Also habe ich damit aufgehört.«

»Weil dein Vater es wollte.«

»Nein.« Callums Ton ist barsch geworden. »Ich wollte es auch. Dad war für mich da, er hat sich den Arsch aufgerissen, um mir eine Zukunft zu bieten. Also habe ich mit dem Fußball angefangen und mir in der Schule den Arsch aufgerissen. Dads Kanzlei wird mein Erbe. Er unterstützt mich beim Studium, und dann werde ich Junior-Partner. Es ist meine Pflicht, dankbar zu sein für das, was er für mich getan hat. Sie ist weg, aber Dad ist da.«

Pflicht. In mir steigt Mitgefühl auf. Es ist unübersehbar, dass Callum sich selbst belügt, aber es ist nicht meine Aufgabe, ihn darauf hinzuweisen. Musik fühlt man, deshalb kann sie so wehtun. Früher oder später wird er herausfinden, dass die Musik das ist, was er liebt, das, was ihn heilt, ihn erfüllt. Das, was ihn glücklich macht.

»Fußball ist ein guter Ausgleich. Es macht echt Spaß, mit den Jungs aus der Schule zu spielen. Wir sind gar nicht so schlecht.« Callums Brust schwillt sichtlich an. »Du solltest mal mit Valerie, Lou und Eric vorbeikommen. Will ist eh oft bei den Spielen.«

»Okay«, flüstere ich. Da ich selbst Meisterin darin bin, die schwierigen Themen zu verdrängen, kann ich ihn sehr gut verstehen. »Hast du je wieder was von *ihr* gehört?«, frage ich nach einem Moment des Schweigens. »Von deiner Mum?«

»Nein. Ich habe sie auch nicht auf Google gesucht. Es ist mir egal«, antwortet Callum schlicht, als würde er sich selbst glauben. Ich frage mich, ob das wirklich so ist.

»Deshalb kam das Musikprojekt überraschend für mich«, fährt Callum fort. »Und deshalb ist Musik nach den paar Wochen wieder Geschichte für mich.« Er macht eine wegwerfende Bewegung über die Schulter.

Der Wind bläst Meeresluft durch das angekippte Fenster herein und lässt meine Haare wirbeln, Callums noch mehr. Wir schweigen wieder. Und irgendwann wird Callums Miene weicher.

»Danke, dass du zugehört hast«, sagt er, und das Raue in seiner Stimme sorgt für Gänsehaut, überall auf meinem Körper. Weil es so aufrichtig ist. »Ich meine, danke, dass wir überhaupt so reden können.«

»Ja, wir machen Fortschritte.«

»Kann man schon mal machen nach acht Jahren.«

Wir lachen, bis Callum sich wieder stöhnend nach hinten lehnt. »Will ist der Einzige, mit dem ich darüber spreche. Wobei … so richtig auch nicht mehr.« Callum schließt kurz die Augen, einen Wimpernschlag später hat er sich wieder gefangen. »Jedenfalls … danke.«

»Immer gern«, flüstere ich, berührt und überwältigt von dem Vertrauen, das Callum mir gerade entgegengebracht hat. »Danke, dass du es mir erzählt hast. Oh, und ich werde natürlich mit niemandem darüber reden. Heiliges Ehrenwort.«

Callum seufzt tief. »Das weiß ich doch, Grace.«

Wir lächeln uns schief an, und das Kribbeln auf meiner Haut kehrt zurück. Dann greift Callum zur Gitarre. »Also … Song?«

»Song«, bestätige ich erleichtert.

In der nächsten Stunde schreiben wir, verwerfen, lassen uns nach hinten auf die Kissen plumpsen, die Callum von seinem Bett geholt und auf dem Boden verteilt hat. Er ärgert sich über meine zu poetischen Wortspiele, ich rolle die Augen über seine zu pragmatischen Ideen. Wir diskutieren hitzig wie früher, ermahnen uns, dass wir inzwischen ohne Vorwürfe miteinander umgehen können, und beginnen von vorn. Als wir den Entwurf für den Refrain endlich fertig haben, setzen wir uns direkt nebeneinander, breiten die bis an den Rand vollgekritzelten Blätter vor uns aus und schauen einander an.

»Bereit?«, fragt Callum.

»Bereit«, sage ich, und Callum fängt an, die Akkorde zu spielen. Als ich einsetze und er folgt, spielt sich alles wie in Zeitlupe ab. Callums Singstimme lässt Schauer über meinen Rücken laufen, verbindet sich in der Luft mit meiner, als hätten beide schon immer zusammengehört. Ich schaffe es, loszulasssen, ganz und gar. Auch Callum scheint sich irgendwo zwischen Raum und Zeit zu befinden. Aus jeder Silbe, die er singt, dringen Sehnsucht und Schmerz. Er muss es nicht sagen, ich *fühle* es. Fühle ihn. Begreife, wie schwer es sein muss, etwas zu lieben, das einem so wehtut.

Er ist so schön, wenn er Musik macht.

Durch den Text, den wir geschrieben haben, schaffen wir eine einzigartige Verbindung, fast etwas *Magisches.* Etwas, das mich so tief berührt, dass mir Tränen in die Augen steigen. Normalerweise erlaubt die Musik mir Flucht, die Möglichkeit, zu atmen, zu verarbeiten, zu erzählen, zu träumen. In diesem Moment löst sie noch etwas anderes in mir aus, lässt mich lächeln und weinen gleichzeitig. Macht mir Mut und Angst. Denn mit einem Mal blickt Callum mir beim Singen direkt in die Augen, und was zwischen uns ist, lädt sich in einem Wimpernschlag mit einer Intensität auf, die meine Härchen auf den Armen zu Berge stehen lässt. Alles, was wir je zueinander gesagt haben, jeder Blick, jedes Augenrollen, jedes Lachen, jedes Lächeln, jedes In-den-Wahnsinn-Treiben, jeder Schritt weg voneinander und aufeinander zu spiegelt sich darin, bündelt sich zu dieser Energie. Unsere Köpfe neigen sich ganz von allein näher zueinander, unsere Blicke verhaken und verlieren sich ineinander.

Mein Herz schlägt so laut und verräterisch, dass ich befürchte, Callum kann es hören. Ich sehe Callum an, und genau das ist mein Problem. Ich sehe *ihn*. Spüre das Knistern, die Gänsehaut. Die Angst vor meinen Gefühlen, vor seinen Gefühlen. Je mehr Menschen man an sich heranlässt, umso mehr kann man verlieren. Diese Erkenntnis sorgt dafür, dass ich mit einem Ruck aus meiner Trance erwache. Schwankend stehe ich auf.

»Muss ins Bad«, nuschele ich, nehme noch wahr, wie Callum irritiert nach rechts deutet, schlage die Zimmertür hinter mir zu und biege ins Bad ab. Nachdem ich zittrig den Schlüssel im Schloss gedreht habe, stütze ich mich auf dem tiefen Waschbecken ab und blicke in den Spiegel.

Was tust du, Grace? Was tust du?

Wie ein getriebenes Tier laufe ich durch den Raum, der so groß ist wie mein Zimmer. Ich setze mich auf den Badewannenrand, um gleich wieder aufzustehen, streiche mir die Haare zurück, lege die Hand auf den Brustkorb und mache meine Atemübungen vorm Spiegel.

»Alles ist gut«, sage ich meinem Spiegelbild. »Es ist okay, Grace. Es ist okay. Wir haben es im Griff.«

Ein erbärmlicher Versuch, mich selbst zu belügen, aber für den Moment muss es reichen. Mit nur wenigen Schritten gelange ich zurück in Callums Zimmer, der mit seiner Gitarre im Schoß auf dem Boden sitzt und Löcher vor sich hinstarrt.

Als er mich erblickt, hellt sich sein Gesicht auf. »Hey, alles okay?«

»Ja, geht wieder«, antworte ich und verharre unsicher auf der Stelle. »Ich bin nur ziemlich müde.«

»Du schläfst schlecht momentan?«

»Ziemlich.«

»Lou?«

Ich nicke, der Sturm in mir tobt. Callum nickt ebenfalls. »Wir haben den Refrain geschafft, das ist viel. Ich würde also sagen, den Feierabend haben wir uns verdient.« Er steht auf und stellt die Gitarre vor seinem Bett ab. »Ich wollte dich eigentlich fragen, ob wir noch ein bisschen abhängen wollen.«

»Du und ich?«

Callum guckt mich ein bisschen verlegen an. »Ja«, sagt er. »Ohne Wette.«

»Ohne Wette«, wiederhole ich leise.

»Dad ist nicht da und … ich hätte Zeit.«

»Zeit«, wiederhole ich wieder.

Callum nickt. »Aber du willst sicher nach Hause«, setzt er nach. Gern würde ich einen langen Schrei ausstoßen. Ja, ich bin müde. So müde. Doch das Angebot aus Callums Mund klingt wie ein Friedensangebot, ein endgültiges. Keines mit Verfallsdatum. Ich bin immer für spontane Ausflüge zu haben, für Bauchgefühl-Entscheidungen. Andererseits könnte es alles noch komplizierter machen – und mich die letzten Energiereserven kosten.

»Okay«, sage ich und greife nach meinem Rucksack. Die Chance auf eine neue Erinnerung fürs Glücksglas hat gewonnen, wie so oft. »Wir besuchen mein Lieblingscafé.«

»Deal.«

»Ich muss dich warnen, es könnte ein kleines Abenteuer werden.«

»Ein Café in Brighton zu besuchen?«

»Es ist ein besonderes Café«, erwidere ich. Er hebt abwehrend die Hände.

»Okay, ich lasse mich auf dieses jetzt schon langweilig klingende *Café* ein.«

Callum weicht meinem Rippenstoß gekonnt aus und hält mir lachend die Tür auf. »Tja, etwas solltest du noch wissen«, sage ich unten im Flur, während wir in die Jacken schlüpfen.

»Und das wäre?«

»Das Café ist nicht in Brighton, sondern in Hastings.«

»Hastings?« Ich genieße, wie sehr ich ihn damit überrascht habe. Dann schenkt er mir ein anerkennendes Lächeln, rückt seinen Schal zurecht und bietet mir seinen Arm zum Unterhaken an.

»Jetzt, Grace McIntyre, klingt es wie ein Abenteuer.«

KAPITEL 13

Salvation

CALLUM

Eigentlich sollte ich zu Hause am Schreibtisch sitzen und lernen. Stattdessen hocke ich in einem Zug nach Hastings.

Doch Grace zieht mich an wie der Sommer das Gewitter, wie der Winter den Schnee. Ihre Nähe macht, dass ich mich wohlfühle. Sie ist die Erste, abgesehen von Will, der ich von Mum erzählt habe. Ich hatte zu keiner Sekunde Angst, sie könnte mich für schwach halten. Sie war einfach … Grace. Außerdem war ich froh, dem leeren Haus zu entkommen, das mich ohne Grace an das erinnert hätte, was ich verloren habe.

Lange habe ich dieses Gefühl verdrängt. Zurzeit spüre und sehe ich es so deutlich, als wäre die Leere eine Person.

Grace und ich sehen aus dem Fenster, während die Landschaft, die Städtchen und das Meer an uns vorbeiziehen.

Stille ist angenehm mit Grace, das Gegenteil von der mit meinem Vater. Es liegt keine Spannung in der Luft, ich muss keine Angst haben, das nächste Wort könnte das falsche sein. Grace vermittelt mir das Gefühl, dass ich mit ihr über *wirklich* alles reden könnte.

»Warum Hastings?«, frage ich, nachdem wir am Bahnhof Hastings ausgestiegen sind.

Grace dreht sich draußen am Eingang im Kreis, als wäre Hastings eine andere Welt. »Weil es wunderschön ist«, ruft sie gegen den Wind an, und ich gucke mich spöttisch um.

»Es ist Hastings«, sage ich.

»Val, Eric und ich waren früher fast jedes Wochenende hier. Meine Großeltern haben in der George Street gewohnt.«

»Das heißt, dieses Café ist dein geheimer Dating-Ort?«

»Excuse me?«

Oh shit. Ich schaffe es immer wieder, ein Fettnäpfchen mitzunehmen. »Nein, ich meinte nicht *Date-Date,* ich meinte … Treffpunkt. Dein geheimer …« Ich fuchtele mit den Händen in der Luft herum, was die Sache noch schlimmer macht. »Du weißt schon.«

»Wenn das ein Versuch war, mich zu fragen, ob ich gerade jemanden date, war das verbesserungswürdig, Callum.« Ihr Blick streicht über meine Wange, findet meine Augen. Mein Herz macht einen Satz. »Aber nein, ich date gerade nicht. In den letzten Jahren hatte ich anderes im Kopf.«

»Verständlich.«

»Und ja, ich komme gern hierher.«

Wir laufen Richtung Süden, stupsen uns spielerisch an. Die Fußgängerzone zwischen Havelock Road und Robertson Street ist schon gut besucht.

Das Hanushka Coffee House befindet sich in der George Street. Mit melancholischer Miene verharrt Grace vor dem Café mit der rot-weißen Markise und den breiten Fenstern, und ich gebe ihr die Zeit, die sie braucht, um einzutreten.

Sofort werden wir von der warmen Atmosphäre empfangen. In der ausladenden Theke liegen Sandwiches, Bagels und selbst gebackene Kuchen. Die Wände sind von einer Vielzahl von Bücherregalen gesäumt, was wohl jeden Bücherwurm zum Schwärmen bringen würde. An den freien Plätzen hängen Gemälde an den Wänden, und es duftet nach Kuchen, Tee, Kaffee und Papier.

Das *Hanushka* bietet so viele Sitzmöglichkeiten, dass es schwerfällt, sich zu entscheiden. Es gibt Sofas, Tische mit Stühlen und Sitzplätze vor dem Fenster an einer Holztheke. Da Grace das Café in- und auswendig kennt, steuert sie die hintere Ecke beim Sofa an. Dort gibt es einen Platz für zwei, direkt vor dem Bücherregal, mit Valeries, Erics und ihren Lieblingsbüchern, wie Grace betont. Eine kleine Leselampe spendet dezentes Licht. Wir setzen uns, und Grace erzählt von ihren Ausflügen mit ihren Großeltern, den Wochenenden im Café, die sie und Valerie und Eric mit Lesen oder Quatschen nach dem Baden im Meer verbracht haben.

Wir bestellen Schokoladen-Orangen-Kuchen, eine Spezialität des Hauses, und ich lasse mich von Grace zu einer heißen Schokolade mit Kirschnote überreden. Ich muss zugeben, dass das *Hanushka* etwas Magisches an sich hat. Die heiße Schokolade mit Kirschen ist so gut, dass ich noch eine zweite Tasse bestelle. Grace schwärmt von ihren Großeltern, ihrer Kindheit in Brighton und Hastings. Davon, wie ihr Dad das alte Klavier besorgt und sie damit überrascht hat, weil sie sich keine Violine für Grace leisten konnten.

Es ist merkwürdig, wie anders ich aufgewachsen bin. Dad hat schon vor Jahren seine Kanzlei eröffnet, als ich auf die St. Doyle kam, doch auch vorher hatten wir nie große Geldsorgen. Mum war zumindest schon in Südengland bekannt, und meine Großeltern haben Dad nicht nur sein Studium finanziert, sondern ihm nach ihrem Tod auch ein beachtliches Vermögen hinterlassen. Ich weiß nicht, wie es ist, Angst um meine Existenz zu haben. Im Gegensatz zu Grace weiß ich aber auch nicht, wie es ist, mit den Eltern über alles reden und sich ihnen anvertrauen zu können. Wir sind so verschieden. Und mehr und mehr frage ich mich, ob das, was ich für normal halte, nur das ist, was ich am besten kenne. Fuck, ich bin so verwirrt.

Zwischendurch kommt ein Labrador an unserem Tisch vorbeigewackelt, was Grace für ungefähr eine halbe Stunde ablenkt. Nachdem wir ihn ausgiebig gestreichelt und sich seine Besitzer herzlich von uns verabschiedet haben, wende ich mich wieder ihr zu.

»Wie geht's dir, Grace?«, frage ich schließlich, woraufhin sie sich an ihrem Kakao verschluckt.

»Mir?«, hakt sie hustend und prustend nach. »Na, bestens.«

Ich blinzele kein einziges Mal.

»Die Woche war hart«, gibt Grace zu. »Ich hab wenig geschlafen und viel nachgedacht. Über das Leben, den Tod. Tja, das Übliche eben.«

Mein Löffel klirrt gegen die Tasse. »Niemand sollte sich mit sechzehn Gedanken über so was machen.«

»Niemand sollte mit sechzehn Krebs haben.«

Darauf kann ich nichts erwidern.

»Du hast Valerie und Eric nichts davon erzählt, dass wir hierherfahren?«, wechsle ich das Thema, und Grace geht auf das Manöver ein.

»Nein, warum, hast du immer noch Angst vor ihr?«

»Wer hat das nicht? Nachdem Eric auf der Party gekotzt hat, hat sie jeden wochenlang in Grund und Boden gestarrt, der es nur gewagt hat, über ihn zu lachen.«

Grace' Löffel mit der zweiten Portion Kuchen verharrt vor ihrem geöffneten Mund. »Ja«, sagt sie andächtig und lässt den Kuchen sinken. »An dem Abend ging es Eric schlecht, weil er seinem Crush aus dem Theaterkurs seine Gefühle gestehen wollte. Jeremy.«

Jeremy. Etwas klingelt in meinem Gedächtnis. »Der Schwarzhaarige mit dem Lippenpiercing?«

»Ja. Eric steht schon seit Jahren auf ihn.« Grace legt die Ellenbogen auf den Tisch. »Er hat sich nur nie getraut, ihn anzusprechen, weil wir keine Ahnung haben, ob er auch schwul ist. Oder bi. Eric war nervös, er hat die ganzen Törtchen auf der Feier in sich reingestopft, und bevor er zu Jeremy gehen konnte …«

»Fuck.« Ich fahre mir über den Nacken. »Das mit Jeremy wusste ich nicht.«

»Niemand weiß es, Callum. Das ist es ja. Die Leute reden einfach viel zu viel Scheiße über jemanden, ohne je *mit* ihm geredet zu haben. Alle gehen davon aus, dass Eric sich das erste Mal in seinem Leben ausgerechnet auf der Weihnachtsfeier betrinken wollte, um *mutig* und *cool* zu sein und ein Mädel zu beeindrucken. Und alle haben rumerzählt, er hätte sich vom Alkohol übergeben. Aber sie kennen Eric nicht, nur wir. Er hasst Alkohol, er würde sich nie einfach so betrinken. Er ist der liebste Mensch ever, der loyalste Freund. Ich hasse es, dass er das ganze Gerede der Leute ertragen musste. Er hatte nichts davon verdient. Himmel, die Leute haben Memes gepostet, wie er Mr. Hopper auf die Schuhe kotzt.« Grace' volle Lippen werden zu einem schmalen Strich. »Es ätzt mich an, dass Leute ihre beschissenen Vorurteile haben und davon ausgehen, dass Eric ein ›Weichei‹ ist, der nichts verträgt. Sie haben keine Ahnung. Und ganz ehrlich? Lieber ist man weich und warm als cool.« Mein schlechtes Gewissen meldet sich schrillend, und Grace trinkt einen Schluck Kakao, wie um ihre Nerven zu beruhigen. »Du kannst dir nicht vorstellen, was Lou alles über sich ergehen lassen muss. Teilweise von erwachsenen Menschen.«

»Geht sie noch zur Schule? Mit der Diagnose stelle ich mir das echt schwer vor.«

»Nein. Sie wird zu Hause unterrichtet, aber nur an den guten Tagen. Die kommen nicht mehr oft vor.« Grace klingt so traurig, dass mein Herz schwer wird.

»Das stelle ich mir auch einsam vor«, sage ich, und Grace malt mit ihrem Daumen ihre Oberlippe nach, um den Kakaoschaum abzuwischen. Was mich für eine Sekunde ablenkt.

»Oh, du meinst, weil du es vermissen würdest, Stipendiaten wie mich rumzuschubsen?«

»Aua.« Ich fasse mir an die Brust, und Grace' Grinsen wird zu einem Lachen. Leider hält es nicht lange an.

»Kennst du *Das Schicksal ist ein mieser Verräter?*«

»Vom Film hab ich gehört, aber nein. Noch nie gesehen.«

»Das allein ist ein Verbrechen, Callum.« Grace will sich eine Strähne hinters Ohr streichen, aber ihre Haare sind nicht lang genug dafür. »Lous Lieblingsbuch und -film. Wir lieben es. Keine andere Geschichte beschreibt so gut, wie es ist, jung Krebs zu haben.«

Ich setze mir gedanklich eine Notiz. »Vielleicht schaue ich ihn mir an.«

Grace nickt, ihr Blick verliert sich zwischen den vielen Büchern. »Viele kommen nicht damit klar, wenn jemand, den sie mögen, krank wird. Ich hab das nie verstanden. Das ist nun mal das Leben. Es passiert. Und natürlich müssen Angehörige durch die Hölle gehen, damit kenne ich mich aus, aber jemanden damit allein zu lassen, *deshalb* zu gehen, weil man selbst es nur *einfach* haben will …« Sie schüttelt sich. »Lous Dad ist abgehauen, kurz nach ihrer Diagnose. Ihm war es zu viel, dass seine vierzehnjährige Tochter Krebs hat.« Grace' Unterlippe bebt vor Wut. »Er hat es runtergespielt und sogar blöde Sprüche gemacht. Wenn es Lou verletzt hat, hat er nur gesagt: Was sich neckt, das liebt sich. Ich hasse diesen Satz.«

Grace wischt sich eine Träne von der Wange. »Warum heißt es nicht: Wer sich zuhört, liebt sich. Wer akzeptiert und versucht, zu verstehen, liebt sich. Wer miteinander redet, liebt sich. Wer miteinander lacht, liebt sich. Wer ehrlich ist, liebt sich, auch wenn's manchmal schwer ist. Wer den anderen mit verdammtem Respekt behandelt, liebt sich. Liebe ist nicht Beleidigungen oder den anderen kleinmachen, damit man sich größer fühlt.« Grace wischt sich über die Stirn. »Sorry, ich hab mich in Rage geredet.«

»Lous Dad ist ein Arschloch«, stimme ich zu.

Grace zupft an ihren Hoodieschnüren. »Na ja, jedenfalls haben Lou und Val sich auf Anhieb verstanden. Keine Ahnung, was schlimmer ist. Val versucht, seit sie denken kann, es ihrem Vater recht zu machen. Er ist da, aber sie ist nie genug für ihn. Nie. Er versucht nicht mal, sich in sie hineinzuversetzen, er reduziert sie nur auf ihr Gewicht. Auf das, was sie *nicht* kann, nicht *ist.* Val will gesehen und geliebt werden, aber alles, was er sieht, ist das, was ihn an ihr stört. Und dann Lous Dad, der sie verlässt, weil *er* nicht damit klarkommt, dass *sie* stirbt.« Grace' Atem geht so schnell, dass ich besorgt die Hand ausstrecke, um ihren Unterarm zu berühren.

»Hey, ist okay. Manche Menschen sind kacke.«

Sie nickt zustimmend. »Lass uns bitte über was anderes reden.«

»Wie wär es mit *Fortnite*?«, schlage ich vor, und Grace scheint erleichtert über den Themenwechsel zu sein.

Grace nimmt die Frage sofort auf und erzählt mir lebhaft davon, wie Eric sie, Valerie und Lou damit angesteckt hat und sie jetzt regelmäßig zusammen zocken. Im Laufe der nächsten Stunde finden wir viele weitere Gemeinsamkeiten, darunter: *After Life,* eine Serie bei Netflix mit Ricky Gervais. Mich hat sie nach Mums Fortgehen aufgefangen, Grace hat sich nach Lous Diagnose durch die Serie verstanden gefühlt. So geht es weiter.

Von Schulfächern über Serien, Games, über Politik. Schon komisch, dass wir in all den Jahren, die wir damit beschäftigt waren, *gegeneinander* zu kämpfen, nie gemerkt haben, wie gut wir eigentlich harmonieren.

Gegen Nachmittag sind wir beide so erschöpft vom Reden, dass Grace am Tisch die Lider zufallen und ich ständig gähnen muss. Ich lade Grace ein, zahle und ermuntere sie, den Heimweg anzutreten. Die Altstadt von Hastings hat sich gefüllt, wir lassen uns trotzdem Zeit, durch die Gassen zu schlendern.

Auf dem Bahnsteig sitzen wir auf der Bank nebeneinander, bis der Zug zurück nach Brighton einfährt.

Wir haben Glück und schnappen uns wieder zwei Plätze nebeneinander. Grace kuschelt sich in ihre Jacke ein, benutzt ihre Mütze als Kissen und streicht ihre Haare nach hinten. Bevor ich fragen kann, ob es ihr gut geht, greift sie in ihre Jackentasche und zieht ihr Handy hervor. »Lust auf Musik?«

»Ja, gern«, sage ich, und Grace verbindet unsere Kopfhörer mit ihrem Handy.

»Du kannst dich geehrt fühlen«, murmelt Grace, nachdem sie Spotify geöffnet hat. »Diese Playlist teile ich nicht mit jedem.«

Ich werfe einen Blick über ihre Schulter aufs Display. *Grace' Little Life (Taylor's Version)*. Natürlich. Beim genaueren Hinsehen erkenne ich, dass die Playlist über dreißig Stunden dauert. Grace stopft ihre Airpods tiefer in die Ohren und lehnt den Kopf nach hinten, die Lider geschlossen. Ich tue es ihr gleich, außer dass ich die Augen auflasse.

Die ersten Töne von *The District Sleeps Alone Tonight* von Birdy erklingen, und ich atme den vertrauten Geruch von Grace' Shampoo ein. Es ist das erste Mal seit Monaten, dass ich bewusst Musik höre, mein Herz für sie öffne, es zulasse, den fremden Texten und Melodien zu lauschen.

»Callum?«, nuschelt Grace erschöpft über das Lied hinweg.

»Ja?«

»Danke für den Ausflug. Ich hatte Sehnsucht nach diesem Ort.«

Ich lächle. »Der Tag heute zählt defintiv zu meinen Lieblingstagen.«

»Zu meinen auch«, nuschelt Grace.

Der Zug setzt sich ruckelnd in Bewegung, und wir fahren zurück nach Brighton. Nach fünf Minuten ist Grace eingeschlafen, und als wir die Kreideklippen der South Downs passieren, sackt ihr Kopf gegen meine Schulter.

Ihr Haar kitzelt mein Kinn, meine Nase. Mein Blick gleitet über ihre langen Wimpern, die Sommersprossen, die Stupsnase, ihre im Schlaf leicht geöffneten Lippen.

Sie fühlt sich sicher – bei mir. Sie vertraut mir. Grace verdient meine guten Seiten, nicht die, die ich alle anderen sehen lasse. Ich mag mich mehr, wenn ich bei ihr bin. Grace macht mein Leben nicht perfekt, aber erträglicher. Gott, ich kann nicht aufhören, sie anzusehen, kann nicht aufhören, mir zu wünschen, ihre Hand nehmen zu können. Ich würde so gern meinen Arm um sie legen.

Stattdessen genieße ich, dass sie sich schlafend an mich lehnt, zur Ruhe kommt. Bleibt nur eine Frage.

Wie zur Hölle sage ich Grace McIntyre, dass ich unser *Wir* will, was auch immer das bedeutet? Dass ich sie nicht heilen oder sie retten, sondern einfach mit ihr zusammen *sein* will?

KAPITEL 14

The Art Of Getting By

CALLUM

Aus dem rot gestrichenen Haus in der St. James's Street dringt lautstark Musik nach draußen auf den Gehweg. Sekunden verstreichen, in denen ich dastehe, mir den Nacken massiere und die Geschenktüte in meiner Hand knistert.

Ich hasse Partys.

Früher habe ich mich lieber mit meiner Gitarre zu Hause eingeschlossen oder mit Will auf dem Sofa gezockt. Nach Mums Fortgehen kam eine Phase, in der ich eingeladen wurde, weil Dad praktisch über Nacht mit einem Fall zur Berühmtheit wurde. Zwischen Bässen, betrunkenen und highen Jugendlichen zu stehen, war nie mein Ding, doch es verschaffte mir Ablenkung. Leider hielt die Wirkung nie lange an, weshalb ich meine freien Wochenenden schnell wieder gegen Lernen eingetauscht habe.

Aber diesmal ist es Valeries Geburtstagsparty. Ich straffe die Schultern und gehe die kleine Treppe bis zur Haustür nach oben. Valerie öffnet mir in einem roten Kleid mit einer roten Geburtstagskrone auf den hochgesteckten Locken. Ihre Wangen haben die gleiche Farbe wie der Rest ihres Outfits.

»Hey, Mr. Kotzbrocken«, begrüßt Valerie mich grinsend bis über beide Ohren. Keine Spur von Skepsis oder Verachtung.

»Hey, Mrs. Badass.«

»Das nehme ich mal als Kompliment.« Sie strahlt. Eine rote Locke löst sich aus ihrem Zopf, und sie streicht sie hinters Ohr.

»Happy Birthday«, sage ich.

»Danke, danke«, antwortet sie lachend, fröstelt und tritt beiseite. »Hereinspaziert.«

Ich gehorche und trete in den schmalen Flur, in dem sich schon Schuhpaare übereinanderstapeln und Jacken neben der Garderobe liegen.

»Schön, dass du da bist«, sagt Valerie. »Will meinte, du bist nicht sicher, ob du kommen kannst, also …« Ein zischend-pfeifendes Geräusch ertönt aus dem Raum am Ende des Flures, gefolgt von einem Knallen und Rauschen, das wie Tischfeuerwerk klingt. Leute jubeln.

»Oh shit. Ich hoffe, Eric fackelt nicht die ganze Bude ab.« Sie verzieht das Gesicht.

»Eric?« Seit wann ist aus dem sympathischen Nerd mit der viel zu großen Brille ein Draufgänger geworden?

»Er wollte ein Experiment vorführen, aus seinem Projekt, du weißt schon.«

»Oh.«

»Kann ich …«, beginnt sie und zeigt mit dem Daumen hinter sich.

»Mach dich los.«

»Super, danke, wir finden uns schon wieder.« Erneutes Strahlen. »Bis gleich, Callum. Schön, dass du hier bist.« Und schwupps ist sie davongezischt und in dem Raum am Ende des Flures verschwunden, woraufhin die Jubelrufe noch lauter werden.

Ich stehe wie angewurzelt mit dem Geschenk in der Hand in dem fremden Flur, in dem es nach Vanillekerzen und verschiedenen Parfümen riecht. Hat Valerie mich soeben das erste Mal bei meinem Namen genannt?

Geistesabwesend folge ich dem winzigen Flur, von dem drei Räume abgehen. Sobald ich durch die Tür getreten bin, durch die Valerie zuvor verschwunden ist, schallt mir ein Song von Taylor Swift entgegen, dessen Text gefühlt alle mitkreischen können. Das Wohnzimmer ist geräumig, und dahinter liegt eine kleine Terrasse.

Überall hängen Lichterketten, Luftballons, Girlanden, es riecht nach Craft Beer, Erdbeerkuchen und Softdrinks. Das ganze Zimmer ist voll mit Menschen. Niemals hätte ich gedacht, dass Valerie so viele Leute kennt. Obwohl Grace mir erzählt hat, dass sie viele Cousinen und Cousins hat und einige Freunde aus ihrer Theatergruppe kommen wollten.

An der Wand steht ein Tisch mit Getränken, Fingerfood, Wraps und Pasteten – ich wette, von Grace selbst gemacht. Von alkoholfreiem Craft Beer über Eistee, Softdrinks und ebenso alkoholfreiem Cider ist alles dabei.

Ich lasse den Blick über die tanzende und singende Menge schweifen. Ein paar Gesichter kenne ich aus der St. Doyle, die meisten jedoch sind mir fremd. Ich suche nur nach einem, das mir in den letzten Wochen so vertraut geworden ist wie kein anderes. Doch von Grace fehlt jede Spur.

Ich will gerade weiter Richtung Terrasse gehen, da bleibt jemand direkt neben mir stehen.

»Well, well«, sagt Will mit einem schiefen Lächeln und reicht mir einen Becher Cider.

»Na, wie läuft's?«, frage ich nach einem Schluck von dem Cider, der nach Apfel und Zimt schmeckt.

»Bestens«, gibt Will zu. Er klopft mir auf den Nacken, mehr brüderlich als freundschaftlich. Er trägt ein langärmliges Shirt mit einem *Happy Birthday, old lady*-Schriftzug, den er mit Sicherheit selbst gezeichnet hat.

»Hat Val dich dafür verflucht oder geknutscht?«, erkundige ich mich und deute auf das Shirt.

Will grinst. »Willst du die Antwort wirklich wissen?«

»Nein, hast recht, lieber nicht. Kopfkino«, sage ich, und er lacht, was ansteckend ist. Sein ganzer Körper wackelt. Kurz glaube ich, um seinen Mund herum Spuren von Lippenstift zu erkennen, aber ich könnte mich natürlich täuschen.

»Du suchst Grace.« Es ist keine Frage. Direkt nach dem Ausflug nach Hastings letztes Wochenende habe ich ihm davon erzählt. Von der Probe bei mir, der Sache mit Mum, Hastings – und diesem Moment voller Verwirrung beim Singen und der Rückfahrt.

»Ja«, sage ich. *Ja. Ja, ja, ja.* Die letzte Woche war bei uns beiden so voll, dass wir uns nur einmal nach dem Unterricht zum Proben gesehen haben. Dafür habe ich die Nachmittage allein genutzt, um in meinem Zimmer am Song zu schreiben. Ich habe mich von Fingerfood und Dosensuppen ernährt, bin zwischen Bett und Sofa gependelt und habe ein ganzes Notizbuch gefüllt.

Diese sieben Tage nach unserem Ausflug nach Hastings waren wie ein Entzug für mich. Ein Grace-Entzug. Keiner von uns hat während der Probe die Rückfahrt von Hastings angesprochen. Ich, weil ich Grace nicht in Verlegenheit bringen wollte, und sie, weil … keine Ahnung.

Was auch immer sich zwischen uns entwickelt hat, wird zwischen uns stehen, solange es keinen Namen hat.

Will hat mit der Antwort gerechnet. »Komm mit nach hinten«, sagt er und zieht mich vorbei an den Gästen, die tanzen, jubeln, mitsingen, lachen, klatschen. Zwischendurch erspähe ich auf dem Boden den Rand eines kleinen Brandflecks. Valerie hat das Schlimmste noch verhindern können.

Wir halten am Rand des Halbkreises, der sich gebildet hat, und ich checke endlich, warum die Leute so abgehen. Die Musik kommt nicht aus der Anlage, sondern von Grace, die an dem Flügel im Wohnzimmer sitzt und live spielt und singt. Gerade hat sie das Lied beendet und versucht die vor Begeisterung ausflippende Menge zu beruhigen. Es ist so laut, dass Valerie, die mich entdeckt hat, schreien muss, damit ich sie verstehe.

»O mein Gott, ist sie nicht hammermäßig?«

»Ist sie«, bestätige ich. Grace trägt ein Kleid, genauso tiefgrün wie ihre Augen, mit einer Schleife um den Bauch und V-Ausschnitt. Sie sieht hinreißend aus.

»Woher das Klavier?«, brülle ich Valerie ins Ohr, und sie stellt sich auf die Zehenspitzen, um mir ebenfalls aus nächster Nähe das Trommelfell zu perforieren.

»Mein Dad«, schreit sie. »Unsere Eltern kennen sich ewig. Mein Dad hatte die Hoffnung, dass ich auch so ein Wunderkind wie Gracie bin. Na ja.« Es ist ihr anzusehen, wie unangenehm ihr die Sache ist. »Wie sich herausgestellt hat, bin ich eine ziemliche Enttäuschung in jeder Hinsicht.«

Ich verziehe mitleidig den Mund, Valerie winkt ab. »Schon okay«, ruft sie mir ins Ohr. »Ich habe eine tolle Mum. Und die besten Freunde.« Dann liest sie die unausgesprochene Frage von meinem Gesicht ab. »Ich gönne Gracie alles, weil sie's verdient.« Ihr Blick ist weich. »Neid ist okay, von Missgunst halten wir uns fern.«

»Ah, übrigens. Dein Geschenk.« Verlegen reiche ich es ihr.

»Oh, danke!«

»Du hast es doch noch gar nicht geöffnet«, schreie ich zurück.

Val entblößt ihre Zahnlücke und streckt mir die Zunge raus. Sie reißt das provisorisch festgeklebte Geschenkpapier ab. Ihr Mund klappt auf. »Oh my … ist das das neue *Life is strange*?«

Ich nicke, erleichtert darüber, dass mein Geschenk ankommt. Langsam nimmt der Geräuschpegel etwas ab. »Grace hat erzählt, dass du die Spiele fast noch mehr als *Fortnite* liebst.«

»Ja! Ja, ja, ja!« Val umarmt mich halb, ehe sie Will das Game vor die Nase hält und wie ein Flummi auf und ab hüpft.

»Hey, sag mal, wie wäre es mit einem Duett?«, schlägt Will vor, als sich Valerie ein bisschen beruhigt hat, und ihre Augen leuchten vor Begeisterung noch mehr auf.

»Ja«, jubelt sie und wirbelt zu mir herum. »Bitte! Bitte, oh, bitte. Das ist mein zweiter Geburtstagswunsch. Ein Sneak Peek eures Songs.« Sie schiebt die Unterlippe vor und faltet die Finger wie zum Gebet ineinander.

Über ihren Kopf hinweg beschieße ich meinen besten Kumpel mit unsichtbaren Lasern. Der erwidert nur: »Gern geschehen. Dank mir später.«

Ich betrete die provisorische Bühne und entdecke Lou und Eric, die mir breit grinsend ihre erhobenen Daumen zeigen. Das Herz schlägt mir bis zum Hals. Das letzte Mal stand ich vor drei Jahren auf einer Bühne, und wie das ausgegangen ist, wissen wir.

Im Gegensatz zu früher treten Grübchen auf Grace' Wangen, als sie mich entdeckt. Sie strahlt auf der Bühne, wie nur sie es kann. Ihre positive, ruhige Aura macht, dass der Sturm in mir abflaut.

»Hi«, sage ich.

»Hi«, sagt sie sacht.

Am liebsten hätte ich sie in meine Arme gezogen, doch das hier ist ihr Moment. Die Gäste lieben Grace, und ich lasse sie scheinen, warte, bis Val sich zu Grace vorgebeugt hat, um ihr, wie ich annehme, ihren Wunsch mitzuteilen. Leicht blass um die Nase dreht Grace sich wieder mir zu. »Wollen wir's wagen?«

»Ist ein Abenteuer, oder?«, frage ich.

»Auf jeden Fall. Spontan passieren die besten Dinge.«

Grace rutscht auf dem Hocker zur Seite und klopft neben sich. Ich lasse mich neben sie sinken. Über das Klavier hinweg sind etliche Augenpaare auf mich gerichtet. Auf uns. Als ich die Finger über die Tasten hebe, zittern sie so sehr, dass ich danebengreife. Bis Grace ihre Hand auf meine legt.

»Atmen«, flüstert sie mir zu. Ihre Seite drückt sich in meine, unsere Arme schweben nebeneinander. »Konzentrier dich nur auf unseren Text. Du hast ihn doch im Kopf, oder?«

Wäre ich nicht so verdammt nervös, hätte ich laut aufgelacht. Ich träume von den Strophen.

»In- und auswendig«, bringe ich hervor und frage Grace, wie wir uns die Akkorde aufteilen wollen.

Danach gibt es nichts mehr zu besprechen. Sie positioniert ihre Füße auf den Pedalen unter dem Flügel und gibt mit einem Nicken den stillen Startschuss. Ich drücke die Klaviertasten, meine Finger fliegen über die Klaviatur, so wie ihre, ohne dass wir uns behindern, ohne dass wir aufeinanderprallen.

Grace' Stimme ist weich und voll und stark und sanft und stürmisch. Wie eine Umarmung, nach der man sich lange gesehnt hat. Ich setze am Anfang der zweiten Strophe ein, wackeliger als sie. Doch mit jeder Bewegung, jeder Zeile, die wir gemeinsam singen, die ich sie neben mir höre und spüre, verfliegt meine Unsicherheit.

Eine merkwürdig behagliche Stille legt sich über den Raum, die Gäste hören zu, und in diesem Lauschen wird die Stimmung noch gelöster.

Wir wiederholen den Refrain, und ich halte meine Augen die letzten Takte über geschlossen. In mir ist es so friedlich, dass ich nur unsere Stimmen höre.

Nachdem der letzte Ton verklungen ist, unsere Finger sich von den Tasten lösen und wir uns benommen anschauen, implodiert das Zimmer. Die Gäste jubeln, kreischen, lehnen sich ergriffen aneinander. Im tosenden Applaus gehen Grace' geflüsterte Worte an mich unter. Sie blickt mich an, und es gibt nur sie. Sie legt ihre Hand auf meine, und ich umschließe sie, nur die Fingerspitzen.

Plötzlich sind sich unsere Gesichter nah. So nah, dass ihr Atem meinen Hals streift. Ich atme sie ein und sie mich. Unsere Nasenspitzen berühren sich, Grace lehnt ihre Stirn an meine.

»Können wir reden?«, frage ich über die Jubelrufe hinweg. Grace schluckt schwer, fixiert unsere Hände, mein Gesicht. Sie wird blasser um die Nase. Löst sich von mir, als hätte sie sich an mir verbrannt. An uns. Gerade als sie die Lippen öffnet, werde ich am Arm gefasst und hochgezogen.

Will umarmt mich so heftig, dass ich gegen den Hocker stolpere und fast draufgefallen wäre, hätte Grace uns beide nicht aufgefangen. »Damn, Pal.« Mein bester Freund heult, und es kümmert ihn einen Scheiß. »Ich bin so fucking stolz auf dich. So stolz.« Er haut mir so heftig auf den Rücken, dass ich fast wieder umfalle. »Deine Stimme klingt so heftig. Krass, krass.«

Kaum, dass er mich losgelassen hat und Anstalten macht, Grace zu umarmen, werde ich abermals innig in Beschlag genommen. Valeries Locken kitzeln mich an der Nase, als sie mich umarmt. »Mist. Ich fange langsam echt an, dich zu mögen, Mr. Kotzbrocken.« Sie schnieft.

»Heißt das, ich werde ab sofort zu Mr. Sunshine befördert?«, raune ich an ihrem Ohr.

Sie lässt mich los und rückt sich ihre Krone zurecht. »Übertreib's mal nicht.«

Wir prusten los, und ich mache Platz für Eric und Lou, die mich ebenfalls in ihre Arme schließen. Eric schnäuzt sich geräuschvoll, Lou betrachtet uns mit wässrigen Augen. Wieder fühle ich mich nicht außen vor, ich bin mittendrin. Und es ist schön. Das schönste Gefühl seit einer Ewigkeit. Nun wird Grace von ihren Freunden und Will umschlossen, und das Letzte, was ich höre, während ich mich entferne, um draußen kurz Luft zu schnappen, sind Val und Will.

»Auf einer Skala von eins bis zwölf, wie schlimm sehe ich aus?«

»Tut mir leid, dir das sagen zu müssen, aber du musst den Rest des Abends leider als Panda verbringen.«

Vals Lachen folgt mir auf dem Weg nach draußen auf die Terrasse, genauso wie das Schulterklopfen und das Lob der Gäste.

Die Nacht ist klar und eiskalt. Der Herbst geht allmählich in den Winter über. Ich bin froh, mich gegen Hemd und Krawatte und für den bequemen Pullover entschieden zu haben.

Ich bin froh über den Augenblick allein. Die Gefühle überwältigen mich, überfordern mich, was kein Wunder ist. Jahrelang habe ich sie unter Verschluss gehalten. Und nun habe ich gesungen. Gespielt. Vor einem Publikum. Die Eindrücke der letzten Wochen, die neuen Erinnerungen – es sorgt für so viel Druck, dass meine Mauern früher oder später Risse bekommen und zusammenbrechen müssen.

Ich blicke hoch zu den Sternen und atme einfach. Bin einfach.

Erst als meine Finger vor Kälte zu kribbeln beginnen, gehe ich zurück in das Wohnzimmer, in dem inzwischen jemand die Anlage und Spotify angeschaltet hat. Nach wenigen Sekunden entdecke ich meine Freunde.

Sofort merke ich, dass etwas nicht stimmt.

Valerie hat auf der Treppe halb den Arm um Grace gelegt, die so blass ist wie die Wand in ihrem Rücken. Ihre Knie scheinen nachzugeben. Eric folgt beiden mit Rucksack auf dem Rücken, aus dem er hektisch etwas zieht, das ich auf die Entfernung nicht identifizieren kann. Die drei verschwinden im ersten Zimmer der zweiten Etage, und ich hechte schon zum Treppenansatz, da werde ich ruckartig festgehalten.

Lou krallt die Hände in meinen Pullover. Ihr aufgesetztes Lächeln gleicht einer Maske. »Gib ihr einen Moment«, sagt sie. Ich starre auf die Stelle, an der Eric und Val mit Grace verschwunden sind, und gebe nach.

»Was ist passiert?«, frage ich, und Hilflosigkeit und Angst übermannen mich. Lou schweigt. Die tiefen Falten auf ihrer Stirn verraten mir, dass sie mehr sagen will. Kurz verliert sie die Kontrolle über ihre Mimik, mahlt mit dem Kiefer, schluckt schwer.

»Panikattacke.«

In meinem Kopf dreht sich alles. »Scheiße.« Ich lasse mich gegen das Treppengeländer in meinem Rücken sinken. »Bin ich schuld?«

»Quatsch.« Lous Ton wird wärmer. »Hör auf, dir ständig die Schuld zu geben.« Sie lehnt sich mir gegenüber an die Wand. In mir tobt ein Orkan. Ich habe Grace gefragt, ob wir allein reden können. War das der Auslöser? Ich wippe mit dem Bein auf und ab, Lou steht zu Stein erstarrt mir gegenüber.

So warten wir.

»Wo ist Will eigentlich?«, frage ich.

»Kurz telefonieren und Getränke holen«, sagt Lou. »Er hat Geschwister?«

»Drei. Sein Bruder passt heute auf die beiden Kleinen auf.«

»Krass.« Lou streicht sich über den kahlen Kopf. »Mum würde durchdrehen. Sie hat schon genug mit mir zu tun.«

»Wie …«, setze ich an, unterbreche mich, sehe auf meine Socken. Lou ermutigt mich schweigend, die Frage zu stellen. »Wie machst du das? Stören dich die ganzen Blicke nicht?« Ich deute auf die umstehenden Gäste, von denen ein paar Lou von oben bis unten mustern, wobei sie immer wieder an ihrem kahlen Kopf und den fehlenden Augenbrauen hängen bleiben.

Sie überlegt kurz. »Nein. Es stört mich nicht. Tut es weh? Klar, manchmal. Die meisten wissen es nicht besser. Und ich sage mir, dass ich mehr habe als die Leute, die dummes Zeug von sich geben.« Sie sieht Eric, Val und Grace hinterher. »Das größte Problem sind nicht mal andere Teenager.«

»Was?«, frage ich.

»Manche Erwachsene haben mir schlimmere Dinge an den Kopf geworfen. Wie, dass ich *fette Kuh* doch bitte aus dem Weg gehen und woanders meine *Fresssucht* ausleben soll. Ich kam gerade aus dem Krankenhaus, nach dem vorletzten Chemozyklus, letztes Jahr. Ich war sechzehn, und mein Gesicht war aufgedunsen vom Kortison. Ich hatte zehn Kilo zugenommen von den Medikamenten. Vom Überleben. Und dieser Mann hat mir das an den Kopf geknallt, weil ich ein paar Sekunden zu lange am Gemüsestand stand, um zu Atem zu kommen.«

»Das ist schrecklich, Lou.«

»Ich wünschte, die Menschen würden für eine Sekunde über das nachdenken, was sie von sich geben. Sich *eine Sekunde* in den anderen einfühlen. Sorry«, fügt sie an und kneift die Lippen zusammen, weil sie anfangen zu beben. »Das Thema ist meine Achillesferse. Ich wollte den Abend nicht versauen.«

»Tust du nicht«, sage ich. »Diese Leute könnten das, was du schaffst, bestimmt nicht mal für einen Tag durchziehen.«

Lou schüttelt kaum merklich den Kopf, und ich begreife, dass ich etwas Falsches gesagt habe. »Das ist ein Trugschluss. Jeder könnte es. Weil man keine Wahl hat. Nicht, wenn man leben *will.* Und holy shit, ich mag mein Leben echt doll.«

»Merkt man«, sage ich, und meine Stimme ist kratzig.

Lou lächelt zögerlich. »Euer Auftritt war übrigens echt schön. Ich kann's kaum erwarten, den Song komplett zu hören.«

»Danke«, sage ich. »Und zu deiner Story: Wir sollten aufhören, die Körper anderer zu kommentieren.«

»Say it louder for the people in the back«, wispert Lou. Ich blicke hinauf. Hinter der Tür im Obergeschoss regt sich nichts.

»Grace' Panikattacken werden schlimmer, oder?«, frage ich Lou ohne Umschweife, und sie tritt unwohl von einem Bein aufs andere.

»Kann sein.« Ihr Blick wird glasig. »Man sieht es ihr nicht an, aber es ist genauso beschissen, mit einer unsichtbaren Krankheit zu leben, wie mit einer sichtbaren. Manchmal sogar noch komplizierter.«

Diese Info macht mich unruhiger. Habe ich Grace zu viel zugemutet? Hätte ich öfter auf die Bremse treten müssen?

Während ich den Gedanken zu Ende bringe, schwingt die Tür auf. Eine sicher auf den Füßen stehende Grace erscheint am Treppenabsatz. Die Blässe um ihre Nase hat sich zurückgezogen, ein wenig Farbe ist auf ihre Wangen zurückgekehrt. Aber sie gibt sich zu viel Mühe. Ich erkenne auf Anhieb, dass sie erschöpft ist, dass es ihr *nicht* gut geht. Lou scheint es ebenso zu gehen. Ich habe sie Grace bisher nie so mit ihren Augen durchbohren sehen. Irgendwie … vorwurfsvoll. Auch Val und Eric, die hinter Grace aus dem Zimmer kommen, wirken bedrückt. Valerie sogar aufgebracht. Rote Flecken bedecken ihren Hals und ihr Dekolleté. Was geht hier vor sich?

»Alles okay?«, frage ich überflüssigerweise in die Runde.

»Klar«, sagt Grace. Sie kann das Zittern der Muskeln in ihren Armen kaum verbergen. Trotzdem schenkt sie mir ihr Strahlen. »Will!«, begrüßt sie meinen besten Kumpel, der hinter Lou und mir aufgetaucht ist und fünf Becher in seinen Händen balanciert.

»Hab ich was verpasst?«, fragt er argwöhnisch nach.

»Nur deine Lieblingsband«, meint Grace und deutet an uns vorbei.

Ein Song von blink-182 verklingt gerade, und Will zieht einen Schmollmund. »Och nö.«

Grace nimmt ihm die Becher ab und verteilt sie unter uns. Will macht sich davon, um sein Getränk zu holen, Grace folgt ihm, als wäre nichts geschehen.

Ich blicke in die Runde, von einem zum anderen. Niemand sieht mich an, die Augen sind angespannt auf Grace gerichtet. Betretenes Schweigen füllt den Raum wie ein Gewitter, das sich gleich mit voller Kraft entlädt. Valeries Becher gibt ein Knacken von sich, sie atmet tief durch, dann schüttelt sie ab, was sie bedrückt, und fragt, ob wir tanzen wollen. Lou zuckt mit den Schultern und folgt ihr langsam, Eric trabt seufzend hinter ihnen her.

Ich schließe mich an, während ich verkrampft versuche, das Rätsel zu lösen, dessen Frage ich nicht mal kenne.

Den Rest des Abends verhalten sich alle, als hätte es den Moment nicht gegeben. Die Erinnerung daran verschwimmt mehr und mehr, je lauter Grace lacht, je ausgelassener wir alle miteinander tanzen. Doch er war da. Ich habe ihn mit meinen eigenen Augen gesehen.

Später in der Nacht, als wir uns alle voneinander verabschieden, fängt Grace meinen Blick ein. Eine stumme Vereinbarung, dass unser Gespräch verschoben, nicht aufgehoben ist. Wie so oft fehlen mir die Worte. Wie immer eigentlich, weil ich in den letzten Jahren nicht gelernt habe, wie es ist, offen miteinander zu reden. Ich bin das Meilenweit-aneinander-Vorbei gewohnt.

Eric, Will, Grace, Lou und ich nehmen Delia mit, um sie nach Hause zu begleiten. Die sternenklare Nacht beflügelt unsere Stimmung. Nach Delia verabschiedet sich Will, wobei er mich lange vor seiner Haustür umarmt. Stolz glänzt in seinen Augen. Grace ist die Nächste. Es ist das erste Mal, dass ich vor ihrem

Haus stehe. Sogar in der Dunkelheit erkenne ich, dass es blau ist. Wir umarmen uns, kurz, aber intensiv, und ich wünsche mir nichts mehr, als dass der Moment andauern könnte. Für immer.

Mit Eric und Lou spaziere ich in meine Straße. Schweigend.

Sie werden mir nichts erzählen, wenn Grace es nicht will. Sie muss es tun.

Die beiden drücken mich vor meiner Haustür an sich, und Lou öffnet den Mund nach unserem Abschied, als wollte sie noch etwas hinzufügen. Dann entscheidet sie sich anders, und ich erreiche mein Zimmer leicht und schwer zugleich. Glücklich und nachdenklich. Zerrissen und zusammengesetzt.

Es ist so viel mehr, als ich in den letzten drei Jahren gefühlt habe.

Und nur das Kribbeln in meinen Fingerspitzen von Grace' Berührung und die Nachrichten in der WhatsApp-Gruppe zu unserem Auftritt erinnern mich daran, dass dieser Abend kein Traum war.

KAPITEL 15

The Camera Turns

CALLUM

Am nächsten Morgen schalte ich direkt nach dem Aufwachen Spotify an und erstelle eine Playlist, passend zu meiner Stimmung. Ich nehme das Handy mit ins Bad und singe unter der Dusche lauthals *Mr. Brightside* von den Killers mit und spüle all meine Ängste und Sorgen fort. Ich muss die ganze Zeit an den letzten Abend denken. An unseren Song. Und daran, wie Grace in dem Zimmer verschwunden ist.

Danach hatte ich keine Gelegenheit mehr, Grace meine Idee für den Refrain zu zeigen, geschweige denn mit ihr zu sprechen über das, was *fast* nach unserem Auftritt passiert wäre. Das will ich heute nachholen.

Ich nutze den Samstagmorgen, um die Notizen zum Song auf meinem Schreibtisch zu sortieren, schlüpfe in ein altes, zu weites T-Shirt und zocke zwischendurch im Solo-Modus eine Runde *Fortnite,* um wieder in Form zu kommen.

Am späten Nachmittag beschließe ich, dass es Zeit fürs Abendbrot wird, und nehme auf der Treppe drei Stufen auf einmal. Ich freue mich regelrecht auf ein ausgiebiges Dinner allein.

Ein leises Knarzen lässt mich innehalten. Im Flur neben der Garderobe steht eine schwarze Aktentasche neben einem Paar

Lackschuhen. Der Duft von frisch gebrühtem Tee liegt in der Luft.

Dad ist zu Hause. Er ist nie Samstagnachmittag zu Hause.

Wie auf Eierschalen laufe ich durch den Flur und spähe um die Ecke ins Wohnzimmer. Dad sitzt am Ende des langen Esstisches und rührt in seinem Tee, ohne aufzublicken. »Komm rein«, sagt er. Das ist seine Begrüßung für mich, nachdem wir uns mehrere Tage nicht gesehen haben.

Ich drücke die Wirbelsäule durch, bemühe mich, unter der Strenge seiner Stimme nicht einzuknicken. Die Temperatur im Wohnzimmer hat sich abgekühlt.

Angespannt schiebe ich mir den Stuhl zurecht und sinke in Slow Motion darauf. Dads Haare und sein Bart sind gepflegt wie immer, er trägt Anzug und Krawatte. Sekunden vergehen, in denen mein Vater nichts sagt. Dann schiebt er die Tasse zur Seite und hält mir sein Smartphone hin.

»Erklär mir das«, sagt er, und es ist keine Bitte, sondern eine Forderung. Uns trennen vier Stühle voneinander, doch noch bevor sein Daumen den Play-Button betätigt, weiß ich, was auf seinem Display aufflackert. Was gleich ertönen wird.

Ich höre meine und Grace' Stimme. Singen. Auf einer Party, vor Publikum. Auf Dads Stirn tritt eine Ader hervor. Der Muskel an seinem Kiefer zuckt.

»Es ist bei TikTok«, sagt er kalt. »Und bei Instagram. Meine Kollegin war ganz *begeistert* von dir. Ihre Tochter hat ihr das Video gezeigt.« Er fährt sich über die Mundwinkel. »Und ich habe online deine letzte Note gesehen. Ein C, Callum? C? In Wirtschaft?«

»Das war ein Ausrutscher. Eine schlechte Note gegen …« *Ein paar unvergessliche Stunden mit Grace und meinem besten Freund. Minuten, die mich glücklich gemacht haben.*

Mein Mund ist staubtrocken. Mein Körper in aufrechter Haltung erstarrt. Meine Hände verkrampfen sich ineinander, weil ich irgendetwas brauche, woran ich mich festhalten kann. Und sei es nur an mir selbst.

»Ich glaube … ich glaube, es ist Zeit, dass wir reden«, bringe ich erstickt hervor.

»Allerdings.« Er stoppt die Wiedergabe und pfeffert das Smartphone auf den Tisch. Er könnte mich nicht kälter anschauen.

»Ich hab das Musikprojekt abgekriegt.«

Dad schnaubt, reibt sich über den makellos gestutzten Dreitagebart. »Weiter?«, fragt er nach einem Moment ungeduldig nach, als hätte ich schon zu viel seiner wertvollen Zeit verschwendet.

»Mit Grace McInytre«, fahre ich fort. Dad sieht mich überrascht an. Er mochte Grace. Natürlich. Jeder mochte sie. Mum und er haben jedes Mal mit ihr und ihren Eltern geredet, wenn sie mich von der Schule abgeholt haben. Der einzige Fehler an Grace war, dass sie die Musik noch liebte, nachdem meine Mutter fort war. Alles, was mit ihr zu tun hatte, wurde verteufelt. Die Musik – und die, die ihr verfallen waren. »Wir haben die letzten Wochen fast jeden Tag miteinander verbracht.«

»Schön. Freut mich, dass ihr euch offensichtlich«, seine Oberlippe zuckt, während er aufs Handy deutet, »vertragen habt.«

»Wir müssen zusammen einen Song schreiben.« Ich rede unbeirrt weiter, aus Angst, den Mut zu verlieren. »Das ist unsere Aufgabe. Es ist wichtig für meine Note.«

Erneutes Schnauben. »Ja, aber es bringt nichts, dort eine Bestnote abzuliefern, wenn du die anderen Fächer vernachlässigst und solche Noten mitbringst.«

»Es tut mir leid«, sage ich, und in meinen Augen beginnt es zu brennen. »Dass ich dich enttäuscht habe. Aber …« Ich mache eine Pause.

»Aber?« Dads Unterton ist schneidend. Scharf. Wachsam.

»Ich mag Musik, Dad. Ich habe nie aufgehört, sie zu mögen. Das … ist mir bewusst geworden. Ich habe nur nicht gemocht, was Mum aus ihr gemacht hat.«

Dad sieht mich an, als hätte ich ihn geohrfeigt. Er sieht mich an, als wäre ich eine Enttäuschung. Als würde ich alles verraten, was er je für mich getan hat.

»Ich habe alles für deine Zukunft gegeben«, sagt er schließlich.

Ich sitze versteinert da. »Ja. Und trotzdem habe ich an dem Tag nicht nur meine Mutter verloren, sondern auch meinen Vater.«

»Schwachsinn«, brüllt Dad, so laut, dass ich zusammenzucke. »Du *hast* einen Vater.«

Ich schließe kurz die Augen.

»Nachdem deine Mutter abgehauen ist, um ihre tolle Karriere als Songwriterin zu verfolgen, war ich es, der da war.«

»Warst du das, Dad?« Die Worte verlassen meine Lippen, ohne dass ich eine Chance habe, über sie nachzudenken.

Dad zuckt zurück. Eine zweite Ohrfeige.

»Ich meine«, setze ich nach, um mich zu erklären, »wie oft sehen wir uns? Wie oft … reden wir miteinander?«

Der Stuhl kratzt über die Fliesen, so energisch springt Dad auf. Wie ein angeschossenes Tier schleicht er um seine Hälfte des Tisches herum. »Wage es nicht«, sagt er, den Zeigefinger erhoben. »Wage es nicht, mir vorzuwerfen, dass ich ein schlechter Vater war.« Sein Gesicht ist rot angelaufen. »Ich habe alles für dich gegeben. Du lebst in diesem gigantischen Haus. Ich habe die Kanzlei aufgebaut, gearbeitet *und* dich großgezogen. Ich habe dir die Privatschule gezahlt, dich gefördert, in deine Zukunft als Anwalt investiert.«

»Und dafür bin ich dankbar«, sage ich, und meine Stimme zittert vor zurückgehaltenen Emotionen. »Hör auf, mich als undankbar hinzustellen, nur weil ich mit dir über Dinge reden will, die schieflaufen.«

Mein Vater schnappt nach Luft. Ich nutze seine Sprachlosigkeit, um neu anzusetzen. »Ich war *immer* dankbar für die Sicherheit, die du mir geboten hast. Du hast dir den Arsch aufgerissen, ein guter Vater zu sein. Aber …«

»Aber? Ich bin gescheitert, oder was?« Jetzt bebt seine Stimme. Ich habe meinen Vater noch nie so außer Fassung erlebt.

»Nein«, sage ich abgeklärt. »Ich wünschte mir nur, wir hätten mehr Zeit zusammen. Wie früher.«

»Wie früher«, wiederholt Dad mechanisch. »Es wird nie wieder wie früher sein. Deine Mutter hat uns verraten, und das ist nicht rückgängig zu machen.« Er zeigt auf das Smartphone. »Und jetzt sehe ich, wie du dort am Klavier sitzt und wieder spielst und *singst.* Als hätte deine Mutter dich nicht genau dafür verlassen. Für die Musik. Sie wird nicht wiederkommen.«

Seine Sätze treffen mich so hart wie ein Tritt zwischen die Rippen, mein Inneres verkrampft vor Schmerz. »Denkst du, ich weiß das nicht?« Ich starre auf die Tischplatte. »Aber in den letzten Wochen …« Jetzt blinzle ich die ersten Tränen weg. »Ich verbinde Musik nicht mehr nur mit Mum, Dad. Sondern mit Grace. Mit meinen … Freunden. Mit *guten* Dingen, *guten* Erinnerungen. Mit *mir.*« Unbeholfen erhebe ich mich. »Ich bin hier, Dad. Ich werde nicht gehen.« Ohne nachzudenken, stelle ich die Frage, die mir schon lange auf der Seele brennt. »Wer bin ich denn für dich ohne die guten Noten?«

Einen Augenblick ringt mein Vater mit Worten. Doch dann schüttelt er die Frage mit einem Kopfschütteln ab und schlüpft wieder in die Rolle des Geschäftsmannes, den nichts erschüttern kann. »Du magst also Musik.«

»Ich habe nie aufgehört, sie zu mögen. Wie ich sagte.«

»Musik macht Menschen krank. Sie bringt Menschen dazu, ihre Familien zu verlassen.«

»Nein, Dad. Mum hat die Entscheidung allein getroffen, nicht die Musik. Mich hat die Musik mit Grace zusammengebracht, und … sie heilt mich. Irgendwie.«

»Gott.« Sein Blick lässt mich um mehrere Zentimeter schrumpfen. »Ich dachte, es wäre nur eine Phase. Ich hatte immer Angst, dass du so wirst wie sie.«

Ein neuer Stich. Eine neue tiefe Wunde, deren Blutung ich nicht stillen kann. Jedes Mal, wenn ich meinem Vater gegenüberstehe, komme ich mir klein vor. Ich scheine nur in seiner Gegenwart, wenn ich seine Erwartung erfülle. Aber was, wenn ich das nicht mehr kann?

»Und jetzt? Willst du Musiker statt Anwalt werden?«, fragt Dad mit unüberhörbarem Spott. Als ich ihm nicht direkt widerspreche, lacht er hysterisch auf. »Gott, Callum. Sag mir, dass das nicht dein verdammter Ernst ist.«

»Ich bin *fucking* sechzehn, Dad.« Jetzt brülle ich. »Muss ich wirklich schon wissen, was ich machen will?«

»Ja«, entgegnet Dad. »Und du bist fast siebzehn. Da sollte man *genau* wissen, was man mit seinem Leben anfangen will.«

Ich kriege keinen Ton heraus.

»Ich dachte, Jura zu studieren wäre dein Traum«, raunt Dad, diesmal leiser.

»Vielleicht ist es das«, sage ich und hebe die Arme. »Vielleicht die Musik. Vielleicht was ganz anderes. Keine Ahnung. Lass es mich herausfinden.«

Dad steht da, und auf einmal ist es still um uns. Der Sturm ist abgeflaut, das Gewitter verflogen. Was bleibt, ist die Kälte, die nachwirkt, die Trümmer, die zwischen uns liegen.

Es zählt, was du aus den Trümmern machst, höre ich Grace

in meinem Kopf sagen – und wage einen letzten Versuch. »Ich verstehe dich, Dad. Habe ich immer. Ich kapiere, dass du mich kaum ansehen kannst, weil ich dich an sie erinnere.« Ich schlucke mehrfach, brauche zwei Anläufe, um weiterzureden. »Aber, scheiße, es ist mein Leben. Ich will es leben, nicht nur perfekt sein. Ich will … glücklich sein.«

»Niemand ist heutzutage glücklich, Junge«, bringt Dad hervor. Und das ist vielleicht das Ehrlichste, was er seit Jahren gesagt hat. Es ist, was er fühlt.

»Ich kann es versuchen.« Mein schlechtes Gewissen klammert sich an mir fest, aber ich muss es tun. Ich muss mich befreien. Auch wenn es wehtut. »Ich will es versuchen.«

Dad steht unbeweglich da. Sekunden verstreichen. Dann entfährt ihm ein zynischer, langer Atemzug, der wie ein Lachen klingt, aber keines ist. »Dann tu das. Aber ohne mich. Rechne nicht mit meiner Hilfe wegen deines Studiums. Du schaffst es ja sicher auch ohne mich. Ich werde dir nicht dabei helfen, dein Leben wegzuwerfen. Ich bin raus.«

Ich schließe die Augen, senke den Kopf, streiche mit dem Daumen über meinen Unterarm. Es tut weh. So verflucht weh. Dad steht dort, vor dem Kamin, die Schultern herabgesunken. Vertraut und fremd zugleich.

Und ich weiß, ich muss jetzt gehen, um zu jemandem zu flüchten, der mich sieht. Sonst löse ich mich auf. Ich muss gehen. Für mich. Für uns. Damit nach diesem Gespräch noch ein Rest Vater-Sohn-Beziehung bestehen bleibt, aus dem wir etwas machen können, wenn die Zeit die offenen Wunden geschlossen hat.

Auf dem Absatz mache ich kehrt und stürme in mein Zimmer, suche in Lichtgeschwindigkeit Klamotten aus dem Schrank zusammen und stopfe sie mit Handyladekabel und Kopfhörern in den Rucksack.

Dieses Gespräch hätte alles ändern können. Warum hat es das nicht? Was habe ich falsch gemacht? Warum habe ich es kaputt gemacht?

Heftig wische ich mir über die Augen, setze den Rucksack auf und sinke kurz auf den Schreibtischstuhl, um auf meinem Handy eine Nummer zu wählen. Will geht nicht ran. Stattdessen bekomme ich eine automatische Nachricht:

Hey, Leute, es ist Oma-Opa-Wochenende. Ihr wisst, was das bedeutet – handyfreie Zeit und so. Aber zum Glück nur vierundzwanzig Stunden. Dann habt ihr mich wieder.

Natürlich. Will ist bei seinen Großeltern in den Cotswolds. Fluchend sinke ich nach vorn. Mir fällt nur eine andere Person ein, die ich anrufen will.

Noch mal tippe ich auf einen Kontakt.

Nach dem dritten Klingeln ertönt ein Klicken.

»Callum?«, fragt Grace. Sie klingt, als hätte ich sie gerade aus dem Schlaf gerissen.

Keine Ahnung, was an meinem Schweigen Grace alarmiert, aber innerhalb einer Millisekunde ist sie hellwach.

»Was ist los? Was ist passiert?«

»Dad«, ist das Einzige, was ich herausbringe. »TikTok-Video von uns. Gestern. Muss hier weg. Kann ich … Kann ich vorbeikommen? Ich weiß nicht, wo ich hin soll.«

Es dauert lange, bis Grace antwortet. So lange, dass ich schon denke, die Leitung ist tot. »Okay. Komm rüber. Aber sag ihm vorher Bescheid. Versprochen?«

»Ja.«

»Gut. Bis gleich.« Sie legt auf.

Ich stopfe das Handy zu den anderen Sachen in den Rucksack und laufe runter in den Flur, wo ich ohne Umschweife in Jacke, Schal, Schuhe und Mütze schlüpfe. An der Schwelle zum Wohnzimmer bleibe ich noch mal stehen.

»Ich bin erst mal bei Grace«, sage ich. Dad kehrt mir den Rücken zu. Er schweigt, hebt die Tasse an den Mund, aber ich gehe davon aus, dass er mich gehört hat.

Scham überschwemmt mich. Gefolgt von Schuld. Und dem Gefühl, trotz allem das Richtige zu tun.

»Bis dann, Dad«, raune ich, ohne seine Antwort abzuwarten, und verlasse das Haus, Richtung St. George Street.

Richtung Grace. Dorthin, wo zusammenläuft, wer ich bin und wer ich sein will.

KAPITEL 16

Healing Hurts

CALLUM

Hier stehe ich, vor Grace' hellblauem Haus, und habe das Gefühl, auf den Treppenstufen zu verbluten. Als Grace mir die Tür öffnet, in ihrem ausgewaschenen, viel zu langen Shirt, der Strumpfhose und den Kuschelsocken, vibriert mein Brustkorb, so sehr unterdrücke ich ein Schluchzen.

Sie legt mir behutsam die Hände auf die Schultern, und mein Adamsapfel hüpft. Dann schaut sie zu mir auf, mustert jeden Zentimeter meines Gesichts, und der Druck hinter meinen Augen ist kaum mehr auszuhalten.

»Es ist okay, Callum«, haucht Grace. Ihre Hand wandert zu meiner Wange, wo sie liegen bleibt. »Es ist okay, du darfst deine Gefühle zeigen.«

Das ist der Satz, der dafür sorgt, dass ich nicht mehr an mich halten kann. Erst kullert eine Träne über meine Wange, dann kommen weitere nach.

»Ich hab gehört, dass eine vier Minuten lange Umarmung Glückshormone ausschütten soll«, flüstert sie.

»Vier Minuten?«, frage ich schniefend.

»Ja, ein bisschen lang, oder?«

»Ehrlich, was sollen deine Eltern denken?«

Grace' Grübchen erscheint auf ihrer Wange. »Wir könnten auch mit einer Minute starten?«, flüstert sie und hebt verschwörerisch die Augenbrauen.

»Deal«, sage ich, und Grace überbrückt die letzte Distanz zwischen uns, legt die Arme um meinen Hals und zieht mich an sich. Obwohl sie einen Kopf kleiner ist als ich, wirkt ihr Körper wie ein Schutzschild, so fest umarmt sie mich. Nein, sie *hält* mich.

»Schhhh«, macht sie und drückt noch fester, streicht über meinen Hinterkopf. Bis meine Tränen geweint sind und mein Brustkorb sich leichter anfühlt.

»Fuck, ich hab noch nie so geheult«, raune ich und löse mich etwas aus unserer Umarmung, um mich beschämt beiseitezudrehen und die Tränen wegzuwischen.

Doch Grace übernimmt das für mich. Ihre Pulloverärmel streichen so zärtlich über mein Gesicht, dass ich erschaudere. Wir sehen uns an, und in diesem einen Blick liegt mehr schmerzhaftes Verständnis, als ich mir je gewünscht habe.

»Komm rein«, sagt Grace und lässt mich los, woraufhin mein Körper sofort protestiert. Er sehnt sich jetzt schon nach ihrer Berührung.

Ich folge Grace ins Haus und entledige mich meiner Schuhe und der Jacke. Überall im Flur und an der Garderobe hängen Lichterketten und Polaroidfotos. Grace mit ihren Eltern, Grace im Theater, Grace mit Valerie und Eric. Ein paar Bilder mit Lou. Ab und zu gibt es Lücken an den Leinen, aber ich denke mir nichts weiter dabei. Auf der Kommode steht ein Tannenzapfenkranz, umringt von künstlichen Teelichtern. Es riecht nach Holz, Schokolade und süßem Gebäck.

Aus dem offenen Türrahmen, der wohl in die Küche und ins Wohnzimmer führt, tritt ein Mann mit dunklen Haaren, das an den Schläfen ergraut.

»Ah, der junge Mann mit dem fetzigen Gitarrensolo.« Grace' Dad hat ein genauso ansteckendes Lächeln wie seine Tochter. Er begegnet ihrem mahnenden Blick und räuspert sich. »David, falls du es vergessen hast«, stellt er sich vor, schüttelt meine Hand und klopft mir freundschaftlich auf den Rücken. »Wärm dich erst mal auf, es ist verflucht kalt da draußen.«

Er begleitet mich in das Wohnzimmer, an das die Küche mit einer Durchreiche grenzt. Auch hier setzen sich die Lichterketten und die Weihnachtsdeko fort. In jeder Ecke stehen Kerzen, Pflanzen und hängen kurze und lange Leinen für Fotos. »Es ist sicher kleiner und enger, als du gewohnt bist«, sagt Grace neben mir.

»Es ist schön«, sage ich. Aus der Küche kommt mir Liz, Grace' Mum, entgegen. Sie trägt eine Backschürze und hat ihre blonden Haare zu einem Zopf geflochten.

»Hi, Callum«, begrüßt sie mich und legt einen Arm um mich, wie um abzuwarten, ob ich der Umarmung zustimme, was ich tue. »Himmel, bist du gewachsen.« Sie streicht mir fürsorglich eine Strähne zurück, und mein Schlucken wird vom Kloß in meiner Kehle blockiert.

»Er ist auch sechzehn und keine dreizehn mehr, Mum.« Grace hat sich neben ihren Vater an die Wand bei der Durchreiche gelehnt und beobachtet schmunzelnd die Szene.

»Oh, also heute kein Instrumentenduell am Klavier mit euch? Da kann Gracie wenigstens keine Saite um die Ohren fliegen.«

»Dad!« Grace haut ihrem Vater schwach gegen den Bauch, er krümmt sich gespielt vor Schmerz, wobei er lachen muss.

»Hey, null problemo, Callum. Ich könnte ein paar peinliche Geschichten über Gracie auspacken. Ich bin sicher, danach ist der Auftritt beim Weihnachtskonzert für immer vergessen.«

»Da-ad!« Grace' nächster Angriff schlägt fehl. Ihr Dad weicht ihr gekonnt aus, nur um sie sogleich in eine feste Umarmung zu ziehen, der sie nicht entfliehen kann.

»Daff iff unfair«, höre ich von seinem Brustkorb, kurz darauf kommt Grace verstrubbelt wieder zum Vorschein. »Ich muss wirklich wieder fitter werden«, sagt sie.

Ich lächle verhalten, komme mir vor wie ein Außerirdischer auf einem fremden Planeten, der sich erst an die Gebräuche gewöhnen muss. Grace hat wundervolle Eltern, die sie lieben, *wie* sie ist. Das versetzt mir einen Stich.

»Ihr zwei wollt sicher hochgehen«, sagt Grace' Mum mit einem Seitenblick auf mich. »Ich habe heiße Schokolade gekocht und, oh, ein paar kleine Pies vorbereitet. Magst du Steak- und Ale-Pies, Callum? Und Pilz-Pies mit Käse?«

Wie auf Kommando greift David durch die Durchreiche und präsentiert wie ein Kellner das Tablett mit den Leckereien. Ich bin von ihrer Herzlichkeit so überwältigt, dass ich keine Ahnung habe, was ich sagen soll.

»Danke«, ist das Erste, was mir einfällt. Ich nehme David das Tablett ab.

»Jederzeit gern«, sagt Liz.

»Wir gehen dann mal«, verkündet Grace und bedeutet mir mit einem Kopfnicken, ihr zu folgen. Ich bedanke mich noch mal bei ihren Eltern und gehe ihr hinterher.

Auf dem Weg nach oben huscht Grace schnell in ihr Zimmer, um eine Strickjacke, zwei Schals und kuschelige Decken zu holen. Zu meiner Überraschung betreten wir nicht ihren Raum, sondern steigen eine schmale Leiter hinauf, wobei ich mir Mühe geben muss, das Tablett gerade zu halten.

Oben angekommen, vergesse ich für einen Augenblick zu atmen. Das Haus gehört zu den beiden einzigen in der Straße mit einer Dachterrasse. Sie ist klein, aber genau das macht ihren Charme aus. Efeuranken hängen außen am Geländer, in der hintersten Ecke stehen Blumenkästen. Darum verteilt die gepolsterten Sitzbänke, in deren Mitte ein flacher Tisch aus Holzpaletten steht. Ein kleiner Heizstrahler sondert Wärme ab, sodass wir, trotz der frischen Meeresluft, mit den zwei Decken ausreichend versorgt sind. Natürlich sind auch hier überall Lichterketten. Alles in diesem Haus fühlt sich wie eine lange Umarmung an.

Wir sinken nebeneinander auf die Polster. Grace zieht sich ihre Strickjacke über, winkelt die Beine an und umwickelt sie mit der weichen Decke. Ich stelle das Tablett mit den Pies auf dem Sofatisch ab, lege den Kopf in den Nacken und betrachte den klaren Sternenhimmel. Lange habe ich keinen so wunderschönen Nachthimmel mehr gesehen.

»Ich verstehe, warum es dein Lieblingsplatz ist«, sage ich. »Meerblick, Lichterketten, der Sternenhimmel …«

»Genau mein Ding«, sagt Grace. Ihr Handydisplay blinkt in ihrer Jeanstasche auf, im Sekundentakt. Ich wette, dass Val, Eric und Lou sie abwechselnd mit Nachrichten bombardieren. Über unseren Köpfen knistert der Heizstrahler.

Und je länger wir schweigen, desto weniger kann ich die Bilder von Dads enttäuschter Miene abschütteln.

»Was hat dein Dad gesagt, Callum?«, fragt Grace. Sie ist ganz ernst. Abermals vernebeln die Gefühle, die nach oben schwemmen, meine Sicht. Also beginne ich zu erzählen. Von dem friedvollen Morgen, der Songschreiberei – an dieser Stelle weiten sich Grace' Augen vor Erstaunen – und dem jähen Ende der Stille mit Dads Anwesenheit. Ich lasse kein Detail des Gespräches aus, rede, bis mein Körper sich nicht mehr schmerzhaft zusammenzieht, sondern einsieht, dass ich endlich für mich eingestanden bin. Auch wenn es hart war.

»Er hasst mich«, beende ich meine Ausführung. »Ich bin die größte Enttäuschung für ihn.«

»Das denke ich nicht.« Grace trinkt einen Schluck Kakao. »Ihr habt einfach zu lange nicht über eure Gefühle gesprochen. Das ist das Problem. Wenn man aufhört, zu verdrängen, muss man sich mit seinem Schmerz auseinandersetzen. Es ist zu viel auf einmal.«

»Ja.« Ich nicke, seufze, lasse die Aussicht auf die von Laternen beleuchtete Promenade und den schwarzen Ozean auf mich wirken, bis ich wieder nach oben zu den Sternen schaue. »Shit, ich war echt wütend.«

»Und ich bin echt stolz auf dich, Callum«, sagt Grace. »Ernsthaft, es war mutig, das zu tun. Der erste Schritt ist der schwerste.«

»Nah«, mache ich. »Seit Mum weg ist, haben wir irgendwie … keine Ahnung, vergessen, Vater und Sohn zu sein? Es geht immer nur um die Leistungen, die ich bringen *muss.* Vorher waren wir … na ja. Eine Familie. Dad war mein Held.« Ich mache eine Pause. »Er war ganz anders. Happy, entspannt. Oft haben Dad und ich Mum zusammen beim Spielen und Singen zugesehen, oder er uns. Wir haben ständig im Garten getobt und das alte Baumhaus gebaut. Wir haben rumgealbert und viel miteinander geredet. Ich habe Dad so gut wie alles anvertraut, er war mein … bester Freund. Seiner Meinung nach hat die Musik uns verraten und uns das alles genommen. Dabei war es Mum.« Ich seufze. »Ich schätze, nachdem Mum gegangen ist, habe ich versucht, diese Lücke zu füllen.« Mit der Hand wische ich mir über das erhitzte Gesicht. »Gott, ich hatte die ganzen Jahre diesen Drang, der Beste zu sein, um …« Ich bringe es nicht über mich, den Satz zu beenden.

»Genug zu sein«, vollendet Grace.

»Ja. Fuck, ja, ich wollte nur genug sein.« Ich balle die Hände zu Fäusten, bis meine Knöchel knacken. »Und ich war ein Arschloch. Weil ich etwas versucht habe, das unmöglich ist.« Endlich kann ich es aussprechen. »Meinen Vater glücklich zu machen.«

Die Worte verfliegen mit dem nächsten Windzug und werden davongetragen, weit weg von mir. »Du bist genug, Callum«, sagt sie, und ihre Augen lächeln mit, trotz der Ernsthaftigkeit in ihrem Blick. »Und ich habe dich eh nie als das Riesenarschloch gesehen.«

»Nie?«

»Sagen wir, zu neunzig Prozent der Zeit hatte ich Hoffnung.«

Wir prusten beide los, dann treffen sich unsere Blicke, und mein Herz schlägt schneller. »Wie geht es dir?«, frage ich und neige mich ein Stück vor, bis mein kleiner Finger neben Grace' kleinem Finger auf der Decke liegt. Ein winziger Beinahe-Kontakt, der sich wie Fliegen anfühlt.

Grace' Kopf senkt sich. Plötzlich strahlt sie wieder diese Zerrissenheit aus.

»War es gestern zu viel? War ich schuld an der Panikattacke?«

»Nein, du bist nicht schuld, Callum.« Grace' Stimme wackelt. Sie krallt die Finger in die Decke. »Sondern ich.«

Ich verstehe keine Silbe. Grace atmet tief durch und sieht mich an. »Ich muss dir etwas sagen. Etwas Wichtiges. Du hast mit mir geredet, und ich will jetzt mir dir reden.«

»O…kay«, sage ich lang gezogen, verwirrt und ein wenig ängstlich in Erwartung dessen, was auf mich zukommt.

»Es wird schwer sein, aber bitte hör mir bis zum Ende zu.«

Ich nicke.

»Du weißt, dass Lou Leukämie hat.«

»Ja.« Worauf will sie hinaus?

Drei Atemzüge dauert es, bis Grace in der Lage ist, weiterzusprechen. »Ich habe sie auf der Krebsstation kennengelernt.«

Ich versuche, die Information zu verarbeiten.

»Ich habe Krebs, Callum. Das Non-Hodgkin-Lymphom. Lymphdrüsenkrebs. Sie haben es vor drei Jahren entdeckt.«

KAPITEL 17

The Black and White

CALLUM

Einen Moment lang ist da nur Schweigen. Mein Körper ist erstarrt, während in mir ein Sturm an Gedanken und Erinnerungsfetzen wütet. Alles steht Kopf, fliegt durcheinander.

Grace hat Krebs.

Grace kann keinen Krebs haben. Sie *ist* das Leben. Glück. Lachen. Begeisterung. Mut. Grace *kann* nicht krank sein. Sie sieht nicht krank aus. Sie hat noch ihre Haare. Sie … sie ist doch fit. Sie geht zur Schule, sie albert mit uns allen herum, sie schreibt gerade einen kompletten Song, sie lächelt fast immer … Wie kann das sein? Wie habe ich es nicht bemerken können?

Bilder flackern vor mir auf. Wie müde Grace ist. Ihre blasse Haut. Wie sie im Zug einschläft. Wie schnell ihr Lächeln in sich zusammenfällt, sobald sie sicher ist, dass niemand mehr hinsieht. Ihre Atemlosigkeit, wenn wir unterwegs waren. O mein Gott.

Grace hat Krebs.

Der Schleier vor meinen Augen fällt. Grace hat mir nie erzählt, wo oder wie sie Lou kennengelernt hat. Nur, dass sie Lou seit drei Jahren kennt. In meinem Hirn rattert es weiter.

»Deshalb habe ich dich in der St. Doyle nicht mehr gesehen«, raune ich. »Deshalb sind deine Haare kurz. Deshalb …«

»Deshalb trage ich nur lange Klamotten. Sie verdecken die Narben. Deshalb lebe ich jeden Tag, als wäre er mein letzter. Deshalb bin ich ständig müde. Erschöpft. Man nennt es Fatigue. Das Erschöpfungssyndrom.« Eine Träne löst sich aus Grace' Augenwinkel. »Deshalb habe ich eine Angststörung. Die Panikattacken.« Sie betrachtet ihre und meine Hand, die direkt neben ihrer liegt.

»Warum hast du nichts gesagt?«, frage ich, obwohl mir noch tausend andere Fragen durch den Kopf schwirren.

Grace hebt den Blick, und ich kenne die Antwort, lange bevor sie es mir sagt. »Ich wollte mit offenen Karten spielen, von Anfang an. Beim ersten Projekttag habe ich mir vorgenommen, egal, wen ich als Partner kriege, die Karten auf den Tisch zu legen. Weil es vieles einfacher gemacht hätte.«

»Und dann habe ich den Spruch mit Timothys Dad gebracht.«

»Dann hast du den Spruch mit Timothys Dad gebracht«, bestätigt sie mir.

Ich streiche mir durch die Haare und lasse die Hände im Nacken liegen. »Du hast mir nicht vertraut.«

»Nein.«

Es versetzt mir einen Stich, aber ich kann es Grace nicht verübeln. Ich fahre mir über die Stirn, bis ich das Gesicht kurz hinter den Händen vergrabe. »Gott, Grace …« Ich stehe auf, stoße einen unterdrückten Fluch aus, je mehr ich *verstehe*. Der Schock sitzt tief. *Lou und Grace haben diese besondere Verbindung, weil sie beide Krebs haben. Grace lebt im Heute, weil sie vielleicht kein Morgen hat.*

»Ich hatte elf Chemozyklen, kurz nach meinem dreizehnten Geburtstag«, erzählt Grace weiter. »An Tag zwölf sind meine Haare ausgefallen, also habe ich mich entschieden, sie abzurasieren. Sie sind nachgewachsen.«

Ich schaue automatisch auf ihre kurzen Haare.

»Die letzte Chemo ist noch nicht so lange her. Ein paar Monate. Eine Metastase hat sich in meiner Lunge gebildet, sie konnten operieren, eine Chemo anhängen … sie ist weg, zum Glück. Ich dachte, ich müsste nie wieder Chemo machen. Meine Haare sind erneut nachgewachsen. Die Prognose war gut. Wir hatten Hoffnung. Realistische Hoffnung.«

Ich ahne, dass sie mir gleich etwas sagen wird, was mich noch mehr erschüttert.

»Gott, es ist so schwierig zu erklären, Callum.« Grace schlägt die Hände vors Gesicht, und ich gehe zu ihr, lege meine Hand auf ihr Knie, lasse sie schluchzen, bis sie so weit ist, um weiterzureden. »Wir dachten, alles wäre überstanden. Dann haben sie, ein paar Wochen bevor das Schulprojekt losging, im Kontroll-MRT die Metastase im Brustkorb entdeckt. Sie … sie ist an einer beschissenen Stelle.« Grace drückt mit ihrem Zeigefinger zwischen ihre Brüste. »Genau hier. An der Aorta. An der Hauptschlagader, direkt am Herzen.«

»Am Herzen?«

»Deshalb können sie nicht operieren.« Grace sieht so traurig aus, wie ich sie noch nie gesehen habe. Und trotzdem schenkt sie mir ein tapferes Lächeln. »Sie wollen vielleicht noch mal eine Chemo versuchen. Vielleicht auch nicht. Es steht gerade auf der Kippe.« Sie wischt sich mit den langen Ärmeln der Strickjacke über die Nase. »Die Metastase an sich ist nicht das größte Problem, sondern ihre Lage. Wenn sie in die Hauptschlagader wächst … die Krebszellen das Herz erreichen …« Grace bricht wimmernd ab. Ich umschließe ihr Knie fester, streiche mit meinem Daumen darüber. »Meine Ärzte besprechen sich derzeit mit anderen Kliniken über meine weitere Behandlung. Auch, weil ich noch Hashimoto habe. Eine Autoimmunerkrankung. Sie macht mir das Leben manchmal mehr zur Hölle als der

Krebs. Ich bin ein ziemlicher Sonderfall.« Zwischen ihrem Wimmern stößt Grace ein Lachen aus, das so todtraurig, verzweifelt und selbstironisch ist, dass auch mir Tränen in die Augen schießen.

»Das warst du doch schon immer«, sage ich mit belegten Stimmbändern, und sie muss lachen. Je mehr ich Grace' Story sacken lasse, umso mehr Fragen habe ich. »Das Projekt. Deshalb ist dir der Song so wichtig.«

»Ja. Die Musik hat mich am Leben gehalten, Callum. Neben meiner Therapeutin und natürlich meiner Familie. Meinen Freunden.« Sie schnieft. »Dieser Song bedeutet mir alles«, haucht Grace. »Ich habe keine Ahnung, was auf mich zukommt. Ich habe ewig keine Kraft gehabt, um zu schreiben, ich habe mich *so lange* gefreut, wieder zur Schule gehen zu können und das Projekt zu machen … kaum jemand weiß von meiner Diagnose.«

»Weiß Will es?«

»Nein. Val hat dichtgehalten. Sie wollte, dass ich es dir zuerst sage.«

»War sie deshalb wütend auf dich? Auf der Party?« Ich spüre, wie mein Herz rast. »War es überhaupt eine Panikattacke, oder hat Lou mich angelogen, um dein Geheimnis zu schützen?«

»Mir war schwindelig, mein Puls war viel zu schnell, mein Blutdruck im Keller. Ich dachte, ich kippe um. Val und Eric haben oben in ihrem Zimmer meine Werte genommen. Wir waren alle dreizehn bei meiner Diagnose. Und sie sind … sie sind so toll. So … stark. Sie sind auf einen Schlag mit mir erwachsen geworden. Sie haben Verantwortung übernommen. Sie haben sich zeigen lassen, wie sie meinen Blutdruck messen können. Alles. Sie sind so toll. Und trotzdem habe ich beschissene Angst, dass sie es irgendwann bereuen werden.« Grace unterbricht sich, wischt sich die Tränen fort. »Ich bin eine seelische Belastung für mein

Umfeld. Meine Eltern haben ihre Jobs aufgegeben, ihr Leben, das, was sie lieben, um für mich da zu sein. Sie sagen, dass sie es jederzeit wieder tun würden, aber ich habe Angst, dass sie tief im Inneren unglücklich sind. Ich habe Angst, dass Val und Eric manchmal Klausuren meinetwegen verhauen. Weil sie für mich da sind, zu viel Zeit mit mir verbringen, statt zu lernen. Alle opfern sich für mich auf.« Sie schüttelt den Kopf, strafft die Schultern, als wollte sie sich besinnen, und lächelt wieder schwach. »Am Anfang waren Val und Eric der gleichen Meinung wie ich. Dass ich dir nicht trauen kann. Aber dann, mit der Zeit ... Deshalb wollte ich, dass wir reden. Jetzt.«

»Was hat sich geändert?«, frage ich.

Grace sieht mir direkt in die Augen. »Wir.«

Ich presse meine bebenden Lippen zusammen, lasse sie los und stütze mich auf meine Knie. »Erinnerst du dich, als ich sagte, dass mein Leben verkorkst sei?«, frage ich sie, und Grace nickt. »Das Einzige, was in meinem Leben nicht verkorkst ist, bist du, Grace.«

Sie blickt mich an. Eine kleine Ewigkeit. Dann neigt sich ihr Kopf langsam nach links und rechts. »Tu das nicht, Callum.«

»Ich kann nicht aufhören, an dich zu denken. An unsere Jahre im Musikkurs. Ich war lange so verflucht wütend auf dich, weil du das weitermachen konntest, was du liebst, während ich ...« Ich schlucke. »Ich dachte immer, dass wir uns hassen müssen, aber du warst der Grund, warum ich den Musikkurs genossen habe. Du ... wir ...« Ich greife nach Grace' Händen.

»Seit wir wieder Zeit miteinander verbringen, kann ich nicht aufhören, an dich zu denken. Ich liebe es, mit dir zu reden, zu lachen, zu schweigen. Du bist der schönste Mensch, den ich kenne. Ich will mich von dir fernhalten und gleichzeitig in deiner fucking Nähe sein. Das macht mich wahnsinnig.« Ich gebe mir keine Mühe, die Tränen wegzuwischen, und Grace auch nicht.

»Ich bin eine Fehlfunktion, Callum«, sagt sie schluchzend. »Und trotzdem versuche ich zu funktionieren. Mit Krebs, mit einer Angststörung, mit Depressionen.«

»Ist mir egal.«

»Im schlimmsten Fall bin ich der Tod für jeden, der mich mag. Nicht körperlich, aber seelisch. Du hast keine Ahnung, wie hart es ist für die anderen, Callum.« Ihre Schultern beben, so sehr ringt Grace um Fassung. »Es ist schwer genug, es meinen Eltern anzutun oder Val und Eric. Aber dir …«

»Bei mir geht es nicht, oder wie?«

»Es war *nie geplant,* dass du mich magst. Dass du …« Sie schluckt, drückt ihre Finger zusammen. »Niemand sollte das ertragen müssen.«

Mit einem Ruck stehe ich auf, tigere über die Dachterrasse.

»Warum lässt du mich nicht für dich da sein?«

»Du hast eine Wahl. Du kannst … dich entscheiden für …«

»Dich.«

»Das sagst du jetzt.« Grace' Stimme wird hitziger, wie die Stimmung zwischen uns. Wir sind wieder Grace und Callum. Wasser und Feuer. Plus und Minus. »Du stehst unter Schock. Schlaf eine Nacht drüber, und morgen wird es ganz anders aussehen.«

Ich schnaube verächtlich, stehe da und vergrabe die Hände in den Haaren. Grace' Worte sind wie Tritte in meine Magengrube. »Du machst es dir einfach, Grace.«

»Nein. Sieh dir Social Media an. Die chronisch Kranken oder Krebsies, die Videos posten, um den Leuten ihren Alltag zu zeigen und aufzuklären. Und dann die Kommentare drunter. Es gibt immer Leute, die schreiben: Tja, kein Wunder, dass dein Partner dich verlassen hat. Oder, dass du Single bist. Ich kann dir

Storys von der Krebsstation erzählen, da kippst du um.« Grace wischt sich über die Augen. »Eltern, die nicht damit klarkommen, dass ihre Kinder todkrank sind. Geschwister oder Eltern, die sich abwenden. Von anderen Stationen und in der Selbsthilfegruppe bekommt man mit, wie die eigenen Kinder den Kontakt abbrechen. Es gibt so viele Frauen in der Klinik, teilweise schwanger mit Neudiagnose, die von ihren Männern verlassen werden. Es gibt Abgründe, in die willst du gar nicht schauen, Callum. Glaub mir.« Grace sackt ein Stück in sich zusammen, wendet den Blick ab. »Niemand will eine kranke Person als Freundin oder Freund. Als Partner. Alle wollen es einfach. Und wir sind sechzehn, Callum. Niemand würde es dir übel nehmen.« Sie starrt zu Boden. »Ich will dich nur nicht verletzen.«

»Ist das nicht auch meine Entscheidung?«

»Niemand kann das ertragen, Callum, warum kapierst du …«

»Fuck, es geht nicht ums Können, Grace!« Ich tippe auf meinen Brustkorb. »Ich *kann* auch ohne Mutter leben. Die Frage ist, ob ich es *will.* Und ich wollte es nie!« Entschlossen und behutsam zugleich gehe ich auf Grace zu. Ich gehe in die Knie, blicke zu ihr auf. Lege meine Hände in ihren Schoß. »Es geht darum, ob ich es ertragen *will,* ob ich von dir verletzt werden *will,* und ich *will* es. Weil du es bist.«

Grace weint so doll, dass ihre Hand automatisch meine wiederfindet, und ich drücke sie. »Was empfindest du?«, frage ich leise.

»Mir geht es so wie dir. Aber wir können das nicht tun, Callum. Eine Freundschaft mit mir ist schmerzhaft genug. Wenn ich mir vorstelle, dass ich das mit uns zulasse, wirklich zulasse, mehr als nur Freundschaft, und ich es nicht schaffe …« Grace legt die Arme um ihren Oberkörper, um sich zu halten. »Das könnte ich dir niemals antun. Eben weil ich dich so … mag.«

»Ist deine Angst stärker als deine Gefühle für mich?«

Sie denkt lange nach, doch letztendlich kann sie mir keine Antwort darauf geben. Ich umschlinge ihre Finger. »Was, wenn heute unser Morgen wäre?«

»Was?«

Mein Atem geht plötzlich ganz ruhig. »Du denkst die ganze Zeit darüber nach, dass es schiefgehen könnte. Was, wenn es funktioniert? Was, wenn wir das, was wir heute und die letzten Tage zusammen erlebt haben, immer wieder erleben könnten? Was, wenn das unser Morgen wäre? Unsere Zukunft?«

Grace lacht, während sie weint. »Das wäre schön.«

Ich setze mich wieder neben Grace. Sehe sie an und erkenne die Last, die sie jeden Tag trägt. Und trotzdem ist da immer auch ihr Lächeln. Ich spüre ihren Herzschlag. Das, was zwischen uns aufgebrochen ist und die letzte Distanz überwunden hat.

Während wir schweigen, lässt Grace ihre Stirn gegen meine Schulter sinken. So sitzen wir einfach nur da.

»Nur fürs Protokoll«, setzt Grace an. »Freunde, okay? Mehr kann ich gerade wirklich nicht zulassen. Es ist einfach ... zu ungewiss. Ich brauche Zeit, Callum. Bis wir mehr wissen.«

»Okay«, sage ich. »Damit kann ich leben. Wenn du damit leben kannst, dass sich meine Gefühle für dich nicht ändern.«

»Oh, Callum.« Grace vergräbt ihre Nase tiefer in meinem Pullover. »Du bist ein Dickkopf.«

»Das sagt die Richtige.«

Wir schauen ein paar Minuten lang aufs Meer, die Wellen. Die Weite. Ich versuche, zu verarbeiten, was sie mir erzählt hat. Wir sind einfach Grace und Callum, die auf der Dachterrasse in einem Lichtermeer nebeneinander auf den Polstern sitzen und genau wissen, was der andere fühlt. Es ist ein Trost und eine Qual zugleich.

»Können wir reingehen?«, fragt Grace. Mir ist jegliches Zeitgefühl abhandengekommen, weshalb ich nicke und ihr von der

Sitzbank aufhelfe. Grace schlingt die Decke um sich, ich werfe mir die andere über die Schulter und nehme das Tablett mit den Pies, die keiner von uns angerührt hat.

Grace führt mich in ihr Zimmer. Es ist der Spiegel ihrer Seele. Auf dem Boden vor ihrem Bett liegt eine Matratze mit Kissen, einer Decke und eine Schüssel mit Snacks. Angesichts der Mühe, die Liz und David sich für mich gegeben haben, habe ich einen Kloß im Hals.

Ich helfe Grace auf ihr Bett, lasse mich auf der Matratze nieder und stelle die Snackschüssel und das Tablett mit den Pies auf dem Bettrand ab. »Callum«, nuschelt sie, sobald sie unter ihre Decke gekrochen ist und sich darin eingerollt hat. »Mir fallen bestimmt gleich die Augen zu. Ich halte nicht lange durch heute, tut mir leid.«

»Kein Grund, dich zu entschuldigen.« Ich nehme die Fernbedienung für den Fernseher von Grace entgegen, der über der Kommode an der Wand hängt. Mit einem Seitenblick auf sie lehne ich mich zurück und schalte Netflix ein.

»Mach an, was immer du willst«, sagt Grace, schon mit geschlossenen Lidern. »Mann, ich hätte nicht gedacht, dass dieses Gespräch mit dir mich so aus den Latschen haut.«

»Weil ich so umwerfend bin?«, frage ich und bringe Grace damit zu einem müden Lächeln.

»Ich enthalte mich«, murmelt Grace und streckt ihren Arm aus, ohne ihn zu heben. »Und probier Mums Pies, die sind der Hammer.«

»Willst du gar nichts essen?«

Sie neigt ihren Kopf zur Seite. »Iss ruhig. Ich will nur schlafen.«

»Okay.« Eine Frage brennt mir noch auf der Zunge. »Grace?«

»Hm?«

»Hast du je darüber nachgedacht … aufzugeben?«

Ich vermute schon, dass sie eingeschlafen ist, so lange dauert die Antwort. »Ja«, sagt Grace schließlich. »Aufgeben ist so leicht. Ich … habe oft dran gedacht. Und es manchmal vielleicht auch getan.«

»Aber?«

»Aber ich liebe das Leben. Ich will *mehr* davon. Mehr Zeit. So viel, wie ich kriegen kann. Solange es Hoffnung gibt, lebe ich.«

Ich lasse Grace' Anblick, eingekuschelt in ihre Decke, auf mich wirken. Die Grace, von der ich weiß, dass sie Krebs hat und eine Metastase, direkt am Herzen. Ich kann es mir kaum vorstellen. Wie kann etwas das liebste, schönste Herz der Welt zerstören wollen?

Es dauert keine fünf Minuten, bis Grace' Atemzüge ruhiger werden, und mein Puls beschleunigt sich, während ich sie betrachte. Die Berührung unserer Hände lässt mich nicht los, meine Haut kribbelt, wo Grace' Finger lagen.

Obwohl ich todmüde bin, halten die vielen Gedanken mich wach.

Ich nehme das Tablett auf den Schoß und probiere Liz' Pies, die wie Butter auf meiner Zunge zergehen. Dann schalte ich Netflix an und suche diesen einen Film.

Grace meinte, ich verstünde sie besser, wenn ich ihn gesehen habe. Also lasse ich mich auf Hazels und Gus' Geschichte ein. Ich sehe dabei zu, wie sie aufeinandertreffen, wie sie mit ihrer Diagnose umgehen, wie sie leiden, scheitern, lieben, nach Amsterdam reisen. In der Szene, in der Hazel die Treppe im Haus der Franks hinaufsteigt, sehe ich nur Grace.

Als die beiden sich küssen, habe ich einen Kloß im Hals, und als klar wird, worauf das Ende hinausläuft, und Hazel ihre Rede hält, lasse ich die Tränen einfach laufen. Nach dem Film ist es still um mich, bis auf Grace' Atemzüge. Und mir wird klar: Ich habe keinen Schimmer von der Liebe. Aber wenn ich Grace ansehe, ist mein Herz voll. Alles ist warm und sicher und vertraut. Ich bin entschlossen wie nie zuvor.

Denn ich glaube, wenn es einen Menschen auf dieser Welt gibt, der mir das Herz brechen *darf,* ist es Grace McIntyre.

KAPITEL 18

State Lines

GRACE

Nach der letzten Nacht fällt mir das Aufwachen schwer. Meine Lider sind tonnenschwer, meine Augen brennen, jede Faser meines Körpers schmerzt. Ich bin erschöpft, als wäre ich einen Marathon gelaufen, dabei habe ich nur geredet.

Ich dachte die ganze Zeit, ich hätte keine Kraft, das, was ich erlebt habe, noch mal zu erzählen und es wieder zu durchleben. Dabei war das Schwerste, meine Vernunft gegen meine Gefühle gewinnen zu lassen.

Ich bin überrascht, dass Callum noch da ist, als ich die Augen aufschlage. Ein Teil von mir war sich sicher, dass er seine Sachen packen und eine Ausrede finden würde, um so schnell wie möglich von mir wegzukommen. Und ich hätte es verstanden. Es wäre, was ich erwartet habe. Doch er zwinkert mir zu, mit Schlaffältchen im Gesicht und abstehenden Haaren, durch die ich am liebsten streichen würde.

Er strahlt eine merkwürdige Entschlossenheit und Ruhe aus. Und er bleibt. Während ich dusche, geht Callum runter zu meinen Eltern, um ihnen beim Frühstück zu helfen.

Sobald ich wusste, dass Callum vorbeikommt, habe ich meine Eltern eingeweiht in alles, was zwischen ihm und mir passiert ist.

Ich habe ihnen vom Ausflug zum i360 erzählt, von den Stunden, der Session bei Callum, meinen Gefühlen. Ich habe mit ihnen über meine Ängste gesprochen. Meine Seele ist zerbrechlich wie Glas geworden, deshalb muss ich genau abwägen, wem ich sie in die Hand lege.

Ich gähne. Mein Spiegelbild blickt mir verquollen entgegen, und erst da realisiere ich es so richtig: Callum Hayward hat Gefühle für mich. Starke Gefühle.

Meine Haut kribbelt dort, wo wir uns berührt haben.

Prüfend begutachte ich mich im Spiegel und stelle mit Erleichterung fest, dass man mir mit einem bisschen Make-up nicht mehr ansehen wird, wie unruhig meine Träume waren. Außerhalb der Schule, wenn ich mit Val, Eric oder Lou zusammen bin, habe ich meine Diagnose und die Folgen nie versteckt. In den letzten Wochen konnte ich wegen des Versteckspiels mit Callum für einen kurzen Zeitraum so tun, als wäre alles normal, als wäre *ich* normal. Und manchmal war das schön. Jetzt beginnt das *echte* Zusammensein zwischen uns, ohne Geheimnisse. Das macht mir verdammt viel Angst.

Ich schlüpfe in Leggins und ein Sweatshirt, spreche mir Mut zu und verlasse mein Zimmer. Auf der untersten Treppenstufe überfällt mich wieder der Gedanke, was passiert, wenn Callum doch gegangen ist. Eine Furcht, die sich schnell verflüchtigt, denn er sitzt mit Dad am Klavier.

Auf dem Esstisch ist ein festliches Frühstück angerichtet mit Obst, Gemüse und Sandwiches. Seit der letzten Chemo achte ich darauf, nicht zu viel Fettiges oder Saures zu essen, weshalb mehr Früchte für die anderen bleiben.

In der Küche drückt Mum mich fest an sich, und wir streichen uns gegenseitig ein paar Tränen von den Wangen, die keiner Worte bedürfen.

Eine Weile beobachten wir zwei amüsiert Dad und Callum am Klavier. Callums Schultern hängen entspannt herab, er lauscht aufmerksam Dads Erklärungen. Seine Finger gleiten wie von selbst über die Klaviertasten, bis er sich verspielt und anfängt zu fluchen und sich zu entschuldigen. Dad unterbricht ihn mit aller Seelenruhe und gibt ihm Tipps, wie er seine Armposition verbessern kann, gefolgt von Lob.

Mein Herz schmerzt beim Gedanken daran, dass sein eigener Vater nie so mit ihm umgeht.

»Hey, Grace«, haucht er meinen Namen, als er mich bemerkt, und sein Adamsapfel hüpft. Am liebsten würde ich ihn küssen. Der Gedanke erschreckt mich selbst. Zu wissen, wie verletzlich ich mich ihm in der letzten Nacht gezeigt habe, bringt mich noch mehr ins Schwitzen.

Gerade weiß ich nicht, was schlimmer ist. Dass er da ist und diese Stunden wirklich geschehen sind oder dass er bald nach Hause muss und ich ihn vermissen werde.

Dad umarmt mich und verkündet, dass es Zeit fürs Frühstück ist. Wir sitzen zu viert zusammen, essen, reden, lachen, debattieren über die besten und schlechtesten Lehrer an der St. Doyle. Wir tun so, als wäre alles beim Alten. Und ich glaube, das ist es, was Callum und ich gerade brauchen.

Nachdem wir uns die Bäuche vollgeschlagen haben, hänge ich im Flur und in meinem Zimmer die Polaroidfotos wieder auf, die ich gestern vor Callums Ankunft abgenommen habe.

Er hilft mir dabei. Ein Bild nach dem anderen wandert zurück an die Leine, und Callum nimmt sich Zeit, jedes Einzelne in Augenschein zu nehmen. Lou und ich im Krankenhaus auf der Kinderkrebsstation, wie wir auf ihrem Bett sitzen und in die Kamera strahlen. Beide glatzköpfig und mit gestrickten Mützen ihrer Mum. Val und Eric, wie sie mich besuchen, nachdem ich mir eine Infektion eingefangen habe. Val hat diese kleine verärgerte, strenge Falte auf der Stirn, und Eric krümmt sich halb vor Lachen. Vor der Momentaufnahme war Val gegen den Sauerstoffschlauch in meiner Nase gekommen, und ich hatte mir, nun ja, einen schlechten Scherz erlaubt.

Auch von den schlechten Tagen gibt es Fotos. Ich, wie ich am Fenster im Krankenhaus sitze und verheult hinaussehe. Ich, mit Drainage im Gesicht und am Hals, kurz nach der ersten OP. Ich, zu Hause im Bett, mit Kopfhörern auf den Ohren, wie ich die Welt aussperre. Ich, wie ich meine Haare abrasiere. Weil ich mich geweigert habe, zu warten, bis sie ausfallen. Zwischendurch stellt Callum mir Fragen.

»Wie kam es zu deiner Diagnose?«

»Ich hab mich lange schlecht gefühlt. Krank, erschöpft. Na ja, wenn man dreizehn ist, wird es auf andere Sachen geschoben. Stress in der Schule, was ich nicht hatte. Mobbing, das nie passiert ist. Zukunftsangst. Beim Spielen oder Sport überanstrengt.«

»Ernsthaft?«, fragt Callum.

»Ja. Medical Gaslighting ist real, Callum. Es ist der absolute Horror. Wenn man selbst spürt, dass etwas nicht stimmt, aber niemand einem glaubt. Es abgetan wird. Niemand *wirklich* nachsieht.« Ich unterbreche mich, um Luft zu holen. »Ich habe viel Medical Gaslighting erlebt. Wenn ich ehrlich bin, ist das der Hauptgrund meiner Therapie. Nicht mal die Diagnose an sich, sondern die Tatsache, dass mir davor und teilweise sogar danach niemand geglaubt hat. Dabei lebe ich in diesem Körper. Ich kenne ihn am besten.« Ein wenig hilflos streiche ich mir über die Lippen. »Auch was, das ich von meiner Therapeutin gelernt habe. Man wird zum Hypochonder aus Angst, dass einem im Notfall nicht geglaubt wird.«

Callum nickt, wartet.

»Jedenfalls waren es geschwollene Lymphknoten. Ich war vorher ständig krank, konnte nicht mehr in die Schule. Die Ärzte meinten nur, dass das normal ist und das schon wieder werde. Ich bräuchte Ruhe, und dann hat sich die Sache erledigt.«

»Hat sie aber nicht«, schließt Callum, und ich seufze.

»Nein. Wir sind bestimmt zu vier verschiedenen Ärzten gerannt. Ich glaube, erst der fünfte hat beim Ultraschall festgestellt, dass der eine Lymphknoten auffällig aussieht. Dieser mitfühlende Arzt war der erste von vielen Lichtblicken.« Bis heute erinnere ich mich an sein Gesicht und das meiner Eltern, die mit im Raum waren, als er sagte, dass der Knoten komisch aussieht. Sie sind schlagartig blass geworden, ihr Lächeln ist erloschen. »Sie haben eine Biopsie gemacht, das Knochenmark punktiert, Blut abgenommen … Na ja. Und nach dem MRT und PET-Scan ging alles ganz schnell.« Ich massiere meinen Brustkorb, um mein stolperndes Herz zu beruhigen. »Vom Hashimoto fange ich gar nicht erst an. Meine Schilddrüse ist eine Art Endgegner für mich. Wie der Tumor.«

»Und dann wurdest du zu Hause unterrichtet, richtig?«, hakt Callum nach.

»Yup. Mum und Dad haben mich in Absprache mit Direktor Harrison aus der Schule genommen und zu Hause unterrichtet. Mrs. Murray hat jede Woche den Stoff zusammengetragen und per Mail geschickt, damit ich up to date bleibe.«

»Kein Wunder, dass sie deine Lieblingslehrerin ist.«

Ich strecke Callum die Zunge raus, und er tritt herausfordernd näher an mich heran. Er riecht so gut. Wie ein Sommerregen. Wie nasses Holz und Meeressalz. »Wir haben alles festgehalten«, sage ich und streiche liebevoll über ein Bild, auf dem Lou, Val, Eric und ich zu sehen sind. »Jeden guten Moment und ab und an auch die miesen. Ich wollte es so.«

»Ja, das klingt nach dir«, sagt Callum. Seine Halsbeuge ist bloß ein paar Zentimeter von mir entfernt. Wie gern würde ich mich an ihn lehnen und die Welt aussperren. Mit flatternden Lidern sehe ich zu ihm auf, und zwischen uns entsteht das vertraute, elektrisierende Knistern, das sich über meine Haut ausbreitet. Das, was nach letzter Nacht noch gefährlicher geworden ist.

»Du musst mit deinem Dad reden«, sage ich unvermittelt, mache einen Schritt zurück, und Callum zieht die Unterlippe zwischen seine Zähne.

»Ja, leider.«

»Willst du, dass ich mitkomme?«, hake ich behutsam nach.

»Nein, das muss ich allein regeln.«

Verständnisvoll berühre ich Callum am Arm. Er lächelt mir schief zu, und ein paar Minuten später helfe ich ihm, seine Sachen zu packen. Er fragt mich, ob er Will in mein Geheimnis einweihen darf, was ich bejahe. Auch Val ist es schwergefallen, vor Will dichtzuhalten. Jetzt, da Callum es weiß, darf auch Will es erfahren. Während Callum seinen Rucksack packt und ihm die Anspannung wegen der Rückkehr nach Hause anzumerken ist, bin ich mir sicher, die richtige Entscheidung getroffen zu haben. Eine, von der ich nicht abweichen werde.

Ich empfinde etwas für Callum und er für mich. Er ist mein Licht in der schlimmsten Zeit. Und genau deswegen werde ich ihn davor schützen, *noch mehr* verletzt zu werden, noch mehr zu leiden.

Wenn das bedeutet, nie ein Paar zu sein und sein Herz nur in Teilen zu bekommen, ist das okay. Wenn ich ihn vor mir schützen muss, ist das okay. Mein Deal mit dem Universum lautet, Callum Hayward still zu lieben und ihn mich lieben zu lassen.

Auch wenn es scheiße unfair ist.

♪♪

Das Klopfen an der Zimmertür lässt mich zusammenfahren. Es ist spät am Nachmittag, und bis auf die Nachricht, dass Callum zu Hause angekommen und sein Dad in der Kanzlei ist – was bei den beiden so viel bedeutet wie *wir gehen uns erst mal eine Weile aus dem Weg* –, ist nicht viel passiert. Bei einer Runde *Fortnite* habe ich Val und Eric geupdatet, Lou habe ich eine Audio geschickt, die bisher unbeantwortet geblieben ist.

Ich nehme die Kopfhörer ab, durch die in Dauerschleife *The Tortured Poets Department* schallt, und spiele mit dem Zipfel meiner Bettdecke. Seit Callum weg ist, ist *Loml* mindestens zwanzigmal hintereinander gelaufen.

»Du darfst nur reinkommen, wenn du Tee dabeihast«, rufe ich scherzhaft, und Dad steckt sogleich den Kopf durch die Tür. Die dampfende Tasse hochhaltend.

»Aye, ich komme in Frieden.«

Ich rücke zur Seite, damit Dad Platz hat, sich zu mir zu setzen. Er stellt die Tasse auf meinem Nachtschrank ab, nimmt auf dem Bettrand Platz und schenkt mir einen wissenden Blick. »Er ist ein guter Junge. Ihr verdient euch.« Dad hat noch nie um den heißen Brei herumgeredet.

»Ja, ist er«, sage ich, wobei ich den zweiten Part gekonnt ignoriere. »Nervig und stur und manchmal etwas überheblich. Aber gut, ja.«

Dad schmunzelt, doch in seinen Augen erkenne ich, dass er es ernst meint. »Er verdient nur das Beste, Dad«, sage ich sofort. »Und das bin nicht ich.«

Mein Vater schnaubt und schüttelt den Kopf, als hätte ich nichts verstanden. Eine Weile sagen wir nichts, hängen irgendwo zwischen gestern und heute. Dann lächelt er traurig. »Du warst schon immer entschlossen, was deine Entscheidungen betraf. Aber du bist zu hart zu dir.«

Ich kaue auf meiner Unterlippe und weiß nicht, was ich darauf erwidern soll.

»Ich weiß, als Vater wirke ich etwas voreingenommen, aber jeder, der dich trifft, kann froh darüber sein, dich in seinem Leben zu haben.«

»Dad«, hauche ich.

»Du magst Callum. Und du hast es verdient, so geliebt zu werden, wie du bist. Der Krebs bist nicht du. Er ist nicht deine beste Eigenschaft, nicht deine schlechteste. Er ist einfach ein Teil von dir.«

Ich blinzele die Tränen nicht weg, muss diese Worte hören. »Ich weiß, du glaubst nicht daran, dass jemand das mitmachen würde, der eine Wahl hat. Aber du musst akzeptieren, dass du die Gefühle von Menschen nicht ändern kannst. Er hat sich in dich verliebt. In dich, Grace. Der Krebs und das Hashimoto gehören dazu. Und ich glaube, er kann damit umgehen.«

»Er hat keine Ahnung von alldem, Dad. Wie es ist, wenn ich einen schlechten Tag habe. Wie schwer es ist. Ich schon.« Ich schließe die Augen, schüttele den Kopf. »Er würde es bereuen. Wenn ich das tiefer gehen lasse, *das* zulasse. Egal, ob morgen oder in ein paar Jahren. Und er würde es mir vorwerfen.«

»Schatz, niemand weiß, was in ein paar Jahren ist. Und auch wenn es ein bisschen deprimierend klingt: Alle Menschen sterben. Jeder, den du triffst, wird in hundert Jahren nicht mehr da sein. Aber die wichtige Frage ist doch, wie viele von ihnen *glücklich* gelebt haben.«

Ich zupfe an meiner Bettdecke, und meine Muskeln in der Stirn zucken, so angestrengt denke ich nach.

»Und für jetzt sind die Gefühle da, oder?«, fragt Dad.

Kurz blende ich das Zimmer aus, will vor der Wahrheit davonlaufen, die unvermeidlich ist. »Ja.«

»Siehst du. Es ist auch seine Entscheidung, Gracie. Die kannst du nicht für ihn treffen.«

Vor Scham blicke ich aus dem Fenster. »Was, wenn die Panikattacken schlimmer werden? Was, wenn ich älter werde und nicht mehr mit dem Trauma klarkomme? Was, wenn ich durchdrehe? Oder was, wenn ich …« Ich schlucke das Wort herunter, das zwischen uns steht wie eine Mauer.

Dad schluckt ebenfalls schwer. Seine Hand findet meine. Er drückt sie fest. »Egal, was passiert, Gracie, du bist ein wunderschöner, ein guter Mensch. Du stehst für dich ein. Du machst, was du magst. Du hast tolle Freunde. Und du wirst deinen Weg finden.«

»Was mache ich, wenn ich das überstehe, Dad? Wie mache ich weiter nach diesem ganzen Trauma? Nachdem ich fast gestorben wäre? Wie … soll ich das verarbeiten?«, frage ich und lehne mich an ihn. Für jeden Ernstfall habe ich einen Plan. Jede Option bin ich durchgegangen. Ich habe meine Beerdigung geplant. Meine Patientenverfügung geschrieben und mit meinen Eltern besprochen. Seit Jahren bin ich davon überzeugt, dass ich in absehbarer Zeit sterben werde – aber was, wenn nicht?

»Ich habe keine Pläne für die Zukunft. Ich bin … eine Katastrophe.«

»Schatz, du bist sechzehn.« Dad umschließt nun mit beiden Händen meine Finger. »Du musst nicht wissen, was du werden willst oder, Gott bewahre, was du alles tun willst auf dieser Welt. Deine einzige Aufgabe ist es, herauszufinden, was dich glücklich macht. Selbst wenn du deine Bestimmung erst mit dreißig findest. Who cares?«

Ich muss über seine Wortwahl lachen, wobei mir weitere Tränen die Wangen runterlaufen.

»Mach Fehler, probier dich aus. Lerne.« Dad wuschelt mir durch die Haare. »Wir werden dich immer lieben, egal, was du tust oder wofür du dich entscheidest. Die Hauptsache ist, dass du gesund wirst – und zufrieden bist.«

Mein Herz wummert heftig, und wie so oft fühle ich mich schuldig, dass meine Eltern leiden. Der Krebs ist – mit Glück – heilbar, die Autoimmunerkrankungen nicht. Ich werde jeden Tag kämpfen müssen, auch nach dem Krebs. Für mich wird es nie ein hundertprozentiges *Danach* geben. Bloß ein *mit.* »Ich versuch's, Dad.«

»Ich weiß.« Er wuschelt mir noch mal durchs Haar, ehe er aufsteht und mir einen Kuss auf die Stirn drückt. Dad verlässt mein Zimmer, und ich bleibe nachdenklich, traurig und berührt zurück. Es tut weh. Je mehr ich erlebe, je mehr neue Erfahrungen ich sammle, desto mehr entferne ich mich von meinem alten Leben, der Grace, die ich vor der Diagnose war. Die Hoffnung schwindet, dass es je wieder so sein wird. Aber vielleicht hat der Krebs auch eine bessere Version aus mir gemacht. Einen Menschen, der wirklich weiß, was wichtig ist.

Die Frage ist nur … bin ich bereit, Callum auch seine Hoffnung auf ein Happy End zu nehmen?

KAPITEL 19

Shallows

GRACE

»Verrückte Idee: Was haltet ihr von einem abenteuerlichen Ausflug in unsere Heimatstadt – und einer *correct-answer*-Krebsrunde?« Wie ein Erfinder, der sein nächstes großes Projekt präsentiert, breitet Will die Arme aus.

»Einer was?«, fragt Val. Wir haben es uns zu fünft auf dem Schulhof bequem gemacht, auf einer Bank inmitten der neu angebrachten Winterdekoration.

»Einer *correct-answer*-Krebsrunde«, wiederholt Will. »Es gibt bestimmt richtig viele blöde Fragen, die Grace und Lou gestellt bekommen, und darüber würde ich gern mehr erfahren. Wir könnten auch eine Art Dos or Don'ts bei Krebspatienten machen. Ich würde gern wissen, was man auf keinen Fall sagen sollte und was hilft.« Will dreht sich zur Seite und lässt sein Bein lässig von der Bank baumeln. Danach reicht er mir die Tüte mit Schokoladenkeksen, die zwischen uns steht, damit ich beherzt hineingreifen kann.

Will hat mich noch am Sonntagabend angerufen und mit mir über meine Diagnose gesprochen. Es war ein ziemlich langes Telefonat. Wie ich es erwartet hatte, ist er ohne zu zögern Teil des ›Teams‹ geworden. Und wenn ich mir einen großen Bruder backen könnte, würde Will ihm sehr nahe kommen.

»Ich find's cool.« Callum, der neben mir an der Mauer des Schulgebäudes lehnt und die Sonnenstrahlen genießt, öffnet seine Lider einen Spaltbreit, um erst zu seinem besten Freund und dann zu mir zu spähen. Er sieht verboten gut in der Schuluniform aus. »Gibt bestimmt ein paar Sachen, bei denen ich Nachhilfe benötige.«

»Ein paar?«, entgegnet Val spitz, woraufhin Callum sich einen Keks zwischen die Zähne schiebt, um nichts Unüberlegtes von sich zu geben.

»Also, ich finde die Idee auch echt schön«, sagt Eric, der sein Buch halbherzig sinken lässt, um sich am Gespräch zu beteiligen. »Aber können wir noch mal auf den abenteuerlichen Ausflug zurückkommen?«

»Good point«, sage ich und schenke Will meine Aufmerksamkeit.

»Tja-ha«, tönt er, und ein Kekskrümel löst sich von seinem Schal. »Das ist ein Geheimnis. Eine Überraschung für euch.«

»Weil dein bester Kumpel Überraschungen so liebt«, sage ich schmunzelnd.

»Fair enough«, erwidert Will, und die Art, wie er und Callum sich ansehen, verrät mir, dass er längst eingeweiht ist. »Okay, einen Hinweis bekommt ihr: Es hat was mit meiner Street-Art-Gruppe zu tun.«

»Also, ich bin dabei«, sage ich. »Ich kann Ablenkung gut gebrauchen.« Dass ich trotzdem Angst habe, muss ich nicht erwähnen. Meine Freunde wissen es. Ich habe ständig Panikattacken. Angst davor, das Haus zu verlassen. Angst davor, dass mir etwas passiert, etwas *anderes* als der Krebs oder eine Nebenwirkung meiner Schilddrüsenunterfunktion. Dieses *Verdammt, sie hat dem Krebs in den Hintern getreten und ist ausgerechnet so ums Leben gekommen* schwebt über mir wie ein Damoklesschwert. Aber ich will stärker sein als meine größte Angst. Und bald kann ich wieder mit meiner Therapeutin reden. Ein Lichtblick, an den ich mich klammere. »Was das Krebsgespräch«, ich habe die Stimme gesenkt, »betrifft, würde ich Lou gern dazuholen. Ich kann nicht für uns zwei sprechen. Also …«

»Klar, die Einladung gilt für fünf Personen.«

»Count me in.« Val schlägt das Schulbuch zu, in das sie sich nebenbei vertieft hatte. »Mein Kopf raucht vom Lernen. Außerdem wolltest du mir deine neuen Bilder zeigen«, sagt sie in zärtlichem Tonfall zu Will, der sogleich von einem Ohr zum anderen strahlt. Ich tausche ein Lächeln mit Callum. Er verdreht die Augen nach dem Motto: Wir wären nicht so. Dabei kennen wir beide die Wahrheit.

»Ich bin auch dabei.« Eric tippt sich gegen die Brille. »Solange ich keinen Pinsel in die Hand nehmen muss. Ich bin talentfrei, was Zeichnen angeht.«

Will legt ihm kumpelhaft den Arm über die Schulter. »Darüber reden wir, wenn es so weit ist, okay?« Eric nickt ergeben. »Mega. Dann steht unser Date. Heute Abend bei den Hallen unten am Hafen. Ich schicke euch den Standort. Grace schreibt Lou.« Will sieht so euphorisch aus, als hätte er soeben die Champions League gewonnen. »Oh, und bringt alte Klamotten mit. Ha. Ihr werdet es lieben.«

♪♪♪

»Ich liebe es ganz und gar nicht. Nope, nope, nope.« Eric tänzelt auf der Stelle, um gegen die Kälte anzukämpfen, die das Meer zu uns trägt. Seine Zähne schlagen aufeinander. »Bevor ich die Überraschung sehe, bin ich erfroren.«

»Wir sind vor einer Minute angekommen«, erwidert Val, die sich auf meiner einen Seite untergehakt hat, während Lou die andere in Beschlag nimmt. Callum steht mir gegenüber, mindestens zwei Meter entfernt, und pustet Atemwölkchen in die Luft. Ich bilde mir ein, sie auf meiner Haut zu spüren.

Zu fünft stehen wir im Hafen von Brighton vor einer Lagerhalle. Will meinte, die Halle gehöre dem urbanen Künstlerkollektiv und seiner Street-Art-Family und könnte später sogar für Ausstellungen benutzt werden.

»Ich bin so gespannt«, haucht Lou neben mir. Sie wusste bis zum letzten Moment nicht, ob sie kommen kann. Die neuen Medikamente hauen sie um. Sie liegt die meiste Zeit über im Bett, zockt, hört Hörbücher, zeichnet oder schläft. Es ist das erste Mal seit Vals Party, dass sie das Haus verlassen hat. Sie ist blass, regelrecht fahl, wollte den Ausflug aber auf keinen Fall verpassen. Ich bin froh, dass Mum und Dad und Vals Mum uns herfahren konnten. Die Chemo macht extrem kälte- und wärmeempfindlich, Lou würde es draußen nicht lange aushalten. Gerade will ich aussprechen, dass ich hoffe, dass Will sich beeilt, da schwingt das weiße Tor der Lagerhalle quietschend auf.

Will hat sich in einen weiten Pullover und eine Jogginghose geschmissen, die schwarzen Haare zur Seite und nach hinten gekämmt. Auf seinen Unterarmen und seiner Hose kleben Farbflecken. Val klappt bei seinem Anblick die Kinnlade runter, was Eric, Lou und ich mit einem unterdrückten Glucksen kommentieren.

»Sexy«, raunt Eric. »Du hast da übrigens ein bisschen Sabber.« Er tippt Val an den Mundwinkel, sie drückt fauchend seinen Arm weg.

»Hereinspaziert, meine Freunde«, ruft Will und tritt beiseite, damit wir in die Lagerhalle schreiten können.

Ich drehe mich einmal im Kreis, nachdem Will die Kälte ausgesperrt hat, dann ein zweites Mal und traue meinen Augen kaum.

Es ist wunderschön. Die Halle ist weitläufig, mit einem hohen, gewölbten Dach mit ein paar runden Glasfenstern, sodass man den Himmel sehen kann. Die Wände sind über und über mit Graffiti besprüht. Schriftzüge, Gemälde, abstrakte Porträts. An manchen hängen Leinwände, die keine Street Art, sondern traditionelle Porträts oder Watercolor Art präsentieren.

Mit Lou an meiner Seite schlendere ich durch den ersten Gang, Callum folgt uns, während Val bei Will und Eric stehen bleibt, die sich sofort über die Konstruktion unterhalten. Vor einem Graffiti, das noch nicht ganz fertig ist und neben dem Wills Name steht, halten wir inne.

Will hat einen malerischen Sonnenuntergang am Pier eingefangen. Den Strand, die lange Holzbrücke, den *Palace*, das Meer, die untergehende Sonne. Brighton von seiner schönsten Seite. Das Bild ist so lebendig, dass ich glaube, hineinsteigen zu können und in einer Parallelwelt zu landen. Einer friedlichen, in der wir alle bis an unser Lebensende zusammen solche Momente erleben können.

»Wow«, sagen Lou und ich unisono. Wir gehen noch dichter heran und beäugen jeden Zentimeter der Leinwand.

»Wusstest du, dass er *so* gut ist?«, frage ich an Callum gewandt. Er steht jetzt direkt neben mir, die Hände in den Hosentaschen vergraben. Die Strahler, die gelb-oranges Licht in der Dunkelheit des Abends abgeben, lassen seine blonden Haare schimmern. Sein Profil ist auf der einen Seite dunkel, auf der anderen hell. Obwohl Callum in diesem Augenblick das Kunstwerk seines Freundes betrachtet, ist er selbst eines.

Ein Schleier aus Wehmut tanzt über sein Gesicht. »Ich wusste, dass er zeichnen kann wie ein junger Gott, aber ich hatte nie Zeit, mir seine Street Art anzusehen.« Was Callum sagen will, ist, dass er sich die Zeit nie genommen hat. Es ist unübersehbar, wie sehr er es bereut. Seine Augen fliegen über das Gemälde. Tränen steigen in seine Augen. »Es ist brillant.«

»Der Wahnsinn«, hauche ich.

Callum stiert das Gemälde an, und ich kann nur erahnen, was in ihm vorgeht. Wie gern würde ich seine Hand nehmen, um sie zu halten, und ihm sagen, dass er kein schlechter Mensch war, sondern einfach verloren. Aber ich habe Angst, dass die Nähe zu viel wäre und mich meine Entscheidung vergessen lassen würde. Doch dann greift er nach meiner Hand, und unsere Blicke vollführen einen Tanz voller Intimität miteinander. Ich wünsche mir oft, mit anderen Mädchen tauschen zu können, jetzt ist der Wunsch allerdings so stark, dass ich am liebsten auf die Knie sinken und schreien würde. Weil der Krebs mir auch ihn verweigert, ihn mir wegnimmt. Der Moment endet, und wir laufen wieder nebeneinanderher durch die Halle. Neugierig wandern meine Augen von Bild zu Bild. Das hier könnte Platz drei meiner Lieblingsorte in Brighton werden.

»Tadaaa.« Will steht vor einer großen Betonwand, vor die eine Leinwand gespannt ist. Unter uns sind Laken ausgebreitet, auf denen Spraydosen verteilt liegen.

Val wedelt mit einer Spraydose und quietscht aufgeregt. Eric prüft die Farben, indem er sie leicht auf das Laken sprüht und danach die nächste testet. »Unser Spielplatz für heute«, verkündet Will. »Das ist unsere Leinwand. Wir können damit anstellen, was wir wollen. Ich dachte … na ja. Dass das etwas für die Ewigkeit ist.« Er lächelt in die Runde, verweilt länger auf Lou und mir. »Ein Gemeinschaftswerk.«

»Will, das ist …« Lou tupft sich mit ihren Handschuhen die Wangen trocken. »Es ist umwerfend schön.«

»Oh, Lou. Komm her.« Val legt einen Arm um unsere Freundin, ich tue es ihr gleich. So stehen wir Mädels zusammen. Wir kichern vor Glückseligkeit und schluchzen vor Traurigkeit. Ich möchte, dass der Moment nie vergeht.

Will reicht uns Overalls und schaltet die Musikanlage an. Jeder greift sich eine oder zwei Spraydosen. Will erklärt uns, wie wir sie am besten nutzen, und schon sprühen wir drauflos.

Lou und ich beschließen, die rechte Seite in Beschlag zu nehmen, Eric und Val nach Wills Anleitung links, und Callum kümmert sich um die Mitte. Wir grölen die Songs aus der Anlage mit, sprühen teilweise mehr Farbe auf uns als auf die Leinwand, albern herum und schweigen. Lou kann besser zeichnen als ich, weshalb ich sie mir ein paar Techniken zeigen lasse. Als Motiv haben wir uns auf zwei Gesichter geeinigt, die einander lachend gegenüberstehen, Nase an Nase. Meines in Blau, Lous in Rosé.

Nach zwei Stunden treten wir erschöpft von der Leinwand zurück. Meine Muskeln schmerzen. Lou macht schon seit ein paar Minuten Pause, dafür hat Callum mir geholfen, unser Werk zu vollenden.

»Es ist so schön«, hauche ich.

Vals und Erics Bild ist ein chaotischer Mix aus Farben, die wie Polarlichter wirken. Callum hat eine Gitarre mit sechs Saiten gezeichnet, jede in einer anderen Farbe – eine Saite für jeden von uns.

»Wow.« Eric wischt sich den Schweiß von der Stirn. »Hätte nicht gedacht, dass es so krass wird.«

»Weil ihr krass seid«, meint Will, stolz wie ein Lehrer, dessen Schüler gerade ein Meisterwerk erschaffen haben. Auch er ist schweißgebadet und sein Overall von Farben übersät.

»Wir«, korrigiert Val und drückt Will einen Kuss auf die Wange. Er läuft leicht rot an, und sie kuschelt sich an ihn, er nimmt sie in die Arme. Es macht mich glücklich, meine beste Freundin so entspannt zu erleben, auch wenn eine kleine Nadel zwischen meine Rippen sticht. Ich starre auf unser Bild. Callum starrt mich an. Ich spüre seine Sehnsucht, weil sie auch meine ist.

»Etwas für die Ewigkeit«, sagt Lou.

»Die Leinwand ist jetzt unser Freundschaftsbändchen«, witzelt Will, und Callum lacht. Ein ansteckender Laut, der mir direkt ins Herz fährt.

»Und jetzt: Teil zwei des Abends?«, fragt Will, wobei er sich an Lou und mich richtet.

»Bereit, wenn ihr es seid«, sagt Lou, und Eric verteilt die Cola-Flaschen, die er von zu Hause mitgebracht hat. Meine Freunde drehen sich mir zu, erwarten meine Antwort.

»Fangen wir an.«

KAPITEL 20

Repeat Until Death

GRACE

»Das Krebs-Bullshit-Bingo ist hiermit eröffnet«, verkündet Lou und setzt sich hin wie eine Geschäftsfrau, die auf Feedback ihres Teams wartet.

»Was ist das Schlimmste, was man sagen könnte?«, fragt Will. Wir haben uns im Kreis auf den Laken niedergelassen. Die Dunkelheit wird nur noch von ein paar wenigen Strahlern unterbrochen, als wären wir der Mittelpunkt des schwarzen Universums.

Lou und ich tauschen uns wortlos aus. Sie sitzt links von mir, Callum rechts. »Nummer eins auf meiner Liste«, sage ich. »Sie oder er hat den Kampf gegen den Krebs *verloren.*«

Lou neben mir ächzt. »Gott, ich schwöre, wenn ich an dieser Krankheit abkratze und jemand sagt über mich, ich hätte den Kampf gegen den Krebs *verloren,* komme ich persönlich zurück, um demjenigen den Kopf zu waschen.«

»Es ist sicher keine böse Absicht«, erkläre ich. »Aber es ist schlimm, das ständig zu lesen. Niemand, der gegen Krebs kämpft und das Beste aus der beschissenen Situation macht, ist ein Verlierer. Man *kann* nicht verlieren, wenn man dieser Krankheit die Stirn bietet. Warum steht der Tod automatisch fürs Verlieren?«

Lou reckt das Kinn vor. »Ich mache nicht an meinem Tod fest, ob ich gegen den Krebs gewonnen habe, sondern daran, wie ich verflucht noch eins gelebt habe.«

Val und Eric nicken zustimmend. Sie sind mittlerweile so was wie Krebsexperten. Callum lauscht genauso aufmerksam wie Will, wobei er immer wieder zu mir schaut.

»Ist notiert. Wenn ich von Lou keine auf die Fresse kriegen will, halte ich mich von diesem Ausdruck fern.« Will grinst breit. »Was noch?«

»Puh, es gibt so viel.« Lou legt den Zeigefinger in Denkerpose ans Kinn. »Blöde Aussagen wie: Ach, ich hatte auch schon mal fast Krebs. Von Erwachsenen im Krankenhaus.«

»Oder: Man sieht dir gar nicht an, dass du Krebs hast. Dann kann es ja nicht so schlimm sein, du hast noch Haare.« Ich deute auf meinen kurzen Schopf. »Die Liste ist unendlich lang.«

»Shit, das ist hart.« Will wartet auf Callums Zustimmung, die sogleich kommt. »Menschen können scheiße sein.«

»Jeder Tag ist anders«, setze ich an. »Ich habe keine Ahnung, wie oft ich Val oder Eric absagen musste, weil ich keine Kraft hatte, überhaupt aufzustehen. Manchmal ist es einfach … unmöglich. Man macht, was man schaffen kann. Und wenn's nur dafür reicht, sich was Gutes zu tun.« Ich traue mich gar nicht, zu Callum zu sehen. Das ist wieder so ein Punkt, der ihn abschrecken könnte.

»Uns hat das nichts ausgemacht«, sagt Val nachdrücklich. Sie kennt meine Zweifel, meine Schuldgefühle, die mich überrollen, jedes Mal, wenn ein Plan meinetwegen ins Wasser fällt.

»Deshalb ist mein Plan, nichts zu planen«, erwidert Lou. Sie lehnt sich entspannt nach hinten und schaut auffordernd in die Runde. »Ich lasse den Rest meines Lebens ganz einfach auf mich zukommen.«

»Ganz ehrlich, es sollte *gar kein* Problem sein, wenn man absagt«, meint Will. »Ich hab das Drama darum noch nie kapiert. Klar freut man sich auf etwas, aber … wenn's nicht geht, geht's eben nicht.«

»Ich würde gern eine Frage stellen.« Callum wird blass. »Was ist ein Port? Ich glaube, Lou hat einen?«

»Ja.« Schmerzfrei, wie Lou eben ist, zupft sie ihren Overall und ihr Shirt ein Stück nach unten, sodass in der Nähe ihres rechten Schlüsselbeins der Port zum Vorschein kommt.

»Oh, okay, krass.« Will rutscht mit Lous Erlaubnis näher, um ihn sich genauer anzuschauen. »Ich hab davon schon gehört, aber noch nie einen live gesehen.«

»Will will Arzt werden«, fügt Callum an. Er bleibt auf seinem Platz neben mir sitzen, neigt sich aber ebenfalls ein Stück vor. Ich beobachte seine Reaktion genau. Ist er angewidert? Kann er den Anblick nicht ertragen? *Ekelt* er sich? Keine Spur.

»Der wurde vor meiner ersten Chemo eingesetzt und ist seitdem da geblieben. Der Katheter wird da angeschlossen und in eine Vene geführt. Erspart Narben durch die ganzen Nadeln in den Armen. Das Zeug wird direkt da reingespritzt. Auch wenn's etwas eklig aussieht.« Wie auf Kommando und zur Untermalung von Lous Worten entblöße ich meine Arme. Das erste Mal vor Callum und Will. Meine Armbeugen sind vom vielen Anstechen vernarbt und die Venen verhärtet.

Callums Kehlkopf tritt hervor. Mit seinem Daumen streicht er über die raue Haut. Es ist das Intensivste, was ich je gespürt habe. Seine Finger auf den Stellen, die für mich Schmerzen bedeuteten. Nie zuvor hat jemand meine Narben auf diese Weise berührt. Als wäre ich kein kaputtes, zerbrechliches Haus, sondern ein Museum. »Hast du auch einen Port?«, fragt er.

»Nein, nicht mehr. Meiner wurde nach der letzten Chemo entfernt. Er hat Probleme gemacht. Aber die Narbe ist noch da.« Beschämt rolle ich meinen Ärmel wieder runter, Callum legt seine Hand auf sein Knie, und Lou fährt fort.

»Was noch?«, fragt Will, und mit Lous Erlaubnis übernehme ich das Wort.

»Hab nie Angst, mir Dinge zu erzählen, die dich belasten.« Ich richte die Worte an Will, meine aber eigentlich jemand anderen, der direkt neben mir sitzt und dessen Overall meinen berührt. »Vor allem nicht, weil du denkst, du müsstest mich beschützen. Dass ich sowieso schon so viel ›ertragen‹ muss. Das ist kein Wettbewerb um die Wem-es-am-beschissensten-geht-Krone. Meine Probleme sind nicht wichtiger oder mehr wert als eure. Ich will wissen, was in euch vorgeht, weil ich eure Freundin bin.«

»Ja, das musste ich auch erst lernen.« Eric schiebt verlegen seine Brille hoch, und Wills Miene verrutscht.

Dann wird er wieder gefasst und nickt. »Okay, geht bestimmt nicht von heute auf morgen, aber ist notiert.«

»Bei mir auch«, sagt Callum, und das Raue in seiner Stimme, das mich an ein warmes Kaminfeuer erinnert, lässt mich wehmütig werden. Am liebsten möchte ich *ganz* von ihm gesehen und gewollt werden.

Doch das hier ist für ihn bestimmt hart. Es ist wie eine dicke Anleitung, die man jemandem auf den Tisch knallt, bei der man nicht weiß, wo man anfangen soll. Es ist so viel Input und trotzdem nur ein Bruchteil. Ich erschaudere, und Callum wartet mit angehaltenem Atem darauf, dass Lou und ich weitersprechen.

»Das Wichtigste überhaupt«, verkündet Lou und blickt Will und Callum nacheinander an. »Krebs bringt Depressionen und Fatigue mit sich. Das Erschöpfungssyndrom. Es ist eine andere Art von Erschöpfung, als nur müde zu sein.« Lou versichert sich bei mir, dass ich es genauso erlebe, und fährt fort. »Wenn Grace oder ich depri sind und alles zum Kotzen ist, bitte fragt nicht jeden Tag, wie es uns geht. Auch wenn es gut gemeint ist. Man weiß einfach nicht, was man darauf antworten soll.«

»Man fühlt sich schuldig«, füge ich hinzu. »Weil man sagen müsste: *Immer noch beschissen. Immer noch traurig. Immer noch …*«

»Hart«, eilt Lou mir zu Hilfe. Dankbar lächle ich ihr zu, was sie erwidert, bevor sie über ihren Overall streicht und sich wieder den anderen zuwendet. »Das Beste in so einem Tief ist, wenn man es nicht erklären muss. Wenn man einfach im Bett rumgammeln, heulen und alles scheiße finden kann. Es bedeutet nicht, dass man aufgibt. Ich hasse den Krebs. Aber ich finde mein Leben trotzdem geil, ich finde die Welt geil und all die Möglichkeiten. Scheißphasen und das schließen sich nicht unbedingt aus.«

»Genau. Man trauert eben um das Leben, das man verloren hat«, ergänze ich. »Oder darum, was man gerade nicht haben kann.«

»Ja. Scheiße, der Krebs ist eine Bitch, er nimmt einem alles. Fast alles«, korrigiert Lou und blickt unsere Freunde in der Runde an, was mich schniefen lässt. Val und Eric reichen mir wortlos jeweils eine Packung Taschentücher.

»Danke«, sage ich und schnäuze mich geräuschvoll. Dieses ehrliche Gespräch geht mir an die Substanz.

Val formt mit dem Mund ein: *Wir lieben dich,* und Lou spricht weiter. »Seid einfach da. Wir haben keine Energie, irgendwelche Entscheidungen zu treffen oder Pläne zu schmieden. Es ist am schönsten, wenn ihr einfach bei uns seid. Wenn ihr fragt, ob ihr vorbeikommen könnt, Snacks mitbringt, uns von euch erzählt oder sonst was. Ohne uns reparieren zu wollen oder Vorschläge zu machen, wie *Geh doch mal an die frische Luft*. Ja, ist wirklich passiert, habe ich schon oft als ›Ratschlag‹ gehört.«

»Ernsthaft?«, fragt Will fassungslos.

»Du hast keine Ahnung, Will.« Lou hakt ihren Arm seufzend bei mir unter. »Was wir uns schon von Fremden anhören durften.«

»Also einfach da sein«, schließt Will unsere Ausführung, und wir nicken synchron.

»Kein Druck, nichts erklären müssen«, bestätigt Lou. »Nicht mal reden, wenn es gerade nicht geht. Einfach zusammen einen Film schauen, *Fortnite* zocken, eine Serie bingewatchen, whatever. Selbst Atmen kann eine Challenge sein. Geschweige denn Aufstehen.«

»Ja«, pflichte ich Lou bei. »Es ist schlimm genug, sich so ziellos und hoffnungslos zu fühlen. So einsam.« Ich wünschte, ich könnte beschreiben, *wie* ziellos und hoffnungslos es sich anfühlt.

»Gut.« Will zieht die Knie an und legt sein Kinn darauf ab. Dabei berühren sich seine und Vals Schulter. Meine Freundin sieht unauffällig zu mir, und ich nicke ihr aufmunternd zu. Sie hat sich vorgenommen, Will nach diesem Abend nach einem ersten offiziellen Date zu fragen. Da die beiden sowieso jeden Tag stundenlang miteinander reden und Will kaum seine Augen von Val lassen kann, weiß ich, dass er *Ja* sagen wird. Die beiden verdienen einander.

»Danke. Es ist nicht selbstverständlich, das mitzumachen.« Lous Worte lassen Callum sich aufrichten. Er hängt gebannt an ihren Lippen. »Mein Dad … na, ihr wisst schon.« Schmerzverschleiert stöhnt Lou auf. »Und die Freunde in meiner Klasse haben sich auch nach ein paar Wochen nicht mehr gemeldet.«

»Tut mir leid, Lou«, sagt Will.

Sie winkt ab. »That's life. Sie sind nicht mit meiner Diagnose klargekommen. Das geht vielen so, selbst Erwachsenen. Val und Eric sind echt die Ausnahme.« Sie strahlt die zwei an, danach mich. »Ich bin froh, dass *Gracie* und ich uns begegnet sind.« Sie klopft mir spielerisch aufs Knie. »Sonst wäre ich einsam und allein in meinem Zimmer versauert.«

Wir müssen lachen, und ich blicke meine Freunde lange liebevoll an.

Callum neigt gedankenverloren die Cola-Flasche hin und her. »Bei dir gibt es keine Heilung mehr, Lou – richtig?«

»Ja«, sagt Lou, als wäre nichts dabei. »Es sah von Anfang an schlecht aus, aber seit den letzten Metastasen … na ja. Die Therapien sind lebensverlängernd.«

Callums Augen richten sich auf mich. Sie sind wie der tiefblaue Ozean, in den ich mich so gern fallen lasse. »Bei dir wissen sie nicht, was sie mit der Metastase am Herzen machen sollen?«

»Korrekt«, sage ich mit stockendem Atem. »Ich bin nicht palliativ. Nicht … im Moment.«

»Es gibt also Hoffnung.« Callum blickt mir unentwegt in die Augen.

»Ja und nein«, erwidere ich. Es kostet mich sämtliche Kraft und Überwindung, ihn nicht zu küssen, ihn nicht an mich zu reißen und ihn zu umarmen. »Wie gesagt, sie können nicht operieren, deshalb beraten sie sich gerade mit anderen Kliniken und Ärzten. Theoretisch können bis zur nächsten Kontrolle auch neue Metastasen entstehen.«

»Oder auch nicht.«

»Oder auch nicht«, wiederhole ich leise. Schwermütig reiße ich mich von Callum los. »Aber für den Notfall habe ich vorgeplant. Mein letzter Wille steht und meine Beerdigung auch.«

»Deine Beerdigung?« Will hat sich an seiner Cola verschluckt, und Eric haut ihm energisch auf den Rücken.

»Jap«, erwidere ich. »Bis ins kleinste Detail geplant. Jeder darf in den Klamotten kommen, in denen er sich am wohlsten fühlt. Kein Schwarz-Zwang, sondern die Lieblingskleidung.«

Will wendet sich den anderen zu, als wollte er sichergehen, dass es kein Scherz ist.

»Ich hab ihr schon gesagt, dass ich im Big-Bang-Theory-Pyjama kommen werde«, meint Eric achselzuckend und grinst mich an.

Ich erwidere sein Grinsen. »Ich will nicht, dass mein Tod gewürdigt wird. Ich will, dass mein Leben gefeiert wird. Trauer gehört dazu, natürlich. Die will ich niemandem verbieten. Aber ich will, dass sich jeder an die schönen Momente erinnert. Bei der Trauerfeier sollen Bilder aufgehängt werden, meine Beerdigungsplaylist laufen und alle sich Geschichten über das erzählen, was wir erlebt haben. Keine traurige Orchestermusik, kein Pastor, der von Leben und Tod schwafelt, aber nicht von *mir*. Ich will lebensnahe Atmosphäre. Trauriges Lächeln. Tanzen und Weinen gleichzeitig.«

»Oh, das wirst du kriegen.« Vals Satz klingt wie die schönste Drohung des Planeten. Sie schnäuzt sich, und wir lächeln uns im gedimmten Licht verheult an.

»Ich hoffe, ich auch«, witzelt Lou und lässt sich auf den Rücken sinken. »Auf meinem Grabstein wird eine Zeile stehen, die mein Leben perfekt beschreibt.«

»Natürlich«, meint Will, und wir lachen.

Einer nach dem anderen tun wir es Lou gleich, bis wir alle auf dem Rücken liegen und nach oben an die hohe Decke starren, aus den schrägen Fenstern in den Sternenhimmel. Ein paar Minuten lang sagt niemand etwas.

Callum neben mir ist ruhig geworden. Merkwürdig ruhig. Für einen Wimpernschlag habe ich Angst, ihn zu verlieren. Angst, dass das heute zu viel für ihn war.

Plötzlich spüre ich seinen kleinen Finger an meinem. Ich hebe meinen leicht an, und er umkreist meinen Nagel, meinen Knöchel. Ich bekomme am ganzen Körper Gänsehaut. Dann verhakt sein kleiner Finger sich mit meinem. Ganz sacht. Ganz unauffällig. Ganz intim.

»Das heißt, wir warten alle auf den Anruf von Grace' Arzt«, sagt Will nach einer Weile.

»Wir warten auf den Anruf«, sagt Lou, und Val seufzt.

»Hoffentlich kriegen diese Ärzte ihre Ärsche hoch, die Warterei ist kaum auszuhalten.«

»Agreed«, meint Eric, der schon verschlafen klingt.

Egal, wie schrecklich die Wartezeit ist – ich weiß doch, ich warte nicht allein. Egal, wie kaputt ich bin – in diesem Moment, mit meinen Freunden und Callums Finger an meinem, in dem Lagerhaus am Hafen, bin ich ganz.

KAPITEL 21

Robin

GRACE

»Du hast gesagt, das Warten ist das Schlimmste für dich. Möchtest du darüber reden?«

Ich sitze in dem blau-grün-weiß gestrichenen Zimmer in der Klinik, das ich wie mein eigenes kenne, und rutsche tiefer in das weiche Sofa. Meine Therapeutin hockt mir gegenüber in einem Sessel und hat die Beine übereinandergeschlagen. Geduldig wartet sie auf meine Antwort. Ihr Raum ist der Einzige im Krankenhaus, der nicht nach Desinfektionsmitteln und Latex, sondern nach Leder, Papier, Holz und Vanille riecht.

»Ich habe keine Ahnung, was ich sagen soll. Außer, dass die Ungewissheit die Hölle für mich ist.«

»Ein fester Plan, eine feste Diagnose oder sogar Prognose würden sich besser für dich anfühlen?«

»Ja.«

»Warum?«

»Weil ich handlungsfähig bleiben will. Ich kann erst aktiv werden, wenn ich weiß, was los ist.« Ich schlinge die Arme um meinen Oberkörper.

Meine Therapeutin nickt. Über diesen Punkt haben wir schon oft gesprochen. »Fühlst du dich momentan verstanden?«

»Von meinen Freunden? Ja. Von den Ärzten? Nein.«

»Warum nicht?«

Wie ein bockiges Kind schnaube ich. »Ich glaube, sie können nicht verstehen, wie schlimm das Warten für mich ist. Ich spüre die Schmerzen, die Einsamkeit, die Angst, jeden Tag. Es ist wie in einem Gefängnis, nur dass ich nicht ausbrechen kann.«

»Du kannst nicht aus deinem Körper ausbrechen.«

»Nein«, bestätige ich. »Niemand kann helfen. Nicht direkt.«

»Hast du Angst davor, noch mal die Chemo machen zu müssen?«, fragt meine Therapeutin.

»Ja«, sage ich. »Weil ich inzwischen gut genug weiß, was mich erwartet.« Beim Gedanken an die Operationen und die Nebenwirkungen, Nachwirkungen, die *Schmerzen,* wird mir anders. Der Schmerz nach der Hals-Operation war so schlimm, dass ich dachte, ich würde sterben. Nein – er war so schlimm, dass es okay gewesen wäre, wenn ich gestorben wäre. Ich hatte meinen Frieden gemacht. Danach war schnell klar, dass mein Schmerzgedächtnis sich wegen des Eingriffs nachhaltig verändert hat. Es ist wie ein Feueralarm. Früher ging er nur los, wenn wirklich ein Brand entstanden ist, heute schlägt mein Hirn selbst beim kleinsten Funken Alarm. Selbst, wenn keine reale Gefahr davon ausgeht. »Ich habe wirklich Angst, dass ich das nicht noch mal durchstehe. Angst …«

»Nicht stark genug zu sein?«, hilft mir meine Therapeutin, und ich nicke stumm. Sie lächelt einfühlsam. »Selbst wenn es so sein sollte, dass du die Chemo abbrechen musst, weil die Nebenwirkungen unerträglich sind – hat das wirklich etwas mit Schwäche oder Stärke zu tun?«

Ich hebe die Schultern, weiche ihrem Blickkontakt aus.

»Was würdest du Lou sagen?«, hakt meine Therapeutin sanft nach.

Ich seufze. »Ich würde ihr sagen, dass es nichts darüber aussagt, wie stark oder schwach sie ist. Sie hört nur auf ihren Körper. Sie akzeptiert ihre Grenzen. Es ist ihre Entscheidung.«

Meine Therapeutin lächelt wieder.

»Ich, äh, bin zu streng zu mir selbst?«, rate ich, und meine Therapeutin legt schmunzelnd den Kopf schief.

»Wollen wir es herausfinden?«

»O-kay«, sage ich und rutsche unruhig auf dem Sofa nach vorn. »Wie finden wir es heraus?«

Meine Therapeutin steht auf und öffnet die oberste Schublade ihres Schreibtisches. Ich sehe erst, was sie herausgeholt hat, als sie es vor mir auf dem Sofatisch ausbreitet.

»Bauklötze«, sage ich. Diese Übung haben wir schon mal gemacht, vor drei Jahren, kurz nach meiner Diagnose. Ich sollte mich als Baustein in Bezug zu anderen Steinen, die andere Kinder dargestellt haben, stellen. Und dann sollte ich die Beziehung zu meinen Eltern bauen.

»Ja. Aber heute wird es etwas komplexer als damals«, sagt sie und zwinkert mir zu. Sie breitet die Bauklötze vor mir aus. »Ich möchte, dass du dich und deine Freunde baust. Erst Valerie und Eric.« Sie schiebt zwei Steine zu mir. »Und deine Eltern.« Weitere zwei Steine folgen. Und ein fünfter. Meiner. Ich nehme sie entgegen und beginne, zu bauen. Es ist schwerer als gedacht. Dreimal gestalte ich das Schema um. Ich bin unentschlossen zwischen einem Kreis, bei dem meine Freunde und Eltern um mich herumstehen, einer Reihe – wen stelle ich direkt neben mich und wen nicht? – und einem Bild, bei dem ich an der Spitze stehe und die anderen hinter mir. Wie das Sicherheitsnetz, das sie sind. Am Ende entscheide ich mich für Letzteres.

»Warum dieser Aufbau?«, fragt meine Therapeutin.

»Weil sie immer hinter mir stehen«, sage ich und deute auf meine Eltern und dann auf meine Freunde, die näher an mir dran sind. »Weil ich trotzdem für mich stehe«, erkläre ich, während ich auf meinen Bauklotz deute. »Mit der Krankheit.«

»Gut«, sagt meine Therapeutin und reicht mir einen neuen Stein. »Jetzt Lou.«

Ohne zu zögern, quetsche ich Lou schräg hinter mich.

»Sie steht näher bei dir«, stellt meine Therapeutin fest.

»Ja, weil wir uns anders verstehen. Nicht besser, anders. Sie ist die Einzige, die den Krebs kennt.«

»Sie kommt an deine Gefühle heran. Sie *versteht* es.«

»Ja«, sage ich.

Meine Therapeutin reicht mir den nächsten Stein. »Will.«

Ich stelle Will neben Val. Der letzte Bauklotz wird mir entgegengestreckt. »Callum«, sagt meine Therapeutin und sieht mir dabei fest in die Augen.

Entschlossen nehme ich ihr den Stein ab. Ich bin schon dabei, die Hand auszustrecken, um Callum neben Will zu setzen, da stocke ich. Meine Lippen beben, bis ich sie so stark zusammenpresse, dass es wehtut. Ich kann nicht.

Ich kann Callum nicht neben Will absetzen. Mein Herz weigert sich. Und ich weiß, dass meine Therapeutin weiß, dass ich es weiß. Ich kann ihn nicht woanders platzieren. Weil es eigentlich nur einen Platz gibt, an den ich ihn setzen möchte. Tränen lassen meine Sicht verschwimmen. Die Bausteine verschwinden hinter einem Schleier aus Traurigkeit. Ich lasse den Baustein sinken.

»Ist okay, Grace«, sagt meine Therapeutin tröstend und reicht mir ein Taschentuch. Ich schnaube. Dann berührt sie meine Hand, mit der ich den Baustein immer noch umklammert halte. »Warum kannst du Callum nicht bei Will und den anderen absetzen?«

Weil er noch mehr ist. Mehr als ein Freund. Die Worte verschwinden auf dem Weg von meinen Stimmbändern zu meinem Mund. Ich schüttle den Kopf. Langsam.

»Warum setzt du ihn nicht neben dir ab?«, fragt sie behutsam. In den letzten Wochen haben wir so viel über Callum gesprochen oder in meinen Mails über ihn geschrieben – aber sobald sie mich gefragt hat, warum ich eine Beziehung nicht zulassen kann, habe ich abgeblockt. Jetzt, da ich es bildlich vor mir sehe, kann ich mich nicht mehr verschließen.

Ich blicke auf. »Ich kann nicht.«

»Warum nicht?«

»Weil … ich ihm nicht wehtun will.«

»Wird jedem, der neben dir steht, wehgetan?«

Ich nicke. »Wenn mir etwas passiert, ist es eine Explosion.«

»Und er würde am nächsten dranstehen.«

»Ja«, schniefe ich. »Es wäre also egoistisch, oder? Mich auf ihn einzulassen, die Gefühle weiter wachsen zu lassen, obwohl ich weiß, dass ich vielleicht nicht mehr lange … da bin.«

Meine Therapeutin stößt einen nachdenklichen Laut aus, während sie mir das nächste Taschentuch reicht. »Für mich klingt es, als würdest du dir die Verantwortung für seine Gefühle aufbürden. Glaubst du nicht, er kann selbst einschätzen, ob er das Risiko eingehen möchte?«

So etwas Ähnliches hat Callum auf unserer Dachterrasse auch gesagt. »Ich will nicht, dass er es später bereut.«

»Vielleicht bereut er es, vielleicht nicht. Vielleicht geht es für jetzt nur darum, ihm die Wahl zu lassen.«

»Nein«, beharre ich. »Nicht, wenn ihn diese Wahl verletzt.« Fragend hebt meine Therapeutin die Augenbrauen, und wieder überwältigen mich Tränen, obwohl ich längst leer geweint sein müsste. »Es gibt momentan Tage, an denen ich nur im Bett oder auf dem Sofa liegen kann. Ich schaue Serien, Filme, lese ab und zu oder zocke mit meinen Freunden. Schlafe. Ich schreibe mit Callum an unserem Song, so gut es geht.«

»Was ist an alldem falsch?«

»Es gibt keine Konstante. Außer, dass ich krank und müde bin. Meine Energielevel sind nie gleich. Diese Woche konnte ich nur zwei Tage zur Schule gehen.« Betroffen kaue ich auf meiner Unterlippe. Sie schmeckt salzig.

»Und weil du, anders als die anderen, ›nur‹ zwei Tage in die Schule gehen konntest, fühlst du dich weniger wert? Nicht genug, um mit Callum zusammen zu sein?«

»Na ja, es ist zu wenig, oder?«, sage ich deprimiert.

»Oder wir ändern die Perspektive und erkennen an, wie stark es ist, dass du, *obwohl* du dich nicht gut gefühlt hast, zwei Tage zur Schule gegangen bist. Wow, zwei Tage.« Erster Treffer gegen meine Brust. »Und wir gestehen uns ein, dass es auch in Ordnung, vielleicht sogar gesünder gewesen wäre, wenn du die ganze Woche zu Hause geblieben wärst. Du bist krank, Grace.« Sie sagt es ohne Vorwurf, zart und doch direkt. Schonungslos. »Und du hast ein Recht auf Glück.«

»Auch wenn ich es sowieso bald verlieren könnte?«, frage ich. Meine Stimme wird leiser, geht im Klopfen des einsetzenden Nieselregens unter.

»Auch dann«, sagt meine Therapeutin. »Glück muss nicht aufgespart werden.«

Ich lasse diesen Satz sacken.

»Was, wenn es auch darum geht, dir selbst zu erlauben, glücklich zu sein – für jetzt? Du bist mehr als das, was deinen Körper gerade einschränkt, Grace.«

»Ja«, flüstere ich.

Ein ermutigender Händedruck. »Du sagst sonst doch auch immer, dass das Morgen keine Rolle spielt, wenn du im Heute lebst.

Du machst das, was dich eben gerade glücklich macht. Kann Callum dieses Etwas nicht sein?«

»Doch«, sage ich und denke: *Er ist es schon.* »Ich habe einfach beschissene Angst.«

»Das ist okay.« Meine Therapeutin lächelt noch sanfter. »Mut bedeutet nicht, keine Angst zu haben. Es heißt, trotzdem den ersten Schritt zu gehen. Etwas zuzulassen.«

Meine Gesichtszüge werden weicher, die Anspannung lässt nach. Ich fühle mich so leer – und habe deshalb Platz für das, was nun hineinströmt. Erkenntnis, Hoffnung. Liebe.

»Vielleicht kannst du bis zu unserer nächsten Sitzung drüber nachdenken, ob du bereit bist, diesen Schritt zu gehen.«

Ich nicke erneut. Meine Therapeutin blinzelt mir noch einmal aufmunternd zu, dann überreiche ich ihr den Stein, den ich nicht abgestellt habe, und sie räumt die restlichen Bauklötze zurück in den Schreibtisch. Während sie mir Tabletten gegen die extremen Schlafstörungen verschreibt, über die wir auch gesprochen haben, sehe ich aus dem Fenster in den grauen Himmel.

Vielleicht ist das die Realität. Vielleicht spielen das Schicksal und das Leben mit unfairen Mitteln. Vielleicht bin ich machtlos im Angesicht von Krebs oder anderen Tragödien – aber kann mein Glück trotzdem zulassen? Selbst, wenn es flüchtig ist. Vielleicht ist das meine Aufgabe für jetzt.

Zu lernen, mir zu erlauben, glücklich zu sein. Hoffnung zu haben. *Mut bedeutet nicht, keine Angst zu haben* … sondern zu akzeptieren, dass man geliebt wird, auch wenn man stirbt?

KAPITEL 22

The Waves

GRACE

In den nächsten Tagen verarbeite ich das, was die Sitzung nach oben geholt hat. Ich denke während des Lesens darüber nach, in der Schule, in den Pausen. Auf meinen Spaziergängen am Strand entlang, allein. Oder wie heute mit Callum an meiner Seite – was die Sache komplizierter macht, es ist nie eine gute Idee, mit der Ursache des Gedankenkarussells Zeit zu verbringen. Aber wir haben eine Bridge zu beenden.

Callum hat den Gitarrenkoffer auf dem Rücken, summt leise vor sich hin und passt sich meinem Tempo an. Unter unseren Schuhen knirscht der Sand, und ich genieße es, wie die Wellen am Sand lecken und sich dann gemächlich wieder zurückziehen.

»Hast du mit deinem Dad gesprochen?«, frage ich und mustere sein Gesicht auf der Suche nach selbstzerstörerischen Gedanken. Callums Gesicht, das mir so vertraut geworden ist, dass ich es am liebsten pausenlos berühren möchte.

Was, wenn es auch darum geht, dir selbst zu erlauben, glücklich zu sein – für jetzt? Du bist mehr als das, was deinen Körper gerade einschränkt, Grace, höre ich die Stimme meiner Therapeutin in meinen Gedanken. Als Callum meinen Blick erwidert, schüttle ich die Erinnerung ab.

»Nein«, sagt Callum. »Er ist fast nur noch in der Kanzlei. Und wenn er zu Hause ist, gehen wir uns aus dem Weg. Wir leben zusammen wie Mönche, die Schweigegelübde abgelegt haben.« Der Witz klingt hohl. Seine Wehmut und Traurigkeit schwappen zu mir wie die Wellen an unsere Schuhsohlen.

»Das tut mir leid. Wenn er nicht bereit ist, mit dir zu reden, dann verdient er dich nicht als Sohn, Callum.«

»Keine Ahnung. Momentan bin ich es, der nicht über die Sache sprechen will. Wir sind beide stolz.« Ich wünschte, ich könnte etwas Aufmunterndes sagen. Etwas tun, das hilft.

»Und wie geht's dir?« Callums Stimme wird weicher. Meine Haut kribbelt, wo er mich ansieht.

Mut bedeutet nicht, keine Angst zu haben. Es heißt, trotzdem den ersten Schritt zu gehen. Etwas zuzulassen, hallen die Sätze meiner Therapeutin in mir wider. Etwas zuzulassen, wiederhole ich stumm und erlaube mir für einen Augenblick, das Kribbeln ganz und gar wahrzunehmen, das Callums Nähe verursacht. »Nah, diese verdammte Wartezeit bringt mich schneller um als der Krebs.«

»Noch keine Neuigkeiten aus der Klinik?«

Seufzend vergrabe ich die Hände in den Manteltaschen. »Nope. Die Ärzte lassen sich Zeit. Ich glaube, sie lieben es, mich zu quälen.«

Abrupt bleibe ich stehen, so abrupt, dass Callum erst nach drei weiteren Schritten bemerkt, dass ich nicht mehr neben ihm laufe.

Er ist sofort wieder bei mir. »Was ist los? Panikattacke?«

Ich schüttle den Kopf und zeige auf das, worauf mein Blick sich gerade geheftet hat. »Ich habe den perfekten Ort für unser Songwriting gefunden.«

»Ein … Boot?« Verdutzt geht Callum zu dem alten, kleinen Ruderboot, das mitten am Strand liegt. Die hellblaue Farbe blättert ab, und es hat einige Löcher im Rumpf. Nachdem wir es eingehend gemustert haben, lächeln wir uns an. »Darf ich bitten, Madame?« Callum steigt in das Ruderboot, das ein wenig wackelt und knackt. Ich bete, dass die schmale Sitzfläche mich aushält. Das Boot ist so klein, dass Callum, der mir gegenübersitzt, die Beine breit aufstellen muss, sodass meine dazwischenpassen. Unsere Knie berühren sich, reiben einander. Sein Atem streift mein Gesicht. Wir sind beide warm eingepackt, trotzdem kommt es mir vor, als würde ich Callum überall bis auf die nackte Haut spüren.

»Halt mich für verrückt, aber dieses Boot ist irgendwie schnuckelig.«

»Schnuckelig?« Ich lache. »Du meinst wohl romantisch?«

Erst als Callum belustigt die Lippen schürzt, bemerke ich meinen Fehltritt. Räuspernd fahre ich mit den Fingern über das abgeblätterte Holz, um zu verhindern, dass sich peinliches Schweigen ausbreitet. »Song?«, frage ich, und Callum lässt mir das Ablenkungsmanöver durchgehen.

»Klar kann ich einen Song für dich spielen, kein Problem.« Er packt die Gitarre aus. »Und dieses Lied ist für Grace!« Ehe ich ihn davon abhalten kann, schmettert Callum die Akkorde, gepaart mit einer kitschigen Melodie. »O Grace, o Grace, du bist ein Sonnenschein, stolperst du auch wie ein … äh, tapsiger Pinguin rein.«

»O Gott.« Ich verstecke mich hinter meinen Händen.

»In mein Leben natürlich, is klar.«

»Callum!«

»Grace, o Grace, dein Lachen macht mich schwach, auch wenn deine Sturheit auf, ähm, meine kracht.«

»Erdboden, tu dich auf. Bitte.«

Ein paar Leute, die an der Promenade entlangschlendern, sind stehen geblieben, um Callums Hymne zu lauschen. Meine

Wangen glühen wie ein Hochofen. Callum setzt zu einem neuen Reim an – ich unterbreche ihn mit einem spielerischen Schlag gegen sein Knie. »Hör auf damit«, zische ich und muss dann doch lachen. Callum stimmt ein, und obwohl ich peinlich berührt bin, fällt die Anspannung von mir ab.

»Sorry!«, rufe ich den lachenden Leuten zu, die in einiger Entfernung an uns vorbeigehen.

»Hey, entschuldigst du dich etwa gerade für meinen grammyreifen Gesang?«

»Du bist ein Trottel, Callum.«

»Aber dein Trottel.«

Mein Lachen verfliegt. *Ich wünschte, es wäre so,* schießt es mir durch den Kopf. Mein Herz pocht und krampft sich im gleichen Moment zusammen. »Lass … uns texten«, schlage ich vor, und um seine Augen herum entstehen wehmütige Fältchen. Dann rückt er die Gitarre zurecht, übergeht, was gerade geschehen ist, und wir vertiefen uns in die Bridge, wobei mein Blick sich ständig auf seine Arme und seine Lippen heftet. Diese Lippen, die ich so gern küssen möchte, die Arme, in die ich mich fallen lassen möchte. Ich stelle mir vor, wie alles in diesem Kuss liegen würde, was sich über Jahre in uns angestaut hat. Shit, meine Hormone spielen verrückt. Ich muss mich zusammenreißen.

Nach einer halben Stunde, in der wir es schaffen, den ersten Entwurf für die Bridge zu beenden – und das sogar, ohne leidenschaftlich zu diskutieren –, wende ich mich dem Meer zu. »Warum sind die kaputten Dinge immer die schönsten?«, frage ich und zeichne das Muster der Holzverkleidung des Bootes nach, die an etlichen Stellen absplittert.

»Weil sie lebendiger wirken«, erwidert Callum. Er legt die Gitarre zurück in den Koffer. »So ein Boot kann eine lange Zukunft haben, wenn man bereit ist, es zu pflegen.«

»Du meinst, zu reparieren.«

»Nein«, bringt er hervor. »Manche Dinge müssen nicht repariert werden. Nur geliebt.« Callum schüttelt sich erste Regentropfen vom Nieselregen aus den blonden Haaren, und ich würde am liebsten aufseufzen. Unter seinem Blick zergehe ich wie Eis in der Sonne. »Wenn man daran glaubt, kann alles eine Zukunft haben.«

Ich starre auf einen unbestimmten Punkt in der Ferne. »Nein. Das Boot wird irgendwann vom Meer zurückgeholt.«

»Und bis dahin?«

Ich lasse ihn mich ansehen, bis ich die überwältigende Intimität nicht mehr aushalte und die Augen schließe. Ich muss ihn, der mir unter die Haut geht, ausblenden. Doch bevor ich darüber nachdenken kann, suchen meine Hände seine. Meine Daumen gleiten über seine, malen seine hervorstehenden Sehnen und Adern nach bis zum Handgelenk.

»Grace«, raunt Callum. Mein Kopf neigt sich ihm entgegen, bis wir Stirn an Stirn sind. Herz an Herz. Seine Lippen streifen meine Nase. Und ich weiß, wenn ich jetzt die Lider aufschlage, ist es vorbei. Dann gibt es kein Zurück mehr.

Ich öffne meinen Mund, ganz vorsichtig, berühre seine Wange. Bis ein Klingeln das knisternde Spannungsfeld zwischen uns zerreißt. Ich verharre, hadere mit mir, bis Callum tief seufzt, ein letztes Mal seine Stirn gegen meine lehnt und nach hinten rutscht.

Ich schlage die Augen auf und verstehe erst jetzt, dass es mein Handy ist, das klingelt. Ich brauche zwei Anläufe, um es aus meiner Jacke zu fischen. »J-ja?«, frage ich. Ich bin so durch den Wind, dass ich nicht mal auf den Namen auf dem Display geachtet habe.

»Liebling?« Der hektische Klang von Mums Stimme schickt sofort Adrenalin durch meine Venen und reißt mich brutal in die

Gegenwart zurück. »Die Klinik hat angerufen, wir sollen sofort kommen. Sie … sie haben eine Entscheidung getroffen.«

Mein Magen sinkt. Mir wird kotzübel. »O-okay«, presse ich hervor.

»Wir holen dich direkt vom Strand ab, ja? Schickst du deinen Standort?«

Ich nicke, bis mir einfällt, dass Mum es nicht sehen kann. »Ja, klar.«

»Kommt Callum mit?«

Ich starre Callum an und muss nichts erklären, nichts fragen. Anhand meiner Reaktion errät er, worum es geht. Er neigt sein Kinn vor.

»Ja, er kommt mit«, stottere ich. Meine Hand zittert. Callums kleiner Finger findet meinen.

»Wir sind sofort da. Alles wird gut, Schatz.« Mums Stimme bebt, und ich kämpfe gegen die Tränen an. »Ich hab dich lieb.«

»Ich dich auch. Bis gleich.«

»Bis gleich.«

Ich lege auf, und mein Lächeln erstirbt.

Gleich werde ich erfahren, ob es Hoffnung gibt. Ob sie doch operieren können, oder nicht. Ob ich Chemo machen und noch mal durch die Hölle gehen muss – mit unklarem Ausgang. Oder ob ich eine tickende Zeitbombe bleibe, die jederzeit hochgehen könnte.

Ich werde entweder geliebt und repariert – oder vom Meer zurückgeholt.

KAPITEL 23

Medicine

GRACE

Alles in meinem Leben untermale ich mit Musik.

Meine Kopfhörer sind nahezu an mir festgewachsen, und manchmal, wenn ich einen Song wirklich fühle, läuft er einen oder mehrere Tage in Dauerschleife. Für jeden Moment suche ich das passende Lied. Wenn ich ans Krankenhaus denke, an meine Diagnose, ist das *Medicine* von *Daughter*. Aber auch *After the Storm* von Mumford & Sons. Oder *Living and Existing* von CJ Starnes.

Ich habe eine ganze Playlist zu meinen Gefühlen.

Doch jetzt, im Sprechzimmer in der Klinik, herrscht Stille. Keine Musik. Nur Schwere, die im Schweigen spürbar ist. Mum und Dad sitzen neben mir, ihre Hände in Mums Schoß übereinandergelegt. Ich wünschte, ich könnte Callums Hand halten. Ich wünschte, er wäre hier, neben mir. Und gleichzeitig wünsche ich es mir nicht.

Val und Eric waren schon da, als wir auf Station eingetroffen sind. Wir haben uns umarmt, und Val sind direkt Tränen in die Augen gestiegen. Sie sitzen draußen im Wartezimmer mit Callum, der noch schnell Will getextet hat, bevor wir einen letzten Blick getauscht haben und ich ins Sprechzimmer gerufen wurde.

Dr. Evans und Dr. Turner sitzen mir gegenüber, und ich versuche, aus ihren Mienen schlau zu werden. Beide kenne ich vom ersten Tag an. Dr. Evans war die Ärztin, die uns damals schonend und sehr einfühlsam die Diagnose beigebracht hat. Oder eher meinen Eltern. Ich war dreizehn und hatte keinen blassen Schimmer, was Krebs überhaupt bedeutet. Sie war ruhig, mitfühlend und hat sich Zeit genommen. Ganz im Gegensatz zu den Ärzten, die wir vorher aufgesucht hatten. Dr. Turner ist der zweite Oberarzt der Kinderonkologie. Anfang vierzig, mit Bartschatten. Das Ebenbild des Schauspielers John Krasinski. Lustig, aber auch empathisch. Er weiß genau, wann ein lockerer Spruch mehr hilft als ein tröstendes Wort – oder umgekehrt.

Die Einleitung für heute haben wir hinter uns gebracht. Dr. Evans hat erklärt, warum wir heute hier sind, gefragt, wie es meinen Eltern und mir geht, sich nach meinem Schulprojekt, von dem ich schon vor Monaten geschwärmt hatte, erkundigt. Daran, wie ernst beide werden, erkenne ich, dass wir nun in Phase zwei übergehen.

Die schonungslose Wahrheit.

»Wie du weißt, Grace, haben wir uns in den letzten Wochen mit anderen Ärzten, auch aus dem Ausland, beraten.« Ich mochte es immer, dass Dr. Turner nicht meine Eltern, sondern mich anspricht. Auch in diesem Moment sieht er erst mich an. »Alle sind sich einig, dass eine OP ausgeschlossen ist. Das Risiko ist zu groß.«

Mum atmet rasselnd aus. Dads Kehlkopf tritt hervor. Ich schließe die Augen. Eine OP wäre die beste Möglichkeit gewesen, die Metastase zu entfernen. Dr. Turner war zwar von Anfang an gegen eine OP, aber ich hatte gehofft, dass der Austausch mit anderen Kliniken seine Meinung vielleicht ändern würde. Als ich aufblicke, bin ich immer noch in dem nach Desinfektionsmittel riechenden Zimmer mit den grünen Streifen an den Wänden.

»Das heißt, alles bleibt wie gehabt?«, hake ich nach. »Alle drei Monate Kontrollen, und das Ding bleibt an meinem Herzen?«

Das Ding. Die tickende Zeitbombe.

Val und Eric haben den Ableger meines Tumors irgendwann *Fred* getauft. Aber ich finde, Fred ist ein viel zu cooler Name für dieses Miststück.

»Das wäre eine Möglichkeit«, sagt Dr. Turner. »Wir würden eine andere vorziehen.«

Ich greife in den Stoff meiner Jeans. *Bitte sag es nicht, bitte sag es nicht.*

»Wir würden gern eine andere Chemo versuchen.« Dr. Turner wirft mit einem Fachbegriff um sich, den ich nachher googeln muss. Vermutlich der Name des Medikaments. »Es ist eine sehr aggressive Chemo, aber es besteht eine gute Chance, dass die Metastase darauf anspricht.«

»Wie hoch?«, höre ich meine Stimme fragen. Meine Seele hat meinen Körper längst verlassen. Ich wundere mich, dass sie das Auseinanderbrechen meines Herzens nicht hören.

Dr. Turner fummelt an seinem weißen Kittel herum. Er weiß, dass ich Zahlen brauche. Ich bin besessen von ihnen seit meiner Diagnose. Weil es eine einfache Aufwand-Nutzen-Rechnung ist. Fünf Horror-Zyklen à zehn Wochen gegen zehn Lebensjahre? Guter Deal. Fünf-Horror-Zyklen mit Neben- und Nachwirkungen gegen keine Wirkung? Schlechter Deal.

»Das kann man bei dieser Therapie schlecht sagen.« *Lüge.* Ich blicke Dr. Turner fest ins Gesicht, er räuspert sich, schaut Hilfe suchend zu Dr. Evans.

»Zwischen vierzig und sechzig Prozent«, sagt sie, und ich starre an die Decke. Vierzig, fünfzig, sechzig. Zweistellig. Vielversprechende Zahlen. Zahlen, an die ich mich sonst geklammert habe. Aber was, wenn sie während der Therapie weiter sinken werden?

Was, wenn sich die Prognose verschlechtert? Worauf kann ich überhaupt vertrauen?

»Wir wissen, dass die letzte Chemo hart für dich war, Grace«, sagt Dr. Evans, wobei sie mich sacht am Unterarm berührt. »Aber sie hat gewirkt.«

»Ja, bis dieses Mistding gewachsen ist. Wie viel Zeit lag dazwischen?« Ich blinzle nicht mal.

Dr. Evans nickt, als wüsste sie genau, was in mir vorgeht. »Dein Krebs war sehr aggressiv, Grace. Metastasen sind fast immer …«

»… die Regel«, beende ich tonlos ihren Satz. Das habe ich so oft gehört. Ich hatte zwölf Chemozyklen hinter mir, und für ein paar Wochen sah es gut aus. Ein paar fucking *Wochen* hatte ich Ruhe. *Wochen.*

Der Krebs fühlt sich so wohl in meinem Körper, dass er es gar nicht erwarten konnte, sich direkt wieder auszubreiten.

Dr. Turner und Dr. Evans legen meinen Eltern und mir Prospekte und Studien vor. Ich kämpfe währenddessen so heftig gegen die Tränen und einen Nervenzusammenbruch an, dass meine Lippe bebt.

Es gibt nur einen Gedanken, den ich innerlich schreie.

Ich will nicht. Ich will nicht. Ich will nicht. Ich. Will. Nicht.

Ich will leben, aber keine Chemo machen. Ich will, dass die Metastase schrumpft, aber keine Chemo machen. Ich will gegen den Krebs kämpfen, aber nicht die Nebenwirkungen und Nachwirkungen in Kauf nehmen. Ich will die Schmerzen nicht. Ich werde das nicht noch mal überstehen. Das Kotzen, bis meine Speise- und Luftröhre brennen, als würde ich in Flammen stehen. Die Erschöpfung. Fatigue. Die Gliederschmerzen. Die Infekte. Das Isolieren, weil jede Erkältung mir das Leben zur Hölle machen könnte. Der Aufwand für meine Freunde, wenn wir uns sehen, um auszuschließen, dass sie mich mit Infekten oder Keimen anstecken. Das Kribbeln in den Händen, Fingern, die Gefühlsstörungen, die mich teilweise vom Spielen abgehalten haben. Der Haarausfall.

Ich kann nicht.

Es ist der stärkste Drang der Welt. Die eigene Haut ablegen zu wollen und wegzulaufen. Vor mir.

Scheiße, ich will leben. Ich will einen anderen Körper.

Ich *will* so sehr.

Aber das spielt keine Rolle. Ich werde vor vollendete Tatsachen gestellt. Entweder warte ich, bis die Metastase unbemerkt wächst und meine Hauptschlagader perforiert, woran ich sterben werde. Ich warte, bis vielleicht noch andere Metastasen entstehen. Oder ich handle und wähle die einzige Option, die mir bleibt. Selbst vierzig Prozent klingen besser als zehn. Oder null. Oder das Wort *palliativ,* das mich sicher in Zukunft erwarten würde, wenn ich eine Behandlung ablehne.

Meine Eltern können mich nicht verlieren. Val, Eric und Lou können mich nicht verlieren. Will. Callum. *Callum.* Den ich vorhin fast geküsst hätte. Dem ich fast Hoffnung gemacht hätte. Den ich fast noch tiefer mit mir in den Abgrund gezogen hätte.

Tränen verschleiern meine Sicht, während Dr. Evans und Dr. Turner reden. Dr. Turner bemerkt mein gequältes Schlucken und legt seine große Hand auf meine. »Es ist okay, Grace. Du kannst weinen.«

Ich schüttle den Kopf, und nun sehen mich auch Mum und Dad verheult an, was es noch schlimmer macht. Ich muss für sie stark sein. »Ist okay, Liebling«, wiederholt Dad und greift nach meiner anderen Hand. Mum lehnt sich zu mir herüber, streicht mir die Träne von der Wange.

Ich weiß, ich bin nicht allein. Und trotzdem so einsam. Ich bin in Isolationshaft in meinem eigenen Körper.

»Wir sind bei dir, Grace.« Dr. Evans' Ruhe und Zuversicht strahlen auf mich über. Ich suche nach einem Anflug von Zweifeln in ihren Augen. Keine Spur. Sie glaubt *wirklich* daran.

»Wie viele Zyklen?«, bringe ich gequetscht hervor, während ich in ein Taschentuch von Dr. Turner schnaube.

»Sechs.«

Puh. Ein Zyklus dauert üblicherweise zwei bis vier Wochen, je nach Protokoll. Ich werde also achtzehn Wochen Therapie bekommen.

»Wir geben sie dir nach dem R-Chop-Schema. Ein Tag Chemo, drei Wochen Pause«, liefert Dr. Turner mir direkt die Erklärung.

Pause. Eine witzige Umschreibung für das, was passiert. Denn es ist das Gegenteil von Pause.

»Es ist eine ambulante Therapie«, sagt Dr. Evans, und ich notiere mir den ersten Pluspunkt. So kann ich zu Hause Kraft schöpfen und vielleicht sogar trotz Chemo mit Callum den Song beenden. *Der Song*. Mein *ewiges Leben,* falls etwas schiefgeht. »Natürlich wirst du trotzdem engmaschig überwacht. Blutabnahmen und so weiter. Das kennst du ja.« Ich nicke, und Dr. Evans schaut auch zu meinen Eltern. Mum ist Meisterin darin, das Haus so steril wie möglich und mein Infektionsrisiko so gering wie möglich zu halten. »Und Dr. Saunders wird dir selbstverständlich als therapeutische Begleitung zur Seite stehen.«

Ich nicke wieder. »Keine Bestrahlung im Anschluss?«, frage ich, um mich zu versichern, richtig zugehört zu haben.

»Nein. Keine Bestrahlung«, bestätigt Dr. Turner.

Ich atme etwas auf. Das ist gut. Die erste Chemo mit anschließender Bestrahlung war kaum auszuhalten.

»Aber keine Hochdosischemo mit Stammzelltransplantation?«, frage ich.

»Vorerst nicht. Die Stammzelltransplantation wäre für … später aber durchaus eine Option, sollten noch mehr Rückfälle auftreten.«

Ich nicke. Rückfälle bedeutet mehr Metastasen. Mehr Krebs.

Alle blicken mich an, warten auf meine Antwort. Dr. Evans und Dr. Turner haben uns fürs Wochenende Bedenkzeit gelassen, aber Zeit ist wie eine Währung für mich.

Seufzend lege ich den Kopf in den Nacken, verabschiede mich gedanklich von meiner Hochsteckfrisur, auf die ich dieses Jahr noch gehofft habe, und hole tief Luft. »Okay«, sage ich. »Ich mach's.«

Mum schluchzt erleichtert, Dad schnieft und drückt voller Stolz meine Finger. »Wir schaffen das«, flüstert er an meiner Schläfe und drückt einen Kuss darauf. »Wir tun alles, damit du dich wohlfühlst. Alles wird gut.«

Alles wird gut. Oder auch nicht.

Ich zwinge mir ein zuversichtliches Lächeln auf die Lippen, obwohl ich innerlich zerrissen werde. Ich schreie. Nur nicht nach außen. Dann denke ich an das, was meine Therapeutin gesagt hat. *Mut bedeutet nicht, keine Angst zu haben. Es heißt, den ersten Schritt zu gehen.*

Ich habe keine Ahnung, was nach diesem Schritt kommt. Ob ich festen Boden spüren werde – oder falle. Doch ich werde ihn gehen, weil ich *leben* will.

Ich liebe dieses Leben. Und diese Liebe ist stärker als meine Angst vor den Nebenwirkungen. Solange ich den Schmerz aushalten kann, solange ich noch Freude spüre … so lange kämpfe ich.

So lange kann ich nicht verlieren.

KAPITEL 24

Wait

CALLUM

Ich laufe in dem Wartezimmer mit den blauen Stühlen und bunten Zeichnungen an den Wänden von einer Ecke in die andere. Val und Eric sitzen direkt am Fenster, die Köpfe aneinandergelehnt. Ich frage mich, wie sie auf den Stühlen sitzen bleiben können. Nie zuvor in meinem Leben habe ich mich derartig getrieben gefühlt, voller Unruhe, Adrenalin, Stress. Jede Sekunde, die ich warte, zerreißt meine Nerven mehr. Ich verliere jegliches Zeitgefühl. Vergeht eine halbe Stunde? Eine Stunde? Oder mehr?

Es war befremdlich mitzuerleben, wie Grace wirklich jeden im Krankenhaus begrüßt hat. Mir ist erst in diesem Augenblick, den wir auf der Krebsstation ankamen, bewusst geworden, dass diese Klinik ihr zweites Zuhause ist. Sie hat Jahre in dieser Umgebung verbracht, die mir wie ein fremder Planet vorkommt.

Als die Tür zum Sprechzimmer endlich aufschwingt und Liz und David mit roten Rändern um die Augen heraustreten, gefolgt von Grace, ahne ich, was los ist. Und als mein Blick sich mit Grace' verschleiertem verhakt, trifft mich die volle Breitseite der Realität. Das Wort *Chemo* hängt wie ein Damoklesschwert über ihr.

Grace fängt sofort an zu weinen, so sehr, dass ihre Schultern erbeben. Val, Eric und ich sind sofort bei ihr und schlingen die Arme um sie. Ich lege mein Kinn auf ihren Haaren ab, raune ein beruhigendes »Schhh«.

Grace zersplittert in unseren Armen in Millionen von Scherben. Sie so zu sehen, bereitet mir körperliche Schmerzen.

Und es macht mir Angst.

Sie weiß genau, was auf sie zukommt, und dass sie sich so fürchtet, jagt mir einen Schauer über den Rücken. Ich bin mir sicher, dass sie entschlossener ist denn je, mich nie wieder *fast* zu küssen, mir das nicht anzutun. Genau davor wollte sie mich schützen. Doch ich bin ebenso entschlossen, wie noch nie zuvor in meinem Leben.

Egal, wie heftig das alles ist: Zu keiner Millisekunde ist mir in den Sinn gekommen, sie zu verlassen. Nicht auf der Dachterrasse, nicht beim *Krebs-Bullshit-Bingo,* nicht eben bei der quälenden Warterei. Nicht jetzt, da sie wieder Therapie machen muss. Es ist mir nie in den Sinn gekommen, das *nicht* mit ihr durchzustehen. Sie nicht zu lieben.

Die letzten Jahre habe ich geglaubt, nie das erfüllen zu können, was von mir erwartet wird. Aber hier, in der Klinik, mitten auf der Kinderkrebsstation, mit Grace im Arm und einem übermächtigen Gegner, spüre ich, dass ich es kann. Ich kann für sie da sein. Ich kann und werde ihre Hand halten, während der Chemo oder danach. An den beschissenen Tagen. Ich kann das aushalten, ich kann das mitmachen. Ich kann das, wenn sie es kann.

Ich bin stärker, als ich dachte. Wie Grace.

Zum ersten Mal wachse ich über mich hinaus. Für Grace.

KAPITEL 25

Grow As We Go

GRACE

Einstein sagte, dass die Zeit relativ ist. Für jemanden in Bewegung fühlt sie sich anders an als für jemanden, der ruhig daliegt. Sie ist kein universelles Maß, sondern wird von unserem Umfeld beeinflusst.

Für mich fließen die Tage nach dem Arztgespräch ineinander und zugleich an mir vorbei. Kurz nach dem Gespräch, an einem Montag, den die anderen in der Schule verbringen, sitze ich in einem Zimmer mit bunten Bildchen an den Wänden und bekomme in einer OP den Port eingesetzt. Eigentlich hatte ich gehofft, das Ding los zu sein, but here we are.

Am nächsten Tag, einem Dienstag, kehre ich in ein anderes buntes Zimmer zurück und werde – nach Blutbild, Blutdruck- und Pulsmessungen – an den Tropf gehängt. Die Erstinfusion fließt sechs Stunden lang in mich hinein. Ich stehe unter konstanter Beobachtung und bleibe weitere drei Stunden stationär, um allergische Reaktionen oder Fieber auszuschließen. Das Einzige, was nach dieser Zeit sofort kickt, ist die Übelkeit. Noch während sie nach der Dosis den Zugang spülen, fühle ich sie, wie sie durch meinen Magen kriecht, meine Speiseröhre hinauf, bis in den Rachen.

In der Nacht übergebe ich mich das erste Mal und danach, in Abständen von ein paar Stunden, regelmäßig. Mum hält über der Kloschüssel meine Haare, was völlig unnötig ist, da sie zu kurz sind, um mir ins Gesicht zu fallen. Doch es ist ihre Geste des Daseins, ihr *Ich-weiche-nicht-von-deiner-Seite*. Sie streicht mir über den Rücken und wartet, bis ich mich entleert habe.

Dad passt den Speiseplan komplett meinen Bedürfnissen an und setzt regelmäßig Tee auf. Neben dem Bett steht eine Wasserflasche mit genauer Literangabe, um meine Flüssigkeitszufuhr zu überwachen.

Ab Tag drei der Wirkungszeit verschwimmen Minuten und Stunden. Zwischen Hörbüchern, Büchern, Puzzle-Apps, Serienmarathons und abendlichen Runden *Fortnite* existiere ich in meinem eigenen Raum-Zeit-Universum.

Ich videocalle mit Lou, die ebenfalls ihre neue Dosis bekommen hat, lese parallel mit ihr das gleiche Buch, rede mit ihr über Gott und die Welt, bis ich vor Erschöpfung einschlafe. Val und Eric wechseln sich mit ihren Besuchen bei mir ab, da sie auch ihre Projekte fertigstellen müssen. Vorher fragen Mum und Dad sie nach sämtlichen Erkältungssymptomen, da jeder noch so kleine Infekt der Tod für mein Immunsystem wäre. Zweimal bringt Val Will mit, und es freut mich, dass das Date der beiden ein voller Erfolg war und sie seitdem kaum mehr ohne einander können. Es ist ein Trost, dass wenigstens sie ihr Glück leben können. Val macht es fix und fertig, nicht jeden Nachmittag bei mir sein zu können, aber ich beruhige sie, weil ich dennoch in bester Gesellschaft bin. Denn wer jeden Tag direkt nach der Schule zu mir kommt, ist Callum.

Er macht jeden Tag Tests, um zu mir zu können, und Mum und Dad begrüßen und behandeln ihn mittlerweile wie einen Sohn. Wenn Callum nicht oben bei mir ist, weil ich ihn für gewisse Dinge nach unten schicke und gegen Mum ›austausche‹, sitzt er mit Dad am Klavier oder lässt sich Nachhilfe von ihm im Kochen geben. Callum lernt schnell, worauf er in der Chemozeit achten muss. Es schreckt ihn nicht ab, dass ich in seiner Gegenwart kotzen muss oder kein Make-up trage und wie ausgespuckt aussehe. Noch in der ersten Woche schlafe ich sogar ein, während er neben mir auf dem Bett sitzt. Normalerweise hasse ich es, beim Schlafen beobachtet zu werden, doch bei Callum passiert es wie von selbst.

Wir schaffen es, jeden Tag ein paar Minuten am Song zu schreiben, doch nur mit Pausen. Das Chemo-Brain macht mir zu schaffen. Teilweise muss Callum mich daran erinnern, welchen Wochentag wir haben, oder mir Worte vorschlagen, die mir nicht einfallen.

Am Ende der ersten Chemo-Woche beenden wir die Bridge des Songs, und ich kann Callum dazu überreden, *The Tortured Poets Department – The Anthology* mit mir anzuhören. Bei *Who's afraid of little old me* ist er bereits ein *Swiftie,* und bei *Loml* muss er sich die Tränen verkneifen. Wir lesen zusammen *Die Mitternachtsbibliothek* von Matt Haig – ich am Kindle und Callum mein Buch. Er lauscht dem Soundtrack von *Hadestown,* meinem liebsten Musical.

Wir reden über alte Zeiten, über Mrs. Murray, seinen Dad, das leere und stille Haus, das ihn abends erwartet, und das, was ohne mich in der Schule abgeht. Doch wir reden nicht über uns. Wir wissen zwar, was wir fühlen, aber ich habe gerade keine Kraft, eine Entscheidung zu treffen. Und Callum drängt mich nicht.

Er bringt mich so sehr zum Lachen, dass ich Tee auf meinem Bett verschütte, und beim Songwriting diskutieren wir so hin und her, dass ich nach fünf Minuten völlig erschöpft bin. Ich zeige Callum meine Insel bei *Animal Crossing* an der Switch, und wir zocken abends online mit den anderen, wobei ich Callum die meiste Zeit über zuschaue, während ich ihn still beobachte.

Seine Wangenknochen, sein kantiges Gesicht, die blonden Haare, die kleine Narbe über der Augenbraue. Ich denke an all die Erinnerungen zurück, die ich mit ihm teile und die nur mir gehören. Melancholie ist eine Nebenwirkung vom Krebs, vom Chronisch-Kranksein. Stärker noch als das Kotzen oder die Müdigkeit.

Manchmal sehe ich ihn an und liebe ihn so sehr, dass es mehr wehtut als das, was ich sonst verloren habe. Aber das kann ich ihm nicht sagen, denn nichts ist schlimmer, als eine Tote zu lieben.

♪♪♪

An einem späten Nachmittag, den ich fast nur mit Weinen verbracht habe, weil die Gefühlsstörungen in meinen Fingern so schlimm sind, dass ich die Ukulele nicht mehr anschlagen kann, liege ich in Schlabber-T-Shirt im Bett. Der Port schmerzt. Mum hat nachgesehen, und die Haut ist gereizt, aber nicht entzündet wie beim letzten Mal.

Tief in mir verspüre ich eine solche Traurigkeit. Die Traurigkeit, die meine Therapeutin vor einem Jahr als *Abschiedstrauer* bezeichnet hat. Lange fiel es mir schwer, mir zu erlauben, auch um mich zu trauern. Um die Person, die ich verloren habe, das unbeschwerte Kind, das ich war. Meine Hoffnung schwindet, dass sie je wiederkehren wird. Aber vielleicht ist das gut. Vielleicht habe ich jetzt mehr Bewusstsein für das, was um mich herum passiert. Oder ich bin einfach nur vollkommen verloren. Mit Lou darüber zu sprechen, hilft, denn sie versteht es anders. Sie erlebt es selbst, ich brauche es ihr nicht zu erklären.

Mit meinen vernebelten Sinnen starre ich auf die Klebesterne an meiner Decke. Was würde ich dafür geben, draußen die Sterne am Strand zählen zu können. Die echten. Callum kommt mit Keksen und Tee zurück in mein Zimmer. Er sinkt auf meine Bettkante und zieht aus dem Nachtschrank das Blutdruckmessgerät hervor.

»Zeit für eine Messung«, sagt er und beginnt damit, die Manschette um meinen Oberarm zu legen und zuzuziehen. So, wie Mum es ihm gezeigt hat.

Mein Oberarm schmerzt von dem Druck, der durch die Manschette entsteht, doch ich achte kaum darauf. Meine Augen zeichnen Callums Wangenknochen nach, sein Kinn, seine Lippen, seine Nase, seine Augenbrauen, seine Haare. Er ist immer hier. Er steht das mit mir durch. Er geht nicht weg. Diese Erkenntnis bringt mich fast jedes Mal, wenn er mein Zimmer betritt, zum Heulen.

»Du bist so sexy, wenn du konzentriert bist«, sage ich, ohne vorher darüber nachzudenken.

»Hast du mich etwa gerade als gutaussehend bezeichnet, Miss McIntyre?«

»Vielleicht«, entgegne ich.

»Welche Medikamente hast du heute gleich noch mal genommen?«, fragt Callum leise lachend, wobei er unsicher und mit geröteten Wangen zu mir späht. »Außerdem sollst du beim Messen nicht reden.«

»Aye, Sir.« Ich presse die Lippen aufeinander und warte, während das Gerät runterzählt. Callum neigt sich vor, mein Protokoll-Notizbuch auf dem Bein, um die Werte abzulesen. Eine Strähne fällt ihm in die Stirn. Ich gebe dem Verlangen in meinem Bauch und dem Kribbeln in meinen Fingerspitzen nach und streiche sie ihm hinters Ohr, wo mein Daumen verweilt. Mein Herz pocht heftig gegen meine Rippen.

»Grace.« Callums Stimme ist ein tiefes, kratziges Knurren. »Ich kann mich nicht konzentrieren, wenn du das tust.«

Ertappt ziehe ich die Hand zurück und lasse Callum die Werte notieren. »Dein Puls ist schnell wie immer.«

»Schilddrüse«, sagen wir synchron. Selbst, wenn ich ruhig bin, rennt mein Herz schier davon.

»Wir müssen den Song beenden«, flüstere ich und sinke gegen das stützende Rückenkissen in meinem Bett. Ich weiß selbst, wie unlogisch ich bin. Dass ich tief für ihn fühle und er für mich, wir ständig Zeit miteinander verbringen, ich aber nicht sagen kann: *Hey, wollen wir zusammen sein, ja, lass uns zusammen sein.* Ich kann es nicht. Wenn ich der Sache einen Namen gebe, wird real, was er verlieren kann. Wenn ich es einfach laufen lasse, kann ich mich dieser Verantwortung irgendwie entziehen. Obwohl ich weiß, dass es nicht fair ist.

»Wir haben noch knapp drei Wochen. Du musst dich ausruhen.« Callum packt das Blutdruckmessgerät zurück in die Tasche und verstaut es im Nachtschrank.

»Callum«, sage ich und bemühe mich um Kontrolle. »Wenn etwas schiefgeht, ist der Song das Letzte, was ich hinterlasse.«

»Glaub mir, dass du im Gedächtnis bleibst, Grace. Bei jedem, der dich trifft.«

»Ah, du traust mir einen so überwältigenden ersten Eindruck zu? Interessant. Was hast *du* denn für Medikamente genommen, von denen ich nichts weiß?«

Zur Strafe kneift er mir in den Zeh.

»Ich meine es ernst«, wiederhole ich.

»Ich auch. Wir schaffen es. Uns fehlt nur noch die letzte Strophe.«

Ich hebe meinen Kopf etwas an und stupse ihn mit dem Fuß an, in den er eben gekniffen hat. »Seit wann bist du der Optimist von uns beiden?«

Gedankenversunken hebt Callum die Schultern, blättert in meinem Protokollbuch. »Ich glaube halt an dich.«

Ich glaube halt an dich.

Vorsichtig setze ich mich auf und nehme Callum das Buch aus den Händen. Nachdem ich es zugeklappt habe, lasse ich es in meinem Schoß liegen. »Das hier kann schiefgehen, Callum. Nicht … nicht alle Geschichten haben ein Happy End.«

»Und das ist wichtig, weil?«

Manchmal ist er so stur, dass ich ihn schütteln möchte.

»Mich interessiert das Ende nicht«, sagt Callum.

Ich schnaube und verdrehe die Augen. »Oh, bitte. *Jeden* interessiert das Ende einer Geschichte.«

»Mich nicht. Ich bin Fan von allem, was davor passiert.«

Gott, manchmal treibt er mich in den Wahnsinn. Ich atme dreimal tief ein und aus. »Können wir es trotzdem in Betracht ziehen?«

»Warum?«

»Weil es wehtun wird.« Shit, Weinen ist echt mein neues Hobby geworden. Hastig wische ich mir mit den Ärmeln die Tränen weg. »Ich möchte nicht, dass du es verdrängst.«

»Das tue ich nicht, Grace.« Er hebt die Hand zum Schwur. »Versprochen.«

Ich zögere, gebe ein undefinierbares Geräusch von mir, lasse es aber schließlich auf sich beruhen. »Ich habe einen Plan, falls es passiert. Für Mum und Dad«, sage ich ohne Vorankündigung. Das habe ich noch nie jemandem erzählt. »Ehen sind nicht dafür gemacht, den Tod eines Kindes auszuhalten. Die meisten Paare lassen sich scheiden. Über siebzig Prozent.« Callum hört mir geduldig zu. »Val und Eric müssen dafür sorgen, dass das nicht passiert.«

»Wie sollen sie das verhindern?«, fragt Callum.

»Vorbeikommen, gemeinsam trauern, in Erinnerungen schwelgen. Mum und Dad werden sehen, wie sie weiterleben. Wie sie wachsen. Ein Teil von mir wird immer in meinen Freunden weiterleben.« Ich wende mich ab, damit Callum die Tränen nicht bemerkt, die meine Augen überschwemmen.

»Also auch in mir?«, hakt Callum mit frechen Grübchen um die Mundwinkel nach, ohne meine Idee für bescheuert zu erklären. Er weiß, dass ich den Glauben daran brauche, dass es meiner Familie nach meinem Tod gut gehen wird. Dass meine Eltern ein Leben nach mir haben. »Immerhin bin ich doch jetzt Mr. Sunshine in deinem Freundeskreis.« Callum zieht eine Grimasse und wackelt dabei selbstgefällig mit den Augenbrauen.

Ich pruste los. »Klar, du bist Mr. Brightside.«

Sofort öffnet Callum Spotify auf meinem Fernseher und *Mr. Brightside* von den Killers schallt durch mein Zimmer. Bevor ich begreife, was passiert, rutscht Callum auf Socken rückwärts und schwingt die Hüften.

»O nein. Nein, bitte nicht«, sage ich, während Callum eine Luftgitarrenperformance zu *Mr. Brightside* hinlegt und dabei wild durch mein Zimmer tanzt.

Beim zweiten Refrain kann ich nicht anders, als mich von ihm hochziehen zu lassen und mitzutanzen. Lachend hüpfen wir durch mein Zimmer. Callum sinkt auf die Knie, springt dann auf, umschlingt meine Hüfte, und ich kuschele mich an ihn, um mich sogleich von ihm wegwirbeln zu lassen. Ich lache und schreie den Text mit, bis mir die Luft wegbleibt, bis mir das Herz schier aus der Brust springt. Callum entgegen.

Wir tanzen, als wäre heute der letzte Tag auf Erden.

Als könnten wir so den Krebs in mir besiegen.

Als könnte nichts und niemand uns das nehmen, was wir haben.

Glucksend und ächzend lasse ich mich nach der zweiten Songwiederholung aufs Bett fallen, um wieder zu Atem zu kommen, wobei ich Callum weiter anfeuere.

Keine Ahnung, wie oft wir das Lied hören. Aber ich werde es von jetzt an bis zu meinem letzten Atemzug mit diesem Moment verbinden.

Es ist der erste Abend seit Chemobeginn, an dem ich, statt vor Traurigkeit und Depressionen, vor Lachen einschlafe.

Voller glückseliger Erschöpfung. Mit *Mr. Brightside* in meinen Gedanken.

♪♪♪

An Tag zehn nach der ersten Dosis fallen mir die Haare aus. Viel zu früh. Ich bin gerade aus der bodentiefen Dusche gestiegen, als ich die losen Strähnen entdecke. Unschlüssig verharre ich in ein Handtuch gewickelt auf den Fliesen. Dann schenke ich meinem Spiegelbild einen entschlossenen Blick, eile in mein Zimmer, werfe mir ein altes Shirt über und schreibe in den Chat mit Val, Eric und Lou.

Grace: Die Chemo mag meine Haare zu gern.

Val: O neeeein

Ich wette, sie tippt heimlich unter dem Tisch im Mathekurs.

Val: Sie sind doch gerade erst so schön gewachsen.

Sie bombardiert mich mit weinenden Emojis, und ich fühle es.

Eric: Und jetzt?

Lou: Rasier sie ab. Ich hasse es, dabei zuzusehen, wie sie ausfallen.

Grinsend antworte ich, dass es mir genauso geht und meine Freunde ein *Goodbye* an meine Haare richten sollen, verharre aber nochmals auf der Schwelle.

Beim ersten Mal habe ich geweint. Meine Haare sind ein Teil von mir gewesen, mein Markenzeichen. Doch ich habe gelernt, dass sie nachwachsen.

Meine Eltern haben es nur schon beim letzten Mal nicht über sich gebracht, sie abzurasieren. Ich musste es selbst tun.

Würde ich Mum rufen, würde sie einen halben Nervenzusammenbruch bekommen. Woraufhin ich mich wieder schuldig fühlen würde, ihr das antun zu müssen. Dad kann ich schon gar nicht darum bitten. Er würde wieder Angst haben, mir wehzutun.

Also entscheide ich mich, meinem Bauchgefühl zu vertrauen. Sobald Callum am Ende der Treppe mit seiner Schultasche auftaucht, ziehe ich ihn in mein Zimmer.

»Bitte rasier meine Haare ab«, platze ich heraus, und Callum rutscht die Tasche von der Schulter.

»Excuse me?« Er sieht mich ein bisschen überrumpelt an. Zur Veranschaulichung meiner Bitte greife ich mir in die Haare und strecke Callum die losen Strähnen entgegen.

»Shit. Ich weiß nicht, ob ich das kann, Grace.«

»Können wir es probieren? Bitte. Wenn ich es mache, übersehe ich Stellen, und es sieht total blöd aus. Und wenn ich Mum und Dad frage …« Ich brauche den Satz nicht zu beenden.

Callum nickt entschlossen. Er trägt noch die Uniform der St. Doyle. Hemd, Anzugjacke, Krawatte. Letztere öffnet er und wirft sie auf mein Bett. »Zeig mir, wie.«

Ich schenke ihm ein dankbares Lächeln und führe ihn in unser kleines Bad. Während ich ihm die Technik erkläre, stellt Callum sich dicht hinter mich, um zu beobachten, was ich für Trockenübungen mit dem Rasierer mache.

»Du packst das«, sage ich ermutigend, setze mich auf den Hocker, den ich unter dem Waschbecken vorgezogen habe, blicke mir fest in die Augen und schließe sie dann, um mich seelisch und moralisch von meinen Haaren zu verabschieden.

Das ratternde Geräusch des Rasierers nähert sich meiner Kopfhaut. Dann hält es abrupt inne. Ich öffne die Lider wieder und sehe einen schwer schluckenden Callum im Spiegel.

»Hey«, sage ich. »Es ist okay.«

Er antwortet nicht, ist wie festgefroren.

»Callum?«

»Out of order.«

Ich drehe mich auf dem Hocker so, dass ich ihm direkt ins Gesicht sehen kann statt seinem Spiegelbild. »Ich vertraue dir.«

»Aber … deine schönen Haare.«

Ich lache unter Tränen. »Glatze und Beanie sind in. Hab ich gehört. Außerdem hast du die Kurzhaarfrisur eh nie gemocht.«

»Klar hab ich das.«

»Lüge.« Ich zwinkere Callum frech zu. »Du stehst auf lange Haare.«

»Ich stehe auf dich«, sagt er, so, als wäre nichts dabei, und einen Moment lang ist *mein* Gehirn out of order. Mit seinen großen Händen stützt Callum sich an mir vorbei am Waschbecken ab. »O Lord, Grace, bitte verklag mich danach nicht.«

»Es sind nur Haare«, versichere ich ihm. »Runter damit. Ich kann nicht dabei zusehen, wie sie ausfallen. Morgen sehe ich bestimmt wie eine Pusteblume aus, bei der einem beim Blasen die Luft ausgegangen ist.«

Das bringt Callum zum Lachen. Erst herzlich, danach verzweifelt. Er lacht so heftig, dass sein ganzer großer Körper bebt, und steckt mich damit an. »Ich würde dich auch damit lieben«, sagt er, und seine Augen begegnen meinen im Spiegel.

Der Satz trifft mich völlig unvorbereitet. Meine Härchen stellen sich auf, als wollten sie die letzte Distanz zwischen uns überbrücken. Plötzlich bin ich es, die um Fassung ringt. »Ich dich auch.« Wir blicken einander im Spiegel an. So, als wäre das mit uns vorherbestimmt. Obwohl es nie *so* sein darf.

»Fuck«, stößt Callum aus. »Soll ich meine auch abrasieren? Das wäre leichter.«

»Nein!«, zische ich. »Wehe! Deine sind zu flauschig dafür.«

»Okay«, sagt Callum nach einem weiteren tiefen Atemzug. »Bereit, wenn du es bist.«

»Bereit geboren«, erwidere ich.

Callum setzt den Rasierer an. Diesmal schafft er es, ihn über meine Kopfhaut zu ziehen. Von meiner Schläfe bis nach hinten in den Nacken. Danach stößt er einen spitzen Schrei aus. »Oh, fuck, fuck, fuck«, predigt er vor sich hin, was mich mit geschlossenen Augen zum Lachen bringt.

Mit jedem Haar, das fällt, lasse ich etwas los. Erinnerungen an die letzten Monate, Hoffnungsschimmer, aber auch Gewichte, die unsichtbar auf mir gelastet haben.

Callum ist gerade bei der Hälfte angekommen, da stoße ich ein besonders schrilles und lautes Lachen aus, das auch ein bisschen wie ein Schluchzer klingt. Ich sehe urkomisch aus mit einem halb rasierten Kopf, während auf der anderen Seite noch die letzten dünnen Haare runterhängen.

Sofort ertönen polternde Schritte auf der Treppe. Keine fünf Sekunden später stehen Mum und Dad in der Tür.

»Ich hab ihn drum gebeten. Sie sind ausgefallen«, sage ich

schnell, und Callum wirft meinen Eltern einen schiefen, entschuldigenden Blick zu, bevor er sich wieder meinem Kopf widmet.

»Oh, Liebling.« Dad ist schnell bei mir und drückt mir einen Kuss auf eine bereits kahle Stelle. Mum streichelt mir den Nacken und drückt Callum ebenfalls einen Kuss auf die Wange.

»Danke«, flüstert sie ihm zu. Er nickt, sichtlich berührt, und scheint froh zu sein, dass er sich auf meine Haare konzentrieren muss. Das mechanische Surren ist für eine Weile das Einzige, was man in unserem kleinen Bad hört. Überall um mich herum gleiten meine Haare zu Boden.

Ich schaue Mum an, Dad an, Callum an und werde ruhiger. Es ist, wie Lou gesagt hat: Das kann mir nicht genommen werden. Das nicht. Solange ich sie um mich habe, *kann* ich gar nicht gegen den Krebs verlieren.

Niemals.

♪♪♪

An diesem Abend sitze ich mit Val, Will, Eric und Callum auf der Dachterrasse, höre Musik, lausche ihren Gesprächen über die Schulprojekte, grinse über Vals und Wills verliebtes Verhalten, lache mit ihnen und lasse Val zum fünfzigsten Mal meinen kahlen Schädel inspizieren.

Eric erklärt Callum die zig verschiedenen Wege, mit denen er seinen Computer zu Hause aufmotzen kann, und ich genieße die frische Abendluft, auch wenn sie in meiner Luftröhre wehtut. Wegen meiner Kälteempfindlichkeit hat Val mich dick eingepackt, und Callum hat von unten noch eine Mütze und Handschuhe besorgt. Man merkt, dass der Winter Einzug hält und die Vorweihnachtszeit in Brighton beginnt.

Wir rufen Lou per Videochat an, die sich schon in ihr Bett gekuschelt hat. Wie ich ist sie froh über Input von den anderen, denn unsere Leben fühlen sich wie Stillstand an. Man erträgt das Medikament, das einen umhaut, wartet auf die Wirkung und versucht ansonsten, Zeit auf bestmögliche Weise rumzukriegen. Dank meiner Freunde fühle ich mich nicht außen vor, trotz der Krankheit. Das ist unheimlich tröstlich.

Gegen neun Uhr abends verabschieden sich die anderen, und ich bleibe mit Callum zurück. Er wickelt die Decke fester um mich und überprüft, dass ja kein Lüftchen unter den Stoff kriecht.

»Ich bin kein Wrap«, erinnere ich ihn.

»Hey, sonst krieg ich Ärger von deiner Mum.«

»Also verwandelst du mich lieber in einen sprechenden Burrito?«

Callum gibt glucksend auf und setzt sich, sodass wir Rücken an Rücken gelehnt in den Himmel schauen können. Mein Kopf liegt halb auf seiner Schulter, weil ich nach diesem Abend so müde bin.

»Callum«, sage ich und ahne, dass ich die romantische Stimmung gleich kaputtmachen werde. »Du bist ein toller Mitbewohner, ehrlich. Wie der Watson zu meinem Sherlock. Oder Peter Burke zu meinem Neil Caffrey.«

»Hau es raus, Grace.« Verdammt, dieser Kerl kennt mich zu gut.

»Du musst mit deinem Dad reden. Du kannst nicht nur zum Schlafen nach Hause gehen.«

Callum stöhnt auf. Er schläft sogar ab und an bei uns. Meine Eltern hat es null gestört, im Gegenteil. Dad hat Witze darüber gerissen, dass er sich Ohropax in die Ohren stecken könnte, immerhin war er auch mal jung. Manchmal glaube ich, es ist seine Lieblingsbeschäftigung, peinlich zu sein.

Doch wenn ich an Callums Dad denke … »Du musst mit ihm reden. Wenigstens ein letztes Mal. Je länger du es hinauszögerst, umso mehr staut sich an. Umso schwieriger wird es.«

»Ja«, ist das Einzige, was Callum sagt. Danach schweigen wir eine Weile.

»Mir ist ein Anfang für unsere Strophe eingefallen«, sage ich und gebe Callum mein Handy.

Er nimmt es entgegen und überfliegt den Text. »*And tho not every story has a happy end, we've found happiness in the time we spend. We've learned to live in the afterglow, with every step, every growth.*« Pause. »Das ist wunderschön, Grace. Wann hast du das geschrieben?«

»Heute Morgen. Bevor du mich kahl rasiert hast.«

Normalerweise wäre ich deswegen verlegen gewesen, doch momentan ist es anders. Mit Callum ist es anders. »Du hast nichts auszusetzen?«, hake ich nach.

»Ausnahmsweise«, scherzt Callum. Seine Haare kitzeln meine Ohren, die halb unter der Mütze hervorlugen. Er wiederholt den Songtext leiser.

»Ich hab auch was für dich. Mir ist zwar noch nicht unsere dritte Strophe eingefallen, aber etwas, das wir als Outro an den letzten Refrain hängen könnten.«

»Ich bin ganz Ohr«, sage ich.

»*And if today were our tomorrow, we would love us, without any sorrow.*«

Ich traue mich nicht, mich zu Callum umzudrehen. Emotionen tanzen in mir, ich öffne meine Lippen einen Spaltbreit, um sie gleich wieder zu schließen. »Das ist … auch schön«, sage ich nach einem Moment der Stille. Dieses Mal verschränke ich meinen kleinen Finger mit seinem. Obwohl ich Callums Gesicht nicht sehe, höre ich sein Lächeln, das mir mittlerweile so vertraut ist.

Wir schweigen. Beobachten die Sterne. Und vielleicht ist das unser Ding.

Vielleicht ist der kleine Finger manchmal mehr wert als eine ganze Hand. Oder ein ganzer Körper.

Vor allem, wenn es Callums ist.

KAPITEL 26

After The Storm

CALLUM

Als ich an diesem Abend durch die Tür trete, spüre ich, dass sich etwas in mir verändert hat, auch wenn um mich herum alles gleich geblieben ist.

Ich ziehe die Tür hinter mir zu und entledige mich an der Garderobe meiner Jacke und Schuhe. Dads Lackschuhe stehen auf dem Abtreter, daneben seine Aktentasche. Für ein paar Sekunden lege ich die Hand auf meinen Bauch, direkt über dem Zwerchfell, und mache die Atemübung, die Grace mir gezeigt hat. Als er auf meine Nachricht reagiert hat, war ich noch nervös, doch gerade bin ich entschlossen.

Anders als vorher habe ich nun ein Sicherheitsnetz, das mich auffangen wird, wenn Dad mich fallen lässt.

Mit mahlendem Kiefer betrete ich das Wohnzimmer, wo Dad, anders als gewohnt, auf dem Sofa sitzt. Ich gehe am Esstisch vorbei und entscheide mich für den Sessel neben dem Sofa. Das weiche, teure Polster gibt nach, als ich darauf niedersinke, und mir fällt auf, wie neu es riecht.

Dad fixiert geistesabwesend das digitale Kaminfeuer und zupft am Stoff seiner Anzughose.

»Dass ich nach unserem Streit abgehauen bin, war scheiße«,

beginne ich, obwohl Will mir eindringlich dazu geraten hat, nicht alles auf meine Kappe zu nehmen. »Und es tut mir leid.«

Dad stiert weiter ins Feuer, und ich spiele unschlüssig mit den Knöpfen an meinem Kragen. »Ich verstehe, dass du enttäuscht von mir bist. Ich hab die Musik wieder für mich entdeckt, das Projekt macht mir Spaß, ich bin viel rausgegangen, viel bei … Grace gewesen. Ich habe eine schlechte Note bekommen.« Die Aufzählung sorgt dafür, dass ich den Hauch eines schlechten Gewissens verspüre. »Aber … ich war echt glücklich in den letzten Wochen, Dad.«

Ich warte auf eine Reaktion. Es dauert eine Ewigkeit, bis Dad sich rührt und mich das erste Mal anschaut. »Ja, das merke ich«, sagt er. Sein Blick wird glasig. »Ich habe dich wohl zu oft allein gelassen.« Kurz sehe ich seine Wut und seinen Frust. Dann hat er sich wieder unter Kontrolle. »Ich hatte auch Zeit, nachzudenken, und … ich habe wohl viele Fehler gemacht.« Er richtet sich ein Stück auf, und ich halte es für besser, uns beiden eine Antwort zu ersparen. »Wie anzunehmen, dass du glücklich mit deiner Berufswahl bist und dem, was ich dir gegeben habe.«

Und schwupps, bin ich wieder der schlechteste Sohn der Welt. Ich versuche, ruhig zu bleiben, und fahre mir über die Stirn. »Dad … ich bin dankbar dafür. Nur weil ich wieder Musik mache, heißt das doch nicht, dass ich alles vergessen habe, was du für mich getan hast«, sage ich nachdrücklich und rutsche auf dem Sessel nach vorn. »Du warst mein verdammter Held, nachdem Mum weg war.«

Aus Dads Kehle dringt ein Wimmern, das er sogleich unterdrückt, indem er den Zeigefinger auf die Lippen legt.

»Deshalb habe ich den Musikkurs verlassen. Deshalb habe ich … aufgehört, zu spielen.«

»Um es mir recht zu machen?«

Mein Schweigen ist Antwort genug.

Dad reibt sich übers Kinn, ich stütze mich auf die Knie. Jeder ist in seine eigenen Gedanken vertieft.

»Denkst du, ich habe nicht gemerkt, wie sehr du dich verändert hast?« Er pustet einen Schwall Luft aus, sein Blick wird trüb. »Du warst ein so entspanntes, aufgewecktes Kind. Ein glückliches Kind. Du konntest dich für alles begeistern. Seit deine Mum weg ist und du nicht mehr diesen Kurs besuchst … du bist mit einem Schlag erwachsen geworden. Alles ist dir gleichgültig geworden.«

»Ja«, sage ich, weil mir nichts weiter dazu einfällt. Es ist die Wahrheit.

»Wir haben wohl beide Opfer gebracht«, stellt Dad pragmatisch fest. Ich nicke und frage mich das Gleiche wie er. *Wofür?* Für ein kaputtes Vater-Sohn-Verhältnis? Für ein Gegeneinander statt ein Miteinander? Dafür, dass wir beide unglücklich sind?

»Ich verstehe, dass dir meine Zukunft wichtig ist, mir ist sie auch wichtig«, sage ich und mustere den Mann, der mir mal so nah war. Zu dem ich aufgesehen habe. Für den ich aufgegeben habe, was ich liebe, um so zu sein, wie er mich sehen wollte. »Ich denke ständig an die nächsten Jahre, an den Abschluss.«

»Mhm«, gibt Dad von sich. Ich lasse mich nicht beirren.

»Aber seit Grace und ich uns … besser verstehen, mache ich auch gern wieder Musik. Oder gehe aus. Oder denke nur ans Heute. Das tut mir auch gut.«

»Du hast vorher an den Wochenenden immer gelernt«, stellt mein Dad fest.

»Ja«, sage ich, und ein Hoffnungsschimmer keimt in mir auf.

Dads Schultern heben und senken sich langsam. »Das habe ich dir offenbar beigebracht.« Es hört sich ein bisschen an wie eine Entschuldigung. »Du bist viel bei Grace gewesen?«

Ich nicke.

»Ist sie immer noch so … musikvernarrt?«

»Ja«, antworte ich. »Aber sie ist ganz anders als Mum.«

»Ich mochte das Mädchen immer. Sie wusste, was sie wollte.« *Auch wenn das die Musik war,* ergänze ich gedanklich. »Und ihr habt euren kleinen Disput beigelegt, ja?«, fragt er, und kurz erscheint die Zornfalte zwischen seinen Augenbrauen.

»Ich … ja«, sage ich und hüstele.

Dad beäugt mich wachsam. »Wie geht's ihren Eltern? Liz und David, oder?«

Ich nicke und suche nach den richtigen Worten. »Hör zu, Dad … Grace hat Krebs.«

Selten habe ich erlebt, dass meinen Vater noch etwas überraschen kann. »Krebs?«, haucht er tonlos.

»Sie macht gerade wieder Chemo und … na ja, alles ist ziemlich ungewiss. Sie hat vor drei Jahren die Diagnose gekriegt.«

»Das tut mir leid.« Dad sieht ehrlich erschüttert aus.

»Deshalb lebt sie jeden Tag, als wäre es ihr letzter. Ich habe noch nie jemanden erlebt, der das Leben so liebt wie sie, Dad. Obwohl es echt hart ist. Grace ist so … mutig. Und lieb. Und witzig. Sie ist nicht eitel oder schnell beleidigt. Alles ist leicht mir ihr, selbst das, was schwer ist.« Ich kapiere, was ich gerade mache, und unterbreche mich.

Dad mustert mich lange. »Du hast dich in Grace McIntyre verliebt«, stellt er fest, und es ist die vielleicht wahrste Wahrheit meines Lebens. Das Einzige, vor dem ich nicht weglaufen will.

»Ja«, sage ich ohne Umschweife. Leugnen wäre zwecklos. Selbst Eric schenkt mir diesen Blick, als wüsste er genau, wie viel in mir in Grace' Nähe vorgeht.

Dad schaut kurz zu Boden, muss diese Info verarbeiten.

»Und ich hab solche Angst, sie zu verlieren, Dad.«

Jetzt sieht Dad auf, direkt in meine Augen. Dann rutscht er zur Seite. »Komm her«, sagt er und winkt mich zu sich heran.

Ohne nachzudenken, was es bedeutet, wechsle ich vom Sessel aufs Sofa, wo Dad mir einen Arm um die Schultern legt und meinen Hinterkopf streichelt. Wie früher. Plötzlich wimmere ich los und heule, bis meine Augen wehtun und ich hektisch nach Luft schnappe.

»Ist gut, Callum«, raunt Dad. Er versteift sich ein bisschen, als wüsste er nicht, wie er mich am besten umarmen soll.

»Ich liebe sie«, stoße ich hervor. »Und mir ist bewusst, dass ich pauken muss, aber die Zeit mit Grace kommt nicht wieder. Wenn ich bei ihr bin …«

»Ich verstehe«, sagt er. »Auch wenn es lange her ist, ich habe auch mal so gefühlt für jemanden.«

Mum, schießt es mir durch den Kopf.

»Es ist so verflucht unfair.«

Dad lächelt traurig. »Willkommen im Leben.« Er merkt, dass er zu bitter geklungen hat, und zwingt sich zu einem Lächeln, das aufmunternder ist. »Gibt es Heilungschancen?«

»Vielleicht. Das kommt drauf an, wie die Chemo wirkt.«

Dad nickt wie jemand, der genau Bescheid weiß. Wie Erwachsene das oft tun. »Ist es für Grace' Eltern okay?«

»Wir sind nicht zusammen.«

»Aber ich dachte …«

»Grace will mir das nicht antun. Sie liebt mich auch, aber … sie will das Ergebnis nach der Chemo abwarten. Sie … hat Angst, mich zu verletzen. Dabei ist das auch meine Entscheidung. Oder? Und sie ist die, die immer vom *Heute* redet. Davon, dass man jeden Moment nutzen sollte. Ich liebe sie jetzt schon und sie mich. Es würde mir also eh das Herz brechen, wenn sie …« Ich unterbreche mich. »Nur weil wir nicht offiziell ein Paar sind, liebe ich sie nicht weniger.«

Wie der Geschäftsmann, der er ist, wägt mein Dad beides ab. »Ehrlicherweise kann ich Grace' Entscheidung verstehen. Sie ist todkrank und will dir den Schmerz nicht zufügen. Andererseits«, schiebt er nach, um mich zu besänftigen, »ist es für dich auch schwer.«

»Sie gibt uns nicht mal eine Chance. Dabei kann ich das, *wirklich.*« In Dads Gesicht erkenne ich den Zweifel, den Grace hatte. Also berichte ich ihm von den letzten Tagen, von Grace' Chemo, den Tagen, an denen ich da war. Wie Liz mir gezeigt hat, worauf ich achten muss, wie ich Grace' Werte gemessen und ihre Haare abrasiert habe. Nichts lasse ich aus. So viel Zeit haben Dad und ich ewig nicht im selben Raum verbracht. Und er hört mir die ganze Zeit zu, ohne mich zu unterbrechen.

»Wow«, sagt Dad, der seine Hände wieder im Schoß gefaltet hat. »Ich hätte nicht gedacht, dass …«

»… ich so viel Verantwortung für jemand anderen übernehmen kann? Ich auch nicht.«

Diesmal bleibt er mir die Antwort schuldig. Wir sitzen nebeneinander auf dem Sofa wie Fremde, die keine Ahnung haben, wie sie sich am besten berühren sollen.

»Ich bin stolz auf dich«, sagt Dad plötzlich. Der Satz macht etwas mit mir. Er legt sich wie ein Balsam auf die wunden Stellen tief in meinem Inneren. Auf den Wundbrand. *Ich reiche Dad,* schießt es durch mich hindurch. *Ich bin genug für ihn. Ein Mal. Endlich.*

»Hat Grace dich drauf gebracht, dass wir reden sollten?«, erkundigt sich Dad.

»Nein, darauf bin ich selbst gekommen«, verteidige ich mich. »Grace hat mir nur einen Anstoß gegeben. Sie würde alles dafür geben, noch mehr Zeit mit ihren Eltern oder Val, Eric und Lou zu haben. Wir … haben diese Chance.«

»Klingt sehr erwachsen«, sagt Dad und wischt sich wieder über den Bart. Grübelnd. »Also ist dir durch Grace bewusst geworden, wie verkorkst wir beide sind.«

»So kann man's auch ausdrücken.«

Dad senkt den Kopf und massiert sich die Nasenwurzel, wie auch ich es so oft tue. »Gut, bring Grace ruhig das nächste Mal mit. Euren Song könnt ihr auch hier beenden. Sofern sie sich fit genug dafür fühlt. Ansonsten statte ich Liz und David mal einen Besuch ab.« Ich will schon grinsen, da hebt Dad die Hand, und ich wappne mich für eine Ansage. »Ein paar Bedingungen habe ich.«

»O-kay«, sage ich. »Schieß los.«

»Ich möchte, dass du trotzdem auf dich achtest und auf deine Chancen. Auch wenn Grace krank ist.«

»Deal«, sage ich.

»Du machst dir trotzdem Gedanken um deine Zukunft und findest heraus, was dir … Spaß macht. Abgesehen von Musik.«

»Gut. Aber ich muss mich nicht bis morgen entscheiden?«, frage ich vorsichtig schmunzelnd.

»Nein.«

»Deal.«

»Bedingung drei. Wir frühstücken sonntags zusammen. Samstags kannst du dich von mir aus mit deinen Freunden treffen oder deine Zeit bei Grace verbringen. Sonntagvormittag werde ich mir freinehmen, und wir … reden.«

»Weil wir beide das so gut können?«

»Wir könnten es wieder lernen.«

»Okay«, sage ich, mit dem Wissen, dass ich jeden Sonntag erwarten werde, dass er nicht erscheint, weil in der Kanzlei etwas Wichtigeres ansteht.

Dad ahnt es, denn er zieht die Augenbrauen zusammen. »Wir arbeiten dran, ja? Es wird nicht von heute auf morgen gehen, ich kann auch nicht sofort aus meiner Haut. Aber … wir kriegen das hin.«

Das ist ein Angebot, das ich akzeptieren kann.

Wahrscheinlich wird es zwischen uns nie so sein wie zwischen Grace und ihren Eltern. Dafür ist zu viel geschehen. Aber das hier ist der Anfang eines harten Weges. Die erste Seite eines neuen Kapitels.

Doch ich bin zuversichtlich, was die nächsten angeht.

Und das ist mehr, als ich mir erhofft hatte.

»Ah, eine Frage hätte ich noch, Dad. Oder eher eine Bitte.«

Dad ist schon aufgestanden, bleibt im Türrahmen stehen. »Was?«, fragt er, und ich stehe wie ein kleiner Junge da, der um ein besonderes Weihnachtsgeschenk bitten muss.

»Es geht um Grace. Ich würde sie gern überraschen und bräuchte deine Hilfe.«

Dad seufzt. »Was kann ich tun?«

Ich schiebe zwei Stühle zurecht, deute darauf, warte, bis mein Vater sitzt, und weihe ihn in den geheimen Plan ein, den ich mir ausgedacht habe und von dem bisher nur Lou weiß.

Eine Idee, die Grace hoffentlich so glücklich macht, dass sie genug Kraft für die nächsten Wochen hat, um dem Krebs ordentlich in den Arsch zu treten.

KAPITEL 27

Don't give up on me

GRACE

Endlich habe ich mal wieder einen der seltenen besseren Tage während der Chemo, an dem ich weniger niedergeschlagen bin.

Ich nenne es die Ruhe vor dem Sturm. Der Körper bereitet sich auf die nächste Dosis vor, die am Anfang der nächsten Woche ansteht. Es ist die vorletzte Woche vor unserer Aufführung. Uns fehlt nur noch die zweite Hälfte der dritten Strophe, über die wir uns nicht einig werden. Danach ist der Song, *unser Song*, fertig.

Ich kann es kaum erwarten, mit Callum auf der Bühne zu stehen und ihn zu präsentieren – vorausgesetzt, mein Körper lässt mich. Die letzten Tage waren anstrengend, obwohl ich kaum etwas getan habe. Manchmal nehme ich mir vor, fünfzig Seiten zu lesen, und lege das Buch auf mein Bett, ohne eine Seite zu schaffen. Jeder Tag ist anders, manchmal sogar jede Stunde.

Heute Morgen allerdings glaube ich fest daran, dass es ein guter Tag wird. Sonnenstrahlen kitzeln mich auf der Nasenspitze, lassen die feinen Staubkörner um mich herum wie Glitzer funkeln. Ich schwinge die Decke zurück und die Beine aus dem Bett, ohne hämmernde Kopfschmerzen, dafür mit flatterndem Bauchkribbeln.

Sobald ich mit einem letzten Gähnen die Müdigkeit abgeschüttelt habe, schalte ich Spotify auf dem Fernseher an und rufe Lou per Videochat an. Ich nehme sie mit zum Zähneputzen und später runter zum Frühstück. Mum und Dad begrüßen mich mit einem Stirnkuss und Lou mit schlechten Scherzen durch den Screen. Das Hochgefühl und die leicht nervöse Anspannung im Haus lassen mich bereits nach dem ersten Tee Verdacht schöpfen. Warum tauschen die beiden ständig verschwörerische Blicke aus? Was entgeht mir?

Und warum kann Dad sich vor Lou das Grinsen kaum verkneifen? Wie Sherlock Holmes beginne ich die Spurensuche im Wohnzimmer und starte mehrere Versuche, etwas aus Mum und Dad herauszubekommen. Doch die beiden halten dicht. Ich werde mit leckerem Frühstück und meinem Lieblingseistee ruhiggestellt. Lou verschließt ihre Lippen mit einem imaginären Reißverschluss.

Den Freitagvormittag verbringe ich damit, zu texten und über *Garageband* am iPad die Akkorde dazuzuspielen. Dabei muss ich ständig an Callums Outro denken. *And if today were our tomorrow, we would love us, without any sorrow.*

Mein Blick gleitet zu meiner Uhr. In ein paar Stunden ist der Unterricht an der St. Doyle rum und das Wochenende beginnt, was bedeutet, dass Callum und die anderen nachher kommen werden. Wir haben uns einen Tag nicht gesehen, und ich komme mir vor wie auf Entzug. Nach zwei Stunden Lesen und einer Runde *Fortnite* schlafe ich doch mit meinem eReader auf den Knien ein und werde erst wach, als es wie wild an meiner Tür klopft.

»Ja-ha«, sage ich im Halbschlaf. »Hier liegt ein Chemobrain und kein ICE.«

Val reißt die Tür so stürmisch auf, dass sie ein paar Schritte in mein Zimmer gestolpert kommt und fast aufs Bett plumpst.

»Grace!« Ihre roten Locken kitzeln mich im Gesicht, als sie mich umarmt.

»Was zur Hölle ist los?«, frage ich, bekomme direkt einen Adrenalinstoß – den ich sowohl in der Schilddrüse als auch in meinem Brustkorb spüre – und schiebe meine beste Freundin ein Stück von mir weg, um an ihrer Miene abzulesen, was passiert ist.

Valerie ist so aus dem Häuschen, dass ihr Gesicht dunkelrot anläuft. Erst beim zweiten Hinsehen begreife ich, dass sie etwas in ihren Händen hält, mit dem sie die ganze Zeit herumwedelt.

»Was … ist das?«, frage ich, wobei ich beim ersten Blick erfasst habe, was in der Folie mit dem Reißverschluss stecken könnte, die so groß ist wie Val selbst.

»Die anderen wollten, dass ich es dir verkünde. Eric ist noch in der Schule wegen des Projekts, Will musste schnell nach Hause wegen seiner Geschwister, und Lou kann nicht kommen, also …« Valerie streckt mir jetzt die Folie so entgegen, dass sie dahinter verschwindet. »Erinnerst du dich an das Kleid, das wir in dem kleinen Laden entdeckt haben? Das, in das du dich sofort verliebt hast?«

»Ja«, hauche ich und berühre zögernd den Reißverschluss. »O Gott, Val, was habt ihr getan?«

Val hüpft von einem Bein aufs andere. »Wir. Haben. Es. Gekauft. Für dich.«

Ich lache und flenne erstaunt los, als ich den Verschluss öffne und die Verpackung auseinanderziehe. Da ist es. Der fließende Chiffon reicht bis zu den Knien, die Seide schimmert wie ein Wasserfall in roségoldenen Tönen. Der Ausschnitt ist herzförmig, der Rückenausschnitt wird von Satinbändern zusammengehalten.

»Scheiße«, fluche ich, während ich schluchze, und lasse die Finger durch den weichen Stoff gleiten. »Seid ihr völlig verrückt geworden?«

»Möglich. Wir lieben dich halt.« Val grinst mir zu, dann sieht sie hinauf zur Decke. »Fuck, mein Mascara verschmiert. Steck mich nicht an! Außerdem sagst du doch immer, dass das Heute zählt.«

Ich habe keinen Plan, was ich sagen soll. Wie hypnotisiert starre ich das Kleid an, das ich mir nie hätte leisten können und um das ich Mum und Dad nie angebettelt hätte.

»Wir haben zusammengelegt. Eric, Lou und ich«, erklärt Val und legt das Kleid auf meinem Bett ab. »Lou hatte die Idee.«

»Ich werde es euch …«

»… nicht zurückzahlen, genau«, unterbricht mich Val. »Das Kleid ist ein Geschenk.«

»Wofür? Den Auftritt?«

»Vielleicht auch dafür.«

Vielleicht? Auch? Verständnislos blinzle ich Val an.

»Kommen wir zu Überraschung Nummer zwei. Du, meine süße und allerbeste Freundin auf der Welt, wirst heute nach London fahren.«

»Nach … London?«, wiederhole ich.

»Callum lädt dich ein. Er hat eine Überraschung für dich. Es ist mit deinen Eltern besprochen und … für alles vorgesorgt. Und für den Ausflug brauchst du ein angemessenes Outfit, glaub mir. Gott, wenn er dich darin sieht, wird er sich die Klamotten vom Leib reißen wollen.«

»Val!«

Wie eine Verkäuferin, die ihren kostbarsten Schatz anpreist, präsentiert meine beste Freundin noch mal das Kleid auf meiner Bettdecke und wartet auf meine Reaktion.

Ich rühre mich nicht vom Fleck.

London. Callum. Überraschung.

»Ich werde nach London fahren?«, frage ich, um mich zu versichern, dass ich alles richtig verstanden habe.

»O ja, Gracie. Noch heute Abend. Um genau zu sein …« Val schaut auf ihre Uhr am Handgelenk. »Holt Callum dich in drei Stunden ab.«

Ich reiße die Augen auf. »London. In drei … in drei Stunden?« Wie ein nasser Sack falle ich nach hinten aufs Bett, direkt neben das Kleid. Val kniet sich halb neben mich und drückt mein Knie.

»O heilige Scheiße«, presse ich hervor. »Was hat er vor? Was … wie … ist er durchgeknallt?«

»Schon lange«, erinnert mich Val feixend. »Aber das weißt du ja.«

Womöglich ist es hochgradig schädlich für meinen geschwächten Körper, aber gerade muss ich mich zusammenreißen, nicht vor Adrenalin und Vorfreude zu platzen. Ich lasse mich von Val hochziehen, und wir schlingen die Arme umeinander.

»Kotzbr… Callum wird dir nachher sicher einiges erklären müssen. Aber es wird wunderschön, glaub mir. Er macht das gern für dich. Nur für dich«, sagt Val, weil sie genau weiß, wie laut meine Zweifel manchmal sein können. »Versprich mir, dass du aufhörst, zu denken, dass du das nicht verdienst. Oder ihn. Oder was auch immer da zwischen euch abgeht. Lass einfach zu, dass er dir was Gutes tut.«

Ich ramme die Vorderzähne in meine Unterlippe. »Aye.«

»Außerdem seid ihr fast fertig mit eurem Song. Das allein ist ein Grund zum Feiern.« Zufrieden deutet Val auf das Kleid und mich. »Und jetzt, Gracie, werde ich aus dir die Queen zaubern, die du bist.«

»In drei Stunden?« Ich deute auf meine blasse Haut, die Glatze und die Augenringe.

»Mach zwei draus.« Val knackt mit ihren Knöcheln. »Das wird der schönste Abend deines Lebens, und ich werde dafür sorgen, dass du dich so fühlst, wie du es verdienst.«

Vals Make-up-Sessions waren während der Chemo-Zeit oft wie Wellness für mich, deshalb zögere ich keinen Augenblick und folge ihr ins Bad.

Mein Herz pocht erwartungsvoll.

Denn ich habe keine Ahnung, was mich heute Abend erwartet.

KAPITEL 28

All I've ever known

GRACE

»Überraschung!« Callum steigt strahlend aus dem SUV und springt grinsend auf den Gehweg. Mein Magen dreht sich einmal um sich selbst. Kurz bereue ich es, keine der zwei Perücken aufgesetzt zu haben, die ich im Schrank habe. Aber ich wollte mich wie ich selbst fühlen, wenn ich London betrete. Der kahle Kopf gehört dazu. Mein Kleid ist noch unter der Jacke verborgen, deswegen kann Callum es nicht sehen.

Aber ich kann ihn voll und ganz sehen. Seine blonden Haare liegen perfekt. Er trägt Hemd, Chino-Hose und hat die Anzugjacke lässig über seine Schulter geworfen.

Ich bin so glücklich, ihn zu sehen, dass ich ihm um den Hals falle. »Danke«, sage ich. »Danke, danke, danke.«

»Bedank dich nicht zu früh. Du weißt doch gar nicht, was ich mit dir vorhabe.« Callum lächelt verschmitzt. »Vielleicht spendiere ich dir ja eine Fahrt mit dem *London Eye*.«

»Das wagst du nicht!«

»Sicher?«

Ich haue ihm gegen den Brustkorb. »Hör auf damit!«

»Womit? Dich zu überraschen?«, hakt er grinsend nach.

»Nein, mir den letzten Nerv zu rauben. Herzstolpern, schon

vergessen?«, sage ich und deute auf meinen Ausschnitt. Eine Bewegung, die Callum mit seinen Augen verfolgt.

Unser kleines Spiel wird von einem tiefen Räuspern unterbrochen, und ich trete einen Schritt zurück.

Noch eine Überraschung. Mr. Hayward senior lehnt an der Beifahrertür und bedenkt uns mit einem Ausdruck, den ich als verlegen-amüsiert bezeichnen würde. Er ist schlanker als in meiner Erinnerung und strahlt noch immer Autorität, Intelligenz und Erhabenheit aus.

»Mr. Hayward«, sage ich hastig und strahle ihn an, woraufhin er mir lächelnd die Hand reicht und sie schüttelt.

»Es ist schön, dich wiederzusehen, Grace.«

»Ganz meinerseits«, sage ich.

»Und keine Sorge, Grace, ich fahre nicht mit, um euch zu babysitten«, sagt Mr. Hayward. »John«, er zeigt auf seinen Fahrer im Auto, »und ich fahren euch nach London und setzen euch … an eurem Ziel ab.« Er zieht eine geheimnisvolle Grimasse. Callum warnt ihn mit einem Räuspern, nicht mehr zu verraten. »Danach sammeln wir euch wieder ein.« Callums Dad sieht an mir vorbei. »Deine Eltern hielten es für besser, wenn du ohne sie fährst. Um mal abzuschalten.«

Ich drehe den Kopf und schaue zurück zu unserem Haus, wo Mum, Dad und Val in der geöffneten Haustür stehen und uns zuwinken. Mum und Dad begegnen meinem Blick. Ich hoffe, sie können an meinem Lächeln ablesen, wie dankbar ich ihnen bin. Es gehört eine gehörige Portion Mut – und Vertrauen in Mr. Hayward – dazu, mich gehen zu lassen.

»Selbstverständlich habe ich vorher mit ihnen telefoniert. Sie haben mir alles Wichtige erklärt. Deine Notfallmedikamente liegen in einer Tasche auf der Rückbank.«

»Danke, dass Sie das machen, Mr. Hayward«, sage ich zu Callums Dad, und er lächelt.

»Das mache ich gern. Eine Spritztour nach London ist eigentlich genau das, was ich gerade brauche.«

»Ich auch«, sage ich. Keine Minute später sitze ich neben Callum auf der Rückbank im SUV. Die Aufregung macht sich an meinem rasenden Puls bemerkbar, ansonsten sind die Symptome auszuhalten.

Der SUV setzt sich in Bewegung, ich fahre die Scheibe runter und winke Mum, Dad und Val zum Abschied. Wir fahren an der Promenade vorbei, und ich erhasche einen Blick aufs Meer und atme tief die Meeresbrise ein. Die Strandspaziergänge fehlen mir. Ich nehme mir fest vor, egal, wie beschissen es mir geht, nächste Woche ein bisschen zu laufen. Und seien es bloß ein paar Schritte am Strand.

Doch dann konzentriere ich mich wieder auf diesen Augenblick.

Und Callums Nähe, die mein Herz noch ein bisschen schneller schlagen lässt.

♪♪♪

Sobald wir in London sind, wachsen meinem Herzen Flügel. Alles begeistert mich. Die Lichter, die Wolkenkratzer, die Tower Bridge, die Straßen Richtung Piccadilly, die Taxis, die vielen Menschen, die schmaleren Gassen voller Lichter und weihnachtlicher Deko.

Ich vergesse die Chemo, vergesse die nächste Dosis, vergesse den Krebs, den Nebel in meinem Hirn. Vergesse die Sorgen um meine Noten. Dieser Abend steht unter dem Motto: *genießen*. Leben.

Callum neben mir hört nicht mehr auf zu lächeln, was ihm viel mehr steht als die arrogante Fassade, die sein Schutzpanzer war. Am liebsten würde ich mit ihm am Primrose Hill halten, einem kleineren Hügel als dem im Greenwich Park, doch mit ähnlich atemberaubender Aussicht auf die Skyline. Oder mit ihm Little Venice unsicher machen, ihm das *Theatre Café Diner* in der Shaftesbury Avenue zeigen. Leider lässt unser Zeitplan das nicht zu.

Zu meiner Erleichterung halten wir nicht vor dem London Eye, sondern vor dem Lyric Theatre. Ein *Hadestown*-Plakat hängt vor dem Eingang, und ich kreische auf.

»O mein Gott, o mein Gott, o mein Gott, o mein Gott. Ich träume«, wispere ich vor mich hin. »Callum, ist das dein Ernst?« Callum steigt lachend aus dem Auto, um mir auf meiner Seite herauszuhelfen. An etlichen Nachmittagen musste er sich meine liebsten Musicals mit mir anhören und meine Schwärmereien ertragen. *Next to normal, Dear Evan Hansen, Les Misérables, Wicked, Billy Eliott, Hamilton* … die Liste ist endlos. Aber *Hadestown* hat sich seit der Broadway-Premiere einen besonderen Platz in meinem Theaterherzen gesichert. Die Geschichte von Orpheus und Eurydike mochte ich schon im Musikunterricht, doch das Musical, der Soundtrack, die Inszenierung …

»O heilige Scheiße«, wiederhole ich mit wackeligen Knien auf dem Gehsteig vor dem Theater. »Callum.«

»Ja?«, fragt mein Begleiter, der im Gegensatz zu mir gelassen ist, und bietet mir seinen Arm zum Unterhaken an.

»Wir schauen *Hadestown?*« Ich mache Anstalten, ihn direkt an mich zu ziehen, kann mich aber gerade noch zusammenreißen.

»Wie hast du das erraten?«, zieht Callum mich auf.

»Du bist … verrückt. Aber danke.« Ich drücke ihm einen Kuss auf die Wange. »Danke, danke, danke. O Gott, ich werde *Hadestown* sehen!«

Callum fasst sich an die Stelle, an der eben meine Lippen lagen, dann streicht er lachend über seinen Nacken. »Das wirst du«, sagt Callum und wartet, bis sein Dad sich von seinem Fahrer verabschiedet hat und zu uns kommt. »Ich hoffe, es hält, was du versprochen hast.«

»Du wirst es lieben«, sage ich ohne Zweifel.

»Na ja, immerhin habe ich ein Händchen für tragische Liebesgeschichten.« Callum sieht seinen Dad an, als könnte er unseren Blickkontakt nach diesem ironischen Satz voller Wahrheit kaum ertragen.

»Ihr zwei kommt zurecht?«, fragt Mr. Hayward, und sein Lächeln ist freundlich.

Ich halte meine Clutch in die Höhe, in die ich Handy und Notfallmedikamente gestopft habe, und Callum verspricht, gut auf mich aufzupassen. Wir verabreden uns für später an derselben Stelle und verabschieden uns von Callums Dad, der sich in Richtung Piccadilly Circus davonmacht.

Arm in Arm betreten Callum und ich das Lyric Theatre. Von außen ist es unscheinbar, aber im Inneren sehr prunkvoll. An der Garderobe schäle ich mich aus dem Mantel, und Callum erstarrt. Seine Augen fliegen über mein Kleid und meine nackten Schultern, wo sie verweilen. Ich spüre sie auf mir wie seine Hände.

»Alles okay?«, hake ich unsicher nach, weil er kaum blinzelt. »Eric, Val und Lou haben es mir geschenkt.« Verlegen streiche ich über den Saum und meinen Arm, auf dem die Narben deutlich zu erkennen sind.

»Es ist …«, Callums Adamsapfel hüpft, während er mich ein weiteres Mal von Kopf bis Fuß mustert, »wunderschön, Grace.«

Diesmal erstirbt mein Lächeln nicht vor Scham, sondern wird breiter. Heute ist es okay, dass wir uns nah sind. Heute bin ich kein krebskrankes Mädchen, dessen Zukunft unklar ist, sondern ein Mädchen, das mit seinem Freund ins Theater geht. In einem wunderschönen Kleid, mit einem Lächeln auf den Lippen. Für diesen einen Tag möchte ich so tun, als wären Callum und ich, das Unmögliche, möglich.

Während ich ins Foyer laufe, spüre ich Callums Blicke auf meiner nackten Haut. Ich ignoriere das Kribbeln, und wir überlegen, ob wir uns Popcorn holen oder nicht, teilen uns ein Glas Wasser und suchen unsere Sitzplätze. Sie sind unten direkt vor der Bühne.

»Wenn ich etwas mache, dann richtig«, kommentiert Callum meinen stummen Vorwurf, weil ich gar nicht wissen will, wie viel Geld die Plätze gekostet haben, und fasst sich an die Brust. Meine Nerven flattern, meine Finger sind kalt vor Aufregung. Ich scanne jeden Zentimeter der Bühne, präge mir jedes Detail ein. Den süßlich-herben Geruch im Saal, das Bühnenbild. Die roten Sitze, die golden-roten Balkone, die Lampen. Wie Callums Arm meinen streift.

Ich möchte diesen Moment festhalten. Für immer.

»Ich habe den Sitz im Lyric Theatre angefasst, wo wir gleich *Hadestown* sehen«, flüstere ich und kneife mich, um mich davon zu überzeugen, dass es kein Traum ist. »Ich werde meine Hände *nie wieder* waschen!«

»Das werden Dr. Turner und Dr. Evans sicher nicht so toll finden«, erinnert mich Callum schmunzelnd.

Wir lachen uns an, bewundern den Kronleuchter in der Mitte des Saals und werden still mit dem letzten Gong.

Die nächsten drei Stunden erlebe ich wie in einer Blase. Ich strahle, ich weine, ich fiebere mit, ich lausche den Songs, verfolge jede Bewegung auf der Bühne. Bei *All I've ever known* berühre ich Callums kleinen Finger. Wir haben beide Tränen in den Augen und wissen, dass es in diesem Augenblick zu *unserem* Lied geworden ist.

Nach der Pause ist es meine ganze Hand, die sich behutsam auf seine legt. Er umfasst meine Fingerspitzen, und jeder Zentimeter meines Körpers steht unter Strom. Um uns herum ist es dunkel, und während alle im Zuschauerraum dem Geschehen auf der Bühne folgen, linse ich immer wieder zu Callum. Ihn lächeln zu sehen, gebannt und so voller Begeisterung, ist wunderschön. Er lässt sich ganz und gar auf das Musical ein, auf die Geschichte. Die Musik.

Die Vorstellung geht viel zu schnell zu Ende. Wir applaudieren und jubeln in einer minutenlangen Standing Ovation den Darstellern zu.

»Das war der absolute Oberhammer!«, sage ich, nachdem wir den Saal verlassen haben.

»Ich glaube, ich werde nie wieder was Besseres sehen.«

»Mister, es gibt gefühlt hunderttausend Musicals, die du noch nicht gesehen hast.«

»Soll das eine Herausforderung sein?«

»Maybe.«

Herumalbernd wie kleine Kinder laufen wir zur Garderobe und warten in der Schlange, bis wir Jacke und Mantel zurückbekommen. Auf dem Weg nach draußen hilft Callum mir in den Mantel und zieht mich dann zum Eingang.

»Komm mit«, sagt er und geht sicher, dass ich warm eingekuschelt bin, ehe wir auf die Straße treten. Die Nachtluft ist kalt, die Straße erhellt von Laternen und den Leuchtreklameschildern am Theater.

Entgegen meiner Erwartung lotst Callum mich vom Eingang weg. »Was tust du?«, frage ich. »Wir sollen doch hier auf deinen Dad warten.«

»Vertrau mir«, raunt Callum, und ich kann nicht anders. Ich vertraue ihm. Ich will das hier mit ihm erleben. Ich will, dass diese Nacht ewig andauert.

Mit hochgezogenen Augenbrauen folge ich Callum die Straße runter um eine Ecke. Die kalte Abendluft lässt mich frösteln, aber ich habe keine Zeit, darüber nachzudenken, denn Callum bleibt plötzlich stehen, und ich linse an ihm vorbei. Sein Vater schält sich aus dem Flur hinter der Stage Door.

»Mr. Hayward?« Jetzt kapiere ich nichts mehr. Ich dachte, Callums Dad wäre vorhin in Richtung Piccadilly gelaufen?

Hinter ihm drängt sich ein hochgewachsener Mann mit orangen Haaren vorbei, der mir fremd ist.

»Darf ich vorstellen, Grace? Mr. Walsh«, sagt Callums Dad. »Stage Director im Lyrics Theatre.«

Wie benommen schüttele ich Mr. Walshs Hand.

»Mr. Walsh war mal mein Klient«, fügt Mr. Hayward als Erklärung hinzu.

»Und ich hatte den besten Anwalt der Gegend.« Um Mr. Walshs Augen bilden sich Lachfältchen. Er ist mir auf Anhieb sympathisch. Auch wenn ich gerade extrem überfordert bin. »Oliver hat mir erzählt, dass du Violine und Klavier spielst? Und auch noch singst?« Mr. Walsh schaut von Callums Dad zu mir. Ich laufe rot an.

»J-ja«, stottere ich und will hinzufügen, dass ich ganz am Anfang stehe und seine professionellen Ohren bestimmt jeden schiefen Ton erkennen würden, da fährt Mr. Walsh schon fort.

»Oliver hat mir ein bisschen was von deiner Geschichte erzählt. Also wenn du möchtest, kannst du Anfang nächsten Jahres mal eine Führung mitmachen und dir alles anschauen. Ich würde dir sogar die Instrumente zeigen.«

Meine Kinnlade klappt runter. »Ist … ist das Ihr Ernst?«

»Natürlich. Für Oliver gebe ich sogar eine private Führung.« Er haut Callums Dad auf den Rücken, der vom Schwung nach vorn kippt und dem die freundschaftliche Geste sichtlich unangenehm ist.

»Also, meldet euch einfach, sobald es passt.« Mr. Walsh deutet hinter sich. »Ich muss leider wieder rein. Aber Oliver hat meine Nummer.«

Ich schüttele Mr. Walshs Hand noch einmal. »Danke. Vielen, vielen Dank«, presse ich hervor, obwohl es nicht reicht. Nichts wird je reichen, um meine Freude in diesem Moment zu beschreiben. Sobald Mr. Walsh sich von Callum und seinem Dad verabschiedet hat, falle ich Letzterem um den Hals.

Ohne nachzudenken.

»Ich weiß nicht, wie ich mich je dafür bedanken kann«, schniefe ich in sein Ohr, und er tätschelt meinen Rücken. »Ehrlich, das ist … danke. Einfach danke.«

»Für dich habe ich es gern gemacht«, sagt Mr. Hayward und löst mich sacht von sich. »Und sagen wir mal, Henry hatte noch einen Gefallen einzulösen.« Mr. Hayward lächelt, und ich falle ohne eine Atempause auch Callum um den Hals. Er vergräbt sein Gesicht an meiner Halsbeuge und hält mich.

Keine Ahnung, wie lange wir so dastehen, in unserer eigenen Welt. Erst Mr. Haywards Hüsteln holt mich irgendwann zurück in die Gegenwart.

»Bereit für die Rückfahrt?«, erkundigt er sich, und wir nicken. Ich lasse Callum los und gehe ein paar Schritte voraus, um mir einen Augenblick zu geben, in dem ich verarbeite, was gerade passiert ist.

Hinter mir höre ich ein dumpfes Geräusch, wie ein Schulterklopfen, gepaart mit Glucksen, stolzem Lachen und Raunen. Ich drehe mich nicht um, muss aber lächeln, dass die beiden gerade einen schönen Moment miteinander teilen.

Und während Callum mir auf den Rücksitz des Wagens hilft, weiß ich genau, was diese Führung für mich bedeutet. Einen Blick hinter die Kulissen von *Hadestown* zu erhaschen, ist ein

Anreiz. Ein Ziel. Eine Motivation, so groß wie der Mount Everest. Ich hoffe so, dass ich die Backstage-Tour in diesem Leben noch erleben kann.

»Sagt mal, könnten wir auf dem Rückweg beim Greenwich Park halten?«, frage ich.

»Puh.« Callums Dad tauscht sich wortlos mit John hinter dem Steuer aus. »Das ist ein ziemlich großer Umweg.« Er begegnet im Innenspiegel meinem Blick. »Aber heute ist ein besonderer Tag. Also was soll's. John, Greenwich Park.«

»Aye, Chef«, flötet John, und ich lasse mich nach hinten sinken und beobachte das Treiben auf den Straßen Londons, während Callum mich beobachtet. Ich bin so glücklich, dass die Muskeln in meinen Wangen heute einmal vom Lächeln schmerzen.

♪♪♪

Der Greenwich Park liegt in beruhigender Abendstille da.

Der Himmel glüht in allen Schattierungen von Blau und Silber. Wir sitzen unterhalb des Observatoriums auf einer Bank, im Rücken die Backsteinfassade.

Vor uns erstreckt sich die Londoner Skyline. Die Wolkenkratzer, deren Lichter wie Sterne funkeln. Die Kuppel der St. Paul's Cathedral ist gerade noch zu erkennen. Das London Eye dreht sich langsam und leuchtet in der kalten Nacht.

»Ich wollte, dass du das siehst«, sage ich.

Callum hat seinen Schal um sich gewickelt und die Hände neben sich auf der Bank abgestützt. Er lässt die Aussicht auf sich wirken. Sein Dad wartet mit John um die Ecke.

»Es tut mir leid, das sagen zu müssen, aber dieser Ort übertrifft eure Dachterrasse noch an Romantik«, raunt Callum.

»Da hast du wohl recht.« Ich ziehe meinen Mantel enger um mich. »Callum, was du heute für mich getan hast, war … nicht von dieser Welt. Ich werde dir für immer dafür dankbar sein. Oder sogar, wenn ich nicht mehr da bin.«

»Ich hoffe, du wirst noch lange da sein, Grace.«

»Um dir die Nerven zu rauben?«

»Genau. Und weil du mir fehlen würdest.«

Ich wage es nicht, Callum anzusehen, aus Angst, meine Augen könnten meine Gefühle verraten. Dann tue ich es doch. Ich sehe Callum an. So richtig.

»Callum«, sage ich und rutsche dichter zu ihm. Andächtig nehme ich seine Hand und lege sie auf meinem Bein ab, verschränke meine Finger mit seinen. Er sieht mich an. »Du bist für mich der Inbegriff von *right person, wrong time*.«

Callum lacht bitter. »Wenn das eine Liebeserklärung sein sollte, Grace, war es keine gute.«

Unsere Blicke treffen sich, und schlagartig werden die Wehmut und Sanftheit von einer so intensiven Sehnsucht abgelöst, dass ich runterschauen muss, auf unsere verschlungenen Hände. »Ich passe nicht in deine Welt, Callum. Du malst dir jeden Tag die Zukunft aus, ich weiß nicht mal, ob sie für mich stattfindet. Du … bist einfach du. Aber … ich denke oft daran, was wäre, wenn wir unsere eigene Welt erschaffen. Eine, in der es … funktioniert.«

Etwas an Callums Haltung ändert sich. Sein Mund öffnet sich vor Erstaunen.

»Ich will immer noch die Ergebnisse der Chemo abwarten«, sage ich schnell. »Es gibt keine Sicherheit. Keine Garantie.«

»Das ist mir egal, Grace«, sagt Callum ebenso leise. Sein Daumen findet mein Kinn, streicht darüber, hebt meinen Kopf zärtlich an, bis ich mich in seinen Augen verliere.

»Ich will mir vorstellen, dass es geht, nur für einen Moment. Für heute«, flüstere ich und ich weiß, dass Callum mich versteht.

Er schaut mir tief in die Augen, sein Brustkorb hebt und senkt sich schnell. Ich knabbere an meiner Unterlippe, rücke noch näher. Bis wir wieder Stirn an Stirn sind.

Er atmet die Luft ein, die ich ausstoße, umfasst meinen Kopf. Dann versiegeln meine Lippen seine. Ich bin überwältigt von der Vertrautheit, von dem Verlangen, von der Intimität zwischen uns. Es ist ein Kuss so zart wie der erste Schnee.

Auf einmal ist da kein Zögern mehr. Callum weiß, was ich will, und ich, was er will. Meine Hand vergräbt sich in seinen weichen Haaren, seine freie legt sich auf meine Hüfte.

In diesem Moment denke ich nicht darüber nach, wie kompliziert es ist. Ich denke nicht darüber nach, dass es der falsche Zeitpunkt sein könnte. Weil alles sich richtig anfühlt.

Wir blicken einander an, überrascht von unseren Emotionen, dem Kuss, der uns nur stärker gemacht hat. Callum streicht lächelnd über meine Stirn und mein Ohr. Er öffnet seine Jacke, damit ich mich darunter verkriechen kann. Sein Körper ist wie eine Heizung, und ich schmiege mich enger an ihn. Bis ich seinen Herzschlag hören kann.

Und für diesen Augenblick mit Callum auf der Bank im Greenwich Park kommt mir mein Leben nicht wie ein abgeschlossenes Kapitel vor. Sondern wie ein Buch, dessen Ende erst noch geschrieben wird.

KAPITEL 29

Take on the world

GRACE

»Wir sind fertig«, sagt Callum und lässt das Papier sinken.

Wir liegen auf dem Big Sofa im Wohnzimmer der Haywards. Ich habe eine Decke um mich geschlungen und einen Notfalleimer neben mir. Wir schielen auf die Zettel, die ich zwischen uns ausgebreitet habe.

»Unser Song ist fertig, Callum.«

»Sage ich doch«, erwidert er grinsend.

Mir schwirrt der Kopf. Wir haben es tatsächlich geschafft, pünktlich fertig zu werden. Callums glücklicher Gesichtsausdruck füllt mein Herz bis zum Anschlag, und ich ziehe das Handy hervor, um den Moment als gemeinsames Selfie einzufangen. Nachdem Callum das Bild abgenickt hat, schicke ich es in unsere WhatsApp-Gruppe mit den anderen.

Grace: Ratet, wer gerade sein Projekt beendet hat.

Val: Omg! Glückwunsch! Ihr Cutieeees! Hab ich doch gesagt, dass ihr das rechtzeitig packt!

Eric: Boah, ehrlich. Kennt ihr dieses Als-Single-zwischen-euren-Freunden-Meme?

Ich liebe euch, Leute, aber ich hoffe, mein
Neid tropft gerade durch euren Screen.

Ich habe dabei Erics Tonfall im Ohr.

Grace: Wir sind nicht zusammen.

Im Prinzip ist es nicht gelogen. Nach unserem Kuss im Greenwich Park gab es keinen weiteren, Callum und ich haben der Sache noch immer keinen Namen gegeben. Ich habe weiter Angst, sein Herz zu brechen, doch es war dieser eine Moment für die Ewigkeit, den ich uns geschenkt habe. Unser *Wie-es-sein-könnte-ohne-den-Krebs.*

Ich zehre von diesem Augenblick. Und ich glaube, Callum geht es genauso.

Seit diesem Abend haben wir uns dreimal zum Songwriting bei Callum getroffen. Ihn kümmert es nicht, dass ich auf dem Sofa herumlungere, mal schlafend, mal mit Übelkeit. Ich habe seinem Dad gezeigt, wie Mum ihre Pies kocht, und er hat sich sogar ein Lied aus *Hadestown* mit uns angehört. Seine Reaktion fiel nicht annähernd so euphorisch aus wie unsere, aber sie war ein Anfang.

Eric antwortet nicht mehr, weshalb ich das Handy beiseitelege. Wie gern würde ich neben meinen Freunden in der Schule sitzen und einen normalen Tag erleben. Das Einzige, was mich wundert, ist, wie still Lou bleibt. Normalerweise ist sie die Erste, die auf Fotos von Callum und mir reagiert.

Wahrscheinlich schläft sie, beruhige ich mich und werde ins Hier und Jetzt geholt, als Callum meine Fingerknöchel küsst.

»Wir haben einen Song geschrieben«, sagt Callum, während er mir eine Gänsehaut beschert. Ich stelle mir vor, wie es wäre, wenn meine Knöchel meine Lippen wären.

»Wollen wir am Samstag bei mir zu Hause üben? Mit Klavier ist es vielleicht besser.«

»Klar«, sagt Callum. »Aber es ist ein Spoiler für deine Eltern, wenn wir den ganzen Song proben.«

»Good point. Vielleicht schaffe ich es, sie loszuwerden«, sage ich in Denkerpose. »Sie könnten mal wieder einen Date-Abend gebrauchen.«

»Smart.« Callum sortiert unser Zettelchaos und legt den Stapel auf dem Tisch ab. »Denk aber dran, dass Freitagabend die Party für Lou ist.«

Richtig. Val und ich haben eine Überraschungsparty für Lou geplant. Sie wird achtzehn, deswegen hat sie eine Party verdient. Ihre Prognose mit dreizehn lautete, dass sie noch ein Jahr zu leben hat. Lou hat mir gezeigt, dass Zahlen manchmal nur Zahlen sind, und ich glaube fest daran, dass viele Jahre folgen werden. Sie verträgt die aktuelle Chemo gut, was in mir Hoffnung keimen lässt. Wunder geschehen, das hat Dr. Turner anfangs zu mir gesagt, kurz nachdem ich Lou auf Station kennengelernt habe. Es passieren täglich unerklärliche Dinge, sogar in der Medizin.

Glaube reicht nicht immer aus, aber es ist gut, ihn zu haben.

»Hast du schon ein Outfit für die Party?«, fragt Callum, und ich lächle ihm verschmitzt zu.

»Nicht *das* Kleid, falls du das meinst.«

»Schade.« Er fängt das Kissen, mit dem ich ihn mit links bewerfe – mit Port in der Brust zu werfen, ist schwierig –, mühelos auf. »Aber ich mag dich auch in Schlabbershirt. Und ohne Make-up.«

Während er mich anlächelt, muss ich wieder an unseren Kuss denken. Um die Erinnerung seiner Lippen auf meinen zu verdrängen, schlage ich Callum die Deko-Ideen vor, die ich für Lous Haus habe. Ihre Mum meinte, wir dürften uns austoben, also muss es perfekt sein.

Wir sind eine kleine Gruppe, von Lous Familie ist nur ihre Mum dabei. Ich möchte, dass Lou sich noch lange an den Abend erinnern kann. Und nur eine Woche später ist dann schon unser Auftritt in der Schule. Vorher verpassen sie mir am Montag im Krankenhaus die zweite Dosis und ich bete dafür, dass ich fit genug sein werde, um die paar Minuten auf der Bühne abzuliefern. Callum verlässt sich auf mich, wir beide brauchen das gute Ergebnis. Wir haben nicht alles gegeben, damit ich es in letzter Sekunde versaue. Chemo hin oder her.

Auf einmal klingelt mein Handy, und mit einem Blick aufs Display sinkt mein Magen auf Höhe meiner Kniekehlen. »Ja?«, frage ich und zwirble nervös den Deckenzipfel. Mein Herz galoppiert davon.

»Hi, Grace.« Lous Mum klingt wie eine Mutter, die nächtelang kein Auge zubekommen hat. Sofort sitze ich aufrecht an der Sofakante.

»Was ist passiert?«

»Lou ist im Krankenhaus. Eine kleine Bronchitis, aber du weißt ja …«

»Ja«, sage ich atemlos.

»Ihr Sauerstoff war niedriger als sonst, also haben sie ihr den Schlauch für die Nase gegeben. Und sie hat Wasser in der Lunge. Sie haben eine Drainage gelegt und schauen, was über Nacht rauskommt. Wir hoffen, dass ihr Fieber bald runtergeht.« Lous Mum holt tief Luft, seufzt. »Sie muss ein paar Tage bleiben. Tut mir leid, Grace. Lous Geburtstagsparty muss wohl oder übel ausfallen.«

»Scheiße«, sage ich, und Callum formt lautlos *Was ist los?* mit dem Mund. Ich schüttle den Kopf und denke daran, was Lou für mich getan hat, wenn es mir dreckig ging.

Es muss eine Lösung geben.

Meine Augen wandern an mir hinab und bleiben an dem Port hängen, der sich deutlich auf meiner rechten Seite, unter dem Schlüsselbein, abzeichnet. Der Geistesblitz sorgt dafür, dass ich hellwach werde. »Lily«, sage ich. »Wäre es möglich, mit Dr. Turner und Dr. Evans zu sprechen?«

Lous Mum schweigt einen Moment. Ihr wird klar, worauf ich hinauswill. Ich bin mir sicher, dass sie angefangen hat zu weinen. »Oh, Grace. Natürlich. Ich frage nach.« Stille. »Denkst du wirklich, ihr könntet das machen? Traust du dir das gerade zu?«

»Für Lou mache ich alles«, sage ich, ohne zu zögern. »Und die anderen auch.« Ich blicke zu Callum, der nickt.

»Danke. Ich melde mich.« Lous Mum beendet das Gespräch, und ich bleibe mit dem Handy in der Hand sitzen. Callum legt den Arm um mich, und ich verschwende keine Zeit und tippe die Nachrichten an Val, Eric und Will.

Lous achtzehnter Geburtstag ist ein besonderer Tag.

Deshalb muss es einfach klappen.

Es muss.

KAPITEL 30

Wild Heart

GRACE

»Pscht«, mache ich und lege den Zeigefinger auf den Mund – oder eher meine Schutzmaske. Ich halte die Türklinke in der Hand und drehe mich zu den anderen um. »Ihr seid so laut wie ein Haufen Affenbabys.«

Val kichert, als Eric schnaubt. »Autsch, du bist mit deinen Pumps auf meinen Zeh gelatscht.«

»Was kann ich dafür, wenn du so große Füße wie King Kong hast?«, zischt sie zurück, und beide fangen sich eine angedeutete Schelle von Will gegen den Hinterkopf ein, was sie zum Schweigen bringt. Vals Empörung wird von einem leidenschaftlichen Kuss unterdrückt.

»Danke«, flüstere ich. Wie wir alle hat Will sich in Schale geworfen. Lächelnd schiebt er sich nach seinem Manöver die Maske wieder über die Nase und hakt Val bei sich unter. »You're welcome«, sagt er mit erhobenen Daumen.

»Ich zähle runter, okay?« Callum steht neben mir, dahinter meine Eltern und Lous Mum. Ich bin froh, dass er da ist. Sogar sein Dad hat unbekannterweise ein Geschenk für Lou besorgt. Es sind neue Spitzen für ihren Stift, den sie fürs digitale Zeichnen benutzt. Erics und Vals Eltern sind zu Hause geblieben.

Eigentlich sind drei, höchstens vier Besucher in Lous Zimmer zugelassen. Es war unser Glück, dass Lou und ich quasi auf der Station aufgewachsen sind, sodass Dr. Turner und Dr. Evans für ein paar Stunden eine Ausnahme gemacht haben. Im St. Hope Hospital sind wir wie eine Familie, und so haben die anderen Kinder neugierig ihre Köpfe aus ihren Zimmern gestreckt, ich habe gefühlt jeden begrüßt, es gab Umarmungen, High Fives von Will. Ein paar der Jungs, die ebenfalls Chemo machen, haben Callums Surfer-Boy-Haare bestaunt, und ein paar andere Eltern haben Mum und Dad dabei geholfen, Kuchen zu verteilen. Das gesamte Personal hat mitgearbeitet, um die Überraschung für Lou perfekt zu machen.

Das Einzige, womit sie rechnet, ist, ihre Mum an ihrem Geburtstag zu sehen.

Lautlos gebe ich Callum das Startsignal, nachdem ich mich versichert habe, dass alle bereit sind, und er zählt runter.

»Drei … zwei … eins …«

Ich reiße die Tür auf. Der Chor aus unseren Stimmen brüllt: »Happy Birthday!« und »Überraschung!«.

Lou, die gerade Fernsehen guckt, schreckt in ihrem Bett hoch, und ihr Tablet rutscht ihr von den Beinen. Sobald sie uns entdeckt, lässt sie den Zeichenstift sinken, schlägt die Hände vors Gesicht und fängt an zu lachen – und erste Tränen zu verdrücken. »Fuck, ihr Pappnasen.«

Val und ich sind zuerst bei ihr. Wir umarmen Lou von beiden Seiten, quietschen aufgeregt zu dritt, und Val posiert in ihrem Kleid vor Lous Bett. »Und? Was meint das Geburtstagskind?«

»Dass du heiß aussiehst«, entgegnet Lou.

Ich knutsche sie durch meine Maske auf die Wange, während sie mich aus großen Augen anblickt. »Das ist doch auf deinem Mist gewachsen, oder?«

»Ich wasche meine Hände in Unschuld«, sage ich und richte zärtlich ihren Sauerstoffschlauch in der Nase, der in der Aufregung verrutscht ist.

»Stell dir erst mal vor, was sie mit deinem Haus angestellt hätte«, meint Val. »Eigentlich wollten wir dich auf den Flur schieben und im Aufenthaltsraum die Party veranstalten. Aber du brauchtest ja unbedingt eine Extrawurst.« Sie richtet grinsend ihren Mundschutz und deutet auf die Monitore und die Drainage, die sich unter der Decke verliert und aus der stetig das Wasser aus Lous Lunge abfließt.

»Extrawürste sind mein Ding«, sagt Lou. Sie sieht mich an. »Danke, Chemo-Schwester.«

Ich lächle.

Lou hält meine Hand, drückt sie, so fest sie kann, und ich mache Platz für ihre Mum und meine Eltern. Lily streicht über Lous Wange und drückt ihrer Tochter einen Kuss auf die Stirn. Sie flüstern sich Dinge zu, die nur sie verstehen, und streichen sich gegenseitig die Tränen aus den Augen.

»Hi, Sonnenschein.« Dad umarmt Lou fest. »Hey, hast du dich extra für uns so schick gemacht?«

»Boah, du bist genauso schlimm wie deine Tochter, David«, murmelt Lou in ihrem Pyjama, wobei sie Dad in den Bauch piekt. Mum herzt Lou innig, und Val und ich warten, bis jeder an der Reihe war. Callum drückt Lou ebenfalls, und am Rande bemerke ich, wie Lou ihm etwas ins Ohr flüstert und er ihr danach gegen die Nasenspitze stupst. Es wirkt wie ein Versprechen. Ich frage mich, worüber die zwei geredet haben.

Nacheinander überreichen wir Lou unsere Geschenke.

Von Val bekommt sie einen Fotorahmen mit den Bildern vom Minigolfen im *Glowballs,* von Eric einen Gutschein für den Playstation-Store, von Will einen neuen Zeichenhandschuh, von mir den digitalen Zeichenkurs ihres Lieblingskünstlers, dessen YouTube- und Patreon-Videos sie Tag und Nacht suchtet. Callum drückt ihr ein Blatt Papier in die Hand.

»Ist das …?«, fragt Lou und schaut uns nacheinander an.

»Unser Song, ja.« Callum zwinkert ihr zu. »Er ist fertig geworden.«

»Rechtzeitig«, betone ich. »Ist das zu glauben?«

»Das achte Weltwunder«, sagt Lou, und ihr fröhlicher Blick verändert sich. »Mann, ich hasse es, dass ich nicht bei der Aufführung dabei sein kann.«

»Deshalb wollten wir ihn dir vorher zeigen.«

Eric schielt über meine Schulter zu Lou. »Aber wenn es dir an dem Tag halbwegs okay geht, könnten wir dich per Video anrufen?«

Lou nickt, schluckt und senkt den Blick. Ihre Augen fliegen über die Zeilen, die wir geschrieben haben. Ich bin mir sicher, dass sie den Text die ganze Nacht lesen wird. Wieder und wieder. Weil auch so viel von uns darin steckt. »Danke«, sagt sie berührt. »Aber ich packe ihn lieber schnell weg, sonst klaut Val ihn mir noch aus der Hand.«

Val zieht einen Schmollmund, woraufhin wir alle ein ironisches »Ooooh« ausstoßen. »Ich brauche neue Freunde«, sagt sie, was Will dazu veranlasst, sie lachend an sich zu ziehen und zu küssen. Callum und ich schauen uns an, denken das Gleiche. Wie gern wir das auch tun würden. Kurz bin ich versucht, dem Verlangen einfach nachzugeben. Dann unterbricht Lous lautes Magenknurren die Stille, und Mum serviert in Windeseile ihre Shepherd's Pies, Cottage Pies, Scones mit selbst gemachter Clotted Cream, Tee, Limo und heiße Schokolade.

Da wir alle zuvor durch Tests kontrolliert wurden, können wir, in Abstand zu Lou, am Büfett essen, ehe wir die Masken wieder aufziehen. Sobald wir fertig sind, bereiten wir Lou eine

Portion vor, die ihr Magen verkraften kann. Auch ich suche mir weitere Kleinigkeiten zusammen, die ich derzeit am besten vertrage. Nach ihrem ersten Pie fängt Val an zu tanzen und dreht Lous Taylor-Swift-Playlist auf.

»Partytime!«, flötet sie, und ehe ich mich versehe, hat sie mich mit auf die imaginäre Tanzfläche hinter Lous Krankenbett gezogen. Will schließt sich uns an, gefolgt von Lous Mum und meinen Eltern. Lou sieht uns lachend zu und verschüttet dabei fast ihren Tee. Wir tanzen und singen zu *I can do it with a broken heart* und anderen Songs, die Lou liebt und die wir auf der Eras-Tour mitgebrüllt haben. Lou bewegt sich, so gut es mit Drainage geht. Wir sind kaum beim zweiten Song angekommen, da dringen Stimmen aus dem Flur an unsere Ohren.

Ich brauche einen Augenblick, um zu begreifen, was passiert. Die ganze Station singt den Text mit. Die Kinder, die Teens in unserem Alter, die Eltern. Es ist wie ein Eras-Tour-Konzert live auf der Kinderkrebsstation. Wir hören das Lachen der anderen, sehen ein paar der Eltern und Schwestern auf dem Gang tanzen. Ich stelle mich in den Türrahmen und sehe dem Schauspiel ein paar Minuten zu. Für diesen einen wunderschönen Moment hat nicht der Krebs die Oberhand auf der Kinderonkologie, sondern das Leben. Die Liebe. Wir.

Will zieht Callum mit auf die Tanzfläche, der mir einen verwegenen Blick zuwirft, den ich mit einem Schulterzucken kommentiere. Val nimmt Will sofort in Beschlag. Eric schafft es, sich aus der Affäre zu ziehen, indem er den Kameramann spielt.

Ich lasse mich neben Lou aufs Bett fallen, und sie rutscht ein Stück zur Seite, um mehr Platz zu machen.

»Na, brauchst du auch Sauerstoff?«, sagt sie und zieht eine Schnute, ehe sie die Stimme senkt. »Ich sitze zufällig an der Quelle und hab das gute Zeug.«

Lachend winke ich ab. »Lass mal. Ich hab nur das Gefühl, mein Pie kommt gleich wieder hoch, wenn ich keine Pause mache.«

»Verständlich. Wann kriegst du die nächste Dosis?«

»Montag«, sage ich. »Und Freitag ist die Aufführung.«

»Ach, das wird schon. Notfalls musst du einen Eimer mit auf die Bühne nehmen.«

»Klar, nichts kommt besser an, als beim Singen zu kotzen.«

Lou hebt ihre Tasse prustend wie zum Toast, wir stoßen an und trinken einen Schluck Tee. »Mein Dad hat nicht mal angerufen«, sagt sie und legt ihre Füße auf meinem Bein ab. »Oder getextet. Er kann nicht mal zwei Worte schreiben.«

»Dein Dad ist ein Arschloch«, sage ich und lehne mich an sie. »Er verdient dich nicht als Tochter.«

Lous Mundwinkel heben sich traurig. Eine Weile beobachten wir unsere Freunde und unsere Eltern, wie sie miteinander tanzen, herumwirbeln, zu Taylor singen, losgelöst lachen und sich in die Arme fallen.

»Sie werden es nie so verstehen wie wir«, sagt Lou. »Diesen Abgrund. Diesen Schmerz.«

»Hoffentlich«, ergänze ich. Wir schweigen einen Moment.

Wir verschränken die Finger ineinander. Lous sind genauso kalt wie meine. »Es macht mich fertig, dass ich Freitag nicht dabei sein kann.«

»Ach, Quatsch«, sage ich. »Du wirst dabei sein.« Ich tippe mir auf die Brust. »Außerdem hast du Eric doch gehört: Er kann dich anrufen.«

»Das wäre cool.« Lou verstummt, ich sehe, wie sie um Worte ringt. Was selten passiert. »Hätte ich dich nicht kennengelernt, hätte ich gar keine Freunde gehabt, Grace. Du hast dafür gesorgt, dass ich mich nicht aufgebe.«

»Lou«, hauche ich, aber sie unterbricht mich.

»Ich mein's ernst. Du bist wie meine kleine Schwester. Und du wirst die Aufführung rocken und alle in der Schickimicki-Schule umhauen.«

Ich lache mit tränenfeuchten Augen.

»Gib mir mal das Tablet«, sagt Lou, und ich tue ihr den Gefallen. Lou öffnet ein Bild und dreht mir das Tablet zu.

»Lou, was …«

»Das ist ein Geschenk für dich.«

»Habe ich was verpasst, oder ist heute *dein* Geburtstag?«

»Halt die Klappe und schau es dir an.«

Ich salutiere und nehme das Tablet entgegen. Mein Atemzug bleibt auf dem Weg in meine Lunge hängen. Mir klappt die Kinnlade runter. Lou hat Callum und mich gemalt, auf der Dachterrasse. Ich erinnere mich, dass wir sie angerufen haben, als wir alle zusammen draußen gesessen haben. Val hat das Handy gehalten und auf uns beide gezoomt. Ich lache aus voller Kehle, mit geschlossenen Augen. Ich sehe so glücklich aus. Und Callum sieht mich an. Sein Blick geht mir unter die Haut, obwohl ich ihn damals nicht mal mitbekommen habe.

»Lou«, sage ich wieder, tränenerstickt.

»Ich habe es genauso gemalt, wie es gewesen ist.« Meine Freundin mustert mich eingehend. »Er macht dich glücklich, Grace. Ihr seid das, was die meisten von uns nie in ihrem Leben kriegen werden. Und ihr habt euch mit fucking sechzehn gefunden. Ich denke einfach … ich habe Angst um dich.«

»Um mich?«

Lou nickt. »Was, wenn du es überstehst und es dein Leben lang bereuen wirst, euch keine Chance gegeben zu haben? Eine richtige, meine ich. Bei mir gibt es keine Chance mehr. Nur die Hoffnung auf so viele Tage wie möglich.«

Ich schweige.

»Und ja, es ist beschissen, wenn Beziehungen auseinandergehen, und ja, rein statistisch gesehen werdet ihr euch irgendwann trennen. Aber was, wenn nicht? Und wenn doch: Ist es nicht die Erfahrung wert? Ich würde es riskieren.«

»Du warst schon immer furchtloser als ich.«

»Bullshit. Du bist die Mutige von uns, Grace.«

Erstaunt blicke ich Lou an.

»Wie gesagt … ohne dich wäre ich immer davon ausgegangen, dass niemand mich mit dem Krebs lieben wird. Ich wäre in meinem Zimmer versauert. Und du … du gehst raus, auf die Leute zu, weil du einen Scheiß drauf gibst. Du lachst und lernst und machst Musik. Schreibst einen Song. Du machst dein Ding. Nach dem Motto: *take me or leave me.*«

Ich schweige weiter.

Sie nickt zu Callum hinüber, der gerade mit Mum tanzt. »Ich glaube, es nicht zu versuchen ist schlimmer als theoretischer Herzschmerz. « Lou klopft mir auf den Oberschenkel. »Er liebt dich, Grace. Auf die gesündeste und verflucht noch mal schönste Weise, die es gibt. Und dass er die ganze Scheiße mit dir durchsteht, zeigt, dass er stark genug ist. Er ist ein guter Kerl. Er wird dich nicht im Stich lassen, wenn's hart auf hart kommt.« Ihr Blick wird schwammiger. »Außerdem hat er's mir geschworen«, fügt sie hinzu. »Vorhin und die Male davor auch.«

»Er hat was?«

»Wir reden ab und zu«, sagt Lou, als wäre nichts dabei. Dann seufzt sie. »Ich weiß, dass es deine Entscheidung ist. Aber bitte denk noch mal darüber nach. Wir haben uns versprochen zu leben, Gracie. Immer. Mit allem, was dazugehört. Und nur, weil du ihn liebst, heißt das nicht, dass du dich nicht mehr an die erste Stelle setzen darfst.« Sie hält mir ihren Finger zum Klein-Finger-Schwur hin, und nach einem Augenblick willige ich ein.

»Jetzt sprich mir nach: Ich bin es verflucht noch mal wert, geliebt zu werden. Ich verdiene diese Liebe, die sich gut anfühlt und die sich gottverdammt noch mal *jeder* wünscht.«

Ich lache, schluchze und wiederhole die Worte.

»Geht doch.« Lou sinkt nach hinten gegen das harte Kissen. »Ich werde dir das Bild nachher senden. Und in ein paar Jahren werden wir bei euch in der Wohnung sitzen, es in deinem Gamingzimmer mit zigtausend Lichterketten bewundern und sagen: Haben wir's nicht geahnt?«

Wir lachen, und Lou reicht mir ihre Taschentuchbox vom Nachttisch. Damit ist alles gesagt. Still und selig betrachten wir wieder unsere Freunde beim Tanzen, wobei wir die Texte mitsingen oder mitsummen. Irgendwann stehe ich auf und geselle mich noch mal zu den anderen.

Lou strahlt mich vom Bett aus an. »Danke«, formt sie stumm. Sie deutet um uns herum. »Das schönste Geschenk«, ergänzt sie, und ich nicke.

KAPITEL 31

Call The Nightingale

CALLUM

Die Zeit rast an mir vorbei. Nach Lous Überraschungsparty im Krankenhaus üben Grace und ich jeden Tag unseren Song. Am Samstag wie geplant bei ihr zu Hause. Unter der Woche skypen wir, weil ich parallel auf dem Sportplatz trainieren und für zwei Tests lernen muss. Das Trimester neigt sich dem Ende entgegen, und obwohl Dad weniger Druck ausübt, ist mein Ehrgeiz wiedererwacht.

Beim letzten Testspiel der St. Doyle vor den Weihnachtsferien ist Grace über Videoanruf dabei, und Will erklärt ihr jeden einzelnen meiner Spielzüge, während er das Handy hält.

Die zweite Chemo-Dosis knockt Grace völlig aus. Die ersten zwei Tage verschläft sie komplett, danach schafft sie es immerhin, ein paar Seiten zu lesen, Musik zu hören und ihre Stimme auf den Auftritt vorzubereiten. Ich habe Angst, dass sie sich zu viel zumutet, doch davon will sie nichts hören. Mit Mrs. Murrays Erlaubnis darf sie die Schulvioline nach Hause holen und damit für die Aufführung üben.

Je näher die Abschlusspräsentation rückt, umso gestresster werde ich. Was einmal dafür sorgt, dass zwischen Dad und mir die Fetzen fliegen. Manchmal braucht es nur eine Aussage wie

Du hast es dir selbst so ausgesucht, die mich in die Luft gehen lässt. Im Gegensatz zu vorher gehen wir aber nicht auseinander und uns aus dem Weg, sondern klären die Sache, indem wir uns zuhören.

Ehe ich mich versehe, ist Freitagabend. Ich habe mich in Hemd, Weste und Anzughose geschmissen, und Dad scheucht mich aus dem Haus, weil wir viel zu spät dran sind.

Als wir in der St. Doyle ankommen, ist der Zuschauerraum der Aula bereits bis auf wenige Plätze gefüllt. Auf Anhieb erspähe ich Mrs. Murray in der ersten Reihe, daneben unseren Direktor. Die Jungs aus der Fußballmannschaft sitzen weiter hinten, Val, Eric und Will in der zweiten Reihe, mit ihren und Grace' Eltern. Ich winke ihnen zu, und sie winken zurück. Val macht eine scheuchende Bewegung, was wohl so viel heißen soll wie *Mach dich hinter die Bühne, Kerl!*

Dad klopft mir noch schnell auf den Rücken, sucht sich seinen Platz direkt neben Grace' Eltern, und ich gehorche Vals Aufforderung. Sie und Will sind im Mittelteil dran, Eric bildet mit seinem Projekt den Abschluss. Da Grace und ich als Zweites auf die Bühne müssen, werden wir dem Team vor uns vom Backstage-Bereich zugucken.

Mein Herz schlägt mir bis zum Hals, meine Muskeln sind zum Zerreißen gespannt. *Shit,* es ist einfach viel zu lange her, seit ich das letzte Mal vor Publikum gespielt habe.

Ich werfe einen Blick in die Umkleide, keine Spur von Grace.

Sofort werde ich noch nervöser. Bis auf unsere Freunde und Familien – und Mrs. Murray und den Direx – weiß niemand von Grace' Diagnose. Keiner in der Schule hat sie seit Chemobeginn gesehen. Es wird also ein doppelter Seelenstriptease für sie. Und ich kann nur erahnen, wie hart es die Sekunden vorher für sie ist.

Ich spähe durch den schweren roten Vorhang in den Saal und lausche der Rede zum *Grow Together*-Projekt, die Mrs. Murray und Direktor Harrison halten. Dabei scannen meine Augen den Saal. *Fuck, wo ist Grace?*

Ich bin kurz davor, noch mal von der Bühne zu gehen und jede Ecke nach ihr abzusuchen, da taucht sie neben mir auf. In ihrem roséfarbenen Kleid, das mir die Sinne raubt, und mit einem schiefen Lächeln auf den zart geschminkten Lippen. »Tut mir leid«, sagt sie, betastet die roten Flecken auf ihrem Hals und hält sich an meinen Händen fest. »Klo. Adrenalin und Chemo sind keine gute Kombi.«

Ich bin so erleichtert, sie zu sehen, dass ich ihre Knöchel einzeln küsse. »Hör auf damit«, schimpft sie in gedämpfter Lautstärke, wobei ihr Lächeln breiter wird. »Ich kann mich nicht konzentrieren, wenn du das tust.« Gott, ich möchte sie so gerne küssen.

»Wir schaffen das, oder?«, fragt Grace mit Blick auf die Bühne, wo sich das Team vor uns für seine Präsentation bereit macht.

»Na klar.«

»Ich rechne eh damit, dass sie mich auslachen werden.« Grace zeigt auf ihre Glatze, die heute unbedeckt ist. »Das Raunen im Saal wird man bestimmt bis runter an den Strand hören.«

»Und wennschon.« Ich lasse ihre Finger durch meine gleiten. »Du bist wunderschön, Grace.«

Ein Teil der Sorge verschwindet aus ihrem Gesicht. »Val hat mir geholfen, mich zu schminken«, sagt sie und schließt die Augen, damit ich ihren Lidschatten, der zum Kleid passt, bewundern kann. »Gott, ich bin so nervös, Callum. Ich habe … wirklich Angst.«

»Ich auch«, sage ich und halte ihre Hände fester. »Am liebsten würde ich abhauen. Aber wir haben so hart an dem Song gearbeitet.« Ich bekomme Grace dazu, mit mir ihre Atemübungen zu machen.

»Ja, du hast recht«, sagt sie schließlich.

Ich küsse nochmals ihre Hand. Mein Herz klopft vor Aufregung so schnell, dass ich befürchte, das Mikrofon auf der Bühne könnte es aufnehmen. Aber Grace ist mein Anker. Und ich, wie es aussieht, ihrer.

Die erste Aufführung ist vorbei, und der schwere rote Vorhang schließt sich. Unser Zeichen. Ein paar ältere Schüler, die sich als Aushilfen für den Abend gemeldet haben, schieben den Flügel auf die Bühne und stellen meine Gitarre und Grace' Violine ab.

Ich bin wie eingefroren, doch Grace zieht mich behutsam mit sich auf die Bühne. Zittrig sinke ich auf den Hocker und platziere die Gitarre auf meinem Schoß. Besorgt sehe ich dabei zu, wie Grace die Violine anhebt und sie auf ihrer Schulter platziert. Wir haben lange mit Mrs. Murray diskutiert, ob es eine andere Lösung gibt. Mit dem Port in der linken Brust kann Grace kaum eine Tasse auf Brusthöhe halten. Aber sie wollte es so. Sie wollte das Intro mit der Violine spielen und sich dann ans Klavier setzen.

Grace strafft ihr Kleid, umklammert die Violine. Unsere Blicke treffen sich, und ich sehe nichts außer wilde Entschlossenheit in ihrem Blick. Mrs. Murray kündigt uns an, und ich zähle von zehn runter. Mein ganzer Körper steht unter Strom. Ich kann kaum das Plektrum halten, so sehr zittere ich. Ein letzter Blick zu Grace. Sie lächelt. Ich lächle zurück.

Der Vorhang öffnet sich langsam, und das warme Licht der Scheinwerfer blendet mich. Zwei Spots treffen uns. Applaus brandet auf.

»Mrs. Murray hat uns am ersten Projekttag gesagt, dass wir voneinander lernen werden«, erhebe ich meine Stimme. »Und dass wir über uns hinauswachsen werden, wenn wir uns darauf einlassen.« Ich lege eine kurze Pause ein. »Spoiler Alert: Sie hat recht behalten.«

Bevor Mrs. Murray zurück in den Zuschauerraum geht, wirft sie mir noch ein zufriedenes Lächeln zu.

»Was Grace und ich versprechen können, ist, dass es keine Wiederholung von unserem letzten gemeinsamen Auftritt geben wird.«

Lachen brandet im Saal auf, und Grace nickt.

»Wir haben uns für die Geschichte zweier Teenager entschieden. Die ihre eigenen Probleme haben, Herzschmerz durchgemacht haben. Und … feststellen, dass sie das Beste auseinander rausholen. Dass sie auch zusammen kaputt sein können. Und dass wir alle uns viel zu oft die Frage stellen …«, ich schlage den ersten Akkord an, »… was morgen auf uns wartet. Obwohl uns an jedem Tag das Heute bleibt.«

Das Raunen und Lachen verklingt, und es wird ganz still. Grace spielt die ersten Töne des Intros auf der Violine. Ich setze vor der ersten Strophe mit der Gitarre ein, und Grace wechselt reibungslos ans Klavier. Dann erklingt ihre Stimme, voll, klar und weich.

I'm chasing echoes of who I used to be
Every sidewalk carries a memory.
My heart was like a reckless crown
You lit it up to burn it down.

Ich setze ein, und meine tiefe, rauchige Stimme untermalt ihre Töne.

Hung up my hopes on paper-thin chords
Watched as they shattered in empty words.

Unsere Stimmen verschmelzen. Es ist nicht nur ein Song. Es ist unser Song. Unsere Geschichte.

The clock keeps ticking, but I can't move,
I'm stuck in a dance with the ghost of you.
No map here to guide me back,
'cause I'm lost in the idea of what we had.
Even the silence spoke so loud,
when the truth became a storm we can't outrun.

Then I met you and something changed inside.
Suddenly I had nothing to hide, anymore.
You didn't fix what was broken before.
But somehow, you opened a door.
And I learned how to live, once more.

Meine Augen treffen Grace', wir sehen einander an und sind plötzlich allein im Saal. Wir singen nur für uns, füreinander.

You and I, here right now
No yesterday to hold us down.
Dreaming big, but stayin grounded,
That's the moment where our hearts were surrounded.
Here and today is all we need
This heartbeat, loud and free.
So I'll sing it softly, you'll sing it, too.
This is the chapter of me and you.
No more chasing echoes through the night.
We're walking forward, into the light.
So I'll sing it softly, you'll sing it, too.
This is the chapter of me and you.

Eine Träne löst sich aus Grace' Augenwinkel, tropft auf ihr Kleid.

And though not every story has a happy end,
We've found happiness in the time we spend.
We've learned to live in the afterglow,
with every step, every growth.
Time is short but infinite are we
Our love is like an ancient tree
Growing stronger, endlessly.
And the memories we made stay with us
Like glowing stars that never turn to dust.

Auch bei mir laufen jetzt die Tränen. Ein letztes Mal singen wir den Refrain. Und dann spielen wir schweigend acht Akkorde. Bis zum großen Finale.

And if today were our tomorrow,
We would love us, without any sorrow.

Der letzte Ton verklingt, und die dumpfe Stille in meinen Ohren hält für ein paar Sekunden an. Als hätte der gesamte Saal aufgehört zu atmen. Grace' Wangen sind gerötet, sie atmet schnell, ist völlig erschöpft von der Leistung, die ihr Körper gerade abgeliefert hat. Unsicher lösen wir die Blicke voneinander und schauen ins Publikum.

Stille.

Dann, wie aus dem Nichts, explodiert der Saal.

Die Zuschauer toben. Reihe für Reihe springen die Leute auf.

Da der Scheinwerfer nicht mehr direkt auf uns gerichtet ist, kann ich auch wieder unsere Freunde und Familien sehen. Liz und David jubeln sich die Seele aus dem Leib, Val hüpft heulend auf und ab, mit dem Handy in der Hand, wo Lou mit Sicherheit live zusieht. Eric nimmt seine Brille ab und wischt sich unauffällig über die Augen, Will hat die Hände zum Megafon geformt und johlt. Dad streicht sich etwas aus dem Augenwinkel. Mrs. Murray applaudiert völlig euphorisch, und auch Direktor Harrison ringt sich ein respektvolles, berührtes Nicken ab.

Grace stellt sich neben mich, und ich ergreife, ohne zu zögern, ihre Hand, grinse sie schief an und hebe unsere Hände in die Höhe. Wir verneigen uns. Der Applaus wird noch lauter.

Er verfolgt uns auch noch, als wir hinter die Bühne treten. Grace lehnt sich an die Wand neben dem Vorhang, der wieder zufällt. Sie ringt nach Atem. »Das war …«

»… der Hammer«, sage ich und betrachte sie. Grace lacht erneut, schüttelt den Kopf vor Glücksgefühlen, und in diesem Augenblick ist sie einfach nur Grace. Ohne all die Dinge, die uns trennen.

Sie blickt mich an, und plötzlich packt sie mich am Kragen und zieht mich zu sich. Bis ihre Nasenspitze einen Zentimeter von meiner entfernt ist.

»Danke. Für alles«, sagt sie, und ihr Atem streift mein Gesicht. »Ich hatte solche Angst, Callum. Die ganze Zeit. Aber du hast mir gezeigt, dass es geht. Und als wir eben gesungen haben … Ich habe lange nachgedacht. Vor allem nach meinem letzten Gespräch mit Lou. Und ich will … Ich will nicht, dass meine Angst uns das kaputt macht. Ich habe mich in dich verliebt. So sehr. Und wenn du bereit bist, die ganze Scheiße mit mir durchzustehen, verspreche ich, dass ich mich darauf einlasse. Auf uns. Wir werden in Ruhe darüber reden, morgen. Irgendwie … kriegen wir das hin.« Ihre Lippen öffnen sich leicht, sie ringt nach Luft und sieht zu mir auf. »Was sagst du?«

Ich blicke sie an, das Mädchen, das ich so sehr liebe, dass ich das Universum auf den Kopf stellen würde, um mehr Zeit mit ihr zu haben. Melancholie und Nostalgie überkommen mich. Meine Augen brennen. Meine Stimme ist klar. »Ja«, sage ich, und Grace überbrückt die letzte Distanz zwischen uns. Meine Lippen senken sich auf ihre. Unser Kuss ist sanft statt stürmisch. Ruhig statt laut. In ihm liegt das, was wir zwischen den Zeilen gesungen haben. Ich will sie und sie mich. Den Schmerz und die Sehnsucht. Die Trauer und die Melancholie. Die Hoffnung und das Warten. Einfach alles.

Grace gewährt meiner Zunge Einlass, meine Daumen streichen über ihre Wangen, sie vergräbt ihre Finger in meinen Haaren, streichelt meinen Nacken.

Auch als wir uns wieder voneinander lösen müssen, gibt mir dieser Kuss noch Kraft.

Es ist egal, dass ich nicht ihre Hand halten kann, während Dad mich umarmt und mir zuraunt, dass er stolz auf mich ist. Egal, dass der Abend sich ewig hinzieht.

Denn ab jetzt haben wir uns ganz. Solange wir es wollen.

Und ich kann den nächsten Morgen kaum erwarten.

KAPITEL 32

Loml

GRACE

Am nächsten Morgen brauche ich lange, um wach zu werden. Meine Muskeln sind steif und verhärtet, meine Finger schmerzen vom Klavierspielen, und mein Port ziept. Mir wird noch im Liegen übel. Aber all das ist nebensächlich. Denn ich habe Callum geküsst. Ich habe ihm gesagt, dass ich uns eine Chance geben will, eine richtige. Mit allem, was dazugehört.

Und jetzt kann ich es kaum erwarten, ihm zu schreiben oder ihn anzurufen. Gähnend steige ich aus dem Bett und strecke mich. Die Uhr auf meinem Nachtschrank verrät mir, dass es nach elf Uhr ist, was bedeutet, dass Mum und Dad bestimmt schon den Lunch vorbereiten. Sie haben sicher nichts dagegen, wenn ich Callum und vielleicht sogar seinen Dad zu uns einlade. Ich nehme mir vor, sie gleich zu fragen, sobald ich unten ankomme.

Im Badezimmer lasse ich mir extra viel Zeit unter der Dusche. Die Wassertropfen, die auf den Fliesen aufschlagen, klingen wie der Applaus im Saal gestern Abend. Vor dem Spiegel versichere ich mich, dass ich den gestrigen Abend nicht geträumt habe, indem ich durch Social Media scrolle. Mein Postfach bei Instagram quillt über. So viele St.-Doyle-Schüler, mit denen ich sonst nicht viel zu tun hatte, haben mir geschrieben, wie berührend unser

Auftritt war. Mrs. Murray hat uns gestern noch verkündet, dass wir eine Bestnote bekommen. Nicht mal die Übelkeit kann mir heute etwas anhaben.

Beflügelt von Glück, nehme ich mein Handy und tippe eine Nachricht an Lou.

> **Grace:** Ich bin so froh, dass du es sehen konntest. Das war das schönste Geschenk.

Summend gehe ich die Treppe nach unten und springe ins Wohnzimmer, um Mum und Dad eine Grimasse durch die Durchreiche in der Küche zuzuwerfen. Sie sind nicht da.

Ich drehe mich um, und meine Arme und Beine werden taub. Im Wohnzimmer stehen Mum und Dad. Und Val, Eric, Will und Callum.

Alle sehen in meine Richtung.

Mir ist, als müsste ich mich übergeben.

Vals Gesicht ist verquollen, Mums auch. Die Augen der Männer sind gerötet, Callum ist blass um die Nase. Er macht einen Schritt auf mich zu, hält inne und senkt den Blick. Automatisch umschlinge ich meinen Oberkörper mit den Armen. Wie um mich zu schützen.

»Was ist los?«, frage ich. Mum verzieht das Gesicht und tritt weinend auf mich zu, ich weiche zurück. Sie stoppt, streckt die Arme aus. Ich schüttle den Kopf.

Ich will keine Umarmung. Ich will wissen, was los ist.

Hilflos sieht Mum zu Dad. »Schatz«, sagt er, und sein großer Körper vibriert genauso wie seine Stimme. »Es tut mir so leid.«

Obwohl mein Verstand längst begriffen hat, weigert sich mein Herz, es zuzulassen. »Was?«, frage ich erneut und kann den Satz nicht zu Ende bringen.

»In der Nacht gab es Komplikationen.« Dad streckt ebenfalls

die Hand nach mir aus, ich weiche aus. »Es tut mir so leid, Liebling. Lou ist in der Nacht gestorben. Es tut mir so leid.«

Eine Handvoll Male habe ich meinen Dad bisher weinen sehen. Einmal, als Mum ihn zu ihrem zwanzigsten Jubiläum in ihrem Brautkleid zu Hause überrascht hat. Und am Tag meiner Diagnose. Als ich wieder Chemo machen musste. Und auch jetzt.

Ich stolpere zurück. »Nein«, sage ich. Das kann nicht wahr sein. Meine Augen brennen. Mit einem Ruck fahre ich zu Val herum. »Du hast gestern mit ihr telefoniert. Sie hat beim Auftritt zugeschaut.«

Val ist völlig aufgelöst. Will hat den Arm um sie gelegt, und sein ganzer Körper wackelt mit, so herzzerreißend schluchzt sie. »Ich habe sie nur kurz auf dem Bildschirm gesehen«, sagt Val mit dünner Stimme, ehe sie noch mehr weint. »Es tut mir so leid, Gracie. Lou sah nicht gut aus, aber ich dachte … Na ja, ich dachte, das wird schon wieder.« Sie schafft es nicht, mich weiter anzusehen.

»Nein«, höre ich mich ein zweites Mal sagen. »Nein. Nein. Nein. Nein. Nein. Lou ist nicht tot.« Der Boden unter mir schwankt. Ich kneife die Augen fest zu, will den Raum ausblenden, meine Eltern, selbst meine Freunde. Sogar Callum. Und die Wahrheit, die sich wie eine Messerspitze in meine Organe bohrt. »Sie ist nicht tot, sie ist nicht tot. Sie ist nicht …« Ich kann nicht mehr weitersprechen. Der Schock überrollt mich wie ein Schwerlaster. Callum kommt auf mich zu, und vor ihm weiche ich nicht zurück. Ich lasse zu, dass er meine Hand nimmt, mit seinem Daumen über meinen Handrücken streicht.

»Grace«, raunt er, und eine Träne rollt seine Wange hinab.

Ich sehe ihn an, durch diesen Schleier, der alles verschlingt. Dann bewegen sich meine Beine wie von selbst, und das Letzte, was ich wahrnehme, ist, wie Val und Dad Callum gleichzeitig an den Armen zurückhalten, um mich gehen zu lassen.

Ich will davonlaufen. Ich will nach Luft schnappen. Ich will vor der Wirklichkeit davonlaufen. Doch ich renne nur in mein Zimmer. Weg von den anderen.

Mein Herz überschlägt sich. Mein Blick fällt auf den Bilderrahmen mit unseren Fotos von der Eras-Tour. Auf Lou in meinem Arm, die trotz des Regens in die Kamera strahlt. Die so glücklich ist, dass wir diesen Augenblick teilen können.

Alles verschwimmt. Die Wände scheinen näher zu kommen, mich zu erdrücken.

Dann breche ich zusammen. Ich sinke einfach auf die Knie und schreie. Schreie, bis ich heiser bin, bis der Schmerz in meiner Brust mich zu Boden zwingt. Tränenüberströmt rolle ich mich auf dem Teppich zusammen. Wimmere. Weine. Schreie wieder. Ich sehe Lou, wie sie mit mir auf der Dachterrasse die Sterne zählt. Ich sehe Lou, wie sie zwischen Val und Eric am Strand sitzt und mich beim Baden beobachtet. Ich sehe sie beim Karaoke-Abend, wie sie neben Dad am Klavier sitzt, der ihr erste Akkorde beibringt. Ich sehe Lou im Zimmer nebenan, auf Station, wie sie auf den Flur schleicht, um nachzusehen, wie es mir nach der ersten OP geht. Ich sehe Lou, wie sie auf ihrer Geburtstagsparty im Krankenhaus neben mir sitzt. Ich sehe Lou, wie sie meine Hand nimmt und mir sagt, dass sie sich wünscht, dass ich mein Glück zulasse.

Ich sehe Lou, wie sie sich von mir verabschiedet.

Ohne dass ich es wusste.

Und in all diesen Erinnerungen erkenne ich den Schmerz, den ich meinen Eltern und meinen Freunden antun werde, wenn meine Behandlung nicht anschlägt. Das hier ist das Schlimmste, was jemand empfinden kann. Ich kralle die Nägel in meine Oberarme, halte mich fest, schaukele auf dem Boden vor und zurück.

Der Schmerz ist unerträglich.

Mein Leben ist unerträglich.

Mir diese Welt ohne Lou vorzustellen, ist unerträglich.

Es ist, als wäre meine Seele mir entrissen worden, während mein Körper einfach hier liegt. Ich breche auseinander, wieder und wieder, bis ich überall um mich herum Arme spüre, die mich halten. Die anderen sind bei mir, reden mir gut zu, schweigen, weinen mit mir und warten, bis es vorübergeht.

Doch es wird nie mehr vorübergehen.

Ich bin in tausend Scherben zerbrochen. Und ich habe keine Ahnung, ob ich mich je wieder zusammensetzen kann.

KAPITEL 33

To Build A Home

CALLUM

Tag 1

Tag 2

Callum: Es ist hart. Und es ist ungerecht. Lou ist fort, aber du bist nicht allein, Grace. Wir sind da, wenn du uns brauchst. Ich bin da. Du musst mir nicht schreiben. Du musst nicht anrufen. Du musst nichts tun. Außer dir Zeit nehmen. Ich werde immer hier sein und warten.

Tag 3

Tag 4

Callum: Die Stille ist ohrenbetäubend laut. Ich mache mir Sorgen. Dad meinte, er könnte uns an den Strand fahren, wenn du möchtest. Wir müssen nicht reden. Nur dasitzen, Musik hören, heulen und aufs Meer schauen. Kotztüten für den Notfall besorge ich.

Tag 5

Callum: Erinnerst du dich, als du sagtest, dass du mir den Schmerz nicht antun willst? Ich weiß jetzt, welchen Schmerz du meintest. Er ist der Horror. Das Schlimmste ever. Aber ich liebe dich. Das werde ich immer. Vielleicht bin ich zu jung. Vielleicht bin ich zu naiv. Vielleicht werde ich es nie so verstehen wie Lou. Aber ich werde hier sein. Egal, wie lange es dauert. Und ich werde für Lou mitleben.

Tag 6

Tag 7

Grace' Stille ist so laut.

Du hast diese Gruppe erstellt.
Vier Mitglieder.

Callum: Was kann ich tun? Sagt es mir. Ich werde verrückt. Ich sitze hier und starre die Wände an. Oder das Meer. Ich heule wie ein kleines Kind. Grace ist so still.

Valerie: Du tust schon das Beste. Gib ihr Zeit. Es ist für uns alle schwer. Gracie war im größten Schmerz schon immer lieber allein. Das kannst du nicht ändern. Hab Geduld.

Eric: Ich fühle mich auch so hilflos. Ich wünschte, wir könnten einfach bei Gracie vorbeischneien und sie knuddeln.

Valerie: Same ... Lou fehlt mir so. Ich sehe und höre sie überall. Selbst, wenn ich träume. Gott, dieser Scheißkrebs ist ein fucking Nightmare. Für Gracie muss es noch 1000x schlimmer sein.

Will: Glaube ich auch. Aber Grace weiß, dass du sie liebst, Cal, und wir da sind im Notfall. Das ist echt viel wert in dieser Kackzeit.

Callum: Ich kann einfach nicht glauben, dass Lou weg ist.

Valerie: Ich auch nicht.

Eric: Denkt ihr darüber nach, wie es wäre, auch Gracie zu verlieren? Ich meine, Lous Tod ... das holt alles noch mal an die Oberfläche.

Valerie: Eric! Bitte hör auf damit. Es ist schlimm genug gerade. Unsere Gruppe wird nie wieder vollständig sein. Das reißt mein Herz raus.

Callum: Ich wette, Grace fühlt sich die ganze Zeit schuldig. Weil sie lebt. Und Lou nicht mehr.

Valerie: Natürlich tut sie das. Sie ist Grace.

Callum: Mann, ich wünsche mir nichts mehr, als sie zu trösten und für sie da zu sein.

Valerie: Ernsthaft, Mr. Ehemals-Kotzbrocken. Verlier nicht die Hoffnung. Grace hat sie gerade verloren, und sie braucht uns. Dich auch. Die Trauer wird vielleicht nie weggehen, und Grace' Chemo dauert noch einige Wochen. Sie braucht uns mehr denn je. Wir müssen Geduld haben. Lassen wir sie in Ruhe trauern. Sie wird uns wissen lassen, wenn sie bereit ist.

Callum: Okay ... Hast du mit ihr gesprochen?

Valerie: Ja, vorhin. Kurz. Sie ist das erste Mal ans Telefon gegangen.

Callum: Und, wie klang sie?

Valerie: So, wie man es erwartet in dieser abgefuckten Situation. Aber Liz und David tun ihr Möglichstes. Es ist einfach Trauer … Ich bin froh, dass Gracie sie nicht verdrängt, sondern … na ja, ihr Raum gibt.

Callum: Okay.

Valerie: Du bist schon ganz in Ordnung, Callum. Ich bin froh, dass Gracie dich hat. Und du bist ab jetzt Teil dieser Gruppe, also wag es nicht, aufzugeben. Das ist nicht unser Ding. Akzeptieren – okay. Aufgeben – not today and not tomorrow.

Callum: Aye, Chefin.

Will: Soll ich nachher bei dir vorbeikommen, buddy?

Callum: Das wäre schön. Danke.

Tag 8

Tag 9

In der Gruppe

Valerie: Die Beerdigung ist morgen. Lou wünscht sich keine schwarzen Klamotten. Wenn ich jemanden in Schwarz erwische, hagelt es Schellen.

Chat mit Gracie

Callum: Wir werden Lou den Abschied geben, den sie verdient. Versprochen. Wir sehen uns morgen, Grace McIntyre. Morgen.

KAPITEL 34

Carry You

CALLUM

Lou hat sich ihr Lieblingswetter für ihre Beerdigung ausgesucht. Die Sonne strahlt zwischen weißen und grauen Wolken hervor, und es ist klirrend kalt.

»Sie kommt bestimmt gleich.« Will wippt neben mir auf und ab, um sich warmzuhalten. Er schaut sich zu Valerie um, die mit Eric bei Lous Mum steht. Beide umarmen die hemmungslos weinende Frau und reden ihr einfühlsam zu.

Val hat mir erklärt, dass sich die Metastasen in Lous Körper so schnell ausgebreitet haben und das Wasser in ihrer Lunge nicht mehr abgeflossen ist, sodass es am Ende sehr schnell ging. Nicht, dass das eine Rolle spielt. Aber durch Grace habe ich gelernt, dass viele Menschen gehen, wie sie gelebt haben. Und trotz ihrer beschissenen Lunge ist Lou in der Nacht einfach eingeschlafen, ohne Todeskampf.

Etwas, das mir auf merkwürdige Weise Frieden schenkt.

Mit mahlendem Kiefer blicke ich rechts den Weg rauf und bete, dass das Auto der McIntyres um die Ecke biegt. Ich habe Grace zwei Wochen lang nicht gesehen. Ihre Stimme nicht gehört. Mein Herz verzehrt sich nach ihr. Einfach nur ihre Nähe zu spüren, würde mir reichen. Sie umarmen zu können, wenn sie es möchte.

»Da«, sagt Will.

Ich blicke auf und sehe, wie das Auto der McIntyres näher und näher kommt, bis es vor dem Tor des Friedhofes hält. Liz und David steigen aus, und David öffnet die Tür auf der hinteren rechten Seite.

Grace' Anblick sorgt für Flattern und Ziehen in meinem Magen. Sie ist bleich wie die Wolken über uns, hat tiefe Schatten unter ihren Augen, die vom Weinen ganz schmal geworden sind.

Sie kommt zu mir und bleibt direkt vor mir stehen. Schuhe an Schuhe. »Hi«, sagt sie. Ihre Stimme klingt dünn, aber ihre Mundwinkel heben sich leicht, als wollte sie sichergehen, dass ich nicht wütend auf sie bin.

»Hi«, sage ich und unterdrücke den Drang, ihre Hand zu nehmen. Zuletzt habe ich sie auf dem Boden ihres Zimmers im Arm gehalten. Ich werde nie vergessen, wie sie geschrien hat. Es war ein Urschrei des Verlustes. Sie danach nicht sehen zu können, war Folter. Nie hätte ich gedacht, dass zwei Wochen sich so zäh und lang anfühlen können.

»Du siehst gut aus«, sagt Grace, und ich schaue an mir herab. Ich trage ein weißes Hemd und cremefarbene Anzugträger unter der Jacke.

»Danke. Du auch.«

Grace hat sich für das weiße Kleid entschieden, das ich von den Eras-Tour-Fotos kenne. Ihr besonderer Moment mit Lou. Liz und David schließen zu uns auf und umarmen mich fest, während Will Grace an sich drückt. Seite an Seite schreiten wir den Friedhofsgang hinab bis zu der kleinen Kapelle. Grace' Eltern drücken Lous Mum an sich, nehmen sie in ihre Mitte und reden liebevoll auf sie ein. Lous Mum wendet sich Grace zu, und ihre Arme umschließen sie so doll, dass beide Frauen vor Schluchzen beben.

Grace taucht verweint wieder auf und wird sofort von Val und Eric in Beschlag genommen. Ich kann sie nicht lange beobachten, da mir direkt wieder Tränen in die Augen schießen. Ihr Schmerz ist mein Schmerz.

Plötzlich steht Dad neben mir und steckt mir unauffällig ein Taschentuch zu. Er war nicht sicher, ob er kommen sollte, aber ich bin froh, dass er sich im letzten Moment dafür entschieden hat, Lou die letzte Ehre zu erweisen. Zwinkernd nickt er mir zu, ein kleines Zeichen der Ermutigung. Danach gesellt er sich zu den anderen Erwachsenen, und wir betreten nacheinander die Kapelle.

Lous Mum, Grace und ihre Eltern nehmen in der ersten Reihe Platz, wir anderen in der zweiten. Es ist eine kleine Trauerfeier. Lou hat sich statt eines Pastors einen freien Trauerredner gewünscht, der seine Sache sehr gut macht, sodass wir zwischen all den Tränen lächeln und lachen müssen, uns berührt ansehen und an den Händen halten. Ich erfahre Dinge, die ich noch nicht über Lou wusste. Wie, dass sie Museen liebte. Sie war ein Fan von blink-182 und mochte Punk Rock und Metal ebenso sehr wie Musicals. Lou war wild – und genau so hat sie bis zu ihrer Diagnose gelebt.

Ich starre die ganze Zeit auf Grace' Rücken, der ununterbrochen zittert, und auf die schneeweiße Urne, umringt von einem Meer aus Blumen.

Lou hat sich *After the Storm* von Mumford and Sons und *Robin* von Taylor Swift als Beerdigungssongs ausgesucht. Die beiden Lieder werden untermalt vom Schnäuzen und dem Wimmern von Lous Mum. Val lehnt ihren Kopf an Wills Schulter, der ihr einen Kuss daraufhaucht, ich lege Eric den Arm um die Schulter und tätschele seinen Nacken. Dads Knie berührt meins, die ganze Zeit über.

Als wir nach der Trauerrede nach draußen gehen und die Urne zum Grab tragen, kitzeln die Sonnenstrahlen unsere Gesichter, und ganz weit hinten, über dem Meer, erscheint ein Regenbogen.

Lou liebte Regenbögen.

Wir stellen uns um ihr Grab, Grace ist direkt neben mir. Sie liest als Erste die Inschrift, die Lou sich für ihren Grabstein ausgesucht hat. Sie besteht nur aus einer Zeile.

Es war 'ne verdammt gute Geschichte.

Grace wird geschüttelt von Tränen, und ich halte sie, während die Urne hinabgelassen wird. Statt Rosen hat Lou sich Ballons gewünscht, an denen jeder einen Zettel mit einer Botschaft oder einer Lieblingserinnerung mit ihr befestigen soll. Bei mir ist es das Zeichnen in der Street-Art-Halle, in der nächstes Jahr Wills erste Kunstwerke ausgestellt werden sollen. In den letzten Tagen war Will für mich da, mehr als ich für ihn in den letzten Jahren. Ich habe fest vor, mich zu revanchieren.

Lange stehen wir da und blicken den Ballons hinterher, schenken uns Trost, bis einer nach dem anderen sich in Bewegung setzt. Nur Grace und ich bleiben zurück. Ihre Eltern und Lous Mum sehen sich nach uns um, aber Val und Eric fassen sie sacht an den Schultern, und sie gehen gemeinsam den Weg runter.

Wir sind allein.

»Ihr Vater hat es nicht mal geschafft, zur Beerdigung zu kommen«, sagt Grace. Sie steht wieder sicherer auf den Beinen, doch ich mache keine Anstalten, ihre Hand loszulassen. Und sie auch nicht.

»Scheiß auf ihn. Dafür sind wir da. Lou hätte das gereicht.«

»Ja, sie hätte ihn verflucht und uns geknuddelt.«

»Definitiv.«

Grace schließt kurz die Augen. »Ich hoffe so, dass es ihr gut geht, wo sie jetzt ist. Ich hoffe so, dass da noch etwas ist und dass sie uns sieht.«

»Ich glaube dran.«

»An ein Leben nach dem Tod?«

Ich nicke. »Kommt unerwartet von einem Zyniker wie mir, aber ja. Lou ist noch da. Sie ist nicht einfach weg.«

Grace' Mundwinkel heben sich leicht. »Ich hoffe, sie nervt alle mit Taylor-Songs.«

»Oh, ganz bestimmt.«

»Und ich hoffe, es gibt da oben Tablets. Ohne Zeichnen dreht sie durch.« Sie schnieft. »Sie fehlt mir so.«

»Das glaube ich.«

»Und das Schlimmste ist: Bei jeder großen Sache, die in meinem Leben passiert, werde ich sie aufs Neue verlieren. Weil ich dann immer daran denken werde, dass ich es ihr nicht erzählen kann.« Ich nicke, voller Verständnis. Grace seufzt, schnaubt in ihr Taschentuch. »Tut mir leid, dass ich abgetaucht bin. Ich brauchte diese Zeit für mich.«

»Schon okay. Ich verstehe es.«

»Danke.« Sie lächelt mir zu, dann erstirbt ihr Lächeln, und sie wird ernst. »Callum?«

»Hm?« Ich wende Grace mein Gesicht zu, und während ich in ihre verweinten, tiefgrünen Augen sehe, verblasst das Bild von uns beiden, das ich mir ausgemalt habe. Innerlich bereite ich mich auf das Unvermeidliche vor.

»Lou und ich haben uns geschworen, zu leben. Egal, wie es ausgeht. Egal, wie lange wir haben. Mein einziges Ziel ist es, glücklich zu sein. So gut es eben geht.« Grace' Lächeln ist voller Traurigkeit, und sie atmet lange aus. »An meiner Entscheidung hat sich nichts geändert. Ich will dich noch genauso sehr. Das

Einzige, was sich seit unserem Auftritt verändert hat, ist …«, ihre Stimme bricht, »… dass ich meine Freundin verloren habe.« In ihren Augen steht das vertraute Leuchten, in das ich mich so verliebt habe. Ich höre ihr zu, ruhig und aufmerksam, den Arm um sie gelegt.

»Ich werde nie gesund sein. Selbst wenn ich den Krebs irgendwann besiege, das Hashimoto geht nicht weg. Und wer weiß, welche Folgen ich davontrage.« Grace wischt sich über die rote Nase. »Und, na ja, die Wahrscheinlichkeit ist ziemlich gering, dass die Chemo was bringt.«

»Ach, weißt du«, sage ich. »Ich war noch nie ein Fan von Wahrscheinlichkeitsrechnung.«

Grace blinzelt gegen die Tränen an, nickt. »Du hast mich mal gefragt, ob meine Gefühle für dich größer sind als die Angst. Das sind sie.« Grace stellt sich auf die Zehenspitzen und küsst mich. Ihre Lippen schmecken salzig und sind das Einzige, das ich in diesem Moment will. Ein Windzug wirbelt um uns herum, und es ist, als würde Lou uns in eine feste Umarmung schließen.

»Lou hat mir gesagt, dass es auch deine Entscheidung ist«, flüstert Grace an meinem Mund. »Wie Dad. Erst habe ich es nicht verstanden, aber … dein Umgang ist dein Umgang damit. Und wenn du meinst, du kommst damit klar, dann tue ich es auch.«

»Und wie«, raune ich an ihren Lippen und verschließe sie mit einem zweiten Kuss. Stürmischer, verletzlicher, sehnsüchtiger als beim ersten Mal. Dann umfasse ich Grace' Gesicht mit meinen Händen. »Gegen unsere Liebe hat der Krebs keine Chance.«

»Ja, er hat schon verloren.«

»An seiner Stelle würde ich die Koffer packen und aus deinem sexy Körper verschwinden.«

Grace seufzt. »In ein paar Wochen wissen wir mehr. Aber ich glaube nicht an Wunder, was das angeht.«

»Ich tue es für dich«, verspreche ich und küsse ihre Nase, ihre Stirn, ihre Wangen, ihr Kinn. »Ich würde dir immer die Haare über dem Klo halten, wenn du noch welche hättest.«

»Arsch«, sagt Grace. »Ich liebe dich. Und ich bin stolz auf dich. Du hast so viel geschafft in den letzten Monaten.« Grace schmiegt sich an mich. Direkt an mein Herz.

Ich halte sie, und eine Weile stehen wir da, an Lous Grab, und neben der Trauer spüre ich auch Liebe. Und Hoffnung. Es ist das Schönste und Stärkste und Bittersüßeste, was ich je gefühlt habe.

Mein Herz ist so schwer und erfüllt wie schon lange nicht mehr.

KAPITEL 35

The Manuscript

GRACE

3 Monate später

Als ich aufwache, habe ich direkt Callums gleichmäßige Atemzüge im Ohr. Ich ziehe die Bettdecke ein Stück höher, drehe mich auf die Seite und streiche meinem Freund eine Strähne aus der Stirn. Manchmal beneide ich ihn um seinen seligen Schlaf.

Die letzten Monate waren ein Auf und Ab an Gefühlen, doch egal, was war – er war da. Neben mir, an meiner Seite.

An Tagen, an denen ich vor Trauer um Lou nicht aus dem Bett kam, lag er neben mir. Er hat mich gehalten, wenn die Schluchzer mich geschüttelt haben, und er hat mir meinen Freiraum gelassen, wenn ich ihn brauchte. Er hat mit mir sämtliche Taylor-Alben durchgehört und meine Lieblingsserien mit mir geschaut.

Das ist etwas, das ich zutiefst an ihm liebe. Seine Begeisterungsfähigkeit. Wenn ich ihm eine Serie zeige, geht er ganz darin auf. Manchmal bringt er mir nach der Schule neue Bücher mit, weil er weiß, dass ich Bücher Blumen vorziehe. Ich wiederum habe ihm zusammen mit den anderen eine neue Gitarre ausgesucht und sie ihm geschenkt. Callum hat sich so gefreut, dass er ein paar Tränen verdrückt hat. Seitdem spielt er wieder jeden Tag. Manchmal auf meiner Bettkante, während ich ihm dabei zusehe, manchmal für sich allein. Manchmal spielen und singen wir gemeinsam.

So gut ich kann, helfe ich ihm bei den Prüfungsvorbereitungen. Er hat mir, gemeinsam mit Val und Eric, den Schulstoff mitgegeben, den ich verpasst habe. Er hat mich zum Lachen gebracht, wenn ich wegen meiner Fehltage in der Schule gestresst war, mir meine Ängste genommen, mir bewiesen, dass, egal, was geschieht, er hier ist, um es mit mir durchzustehen. Ich habe ihn umarmt und gehalten, wenn sein Dad und er mal wieder aneinander vorbeigesprochen haben. Ihm gut zugeredet, zugehört, wenn es um seine Zukunft und ein mögliches Studium ging. Ihm seine Angst genommen, nicht genug zu sein, denn Callum ist mehr als das für mich. Er ist mein bester Freund und mein Seelenverwandter, der Mensch, der mir das Vertrauen in eine gesunde Beziehung gegeben hat, von der ich dachte, dass ich sie nie haben würde.

Callum redet stundenlang mit mir, wenn ich nachts vor Angst gelähmt bin. Manche Wochenenden verbringen wir bei Val, Eric oder Will zu Hause, um zusammen zu zocken, Tee und Kaffee zu trinken und Lous zu gedenken. Eric hat sich nach Lous Beerdigung sogar getraut, Jeremy, seinen Schwarm, anzusprechen. Die beiden schreiben seit Wochen ununterbrochen miteinander und haben sich für das letzte Wochenende des Monats auf ein Date verabredet. Manchmal sitzt er da und fragt sich, ob er sich das ohne Lou getraut hätte. Dann sehen wir uns mit Tränen in den Augen an, lächeln, weinen und halten uns. An anderen Tagen spielen wir unten am Pier, sitzen am Strand und schwelgen in Erinnerungen. Es tut gut, über sie zu sprechen. Gleichzeitig tut es weh, denn sie ist nicht da, um mit uns zu lachen oder zu schweigen.

Ein Stück meines Lebens fehlt, und das wird für immer so bleiben. Das zu akzeptieren, ist schwer. Weiterzumachen ist schwer.

Wahrscheinlich brauche ich Callums Berührungen deshalb so sehr. Um mir zu zeigen, dass ich noch da bin, dass ich lebe, dass wir uns haben, unsere Liebe Realität ist. Dass wir etwas haben, das Lou nicht mehr haben kann, obwohl sie es sich so sehr gewünscht hat – und wir damit auch *für* sie mit glücklich sind.

Zugleich fühlt sich das falsch an. Wie glücklich ich mit ihm bin, wie sicher ich mich in seinen Armen fühle. Wie geborgen. Wie vollständig. Wie ganz und gar ich selbst.

Es ist ein Lernprozess, die Ratschläge meiner Therapeutin anzunehmen, zu begreifen, dass Trauer nicht linear ist, sondern sich auf verschiedene Weisen zeigen kann. Dass meine Gefühle ihre Berechtigung haben und auch der Schmerz eine Erinnerung an unsere Freundschaft ist, an Liebe, an Leben.

Und vor Callum muss mir nichts peinlich sein. Ich kann ungeschminkt sein, in seinen Shirts oder Pullovern rumlaufen, verheult aussehen, dunkle Ringe unter den Augen haben – er küsst mich überall, zeigt mir jede Sekunde, wie sehr er mich liebt, will, wie sehr er sich nach mir sehnt. Und ich kann kaum beschreiben, wie sehr ich ihn liebe.

Wenn ich ihn, wie an diesem Morgen, beim Schlafen beobachte, glaube ich, dass niemals ein Mensch einen anderen so geliebt hat, wie ich Callum Hayward liebe.

»Hallo, schönste und tollste Frau der Welt«, nuschelt er, und erst jetzt bemerke ich, dass er mich unter schweren Lidern ansieht.

»Hi«, sage ich lächelnd, fahre durch seine wuscheligen Haare, beuge mich über ihn und drücke meine Lippen auf seine. Callum zieht mich an sich, brummt tief, voller Zufriedenheit, und küsst mein Gesicht, meine Glatze, meine Halsbeuge, mein Schlüsselbein, wieder meine Lippen. Ich erschaudere. »Happy Ferienbeginn.«

Callum küsst mich erneut, blickt mich aus verschlafenen Augen an. »Der beste der letzten Jahre.«

Ich pieke ihm in die Wange. »Spinner«, flüstere ich und kuschele mich an ihn. Er muss lachen und streichelt über meinen kahlen Kopf.

»Also, wie sieht dein Plan aus?«

Ich drehe mich halb auf den Rücken, umschlinge Callums Arm, der mich hält, und starre an die Decke. Ich will gerade vorschlagen, einen Strandspaziergang zu machen und auf der Dachterrasse zu frühstücken, da kündigt mein Handy eine neue Mail an.

Seufzend taste ich nach dem Smartphone auf meinem Nachtschrank und überfliege die Vorschau. »O mein Gott«, stoße ich aus und sitze sogleich senkrecht im Bett.

»Was ist los?« Callum setzt sich ebenfalls auf und sieht mir über die Schulter. Er überfliegt die Nachricht, die ich ihm hinhalte, und ist innerhalb einer Millisekunde hellwach. »Das Ergebnis ist da?«, haucht er, und seine Wangen glühen vor Aufregung.

»Anscheinend. Oh fuck.« Ich sinke zurück auf mein Kissen, fahre mir über die Stirn. Seit Wochen warten wir auf die Auswertung der Chemo und haben die Ungewissheit und Wartezeit so gut wie möglich mit Ablenkung gefüllt, damit die Angst in den Hintergrund rückt.

Jetzt überwältigt mich die Panik mit einem Schlag.

»Wir schaffen das, Gracie.« Callum greift nach meiner Hand und küsst jeden einzelnen Fingerknochen, hält mich fest. »Egal, was rauskommt.«

»Egal, was rauskommt«, bestätige ich und setze mich auf, um ihm den Klein-Finger-Schwur zu geben.

In der Sekunde erscheint eine WhatsApp-Message von Mum auf dem Display.

Mum: Hast du es schon gelesen? Ich rufe an und kläre, wann wir vorbeikommen können. Wollt ihr vorher noch frühstücken?

Ich sehe Callum an, der schüttelt den Kopf. Wenn er nervös ist, bekommt er keinen Bissen runter. Ich auch nicht. Wir wollen keine Zeit verschwenden. Das antworte ich Mum, und wir verabreden uns in einer halben Stunde zur Abfahrt in die Klinik.

Es tut mir fast körperlich weh, Callum anzusehen und den Gedanken zuzulassen, dass unser Glück gleich zerstört werden könnte. Doch er hebt seinen Mundwinkel zu einem schiefen Lächeln, und meine Bedenken lösen sich auf. Wir sind beide hier. Wir werden es schaffen. Wir haben uns.

Ich atme einmal tief durch und lasse mich von Callum aus dem Bett ziehen. Er betrachtet mich voller Wärme und Liebe.

In den letzten Monaten haben wir ständig darüber gesprochen, dass unsere Geschichte kein Happy End braucht, um eine glückliche zu sein. Für uns kommt es auf die Kapitel zwischen Anfang und Ende an.

Das ist es, was ich mir einrede, während ich dusche und danach in Jeans und Hoodie schlüpfe. Ich bin nicht bereit, aber das Leben hat mich nie gefragt, ob ich das bin.

Ich muss es einfach ertragen – und das Beste hoffen. Das Beste daraus machen.

Immerhin wollen wir am Wochenende die Backstage-Tour bei *Hadestown* machen. Und ich werde nicht zulassen, dass der Krebs mir das ruiniert.

♪♪♪

»Was?«, frage ich, in der Annahme, mich verhört zu haben.

Dr. Turner zupft am Kragen seines Shirts, das er unter dem

Kittel trägt. Selten habe ich ihn so breit lächeln gesehen. Auch Dr. Evans strahlt über das ganze Gesicht.

Wir sitzen in Dr. Turners Sprechzimmer, das Fenster weit geöffnet, um die Frühlingsbrise hereinzulassen. Ich rutsche nach vorn an die Stuhlkante. »Können Sie das wiederholen?«

»Die Metastase ist weg, Grace.« Er nimmt seinen Stift und zeigt mir ein zweites Mal den Bereich auf dem MRT-Bild.

»Heißt das …?«, setzt Mum an, und Dad sieht die zwei Ärzte mit geöffnetem Mund an.

»Grace ist krebsfrei.«

Krebsfrei. Das magische Wort. Das Wort, von dem ich nicht gedacht hätte, es zu hören. Die letzten Monate über habe ich jede Nacht gebetet, davon geträumt, dass jemand es zu mir sagt. Diesmal mit noch mehr Hoffnung und Zuversicht in der Stimme. Jetzt kann ich es nicht glauben.

»Die Chemo hat gewirkt?«, hake ich verwirrt nach.

Dr. Evans schiebt mir den pathologischen Befund hin und schmunzelt. »Wirken wäre untertrieben.« Mit geschwollener Brust tippt er auf die Zeilen, die seine Worte bestätigen. »Vierzig Prozent, Grace. Weißt du noch?«

Ich nicke.

Dr. Turner blickt mich an wie ein stolzer Vater. »Manchmal sind vierzig Prozent die neuen hundert.«

Ich begreife erst, dass das hier real ist, als Mum einen unterdrückten Freudenschrei ausstößt und sie und Dad das Dokument überfliegen, sich mit einem Mal in den Armen liegen und vor Freude weinen. Fünf Minuten lang rückt die Welt in den Hintergrund. Wir umarmen uns, sprechen uns gut zu, Dad bedeckt meinen kahlen Schädel mit Küssen, Mum verbraucht drei Taschentücher. Die Erleichterung und Euphorie meiner Eltern ist *körperlich* im Raum spürbar.

»Aber … wie?«, frage ich Dr. Turner, nachdem ich zu Atem gekommen bin. Ich bin ganz benommen vor Freude. Er hebt die Schultern.

»Auch in der Medizin gibt es Dinge, die man nicht erklären kann, Grace.«

Ich sitze auf dem Sessel ihm gegenüber, schaue an ihm vorbei aus dem Fenster und fühle Lou überall. Das Wunder, das Lou verwehrt geblieben ist. Ich habe das Gefühl, dass sie bei der Sache ihre Finger im Spiel hatte.

Überfordert vergrabe ich das Gesicht in den Händen.

»O Gott«, stoße ich aus, als mir die Tragweite dessen bewusst wird, was hier passiert. Ich bekomme mein Leben zurück. Ein brandneues Leben. Eines, in dem ich mich erst zurechtfinden muss. Ich muss es anprobieren wie ein neues Kleid. Was, wenn es mir nicht mehr passt …?

»In all der Freude will ich ehrlich zu dir sein, Grace«, sagt Dr. Turner und richtet sich direkt an mich. »Du hast einen langen Weg vor dir. Bei den meisten jungen Krebspatienten kommt das Trauma viel später. Ganz abgesehen von den Folgen. Schlafstörungen, PTBS, Fatigue, Autoimmunstörungen, Hormonstörungen … Deshalb sind die Kontrollen so wichtig für dich. Versprich mir, dass du sie nicht vernachlässigst, egal, was passiert. Egal, wo es dich hin verschlägt oder wie aufregend alles sein mag.«

»Ich verspreche es«, sage ich und meine es so. In den letzten Jahren hatte ich nur einen großen Wunsch und das war, die gleichen Möglichkeiten zu haben wie jeder andere.

»Du wirst weiter engmaschige Kontrollen haben«, sagt Dr. Turner, und ich bin dankbar für seine Ehrlichkeit. »Alle drei Monate Ultraschall, MRT und Blutabnahmen.«

»Okay.«

»Wir werden einen Termin raussuchen, um den Port zu entfernen.«

Den Port entfernen. Das macht es noch mal realer.

»Und wer weiß, in ein paar Monaten wirst du dir vielleicht wieder einen Zopf flechten können.«

Einen Zopf.

Ich fasse mir an die Schläfen, stelle mir vor, wie ich irgendwann einen Pony haben werde und schöne, lange Haare, bis zum Rücken.

Dr. Turner atmet aus. »Das, was mit Lou passiert ist, war traumatisch für dich, und wir sind uns alle einig, dass deine Schuldgefühle, die Trauer und das Trauma weiter therapiert werden müssen. Begleitung ist nie schlecht, Grace.«

Ich nicke. Die letzten Monate hat die Trauer um Lou mich überwältigt. Sie fehlt mir, an jedem Tag, in jedem einzelnen Moment. »Sehe ich auch so«, sage ich deshalb.

»Gut. Das Leben hat dir ein Geschenk gemacht, Grace. Nutze es. Oh, und …« Dr. Turner erhebt sich, stellt sich neben die Tür, stößt sie auf und deutet raus in den Flur. »Jetzt läute endlich die verdammte Glocke, damit *alle* es hören.«

Lachend springe ich auf. Die Glocke ist in der Mitte der Station neben dem Tresen angebracht. Sie wird bei Chemo-Ende geläutet oder, wie in meinem Fall, nach einer solchen Nachricht gleich ein zweites Mal.

Als ich den Flur betrete, werde ich von den Schwestern und Ärzten empfangen, die Spalier stehen. Schluchzend vor Rührung und Freudentränen gehe ich an jedem von ihnen vorbei, verteile High Fives und bekomme Umarmungen. Einige weinen mit uns vor Freude.

Mit Anlauf stürme ich auf die Glocke zu und läute sie so stark, dass mein Port in der Brust ziept. Dann renne ich Richtung Wartezimmer in die Arme des Menschen, nach dem ich mich gerade am meisten sehne, dem ich ins Ohr schreien will vor Glück.

Callum schafft es gerade so aufzustehen, bevor ich mich an seinen Hals werfe. »Die Chemo hat gewirkt!«, rufe ich. »Sie hat *gewirkt.* Ich bin krebsfrei.«

»Du bist …« Callums Stimme stockt. »Heißt das …?«

»Ja«, sage ich schnell. »Ja. Ich bin in Remission.«

»O mein Gott, Grace.« Wir heulen beide, und Callum küsst jeden Zentimeter meines Gesichts, den er erreichen kann. »Ich wusste es. Ich wusste es. Ich wusste es. Verdammt, ja.« Ohne Vorwarnung hebt er mich in die Höhe, und wir wirbeln herum. »Meine Freundin ist krebsfrei! Krebsfrei! Habt ihr das alle gehört?« Er stürmt mit mir auf den Flur, wo die anderen noch stehen und uns lachend empfangen.

»Sie wissen es, ich habe die Glocke geläutet«, sage ich und kneife ihn in die Wange, damit er mich runterlässt.

»Ach, du warst das.« Callum streicht sich die Haare nach hinten und reibt sich übers Gesicht, so überrumpelt ist er.

»Du bist ein Wunder, Grace«, sagt er. »Lou wäre so glücklich.«

Ich küsse seine Hand wie er sonst meine, schmiege mich an ihn, und er lässt mich unter seine Jacke, wo ich erschaudere. Es dauert, bis ich ihm erklärt habe, wie es weitergeht und was es für mich bedeutet. Sein Kinn liegt die ganze Zeit auf meinem Kopf.

Wir sprechen noch mal mit Dr. Turner, der Mum, Dad und mir ein paar Dokumente in die Hand drückt. Callum ist dabei und hört aufmerksam zu.

Wenig später verlassen wir Arm in Arm die Station, und ich denke an Lou. Ich weiß, dass sie nicht gestorben ist, damit ich leben kann. Sie hat nichts besser oder schlechter gemacht als ich. Ihre Geschichte ist anders ausgegangen, weil jede Geschichte anders *ist.*

Sie wollte leben, wie ich.

Sie wollte glücklich sein, wie ich.

Sie wollte noch so viel erleben und lernen, wie ich.

Der einzige Unterschied ist, dass bei der höheren Macht unsere Würfel anders gefallen sind. Und noch während ich zum Klinikeingang zurückschaue, schwöre ich mir, egal, was passiert, jeden Tag dankbar zu sein für die Chance, die ich bekommen habe. Auch an den dunklen Tagen, die es auf jeden Fall geben wird.

Aber ich bekomme Hilfe. Ich bin nicht allein.

Ich werde immer an Lou denken, die sie selbst geblieben ist, bis zum bitteren Ende. Trotz all der Schmerzen und Strapazen.

Lou war, was das anging, unantastbar. Sie zeichnete. Verfluchte den Krebs. Zeichnete wieder. Sie hatte Spaß. Sie liebte ihr Leben und musste es trotzdem loslassen.

Ich sauge die Luft in meine Lunge, spüre den Schmerz und die Erleichterung – und Callums Hand in meiner. Auf dem Parkplatz vor dem Krankenhaus drehe ich ihn zu mir um und küsse ihn. »Ich liebe dich so sehr«, sage ich durch die Tränen und schüttle den Kopf.

»Ich liebe dich auch. Du bist mein Heute und mein Morgen.« Wir küssen uns, und unser Kuss ist eine Entscheidung.

Dafür, dass wir füreinander da sein werden. Dafür, dass wir jeden Tag zu einem Wunder machen. Dafür, dass wir auch die Stürme miteinander überstehen.

Dafür, dass wir uns die Zeit geben, um zu verarbeiten, um zu heilen und zusammen kaputt zu sein. Dafür, dass wir herausfinden, wer und was wir sein wollen. Dafür, dass wir miteinander wachsen wollen.

Dafür, dass wir unser Heute zu einem Morgen machen.

Weil jeder Tag, den wir haben, ein Geschenk ist.

SONGTEXT >IF TODAY WERE OUR TOMORROW<

I'm chasing echoes of who I used to be
Every sidewalk carries a memory
My heart was like a reckless crown
You lit it up to burn it down
Hung up my hopes on paper-thin chords
Watched as they shattered in empty words

The clock keeps ticking, but I can't move
I'm stuck in a dance with the ghost of you.
No map here to guide me back,
'cause I'm lost in the idea of what we had.
Even the silence spoke so loud,
when the truth became a storm we can't outrun.

Then I met you and something changed inside
Suddenly I had nothing to hide, anymore.
You didn't fix what was broken before
But somehow, you opened a door.
And I learned how to live, once more.

You and I, here right now,
no yesterday to hold us down.
Dreaming big, but staying grounded,
that's the moment where our hearts were surrounded.
Here and today is all we need
this heartbeat loud and free.
So I'll sing it softly, you'll sing it, too
this is the chapter of me and you.

No more chasing echoes through the night
We're walking forward, into the light.
So I'll sing it softly, you'll sing it, too
this is the chapter of me and you.

And though not every story has a happy end
We've found happiness in the time we spend.
We've learned to live in the afterglow,
with every step, every growth.
Time is short but infinite are we
Our love is like an ancient tree
Growing stronger, endlessly.
And the memories we made stay with us
Like glowing stars that never turn to dust.

You and I, here right now,
no yesterday to hold us down.
Dreaming big, but staying grounded,
that's the moment where our hearts were surrounded.
Here and today is all we need
this heartbeat loud and free.
So I'll sing it softly, you'll sing it, too
this is the chapter of me and you.
No more chasing echoes through the night
We're walking forward, into the light.
So I'll sing it softly, you'll sing it, too
this is the chapter of me and you.

And if today was our tomorrow,
We would love us, without any sorrow.